KATHARINA PETERS

WINTERMORD

atb aufbau taschenbuch

KATHARINA PETERS schloss ein Studium in Germanistik und Kunstgeschichte ab. Sie begeistert sich für japanische Kampfkunst und lebt mit ihren Hunden in Schleswig-Holstein. An die Ostsee fährt sie, um zu recherchieren, zu schreiben – und gelegentlich auch zu entspannen.

In der Rügen-Serie mit der Ermittlerin Romy Beccare sind bisher zwölf Bände erschienen, zuletzt »Inselmord«.

Aus der Ostsee-Serie sind »Todesstrand«, »Todeshaff«, »Todeswoge«, »Todesklippe«, »Todeswall«, »Todesbrandung« sowie »Todesküste« lieferbar.

Mit der Kriminalpsychologin Hannah Jakob als Hauptfigur sind »Herztod«, »Wachkoma«, »Vergeltung«, »Abrechnung«, »Toteneis« und »Abgrund« lieferbar.

In der Bornholm-Serie sind erschienen: »Bornholmer Schatten«, »Bornholmer Falle«, »Bornholmer Flucht« sowie »Bornholmer Finale«.

Mehr zur Autorin unter www.katharinapeters.com

An einem frostigen Morgen Anfang Dezember entdeckt ein Spaziergänger im Jasmund in der Nähe des Großsteingrabs Hagen-Stubnitz die Leiche des zwanzigjährigen Benjamin Koller. Das Opfer lehnt wie schlafend am Stamm einer Buche. Offenbar ist Benjamin mit einem Schlag auf den Hinterkopf getötet worden. Schon bei ihren ersten Ermittlungen wird Hauptkommissarin Romy Beccare mit einer Familientragödie konfrontiert. Benjamins Mutter starb bei einem Autounfall, sein Vater nahm sich wenig später das Leben. Nur sein Bruder Jakob ist aus der Familie noch am Leben. Je länger Romy ermittelt, desto ratloser wird sie. Wo ist das Motiv für diesen Mord? Dann stößt sie auf den rätselhaften Tod eines achtjährigen Mädchens, das vor fünf Jahren im Nationalpark bei den Kreidefelsen abgestürzt ist und zu Tode kam. In den Akten zu diesem Fall taucht auch Benjamins Name auf.

KATHARINA

PETERS

WINTERMORD

EIN RÜGEN-KRIMI

atb aufbau taschenbuch

MIX
Papier | Fördert
gute Waldnutzung
FSC® C083411

ISBN 978-3-7466-4044-0

Aufbau Taschenbuch ist eine Marke der Aufbau Verlage GmbH & Co. KG

1. Auflage 2024

www.aufbau-verlage.de
10969 Berlin, Prinzenstraße 85

Umschlaggestaltung Christin Wilhelm, www.grafic4u.de
unter Verwendung von Motiven von
© Sabine Schmidt / Adobe Stock und Rolf G. Wackenberg / Adobe Stock
Satz LVD GmbH, Berlin
Druck und Binden CPI books GmbH, Leck, Germany

Printed in Germany

PROLOG

Es war wieder spät geworden. Diesmal würde sich ein offenes Gespräch kaum vermeiden lassen. Vielleicht hatte sie es genau darauf angelegt. Die Monate waren dahingekrochen, ohne dass Tanja in der Lage gewesen war, eine Entscheidung zu treffen. Dabei war ihr mit jedem Tag, jeder weiteren Woche mit unerbittlicher, schmerzhafter Klarheit bewusst geworden, dass jede Verzögerung die Situation nur noch schlimmer machte, und zwar für sämtliche Beteiligten: ihren Mann, ihren Geliebten und sich selbst.

Ihre Ehe war ein pragmatischer Kompromiss gewesen. So bezeichnete sie ihre Beziehung inzwischen, und sie wusste, wie das klang: erschreckend nüchtern. Sie waren seit zehn Jahren ein gut eingespieltes Team. Der kleine Reiterhof mit Pension lief hervorragend, die Verteilung der Aufgaben bewährte sich bestens, und die Hürden, die das Leben für sie bereithielt, waren immer gerade so hoch, dass sie sich überwinden ließen – nicht immer leicht und elegant, aber letztlich erfolgreich und ohne großartige Blessuren. Das Leben lief wie am Schnürchen, manchmal ruckelte es, und dass etwas fehlte, war ihr anfangs unterschwellig, dann immer deutlicher klar geworden. Georg war ein zuverlässiger Partner, warmherzig und freundlich, humorvoll und aufmerksam. Ein Mann, der nie haderte, sondern immer das Positive hervorhob, der nichts infrage stellte und stets ein Lächeln auf den Lippen hatte. Ihre Entscheidung füreinander und für dieses Leben war – ja: folgerichtig gewesen. Bis sie Chris kennenlernte. Der Mann mit den ebenso leidenschaftlichen wie mitreißenden Stimmungen und einem wundervollen Lachen. Der mit einem tiefen Blick ihr Innerstes gesehen und ohne Zögern berührt hatte. Sie hatte noch am selben Abend mit ihm geschlafen, ohne auch nur einen Augenblick darüber nachzudenken, welche Grenze sie damit überschritt – das erschütterte sie noch heute.

Tanja strich sich mit dem Handrücken über die Stirn. Stimmte das überhaupt? Nein. Es hatte sie zutiefst erschüttert, wie schnell sie bereit gewesen war, ihre Ehe aufs Spiel zu setzen, infrage zu stellen. Aufzugeben. Vielleicht weiß Georg es längst und will es nicht wahrhaben, überlegte sie weiter, während sie hinter Lietzow Richtung Ralswiek weiterfuhr, links und rechts den Bodden hinter sich ließ und in den frostdurchwebten Winternachtwald eintauchte. Tanja liebte die Fahrten durch die dunklen kraftvollen Wälder der Insel, zu nächtlicher Stunde schienen sie von geheimnisvollem Rauschen erfüllt. Sie atmete tief und gleichmäßig. Noch heute Nacht rede ich mit ihm und lege die Karten auf den Tisch – spätestens morgen früh, nach dem Frühstück, wenn die ersten Aufgaben des Tages bereits erledigt sind. Wir werden uns aussprechen und eine Lösung finden – für alles, was dann geregelt werden muss. Ich hoffe, ich kann deinen Schmerz aushalten, dachte sie beklommen.

Entgegenkommende Scheinwerfer flammten plötzlich auf, durchschnitten die Schwärze und kamen schnell näher. Noch ein Nachtschwärmer, dachte Tanja und schob die schweren Gedanken beiseite. Sie kniff die Augen zusammen – der Fahrer hatte das Fernlicht bislang nicht ausgeschaltet. Sie ging vom Gas herunter und blickte kurz zur Seite, um nicht geblendet zu werden. Dann blendete sie selbst auf, in der Hoffnung, der andere würde reagieren, doch das geschah nicht. Das gleißende Weiß der Scheinwerfer schmerzte. Pass doch auf!, dachte sie. Und auf einmal ging alles sehr schnell. Das Fahrzeug näherte sich mit hoher Geschwindigkeit und wechselte für Sekundenbruchteile abrupt zur Mitte und schließlich sogar auf die andere Straßenseite, als würde es zu torkeln beginnen. Tanja wich mit schreckgeweiteten Augen weit nach rechts aus und verhinderte einen frontalen Zusammenstoß nur um wenige Zentimeter. Sie stieg auf die Bremse, ihr Wagen geriet ins Schlingern, scherte aus, krachte mit der Beifahrerseite gegen einen Baum, und in dem Moment, als sie dachte, dass sie gerade noch einmal Glück gehabt hatte, durchfuhr sie ein scharfer Schmerz, und sie verlor das Bewusstsein.

Als sie das erste Mal zu sich kam, wunderte sie sich über ihre seltsame Haltung, bis sie begriff, dass ihr Wagen auf der Seite lag. Es roch seltsam. Sie konnte ihren rechten Arm nicht bewegen, und ihre Beine waren irgendwo eingeklemmt. Angst durchströmte sie mit schneidender Schärfe. Sie versuchte zu schreien, doch heraus kam nur ein leises Röcheln und Wimmern. Sie blickte zur Seite, als sie eine Bewegung wahrnahm. Ein schemenhaftes Gesicht tauchte neben ihr auf. Sie starrte in das Antlitz, und das dunkle Augenpaar starrte stumm zurück. Ein Sanitäter, dachte sie – ich bin gerettet. Sie fing an zu weinen und verlor erneut das Bewusstsein.

Als sie das zweite Mal zu sich kam, hörte sie Stimmen. Dann war sie auf dem Weg ins Krankenhaus. Sie hörte den schrillen Klang der Sirene, während ein Arzt mit ihr beschäftigt war. Blaulicht zitterte durch die Nacht. »Die andere Frau hat es nicht geschafft«, sagte die Rettungssanitäterin neben ihr, während sich der Arzt über sie beugte. »Sie ist frontal gegen den Baum gekracht. Warum rasen die Leute durch die winterkalte Nacht?«

»Die Frage stelle ich mir seit zwanzig Jahren.«

Und ich … habe ich es geschafft?, dachte Tanja. Der Arzt musterte sie aufmerksam und strich ihr übers Gesicht. »Sie sind schwer verletzt, aber Sie schaffen das.«

Damit lag er richtig. Es war ein langer Weg. Sie musste mehrmals operiert werden. Von ihren Rücken- und Beinverletzungen erholte sie sich fast komplett, doch das Schädeltrauma hinterließ tiefe Spuren. Sie hatte Mühe mit dem Gedächtnis, komplette Episoden aus den letzten Monaten waren restlos verschwunden – dazu gehörte das neue Pferd, das sie kürzlich angeschafft hatten,

Kleidungsstücke, die ihr unbekannt vorkamen, und die Stimme eines Mannes, der sie mehrfach anrief, löste Verwirrung in ihr aus. Wer war Chris? Einmal tauchte ein fremder Mann im Krankenhaus auf – er blieb einen Moment stumm in der offenen Tür stehen, und der tiefe Schmerz in seinen Augen bestürzte sie selbst auf die Entfernung. Dann drehte er sich abrupt zur Seite und verschwand ohne ein Wort.

Manchmal schreckte sie aus dem Schlaf hoch, und der Geruch jener Nacht stieg in ihr hoch, die Beklemmung und Panik, und plötzlich sah sie wieder das bleiche Gesicht mit den dunklen Augen, das sich zu ihr heruntergebeugt hatte. Ein Traum, eine Vision, ein einziges Durcheinander ihres malträtierten Gehirns, entstanden durch die schweren Kopfverletzungen und den Schock, erklärte sie sich jedes Mal. Niemand hatte nach ihr gesehen, die Frau aus dem anderen Wagen war direkt gegen einen Baum gefahren und sofort tot gewesen.

1

Der Mann lehnte am Stamm einer Buche, »als würde er eine Pause einlegen und die wundervolle Atmosphäre des Waldes auf sich wirken lassen« – so hatte der Spaziergänger, der bei einer frühmorgendlichen Wanderung im Jasmund in der Nähe des Großsteingrabs Hagen-Stubnitz auf die Leiche gestoßen war, die Auffindesituation beschrieben. Und in seiner Stimme hatten zugleich Schock und Verwunderung mitgeschwungen.

Kommissarin Romy Beccare zog die Schultern hoch und hüllte ihr Gesicht gegen den eisigen Wind tief in ihren Schal, während sie näher trat und die auf bizarre Weise bezaubernde Atmosphäre auf sich wirken ließ. Der Schnee verschluckte sämtliche schrillen Geräusche. Die Geschäftigkeit der Kriminaltechniker klang ungewohnt gedämpft, sanft, wie ein andächtiges Flüstern im Winterwald, Romy neigte den Kopf seitlich und musterte das Gesicht des Toten – sein ebenmäßiges junges Antlitz wirkte selbst in diesem Moment apart, im dunklen Haar und auf den Wimpern hatten sich Schneeflocken verfangen, die geöffneten Augen blickten selbstvergessen in den Wald, seine Hände ruhten auf den Oberschenkeln, die Beine waren ausgestreckt.

Romy riss sich von dem Anblick los, als ein leises Räuspern hinter ihr erklang, und drehte sich rasch um.

Doktor Möller aus der Rechtsmedizin nickte ihr zu. »Er sieht nur von vorne so gut aus«, erklärte er nach kurzer Begrüßung und ging voran auf die andere Seite des Baumstamms. Getrocknetes Blut bedeckte den Hinterkopf und war bis weit über die Schultern erkennbar – als gefrorene dunkle Schicht.

»Stumpfe Gewalt?«, fragte Romy, während sie sich hinabbeugte.

»Sieht ganz so aus. Ein heftiger Schlag, vermute ich. Eine Tatwaffe hat sich bislang nicht angefunden, und was die sonstige Spurenlage angeht …« Möller ließ den Satz unvollendet und deutete eine unbestimmte Handbewegung an.

Es hatte auch nachts geschneit, dachte Romy und richtete sich wieder auf. Spuren ließen sich kaum noch sichern, geschweige denn Schlussfolgerungen ableiten.

»Was ist hier passiert?«, fragte sie halblaut und blickte den seit Jahren vertrauten Rechtsmediziner an, der so manche Ermittlung entscheidend begleitet hatte und ihr beharrliches Nachforschen auch über die juristisch bedeutsamen Fakten hinaus selten infrage stellte. »Ein Streit, der eskaliert ist?« Sie schüttelte den Kopf. »Das passt nicht zur Auffindesituation. Warum sollte der Täter sein Opfer anschließend auf diese Weise zurücklassen?«

»Vielleicht hat er sich schwer verletzt bis an den Baum geschleppt, ist dann dort sitzen geblieben und verstorben, womöglich erst nach einiger Zeit«, gab Möller zu bedenken. »Kopfverletzungen sind tückisch, und nicht immer zeigt sich augenblicklich das gesamte Ausmaß des Traumas.«

»Ich verstehe. Doch ein Streit, ein Handgemenge hätte auch andere Verletzungen und Spuren auf der Kleidung hinterlassen«, wandte sie ein. »Davon ist auf den ersten Blick nichts zu erkennen.«

Möller nickte nachdenklich. »Stimmt. Aber genauer werden wir das erst einschätzen können, wenn ich ihn auf dem Tisch habe.«

»Ein geplanter Mord?«, überlegte Romy nach kurzer Pause weiter. »Ausgerechnet hier draußen, im Jasmund?«

»Warum nicht hier? Er wird erst am nächsten Tag gefunden, das lässt dem Täter viel Zeit.«

Das war ein Argument, dachte Romy. »Was auch immer hier passiert ist – wann könnte es ungefähr geschehen sein?«, fragte sie schließlich weiter. »Eine Schätzung würde mir genügen.«

»Irgendwann gestern – in den späten Nachmittags-, frühen Abendstunden. Es war eisig in der Nacht – das erschwert eine erste Beurteilung natürlich.«

Romy sah sich um, als sie knirschende Schritte hinter sich hörte. Marco Buhl, der Leiter der Kriminaltechnik, trat näher. Er grüßte mit einem kaum wahrnehmbaren Nicken. »Benjamin Koller, zwanzig Jahre alt, Student, gebürtiger Sassnitzer«, erklärte er dann gewohnt knapp. »Er hatte seinen Studentenausweis und Handy dabei. Alles Weitere wird bereits gecheckt. Du erfährst es so schnell wie möglich.« Damit wandte er sich wieder ab.

»Buhl?«

»Ja – wir suchen weiter die Gegend ab, weiträumig natürlich«, entgegnete er kurzangebunden. »Wie üblich. Aber mach dir keine Hoffnung auf aussagefähige Spuren und schnelle Ergebnisse.« Damit stapfte er davon.

Wenn Romy nicht wüsste, dass Buhl sich fast immer so oder so ähnlich verhielt, würde sie ihn für unhöflich und abweisend, nahezu feindselig halten. Sie wusste längst, dass ihm junge Opfer zu schaffen machten und ihn besondere Brutalität aufwühlte.

Romy machte sich wenig später auf den Weg ins Kommissariat nach Bergen, wo der Kollege Maximilian Breder bereits mit einem ersten Hintergrundcheck auf sie wartete. Sie goss sich einen Kaffee ein und verzog nach dem ersten Schluck das Gesicht – das Gebräu schmeckte bemerkenswert scheußlich. Fine, du fehlst, dachte sie und seufzte. Fine Rohlbart, die jahrzehntelang gute Seele der Bergener Polizei, hatte sich nach längerer Krankheit inzwischen in den Ruhestand verabschiedet, und das war täglich spürbar, nicht nur im Hinblick auf köstliche Imbisse, mit denen sie das Team stets verwöhnt hatte. Ihre ordnende Hand, die dröhnende Stimme, Übersicht und ein reichhaltiger Schatz an Erfahrungen fehlten an allen Ecken und Enden im Kommissariat. Die junge Polizistin, die bereits vor geraumer Zeit einen Teil ihrer Aufgaben übernommen hatte, konnte sie – natürlich! – nicht ersetzen. Im Übrigen war die Beamtin der Meinung, dass es keineswegs zu ihren Pflichten gehörte, Ermittler und Kommissarinnen stets mit frischem Kaffee und kleinen, liebevoll zubereiteten Mahlzeiten zu verwöhnen – und dagegen ließ sich kaum etwas einwenden.

Max warf Romy einen schrägen Blick zu. »Du solltest auf Tee umsteigen«, meinte er in lakonischem Ton.

»So tief bin ich nun wirklich noch nicht gesunken. Lieber koche ich den Kaffee selbst.«

Max zuckte mit den Schultern und setzte sich mit dem Tablet an den runden Tisch im Besprechungsraum. Er wartete geduldig, bis Romy sich mit frischgekochtem Kaffee versorgt hatte, neben ihm Platz nahm und ihm einen auffordernden Blick zuwarf. »Leg los, Kollege. Ich weiß bisher nur, dass das Opfer gerade mal zwanzig Jahre alt geworden ist und aus Sassnitz stammt. Was immer da gestern Nachmittag oder Abend passiert ist – die Auffindesituation gibt nichts dazu her.«

»Benjamin Koller hatte kürzlich mit dem Studium in Stralsund angefangen«, begann Max mit seinem Bericht. »Medizintechnik. Nebenbei hat er ein Praktikum in einer kleinen Firma absolviert ...« Er unterbrach kurz und hob den Blick. »Er hat mit seinem zwei Jahre jüngeren Bruder Jakob zusammengelebt, nachdem die Eltern kurz hintereinander vor ungefähr einem Jahr verstorben sind.«

Romy stellte ihre Tasse wieder ab und starrte Max bestürzt an.

»Eine Familientragödie – die Mutter war bei einem Autounfall im letzten Winter ums Leben gekommen, der Vater Robert hat sich wenig später das Leben genommen«, fuhr Max fort. »Seitdem versuchen die beiden offenbar, das Leben gemeinsam zu meistern. Jakob geht noch zur Schule – er bereitet sich aufs Abitur vor.«

Romy war tief betroffen – innerhalb von gut einem Jahr waren drei von vier Familienmitgliedern tot, und Benjamin war zudem das Opfer einer Gewalttat geworden. Das war schwer zu verdauen.

»Meine Güte«, sagte sie leise. »Wie bringen wir das dem Bruder bei?« Dazu sagte Max nichts. Sie stand langsam auf, blickte einen Moment unschlüssig zum Fenster hinaus. Dann griff sie nach ihrer Jacke. »Ich fahre direkt nach Sassnitz«, erklärte sie dann. »Die Adresse …«

»Hast du schon auf deinem Handy«, warf Max ein. »Und ich spreche mich sofort mit den Stralsundern ab und erweitere den Hintergrundcheck. Handydaten folgen bestimmt auch in Kürze.«

»Gut. Alles Weitere dann später.«

Jakob und Benjamin wohnten in ihrem Elternhaus im westlichen Sassnitz an der Mukraner Straße – eine beschauliche Gegend mit Ein- und Mehrfamilienhäusern, Schule, Sportanlagen, kleineren Pensionen, nicht weit vom Schmetterlingspark entfernt. Als Romy aus dem Wagen stieg, war es gerade mal zehn Uhr – sie hatte Jakob Koller von unterwegs angerufen, nachdem sie kurz mit Jan gesprochen hatte, dem Leiter des Kommissariats in Stralsund, ihr direkter Vorgesetzter und darüber hinaus seit einigen Jahren ihr Ehemann. Bei Mordermittlungen auf Rügen ließ er ihr meist freie Hand und unterstützte sie mit bewährten Leuten aus seinem Team in der Hansestadt. Seitdem er auch häufig Aufgaben für das LKA übernahm, musste Romy ohnehin das Gros der Ermittlungen auf der Insel leiten.

Jakob Koller war noch nicht zur Schule aufgebrochen und würde auf sie warten, hatte er ihr am Telefon versichert. Worum genau es ging, hatte sie ihm nicht gesagt.

Romy warf einen Blick auf die Fassade und das Grundstück. Das Haus war eher klein und wirkte bescheiden, wahrscheinlich stammte es aus den 1960er Jahren. Der winterliche Garten lag karg und still im Morgenlicht, eine Schneeschaufel lehnte an der Garagenwand. Über der Tür hing eine Lichterkette. Romy atmete einmal tief durch, bevor sie die Hand auf die Pforte legte und eintrat. Die Haustür öffnete sich, als sie gerade klingeln wollte.

Jakob Koller war höchstens mittelgroß und von schmaler Statur, das dunkle Haar fiel ihm halblang über die Schultern. Er blickte ihr aus tiefblauen Augen entgegen, und Romy stockte für einen Moment der Atem. Der Achtzehnjährige wirkte deutlich jünger, ein zarter Jugendlicher, ein Teenager, der sich auf das Abitur vorbereitete, in seiner Freizeit vielleicht mit dem Skateboard unterwegs war oder bis tief in die Nacht Computerspiele zockte und nun den nächsten furchtbaren Schicksalsschlag verkraften musste.

»Kommen Sie herein«, sagte er, nachdem Romy sich vorgestellt hatte. Seine Stimme war erstaunlich kraftvoll und dunkel, sein Blick unter den dichten Wimpern direkt und ohne Scheu. Er ging voraus durch die enge Diele in die Küche – ein heller großer Raum, der gut geheizt war. Bunte Vorhänge umrahmten ein großes Fenster, in dem Weihnachtsschmuck angebracht war. Die Einrichtung dürfte gut und gerne zwanzig Jahre alt sein, wirkte aber erstaunlich aufgeräumt – sofern es Überraschung hervorrief, dass zwei junge Männer auf sich gestellt keine Mühe hatten, gemeinsam einen Haushalt in Schwung zu halten und für Ordnung zu sorgen. Die Voreingenommenheit war bei den beiden völlig fehl am Platz, dachte Romy. Sie war sicher, dass ihre Küche an manchen Tagen ganz anders aussah.

Sie nahm in der alten Holzbank unter dem Fenster Platz, während Jakob Koller sich einen Kaffee eingoss. »Möchten Sie auch?«, fragte er in höflichem Ton.

Sie schüttelte den Kopf. Er setzte sich zu ihr und sah sie fragend an. Die Situation fühlte sich fremd an. Romy war angespannt, sie legte die Hände auf den Tisch und zögerte. Sie überbrachte weiß Gott nicht zum ersten Mal eine Todesnachricht, aber sie konnte sich an keinen Angehörigenbesuch erinnern, bei dem sie einem Schüler klarmachen musste, dass er von nun ganz auf sich allein gestellt sein würde. Sie hoffte, dass es noch andere Verwandte gab, bei denen der Achtzehnjährige Unterstützung finden könnte.

Einen Moment lang wunderte sie sich über Jakobs Zurückhaltung. Müsste es ihn nicht irritieren, dass die Polizei am Morgen bei ihm aufkreuzte? Und wäre es nicht zu erwarten, dass er sie mit Fragen löcherte? Oder zumindest Verwunderung zum Ausdruck brachte? Wahrscheinlich gehörte er nicht zu den Menschen, die spontan reagierten und vorschnell Befürchtungen hegten. »Ich habe eine schlimme Nachricht für Sie«, sagte sie schließlich.

Er schloss die Hände um seine Tasse. »Worum geht es?«

»Um Ihren Bruder.«

Jakob runzelte die Stirn. »Ben ist längst unterwegs«, erklärte er rasch. »Er steht oft vor mir auf und …« Er stockte plötzlich und löste die Finger von der Tasse. »Gab es etwa einen Unfall? Schon wieder?«, schob er nach. »Das hatten wir doch erst …«

»Wir haben Benjamin heute Morgen tot aufgefunden.« Romy lauschte dem Klang ihrer Worte nach, während sie Jakobs Blick festhielt. Seine Miene erstarrte. Plötzlich schüttelte er den Kopf, ein verkrampftes Lächeln flog über sein Gesicht. »Das ist nicht möglich«, erklärte er. »Das kann gar nicht sein …« Er griff wieder nach seiner Tasse, sah Romy an und schüttelte erneut den Kopf. »Sie müssen sich irren!«

»Wann haben Sie Ihren Bruder zum letzten Mal gesehen?«

»Gestern Morgen.«

»War er mit dem Auto unterwegs?«

»Ja – er ist in die Uni gefahren und hat mich an der Schule abgesetzt«, antwortete Jakob leise. »Das machen wir manchmal so, wenn es passt.« Er hob das Kinn. »Was ist passiert?«

»Das wissen wir noch nicht. Wir wissen nur, dass er …«

»Wo haben Sie ihn gefunden?«

»Im Jasmund. In der Nähe von Hagen. Wir können zurzeit nicht ausschließen, dass ein Gewaltdelikt vorliegt.«

Romy schüttelte den Kopf. Ein gestelzter Satz, der mühsam verschleiern sollte, dass ein zwanzigjähriger Student erschlagen worden war – davon jedenfalls mussten sie im Moment ausgehen, auch wenn andere Optionen noch nicht völlig auszuschließen waren.

Jakob stand langsam auf, verharrte einen Moment und goss sich dann Kaffee nach. Stille trat ein. Romy hörte sein Atmen. Abrupt drehte er sich um. »Er wurde ermordet? Wollen Sie das sagen?«

»Wir können noch nicht mit Bestimmtheit sagen, was geschehen ist. Dazu ist die Auffindesituation nicht klar genug.«

»Die Auffindesituation«, wiederholte Jakob und schüttelte den Kopf. Er setzte sich wieder und blickte Romy an.

»Ich weiß, wie das klingt, Jakob. Ich muss so sachlich wie möglich bleiben.«

Er nickte langsam.

»Erzählen Sie bitte einfach weiter, sofern es Ihnen möglich ist – was war nach der Uni? Hatten Sie noch mal Kontakt zu Benjamin?«

»Er war im Betrieb – er macht ein Praktikum. Auf dem Heimweg hat er sich kurz gemeldet …«

»Wann war das?«

»Am frühen Nachmittag. Er hat angerufen …« Jakob griff nach seinem Smartphone. »Halb drei«, fügte er nach kurzem Blick in die Anrufliste hinzu. »Er wollte noch ein paar Besorgungen machen und dann nach Hause kommen.«

»Hat er erwähnt, dass er in den Jasmund wollte?«

»Nein, aber … Er liebte die Region der Insel ganz besonders.«

Das tue ich auch, dachte Romy. »Halten Sie es für möglich, dass er sich entschied, einen spontanen Abstecher zu machen?«

»Das würde ich nicht ausschließen«, meinte Jakob. »Er hat die Buchen geliebt – zu jeder Jahreszeit.«

Für einen Moment trat Stille ein.

»Ich war den ganzen Tag in der Schule und bin direkt danach zum Sport gefahren«, fuhr Jakob fort. »Es war spät, als ich nach Hause kam. Ich hatte mir etwas zu essen mitgebracht und bin sofort in mein Zimmer gegangen.«

Romy runzelte die Stirn. »Haben Sie nicht bemerkt …«

»Es war Licht in seinem Zimmer, aber es blieb still. Ich dachte, dass er die Kopfhörer auf den Ohren hatte und nicht gestört werden wollte. Das war nicht ungewöhnlich.«

Wieso brannte das Licht?, dachte Romy. »Und heute früh?«

»Heute wäre sein früher Tag gewesen – da steht er um halb sechs auf und fährt zeitig los. Ich höre ihn dann selten.« Jakob erhob sich plötzlich. »Lassen Sie uns nach oben gehen.«

Romy folgte ihm die enge Treppe in den ersten Stock. Jakob öffnete die Tür zu Benjamins Zimmer und schob sie weit auf. Das Nachtlicht brannte immer noch – er hatte es am gestrigen Morgen vergessen auszuschalten, resümierte Romy. Einige Bücher, Notizhefte und Stifte lagen auf dem Schreibtisch; ein paar Kleidungsstücke waren über einem Sessel ausgebreitet, aber auch dieser Raum wirkte bemerkenswert aufgeräumt. Hinter der Tür stand ein schmaler Kleiderschrank, ein Regal war neben den Schreibtisch gedrängt. Es enthielt weitestgehend Ordner und Unimaterial, wie Romy mit einem schnellen Blick erfasste. Sie trat ein und ließ die Atmosphäre auf sich wirken.

»Er hat Medizintechnik studiert«, bemerkte Jakob.

Romy sah sich um. Ein PC war nirgends zu sehen. »Wissen Sie, ob er einen Laptop dabeihatte?«

»Ja, natürlich. In der Uni hat er ihn immer dabei.«

Die Techniker hatten nur das Handy und den Studentenausweis bei ihm entdeckt, überlegte Romy. Und bislang gab es auch keine Spuren vom Wagen. Ein Überfall am Parkplatz? Oder jemand war ihm von dort gefolgt und hatte ihm nach dem Angriff die Autoschlüssel abgenommen.

Jakob rieb sich mit dem Unterarm über die Stirn. »Ich habe nicht bemerkt, dass er gar nicht zu Hause war«, flüsterte er, und leises Entsetzen kroch über sein Gesicht. »Wie furchtbar!«

»Sie konnten doch nicht ahnen, dass ...«

Er sah sie an. »Nein, aber der Gedanke, dass er ...« Jakob ließ den Satz unvollendet.

»Wir müssen uns hier noch genauer umsehen«, ergriff Romy wieder das Wort, und sie bemühte sich um einen sachlichen Ton. »Kollegen von mir werden demnächst eintreffen und alles gründlich durchsuchen. In der Zwischenzeit versuchen wir Benjamins Tagesablauf zu rekonstruieren und suchen nach Zeugen.«

»Ich verstehe.«

Romy wandte sich zur Tür, und sie gingen nach unten.

»Kann ich etwas für Sie tun?«, fragte sie einen Moment später. »Haben Sie Freunde, Familienangehörige, die jetzt für Sie da sind?«

»Ich komme klar«, erwiderte Jakob in ruhigem Ton und legte die Hände ineinander. »Ich kenne das schon. Man muss die Ruhe bewahren und das Nächstliegende tun. Das nimmt dem Schock die erste Wucht. Und wenn er sich später zurückmeldet, ist man besser vorbereitet.«

Romy holte tief Luft. Das war eine bemerkenswerte Reaktion. »Ich werde den psychologischen Dienst der Polizei benachrichtigen.«

»Das ist nicht nötig ...«

»Das sehe ich anders.«

Jakob lächelte plötzlich mit bleichen Lippen. »Sie sind sehr besorgt. Danke.«

Wenig später saß Romy im Wagen. Ein Frösteln durchfuhr sie. Ein Achtzehnjähriger, der sich bereits zum dritten Mal innerhalb eines Jahres mit Schock- und Trauerbewältigung befassen musste und plötzlich völlig auf sich allein gestellt war. Sie hatte Mühe, sich seine Gefühlslage auszumalen. Vielleicht sollte sie es gar nicht erst versuchen.

Sie startete den Motor und aktivierte ihr Headset. Kurz darauf sprach sie mit Jan. Er sagte ihr zu, dass er eine Beamtin vom psychologischen Dienst vorbeischicken würde. »Das ist eine schreckliche Geschichte«, erklärte sie dann. »Ich hoffe sehr, dass wir bald Ansatzpunkte finden.«

»Sag Bescheid, sobald du Unterstützung brauchst. Finn ist im Moment zwar auf einem Lehrgang, aber er ist sicherlich sofort bereit, bei dem Fall mitzuwirken.«

Der junge Beamte aus Jans Stralsunder Team, der auf den ersten Blick wie ein Teenager wirkte, hatte die letzten Ermittlungen auf Rügen auf engagierte Weise begleitet. Die Zusammenarbeit hatte sich bewährt.

»Wir können auch Ruth fragen«, fuhr Jan fort. »Das entscheidest du.«

»Okay. Warten wir zunächst erst einmal ab, was sich an Hinweisen ergibt …«

»Romy?«

»Er ist gerade einmal achtzehn«, sagte sie leise und bog an der nächsten Kreuzung kurzentschlossen in Richtung Jasmund ab. »Und er steht jetzt ganz allein da, nachdem die Brüder im letzten Jahr die Eltern kurz hintereinander verloren haben. Das ist zutiefst erschütternd.«

»Du wirst herausfinden, was geschehen ist.«

»Das hoffe ich sehr. Bis später.«

Romy unterbrach die Verbindung und konzentrierte sich auf den Verkehr. Es hatte zu schneien begonnen, und die Straßen waren teilweise glatt. Der Winter war in diesem Jahr ungewöhnlich früh hereingebrochen. Bäume und Wiesen sahen wie verzaubert aus, die Buchen des Jasmund stemmten sich trotzig der Kälte entgegen. Die See lag kristallklar unter einem weitgespannten Himmel.

Ruth Kranold tauchte vor Romys innerem Auge auf. Die Exkommissarin aus Greifswald – eine schmale Frau Mitte fünfzig mit irritierend weißem Haar und Augen in eindringlichem Blau hatte sich bereits vor etlichen Jahren in den Vorruhestand verabschiedet und stand seitdem lediglich hin und wieder als Springerin zur Verfügung, sobald ihre Expertise gefragt war oder das Insel-Team Unterstützung benötigte. Zu DDR-Zeiten hatte Ruth sich ungeniert so ziemlich mit jedem angelegt, der seinerzeit etwas zu sagen gehabt hatte, um sich dann nach der Wende komplett auf ihren Job als leitende Kommissarin zu konzentrieren und in Greifswald ein gut aufeinander eingespieltes Team aufzubauen. Sie war stark und bewies auch in engen Situationen Chuzpe, wie Kasper Schneider die Kollegin beschrieben hatte, nachdem Ruth und Romy das erste Mal miteinander zu tun gehabt hatten und prompt heftig aneinandergeraten waren – nun war auch Kasper pensioniert und der erste Streit mit Ruth längst vergessen.

Die Greifswalderin war eine in sich ruhende Persönlichkeit mit großer Ausstrahlung; souverän, unbeirrbar, gradlinig. Nach einem Überfall durch jugendliche Straftäter, aus deren Fängen sie sich nur hatte befreien können, indem sie den Anführer tötete, hatte sie den Dienst quittiert. Nun lebte sie auf einem abgelegenen Hof außerhalb von Greifswald, kümmerte sich um Hühner und selbstgezogenes Gemüse und verkaufte geschnitztes Holzspielzeug. Das Anwesen stammte aus dem vorletzten Jahrhundert, wirkte wehrhaft und passte hervorragend zu Ruth. Ihre Entscheidung war ein rabiater Schnitt gewesen, der Ruths Persönlichkeit eindringlich widerspiegelte. Sie entschied sich für Weiß oder Schwarz, selten für Zwischentöne. Vor gut zwei Jahren hatte sie Ina, eine obdachlose junge Frau aufgenommen, die mehrfach Opfer von Gewalt geworden war. Seitdem lebten die beiden gemeinsam ein Einsiedlerinnenleben, aus dem Ruth nur hin und wieder ausbrach – zum Beispiel, um Ermittlungen zu unterstützen. Ihr letzter gemeinsamer Einsatz lag ein gutes Jahr zurück, seitdem hatte Romy nur hin und wieder mit ihr telefoniert.

Einmal hat sie mir sogar das Leben gerettet, dachte Romy abschließend, als sie in Hagen auf den Parkplatz fuhr. Sie stieg aus und atmete die eisige Luft tief ein, während sie sich umsah. Nur wenige Fahrzeuge standen auf dem verschneiten Platz. In der Hochsaison standen die Wagen und Caravans auf dem großen Gelände eng aneinandergepfercht, und es war kaum ein Durchkommen. Nun herrschte winterliche Ruhe. Der kleine Imbisswagen hatte geschlossen. Lediglich ein einzelner umgebauter Transporter stand am äußersten Ende des Caravanplatzes.

Romy zückte ihr Handy und rief Marco Buhl an. Der Leiter des Technikteams stellte die Verbindung nach dem zweiten Klingeln her. »Wir haben noch nichts, Romy«, erklärte er sofort.

»Benjamin war mit dem Wagen unterwegs, wie sein Bruder mir bestätigt hat«, entgegnete sie. »Ich bin gerade in Hagen. Möglich, dass er hier geparkt hat.«

»Möglich ist vieles. Meine Leute waren da übrigens auch schon. Der Schneefall hat längst alle Spuren überdeckt. Und Zeugen wird es auch nicht geben.«

»Hier steht ein einzelner …«

»Ja, so ein Allwettercamper – ich weiß«, warf Buhl in gereiztem Ton ein. »Der Typ hat noch gepennt, als wir heute Morgen da aufkreuzten. Er roch mächtig nach Schnaps und hat nichts mitgekriegt. Ich schätze, alles Weitere kann man sich sparen.«

»Vielleicht. Ich werde ihn trotzdem noch mal ansprechen.«

»Tu das.« Buhls Stimme knarzte vor Unmut.

»Kollege – ich bin genauso frustriert und entsetzt wie du!«, hielt Romy ihm entgegen. »Aber irgendwo müssen wir ja anfangen.«

»Ja, schon klar. Tut mir leid …« Buhl stieß ein Seufzen aus. »Hast du das damals eigentlich mitbekommen mit den Eltern?«, schob er schließlich nach.

»Nur am Rande.«

»Die Mutter ist im letzten Winter hinter Lietzow von der Straße gerutscht und frontal gegen einen Baum gekracht. Dabei hat es sogar noch die Fahrerin eines entgegenkommenden Autos erwischt! Glücklicherweise überlebte die, wenn auch mit schweren Verletzungen. Und wenig später nimmt der Vater sich das Leben – hat einen Schlauch über den Auspuff gezogen und ins Wageninnere geleitet – aus, vorbei. Der Jüngere hat ihn gefunden, und nun der Bruder … So ein Scheiß aber auch! Bis später.« Es klackte, und damit war das Gespräch beendet. Buhl hatte ein verdammt weiches Herz, und manche Fälle gingen ihm richtig nah, aber sagen durfte man ihm das natürlich auf keinen Fall.

Romy steckte das Smartphone wieder ein und wandte sich in Richtung des Transporters – ein alter Ford mit zig Aufklebern zu allen möglichen Themen, bunten Fähnchen aus zwei Dutzend Ländern und einem fantasievollen Dachaufbau, der den TÜV sicherlich eine Weile beschäftigt haben dürfte, bevor er genehmigt wurde. Als sie näher kam, schwang die Seitentür auf. Ein baumlanger Kerl mit Vollbart, in dem sich vereinzeltes Grau zeigte, und verwuscheltem Haarschopf setzte sich mit einem Kaffeepott in die Türöffnung. Dampf stieg über seiner Tasse auf. Er blies ihn beiseite, trank einen Schluck und blickte Romy unter buschigen Brauen ruhig entgegen.

Sie schätzte den Mann auf Ende vierzig, der dicke Pullover hatte sicher schon bessere Tage gesehen, die Stiefel wirkten abgewetzt von langen Wanderungen, und die Outdoorhose hatte auch schon einiges mitgemacht. Romy zückte im Näherkommen ihren Ausweis. »Darf ich Ihnen ein paar Fragen stellen?«

Er reckte den Hals. »Polizei? Muss ich mich vom Acker machen?« Er warf einen Blick in die Runde. »Ist doch gerade genug

Platz, und ich störe niemanden. Außerdem fahre ich nachher sowieso weiter.«

Romy lächelte. »Glaube ich Ihnen gerne. Aber es geht um etwas anderes. Kollegen von mir haben Sie bereits heute Morgen befragt, und ich …«

»Stimmt. Das war zu nachtschlafender Zeit.« Er zuckte mit den Achseln. »Ich habe nichts beobachtet – weder heute Morgen noch gestern. Tut mir leid. Was ist denn passiert?« Er trank einen Schluck.

»Wir untersuchen ein Gewaltdelikt, und das Opfer hat womöglich gestern Nachmittag hier geparkt.«

»Automarke?«

Romy zog das Handy aus der Tasche und rief eine Datei von Max auf, in der auch das Fahrzeug von Benjamin erwähnt war. »Ein dunkelblauer BMW, gut zehn Jahre alt«, las sie vor.

»Na ja – warum sollte er die Kiste auf dem Caravanplatz abstellen? Vorne ist doch auch genug Platz.«

»Der Einwand ist berechtigt, aber es stellt sich trotzdem die Frage, ob Sie etwas beobachtet haben – da so wenig los ist, könnte Ihnen ein einzelnes Fahrzeug oder auch ein Spaziergänger durchaus aufgefallen sein.«

Der Wintercamper nickte nachdenklich und senkte dann den Blick auf ein Foto von Benjamin, das Romy angeklickt hatte. »Wir vermuten, dass der junge Mann gestern Nachmittag hier in der Gegend spazieren gegangen ist.«

Achselzucken. »Wie gesagt – ich habe nichts bemerkt. Am Nachmittag sagen Sie? Da war ich selbst eine Weile unterwegs, das Wetter war ganz wunderbar. Und später habe ich mir ein Bier gegönnt, es können auch zwei gewesen sein. Ich habe mich aufs Ohr gehauen und war später nur noch mal kurz draußen, um zu … mir die Beine zu vertreten.«

»Verstehe.« Romy nickte. »Ich würde mir trotzdem gerne Ihren Namen notieren, falls wir noch …«

»Schon klar.« Er hievte sich hoch und trat ins Wageninnere. Einen Moment später reichte er Romy seinen Ausweis. Bernd Ohlstedt war gebürtiger Rostocker.

Er behielt sie im Blick, während sie den Ausweis musterte.

»Danke.«

Ohlstedt tippte sich grüßend an die Stirn, während Romy sich abwandte und zu ihrem Wagen zurückging. Sie gab den Namen an Max weiter und machte sich auf den Weg ins Kommissariat.

2

In den nächsten beiden Tagen führten Romy und Max zahlreiche Gespräche im Umfeld der Uni und im Praktikumsbetrieb. Zu größeren Konflikten oder Streit konnte niemand etwas sagen; auch im Freundes- und Bekanntenkreis herrschte durchweg Entsetzen und Fassungslosigkeit. Sämtliche Befragten reagierten entsetzt auf die neuerliche Familientragödie. Hinweise auf hervorstechende oder auch nur auffällige Geschehnisse: Fehlanzeige. Benjamin habe aufgrund der Verantwortung für seinen Bruder unter großem Druck gestanden – das war die einhellige Beschreibung, und sie verwunderte wenig nach den tragischen Todesfällen.

In einem weiteren ausführlichen Gespräch, das Romy mit Jakob führte, konnte der sich bereits am Tag des Geschehens vermutete Ablauf im Abgleich mit den Auswertungen aus der Verkehrsüberwachung verifiziert werden. Benjamin war am Nachmittag auf die Insel zurückgekehrt und in Richtung Jasmund unterwegs gewesen. Danach verlor sich jede Spur, und bislang war das Fahrzeug nicht wieder aufgetaucht. Damit war die Möglichkeit eines tragischen Streits oder zufälligen Unfallgeschehens erst einmal vom Tisch. Der oder die Täter hatten Benjamin überfallen, niedergeschlagen und waren anschließend mit seinem Wagen geflohen – und zwar abseits von Strecken mit Verkehrsüberwachung. Die schlichte Frage lautete: warum? Was steckte hinter dem Mordgeschehen?

Max hatte Romy Hoffnung gemacht, dass der Wagen mittels der Laptopsuche entdeckt werden könnte – sofern man davon ausging, dass sich Benjamins Unikram noch im Auto befand. Doch auch an der Stelle kamen sie leider nicht weiter. Der Laptop konnte nicht nachverfolgt werden. »Da ist jemand sehr durchdacht vorgegangen und hat das Teil abgemeldet«, meinte Max nachdenklich.

»Welche Feinde hat ein zwanzigjähriger Student, dass sich der Täter solche Mühe macht?«, fragte Romy verblüfft.

»Was heißt schon Mühe? Der weiß wahrscheinlich einfach Bescheid und hat den Laptop offline geschaltet. Wie gesagt – ein durchdachtes Vorgehen, nicht mehr, aber auch nicht weniger.«

»Und was ist mit dem Handy? Gibt es dazu schon Erkenntnisse?«

»Wie man es nimmt. Ich habe aus einigen Mails schlussfolgern können, dass Benjamin sich kürzlich einen Computervirus eingefangen hat und sein System komplett neu aufsetzen musste.« Max verzog den Mund. »Ob es hier einen Zusammenhang mit dem Fall gibt, kann man nicht ausschließen, aber ...« Er hob die Hände. »Das ist natürlich vorerst nur Spekulation.«

Drei Tage nach dem Leichenfund meldete sich die Großmutter der Brüder von väterlicher Seite – Rosalie Koller war Anfang siebzig, die einzige direkte Verwandte, die Jakob noch hatte. Sie lebte seit einigen Jahren bei Freunden in Süddeutschland. Romy hatte bereits mehrfach versucht, sie zu erreichen, und schließlich eine Nachricht hinterlassen.

Es war früher Morgen, Romy war gerade im Kommissariat eingetroffen, als ihr Handy klingelte. Sie setzte sich an den Besprechungstisch und winkte Max von Weitem kurz zur Begrüßung zu. »Guten Morgen, Frau Koller, danke für Ihren Rückruf«, sagte sie dann. »Ich nehme an, Sie haben bereits mit Ihrem Enkel gesprochen und wissen, was geschehen ist.«

»Er hat mich angerufen – ja ...«

Romy wartete einen Moment, doch Rosalie Koller fügte nichts hinzu.

»Das Geschehen ist auch für uns schwer zu begreifen, erst recht, wenn man von den tragischen Ereignissen in der Familie Kenntnis hat«, fuhr Romy schließlich fort. »Wir haben bisher keinerlei Hinweise auf den Tathintergrund gewinnen können. Vielleicht können Sie uns weiterhelfen.«

»Wie kommen Sie darauf?« Kollers Stimme klang spröde.

Romy schlug ein Bein über das andere. »Nun, ich nehme an, Sie hatten als einzige Verwandte der Brüder lebhaften Kontakt zu Ihren beiden ...«

»Das ist ein Irrtum.«

Romy stutzte.

»Ich lebe seit vielen Jahren in Süddeutschland. Das Verhältnis zu meinen Enkeln war nie besonders ausgeprägt.«

»Auch nicht nach dem Tod der Eltern?«, warf Romy ein. »Ich meine, die beiden sind ...«

»Nein. Sie sind immer gut allein klargekommen, trotz ihres jugendlichen Alters. Sie haben mich nicht gebraucht, das dürfen Sie mir glauben.«

»Nun ist Jakob alleine und ...«

»Er wird selbst entscheiden, ob er intensiveren Kontakt zu mir wünscht. Ich denke aber eher nicht. Wie gesagt – besonders innig war das nie mit uns. Er braucht mich nicht, nicht einmal jetzt – die Oma, die im Süden lebt und mit der ihn ohnehin nie etwas verband.«

Familiengeschichten, dachte Romy. Ich will eigentlich gar nicht genauer wissen, was dahintersteckt. Aber im Zusammenhang mit einem Mordfall war grundsätzlich jede Frage erlaubt und manche Indiskretion angebracht. »Warum nicht, wenn ich fragen darf?«

»Spielt das eine Rolle?«

Romy hob eine Braue. »Das weiß ich noch nicht. Ihr Enkel Benjamin ist Opfer eines Gewaltverbrechens geworden. Ändert das nicht vieles?«

»Ich weiß es nicht, um ehrlich zu sein«, erwiderte Rosalie Koller nach kurzer Pause. »Wir sind uns als Familie aus dem Weg gegangen – auch als mein Sohn und seine Frau noch lebten und ich oben an der Küste zu Hause war. Man könnte es auch anders ausdrücken: Wir haben nie Zuneigung und Gemeinsamkeiten geheuchelt, nur weil wir einen Namen tragen und einen gemeinsamen genetischen Code haben. Ich finde es albern, so zu tun, als ob es eine tiefe Verbindung gäbe. Familie ist manchmal nichts anderes als ein Korsett, das künstlich etwas zusammenhalten soll, was sonst kaum Nähe zulässt. Verstehen Sie?«

»Ja, durchaus.« Zumal viele Straftaten im Umkreis von Familien geschehen, überlegte Romy stumm. »Können Sie sich daran erinnern, wann Sie das letzte Mal mit Benjamin gesprochen haben?«

»Er hat sich zu meinem Geburtstag gemeldet – mit so einer animierten Karte übers Internet, das liegt Monate zurück. Das war es auch schon. Und das war kein Gespräch. Ich war das letzte Mal auf der Insel, als mein Sohn begraben wurde. Und ich werde nie wieder nach Rügen zurückkehren, wenn ich es vermeiden kann. Ist einfach nicht meine Welt. Sie merken schon – ich bin keine große Hilfe. Und nun entschuldigen Sie mich bitte.«

Romy ließ das Handy sinken. Das Gespräch klang mehrere Minuten in ihr nach. Jakobs Großmutter war entweder tatsächlich komplett distanziert, was ihre Familie anging, oder sie hatte den Tod ihres Sohnes noch nicht einmal annähernd verarbeitet und bemühte sich krampfhaft, das Geschehen nicht an sich herankommen zu lassen. Romy telefonierte kurz darauf mit der Rechtsmedizin und Marco Buhl, die beide keine Neuigkeiten für sie hatten, und vertiefte sich anschließend erneut in die dünne Akte. Von vier Menschen einer Familie lebte nach einem Jahr nur noch einer. Das klang auch im Abstand einiger Tage grauenhaft, selbst wenn sich die jeweiligen Hintergründe komplett unterschiedlich darstellten. Der Tod war unvermutet hereingebrochen – zumindest auf den Unfall der Mutter bezogen, der wenig später zum Suizid des Vaters geführt hatte. Und nun dieser Mord an einem zwanzigjährigen Studenten, bei dem kein Motiv in Sicht schien –

nicht auf den ersten Blick. Romy hoffte inständig, dass Max bei ausgeweiteten Recherchen auf eine Spur stoßen würde.

Am frühen Nachmittag war ihre Ruhelosigkeit mit Händen greifbar, und sie machte sich kurzentschlossen auf den Weg nach Stralsund. Der kleine Betrieb für Medizintechnik war im Westen der Hansestadt im Gewerbegebiet an der Rostocker Chaussee angesiedelt. Romy hatte bereits mit einigen Mitarbeitern gesprochen, ohne dass sich auch nur der Hauch eines Anhaltspunktes ergeben hatte. Sie erinnerte sich allerdings auch daran, dass eine enge Kollegin von Benjamin in der ersten Befragungsrunde krankgeschrieben war – und ein Kommilitone hatte erwähnt, dass die beiden sich gut verstanden hatten. Es konnte nicht schaden, hier noch einmal nachzuhaken, und alles war besser, als im Kommissariat mit den Fingern auf der Tischplatte zu trommeln.

Romy musste keine zwei Minuten warten, bis eine schätzungsweise dreißigjährige Frau den Aufenthaltsraum betrat. Pia Lombrecht war hünenhaft groß und dürfte gut und gerne das Doppelte von Romy wiegen. Ein amüsiertes Lächeln blitzte in ihren Augen auf, als sie Romys verblüfften Blick bemerkte.

»Ja, fast zwei Meter«, sagte sie zur Begrüßung und streckte ihr die Hand entgegen. »Und über mein derzeitiges Gewicht spreche ich nicht ohne meinen Anwalt. Wenn ich Zeit habe, fange ich wieder mit dem Sport an – Basketball, wenn Sie es genauer wissen wollen.« Sie setzte sich, und der Stuhl knarzte bedrohlich. Das Lächeln verschwand abrupt. »Es geht um Benjamin«, stellte sie dann in leisem Ton fest. »Es fällt mir immer noch schwer …« Sie schüttelte den Kopf. »Er ist einfach nicht mehr da.«

»Kannten Sie ihn gut?«, fragte Romy.

»Das würde ich nicht behaupten, aber … ja: Wir haben mehr als ein paar oberflächliche Worte miteinander gewechselt. Er war nicht nur ein begabter Student, sondern sympathisch und aufmerksam. Als er bei uns anfing, lag das Familiendrama um seine Eltern kaum ein paar Monate zurück, und man hat natürlich mitbekommen, dass er unter immensem Druck stand – mit zwanzig Jahren hatte er plötzlich eine Verantwortung zu tragen, mit der wesentlich Ältere große Probleme haben dürften.«

Romy nickte. An diesem Punkt bestätigte Pia Lombrecht die vielfach beschriebene Auswirkung der Familientragödie auf einen jungen Mann, der selbst noch dabei war, erwachsen zu werden.

»Er hat versucht, den Alltag zu bewältigen und nach vorne zu blicken – bewundernswert. Studium, das Praktikum, ständig den jüngeren Bruder im Blick behalten …« Lombrecht stand auf und holte sich eine Flasche Wasser. »Für Sie auch?«

Romy schüttelte den Kopf. »Können Sie sich an Konflikte erinnern, die darüber hinausgingen? Gab es auch andere Probleme, mit denen er sich beschäftigte?«

Lombrecht trank einen Schluck Wasser und überlegte einen Moment. »Er kam mit dem Verwaltungschef nicht besonders gut klar, falls Sie auf so etwas hinauswollen. Ich würde sagen, die konnten sich nicht ausstehen, aber als Praktikant hält man natürlich die Klappe und versucht, das Beste daraus zu machen.«

»Haben Sie eine Ahnung, was dahintersteckte?«

»Ich denke nicht, dass es einen tatsächlichen Grund gab.« Lombrecht zuckte mit den Achseln. »Kramer, unser Geschäftsführer für Personal und Verwaltung, hatte Ben auf dem Kieker. Er hat kein gutes Haar an ihm gelassen, aber damit stand er allein. Ben hatte ansonsten einen richtig guten Stand hier.«

»Das war alles?«

»Na ja, Kramer ist nicht so furchtbar beliebt und kann ein richtiger Kotzbrocken sein, wenn die Ausdrucksweise erlaubt ist. Er spielt sich gerne auf. Vielleicht fragen Sie ihn selbst.«

Das werde ich tun, dachte Romy und verabschiedete sich wenig später von Pia Lombrecht.

Das Büro des Verwaltungschefs befand sich im vorderen Bereich des Gebäudes. Romy wollte gerade anklopfen, als die Tür aufschwang. Ein schlanker bärtiger Anzugtyp um die fünfzig stand vor ihr und blickte sie verblüfft an. Dann sah er auf seine Uhr. »Ich hoffe nicht, dass ich einen Termin vergessen habe.«

Romy schüttelte den Kopf und zückte ihren Ausweis. »Ich würde mich trotzdem freuen, wenn Sie fünf Minuten erübrigen könnten.«

Kramer zögerte nur kurz, dann nickte er. »Kommen Sie herein. Es geht um Benjamin Koller, nicht wahr?«

»Richtig.« Romy trat hinter ihm ins Büro – ein elegant eingerichteter Raum mit modernem Mobiliar und einem schicken Wandgemälde in schreiend bunten Farben.

»Nehmen Sie Platz«, sagte Kramer und wies auf eine Sitzecke mit zierlichen Ledersesseln.

Auf den ersten Blick wirkte der Verwaltungschef keineswegs wie ein griesgrämiger Kotzbrocken, der gerne austeilte und den niemand mochte, sondern wie ein Geschäftsmann in gepflegtem Outfit, der höchstwahrscheinlich täglich Prioritäten setzen musste.

»Sie wissen nicht, was passiert ist?«, ergriff Kramer das Wort.

»Nein«, gab Romy zu. »Im Moment ist vieles möglich, und wir recherchieren in alle Richtungen.« Das war ebenso ausweichend wie korrekt beschrieben. Sie überlegte einen Moment, dann hob sie das Kinn. »Wie kamen Sie mit Benjamin klar?«

Kramers Lippen verzogen sich sofort zu einem kühlen Lächeln. »Ich war kein Fan von Koller«, sagte er dann. »Ich gehe davon aus, dass sich das bis zu Ihnen herumgesprochen hat.«

»Das hat es. Erklären Sie doch mal, was Sie an ihm störte.«

»Warum genau sollte ich das tun?« Kramer legte die Hände in den Schoß und blickte sie aufmerksam an. »Wenn ich richtigliege, ist er hinterrücks erschlagen worden – bei einem Spaziergang auf der Insel. Das ist furchtbar, doch dieser Überfall hat sicherlich nicht das Geringste mit seinem Stand hier in der Firma zu tun.«

»Mag sein«, erwiderte Romy. »Doch ich bin darauf angewiesen, dass mir Bekannte, Kollegen, Freunde und Vorgesetzte mehr zu Benjamin erzählen. Ich muss ihn näher kennenlernen – nur so kann ich einem Motiv auf die Spur kommen, falls es hier um einen geplanten Angriff ging, und diese Möglichkeit steht durchaus im Raum. Was nützt es mir für die Nachforschungen, wenn jeder und jede ausschließlich betont, wie anständig und verantwortungsbewusst Benjamin war? Vielleicht entdecke ich aufgrund Ihrer Beschreibung einen Charakterzug an ihm, der bislang keine Beachtung fand, aber im Zusammenhang mit dem Tötungsdelikt eine Rolle spielen könnte.«

Kramer schlug ein Bein über das andere. »Ich denke, Sie hängen das viel zu hoch – Koller war mir nicht besonders sympathisch, und das beruhte auf Gegenseitigkeit. So was passiert. Außerdem hat er den Praktikumsplatz über Vitamin B bekommen …«

»Das heißt?«

»Der Technikchef – Bernd Rohler – hat sich für ihn stark gemacht. Die kannten sich wohl über drei Ecken. Das hat ihn bei der Vergabe nach vorne rücken lassen.«

Das ist nicht ungewöhnlich, dachte Romy.

»Benjamin wäre keineswegs meine erste Wahl gewesen, dennoch gebe ich zu, dass er fachlich nicht schlecht war«, fuhr Kramer fort. Er zögerte. »Seine ganze Art behagte mir nicht. Wie gesagt – so was passiert. Das sollte man nicht überbewerten.«

»Können Sie Ihr Unbehagen dennoch etwas genauer beschreiben?«

Kramer seufzte. »Ich hatte manchmal das Gefühl, dass er sein Familienschicksal zu sehr in den Vordergrund schob.«

Romy runzelte die Stirn.

»Ich weiß gar nicht, wie ich das ausdrücken soll … Ich hatte ständig das Gefühl, dass man sich in seiner Gegenwart nicht wohlfühlen durfte. Der junge Mann musste so viel schultern, dagegen verblassten normale Sorgen und Alltagskram völlig, und Fröhlichkeit war komplett unangemessen. Benjamin trug ständig eine Art Trauerflor, verstehen Sie? Es war schwer zu ertragen – wir sind eine kleine Firma, und derartige Emotionen wirken sich auf alle aus.«

Romy ließ die Erläuterung sacken. Kramer hatte sich bemerkenswert offen geäußert. Ihrer Ansicht nach konnte er mit Trauer und Erschütterung nicht umgehen. Er legte Wert auf ein sachlich orientiertes Team ohne große Gefühlsduseleien – oder aber er fand es völlig unangemessen, dass ein Praktikant aufgrund eines privaten Schicksals derart viel Aufmerksamkeit auf sich zog.

Kramer hob nur kurz die Hände. »Mag sein, dass ich an der Stelle nicht sensibel genug bin – aber Sie wollten ja unbedingt meine Einschätzung hören.«

»Richtig. Vielen Dank für Ihre Offenheit.«

Als Romy wenig später vom Parkplatz fuhr, war sie kaum schlauer als vor dem erneuten Besuch der Firma. Dass Kramer nicht sonderlich betroffen gewirkt hatte, ließ sich mit der Distanz und Antipathie zwischen den beiden gut erklären, auch wenn Romy eine gewisse Irritation nicht verhehlen konnte. Ein Verwaltungschef, der sich daran störte, dass ein Student aufgrund seiner persönlichen Familiengeschichte häufig im Mittelpunkt seiner Kolleginnen und Kollegen stand, wirkte ähnlich verstörend auf sie wie eine Großmutter, die lediglich aus der Ferne Anteil nahm. Familie. Gefühle. Trauer. Angst.

Romy fuhr Richtung Sassnitz. In dem kleinen Häuschen der Kollers brannte Licht im Erdgeschoss. Die weihnachtliche Außenbeleuchtung war eingeschaltet und schuf eine anheimelnde Atmosphäre. Romy hielt am Straßenrand und ließ den Blick schweifen. Im Garten stand ein Schneemann. Er trug eine knallblaue Mütze und strahlte mit dicker Karottennase in das winterliche Geschehen. Romy stieg aus und ging näher. Im nächsten Moment öffnete sich die Terrassentür, und Jakob trat ins Freie. Er trug eine dicke Jacke und hatte einen Schal um den Hals geschlungen. Mit leuchtenden Augen sah er ihr entgegen. Sein Gesicht war gerötet vom Winterwind, das Haar zerzaust.

»Das haben wir sonst immer zusammen gemacht, nicht nur als Kinder«, erklärte er nach kurzer Begrüßung und wies auf den Schneemann. »Unser Vater und wir beide. Und letztes Jahr hat Benni ihn allein gebaut – für mich. Und nun bin ich dran.« Er lächelte kurz auf. »Das bin ich ihm schuldig, oder?«

Romy atmete tief durch.

»Oder denken Sie, ich bin längst zu alt für so was?« Er sah sie verlegen an. »Kann man wohl nicht ausschließen. Das ist ja eher Kinderkram.«

»Für Schneemänner ist man nie zu alt.«

»Das hat Benni auch gesagt.« Jakob lächelte, dann flog ein Schatten über sein Gesicht. »Haben Sie Neuigkeiten?«

»Nur eine kurze Frage, wenn Sie erlauben.«

»Na klar – wollen Sie reinkommen?«

Romy schüttelte den Kopf. »Das wird wohl nicht nötig sein …«

»Ich habe gerade Tee gekocht.«

»Das klingt allerdings verlockend.« Romy trank Tee nur, wenn ihr nichts anderes übrigblieb, aber sie wollte Jakob nicht vor den Kopf stoßen. In dem kleinen Wohnzimmer war es mollig warm, das Licht war gedimmt. Jakob holte eine zweite Tasse. Romy sah sich um und spürte, wie ihr Herz eng wurde, während ihr Blick über den Adventsschmuck und zwei brennende Kerzen glitt; in der Mitte des Esstisches stand eine große Gebäckdose. Jakob hatte sich ein vorweihnachtliches Ambiente geschaffen – das war anrührend und verstörend zugleich.

»Nehmen Sie reichlich Kandis!«, forderte Jakob sie auf, während er sich zu ihr setzte und ihr Tee eingoss. »Mögen Sie Plätzchen?«

Sie schüttelte den Kopf. »Im Moment nicht, danke. Sagen Sie – hat sich jemand vom psychologischen Dienst bei Ihnen gemeldet?«

»Natürlich. Wir hatten ein gutes Gespräch, und ich kann die Beamtin jederzeit anrufen.« Er strich sich eine Haarsträhne aus der Stirn.

Romy war erleichtert.

»Das war Ihre Frage?« Jakob sah sie verdutzt an.

Romy lächelte. »Nicht ganz. Können Sie mir etwas zu Benjamins Praktikum erzählen?«

Jakob legte den Kopf schief.

»Hat er mal von Ärger berichtet?«

»Ich weiß nicht ... Warum ist das wichtig?«

»Sagt Ihnen der Name Detlef Kramer etwas?«

Jakob überlegte einen Moment. »Kann sein. Aber konkret fällt mir dazu nichts ein.«

Der Konflikt mit Kramer war sehr wahrscheinlich völlig bedeutungslos und war nur in den Vordergrund gerückt, weil sie bislang keine anderen Anhaltspunkte gefunden hatten. Romy trank einen Schluck, dann suchte sie Jakobs Blick. »Gibt es Freunde, mit denen Sie sich austauschen können?«

»Das hat die Psychologin auch gefragt – und ja: Ich bin nicht allein. Ich kann jederzeit mit jemandem reden.«

»Das freut mich. Was ist eigentlich mit Ihrer Großmutter?«

Jakob zuckte mit den Achseln. »Ich bin ganz ehrlich – sie ist keine Freundin«, erwiderte er dann. »Wir hatten noch nie viel mit ihr zu tun. Ich glaube, sie mochte unsere Mutter nicht.« Er stellte seine Tasse beiseite. »Was ich damit sagen möchte: Ich würde ganz sicher nicht sie anrufen, wenn ich das Bedürfnis hätte zu reden. Und es ist ein gutes Gefühl, dass ich sie nicht brauche.« Er nickte nachdenklich, und einen Moment lang wirkte er wie ein Kind, das sich tapfer selbst Mut zusprach.

Romy schluckte.

»In meiner Schule gab es eine Gedenkstunde«, ergriff Jakob erneut das Wort, als Romy sich gerade verabschieden wollte und nach einem Schlusswort suchte. »Benjamin hat ja dort auch Abitur gemacht. Es war sehr …« Er nickte und senkte kurz den Blick. »Sie haben sich große Mühe gegeben.«

»Das klingt schön.«

Jakob nickte. »Sie werden den Typen finden, oder?« Er hob das Kinn.

»Ich werde alle Hebel in Bewegung setzen, das kann ich Ihnen versprechen.«

Er nickte langsam. »Danke.«

Romy stand auf und reichte ihm die Hand. »Melden Sie sich, wenn Sie Hilfe benötigen.«

Als sie ins Kommissariat zurückkehrte, war es still. Max hatte bereits Feierabend gemacht. Das war eine schlechte Nachricht, denn es konnte nur bedeuten, dass er – mitten in einem neuen Fall – wenig Bedeutsames entdeckt hatte. Romy rief ihre Mails ab, beantwortete einige Nachrichten sofort und wollte gerade den PC herunterfahren, als sie eine SMS von Jakob erhielt. Er hatte ihr den Link zu dem Video der Gedenkfeier geschickt. Die Datei umfasste gut fünf Minuten und zeigte bewegende Szenen, die in der Schulaula entstanden waren. Mehrere Redner und Rednerinnen aus dem Lehrerkollegium und der Schülervertretung hatten mit kurzen Beiträgen ihre Erschütterung zum Ausdruck gebracht – in dem Video waren diese Vortragsszenen gekürzt zusammengefasst, während die Kamera immer wieder die gutgefüllte Schulaula erfasste, über die Blumen auf dem Podium vor einem Bild mit Benjamin stoppte und nach jedem Schwenk schließlich bei Jakob innehielt: ein zarter Teenager mit bleichem Gesicht und großen Augen, in denen Schmerz und Fassungslosigkeit standen.

Romy war tief berührt, und die Gesichter der Anwesenden spiegelten das Gleiche. Als sie das Kommissariat verließ, war es längst dunkel. Sie fuhr in langsamem Tempo nach Hause. Tiefe Trauer. Unermesslicher Schmerz. Kein Motiv. Das kann nicht sein, dachte sie. Wer immer Benjamin getötet hatte, war planvoll vorgegangen – der gestohlene Wagen war ein Aspekt, der manipulierte Laptop ein weiterer, die dafürsprachen – und musste demnach einen triftigen Grund haben. War es tatsächlich so gewesen, oder gab es eine andere Erklärung? Womöglich doch ein Streit, der eskaliert war, und der Täter hatte nach dem ersten Schreck und kurzem Innehalten auf geschickte Weise Spuren verwischt. Das Wetter hat sein Vorgehen begünstigt. Eventuell gab es Hinweise im Wagen, deren Untersuchung die Polizei weitergebracht hätte.

Wir übersehen etwas, dachte Romy – besser gesagt: Sie tappten völlig im Dunkeln.

Zwei Wochen vergingen, ohne dass sich an der Erkenntnislage das Geringste änderte. Weder die detaillierte Prüfung durch das Stralsunder Team noch ein weiterer ausgeweiteter Check der Verkehrsdaten brachten neue Hinweise. Kurz vor Weihnachten stellte Romy zutiefst frustriert fest, dass die Aufklärung des Mordes in weite Ferne gerückt war. Die Spur, die sie nie entdeckt hatten, war mittlerweile eiskalt. Sie empfand die Sackgasse ausgerechnet in diesem Fall als persönliche Niederlage und nahm sich vor, direkt nach den Feiertagen jeden einzelnen Punkt der Fallakte ein weiteres Mal durchzugehen. Falls sich auch dann kein Hinweis herauskristallisierte, der das Motiv erhellen könnte, würde der Staatsanwalt nicht lange zögern, die Ermittlungen auf ein Mindestmaß herunterzuschrauben, die sich lediglich auf die Fortführung von Hintergrundrecherchen und Updates im Umfeld des Geschehens beschränken würden.

Zwischen den Jahren besuchte Romy Ruth Kranold und ihre Ziehtochter Ina auf ihrem Hof – die junge Frau redete immer noch kein Wort, aber sie wirkte nicht mehr ganz so scheu und zog sich erst zurück, nachdem sie Kaffee gekocht und Gebäck bereitgestellt hatte. Dass Romy der Fall keine Ruhe ließ, sah die Kollegin ihr natürlich sofort an. »Am besten verzichtest du auf jegliches Vorgeplänkel und kommst gleich zur Sache«, schlug Ruth vor. »Warum kommt ihr bei dem Fall nicht weiter?«

Romy seufzte. »Merkt man mir so deutlich an, dass ich …«

»Ja.« Ruth lächelte, nahm sich ein Plätzchen und nickte ihr zu. »Nur zu.«

Romy ließ sich nicht zweimal bitten, berichtete ausführlich von den ergebnislosen Ermittlungen und schilderte den Familienhintergrund. Ruth hörte konzentriert zu, ließ sich Fotos zeigen und stellte nur wenige Zwischenfragen. Schließlich beendete Romy ihre Darstellung. »Irgendeine Idee dazu?«

Ruth klickte sich erneut durch die Tatortfotos. »Das wirkt verdammt inszeniert auf mich. Der Junge sieht aus wie gemalt. Die Atmosphäre ist schauerlich schön. Ein Toter sitzt an den Stamm einer Buche gelehnt im winterlichen Jasmund und blickt in die unendliche Ferne – das ist eine Komposition. Und der Schnee verdeckt nicht nur Spuren, er sorgt auch für ein spannendes Ambiente.«

Romy nickte. »Ein berührendes, aufwühlendes Bild.«

»Alles berührt an dem Fall«, fuhr Ruth fort.

»Umso furchtbarer ist es, keine Hinweise zu entdecken.«

»Ich bin davon überzeugt, dass es der Täter genau darauf angelegt hat – diese bildliche Schönheit zu schaffen und auch festzuhalten«, meinte Ruth einen Moment später. »Er wird die Leiche fotografiert haben, dessen bin ich mir auch sicher.«

»Der Täter mordet nicht zum ersten Mal – willst du darauf hinaus?«, fragte Romy, während sie spürte, wie die Spannung in ihr zunahm und den müden und erschöpften Frust zu verdrängen begann. Ich hätte schon viel eher mit Ruth sprechen sollen, dachte sie.

»Das halte ich für möglich, auch wenn ihr dazu bislang nichts entdeckt habt.«

»Ich werde da noch mal nachhaken. Max hat sicher nichts dagegen, sich unter einem neuen Stichwort auf die Suche zu machen. Was fällt dir noch auf?«

»Natürlich dieses Familiendrama«, erwiderte Ruth prompt. »Ein Unfall, ein Suizid, ein Mord – alles im Verlauf eines guten Jahres. Die Familie wird quasi innerhalb von Monaten ausgelöscht. Übrig bleibt der Jüngste, der Wehrloseste. Das ist ein so machtvolles Geschehen, dass es mir schwerfällt, an einen Zufall zu glauben.«

Romy nickte. »Es gab nie einen Zweifel an den beiden ersten Todesfällen.«

»Habt ihr euch die Akten dazu angesehen?«

»Natürlich.«

»Und dennoch ...«

»Selbstverständlich wird es einen Hintergrund geben!«, warf Romy ein. »Aber wir finden einfach keinen Anhaltspunkt.«

»Das ist manchmal so.« Ruth hob kurz beide Hände. »Ich weiß, wie das klingt – abgeklärt und gleichmütig. Und so was willst du nicht hören. Aber was soll es, Romy – du kannst nichts erzwingen. Früher oder später zeigt sich ein Zusammenhang – oder eben auch nicht. Weil selbst forcierte und sorgfältige Ermittlungsansätze nicht immer bis in die entscheidenden Details vordringen.«

Als Romy sich verabschiedete, waren gut zwei Stunden vergangen. Ruth versprach, sich zu melden, falls ihr noch etwas einfiel. »Und darüber hinaus bleiben wir natürlich auch in Kontakt«, betonte sie zum Abschied.

Am Ende der ersten Januarwoche entschied der Staatsanwalt, den Fall nur noch mit halber Kraft zu verfolgen. Das war alles andere als überraschend. Romy fuhr persönlich bei Jakob vorbei, um ihm zu versprechen, dass sie den Fall weiterhin im Blick behalten würde. Sie hatte Mühe, ihm in die Augen zu schauen. Er sah sie einen Moment schweigend an, dann nickte er. »Das ist doch nicht Ihre Schuld«, meinte er dann in leisem Ton. »Vielleicht hat mein Bruder ein großes Geheimnis mit sich herumgetragen, von dem niemand etwas ahnte. Das kann man nicht ausschließen, oder?«

Romy sah ihn verdutzt an. »Wie kommen Sie darauf?«

Er zuckte mit den Achseln. »Nur so ein Gedanke.«

Die Techniker hatten Benjamins Zimmer genauso gründlich durchsucht, wie Max und Romy seinen Lebenslauf erforscht hatten – ohne auch nur den kleinsten Anhaltspunkt zu entdecken.

»Vielleicht erfahren wir das nie«, meinte Jakob schließlich und senkte kurz den Kopf.

»Wie geht es jetzt für Sie weiter?«, ergriff Romy einen Moment später wieder das Wort.

»Erst mal das Abi machen, und dann sehe ich weiter.« Er lächelte scheu.

Dieser Junge ist bemerkenswert pragmatisch, dachte Romy, als sie sich kurz darauf verabschiedete. Vielleicht ist der Schock auch noch gar nicht richtig angekommen. Manch Angehöriger realisierte erst Monate nach dem Geschehen, was vorgefallen war, und als Auslöser kam alles Mögliche infrage: ein Musikstück, Gerüche, Fotos, Träume, die plötzlich ihre ganze Kraft entfalteten und einen Schwall von Emotionen auslösten. Andere Menschen reagierten unmittelbar und mit einer Heftigkeit, die kaum auszuhalten war. Romy erinnerte sich mit großer Betroffenheit an die Mutter eines Opfers, deren Schreie durchs ganze Haus gedrungen waren.

Wenige Tage später fand Benjamins Begräbnis statt. Die halbe Insel schien sich versammelt zu haben. Inmitten der Trauerschar: der Achtzehnjährige, der auf beeindruckende Weise Haltung zeigte, erwachsen und kindlich zugleich, sichtlich bemüht, die Fassung zu wahren. Romy war bereits am frühen Morgen zum Friedhof gefahren. Einer ihrer Ausbilder hatte mal erzählt, dass er bei einem unaufgeklärten Mord einen neuen wesentlichen Impuls erhalten hatte, als er sich unter die Trauergäste mischte und zufälliger Zeuge eines Streits wurde, der den Fall in eine völlig neue Richtung führte. Juristische Konsequenzen hatten sich daraus nicht mehr ergeben, weil die entscheidenden Beweise fehlten, aber der Zusammenhang hatte plötzlich auf der Hand gelegen. Romy ging nicht davon aus, dass sie auf ähnliche Weise Erkenntnisse gewinnen würde, doch der ungelöste Fall bedrückte sie nach wie vor. Und das hatte keineswegs nur mit ihrem persönlichen Anspruch und Ehrgeiz zu tun, die Akte nicht zu schließen, bevor das Geschehen aufgeklärt war.

Romy hielt sich abseits und ließ ihren Blick über die Besucher und Gäste schweifen – Nachbarn, Kommilitonen, Freunde, einige erkannte sie von Befragungen wieder. Pia Lombrecht war gut erkennbar, sie überragte alle anderen um mindestens eine Kopflänge. Mehrfach blickte Benjamins Arbeitskollegin in Jakobs Richtung und schien völlig fassungslos. Ihr Gesichtsausdruck spiegelte tiefe Betroffenheit.

Rosalie Koller war nicht zur Beerdigung gekommen.

3

Kommissar Finn Maurer war stinksauer, und das war eine milde Umschreibung. Er hatte mit großem Engagement an der Fortbildung für Cyberkriminalität in Hamburg teilgenommen, und die erste Aufgabe, der er sich nach der Rückkehr ins Team widmen sollte, lautete: Digitalisierung alter Akten und Vorgänge, die seit einigen Jahren in die Stralsunder Zuständigkeit fielen und komplett in der Hansestadt erfasst werden sollten. Das war ein Job, den er gefühlt immer wieder zu erledigen hatte – nebenbei, wenn gerade nichts anderes anstand. Seiner Ansicht nach stand allerdings eine ganze Menge an – weder Privatleute noch Firmen und nur wenige deutsche Behörden waren tatsächlich ausreichend vor Angriffen auf ihre Netzwerke geschützt. Meist ging es dabei um finanzielle Bereicherung, Erpressung oder Spionage. Finn hätte mühelos einen halbstündigen Vortrag aus dem Ärmel schütteln und darlegen können, in welcher Weise Kriminelle aus aller Welt vorgingen, um Daten abzugreifen, Malware einzuschleusen oder Botnetze zu aktivieren, mit denen die betroffenen Geräte ferngesteuert werden konnten. Und nun saß er seit zwei Tagen wieder im Archiv der Hansestadt, lud sich staubige Akten auf einen Rollwagen, scannte die einzelnen Dokumente, Belege und Nachweise, um sie dann mit ergänzten Fallnummern zu versehen und in die Datenbank hochzuladen. Was für eine ernüchternde Rückkehr in die absoluten Niederungen seines beruflichen Daseins!

Gegen Mittag des dritten Tages im staubigen Keller dachte er beim Imbiss in der Kantine zum ersten Mal ernsthaft darüber nach, sich krankzumelden – akute Staub- und Aktenallergie in Verbindung mit Tiefgeschoss-Phobie und Unterforderungs-Manie. Wie klang das? Ein bisschen albern, dennoch: Seinen Job konnte jeder Praktikant, jede Schülerin erledigen, und zwar aus sämtlichen Branchen. Als junger Kommissar mit zahlreichen Fortbildungen und Zusatzqualifikationen fühlte er sich mit dieser Aufgabe eher wie eine dieser berühmten Perlen, die man vor die Säue warf. Er war nicht nur völlig unterfordert, sondern auch empfindlich in seinem Selbstwertgefühl getroffen, aber wen interessierte schon das verletzte Ego eines Finn Maurer? Das war doch der kleine rothaarige Kommissar, der – wenn ein Tag richtig schlecht lief – seinen Ausweis beim Einkauf von Alkohol vorzeigen musste. Daran änderten auch die letzten Ermittlungen auf Rügen nichts, bei denen er sein Können durchaus zielführend eingesetzt hatte – das zumindest hatte Romy betont. Hör schon auf zu jammern, dachte Finn, schnappte sich einen Schokoriegel und machte sich zähneknirschend wieder auf den Weg ins Archiv.

Kurz vor Feierabend lag oben auf seinem Stapel eine deutlich dickere Akte. Finn blickte auf die Uhr. Eine halbe Stunde blieb noch. Er schlug den Deckel auf. Der Ordner enthielt zwei Vorgangsnummern, die jeweils aufeinander verwiesen. Mal was anderes, dachte Finn – wird sicher eine intellektuelle Herausforderung der besonderen Art, die da lautet: Die beiden Fälle stehen womöglich in Verbindung zueinander. Er hob einen Daumen, setzte ein ironisches Grinsen auf und vertiefte sich dann in die Lektüre. Wenige Minuten später war er hochkonzentriert bei der Sache.

Vor zehn Jahren war eine anonyme Anzeige gegen den seinerzeit fünfunddreißigjährigen Sassnitzer Markus Bartel wegen häuslicher Gewalt gegen seine drei Jahre jüngere Frau Patricia gestellt worden. Die Überprüfung durch die Beamten war jedoch ins Leere gelaufen, weil die Ehefrau nicht bereit gewesen war, gegen ihren Mann auszusagen. Damit hatte sich die erste Vorgangsnummer bereits erledigt. Im zweiten Teil wurde es allerdings deutlich spannender. Fünf Jahre später tauchte der Name Bartel nämlich erneut auf – in Verbindung mit der Vermisstenmeldung der achtjährigen Tochter des Paares. Ein Zusammenhang mit familiärer Gewalt war seinerzeit ausgeschlossen worden, wie Beamte aus Sassnitz dokumentiert hatten. Die Ehe war längst geschieden, und Markus Bartel lebte in Greifswald. Kontakt zu seiner Tochter hatte er nicht, und es gab keinerlei Hinweise auf ein bestehendes Gewaltproblem oder Streit um das Kind.

Monate später entdeckten Mitarbeiter des Nationalparks die Leiche des Kindes an einer unzugänglichen Stelle an den Kreidefelsen, las Finn weiter. Wie es aussah, war Sira abgestürzt und im Geröll verschüttet worden. Wie und warum die Achtjährige aus Sassnitz allein am Steilufer in der Nähe des Stubbenhorns unterwegs gewesen war, konnte sich niemand erklären. Weitergehende Hinweise fanden sich nicht. Zeugenbefragungen führten ins Leere. Ein tragisches Unglück.

Finn ließ sich in die Lehne fallen und starrte einen Moment vor sich hin, dann blätterte er weiter. Der zuständige Beamte hatte eine Zeugenliste beigefügt. Finn stutzte, als er auf den Namen Koller stieß – sowohl die Brüder Jakob und Benjamin als auch ihre Eltern waren befragt worden, denn Patricia Bartel und Karin Koller waren Arbeitskolleginnen in der Stadtverwaltung Sassnitz und die Ehepaare befreundet gewesen. Der Rügener Fall hatte auch aus der Ferne Betroffenheit bei Finn ausgelöst, und er wusste, wie sehr Romy damit zu kämpfen hatte, die Akte schließen oder zumindest beiseitelegen zu müssen.

Er griff zum Telefon und erwischte Romy auf dem Heimweg. »Ich melde mich aus den Tiefen des Stralsunder Archivs, Abteilung Digitalisierung – aber wer weiß, wie lange noch«, erklärte er nach kurzer Begrüßung mit unheilschwangerer Stimme. »Ich fürchte stündlich, dass mich eine Staublunge außer Gefecht setzten könnte«, fuhr er fort.

»Ach, du Ärmster! Leider gibt es im Moment keine Möglichkeit, dich für andere Aufgaben hier auf der Insel anzufordern.«

»Wir werden sehen.«

»Wie meinst du das?«

»Ich bin hier unten tatsächlich auf den Namen Koller gestoßen.«

»Ach? Lass hören!«

Finn schilderte seinen Aktenfund und fasste die Geschehnisse zusammen. Als er seinen Bericht beendet hatte, blieb es einen Moment still.

»Ich erinnere mich«, sagte Romy schließlich. »Es blieb eine seltsame Leere zurück. Die Akte war seinerzeit mit der Erklärung eines tragischen Unfalls, dessen Hergang nicht nachvollzogen werden konnte, geschlossen worden. Ein Kollege aus Sassnitz hatte einige Bekannte aus dem Umfeld befragt – und dazu gehörte auch Familie Koller, wie sich jetzt herausstellt. Das ist schon ein bemerkenswerter Zufall.« Ihre Stimme klang verblüfft. »Den wir dir und deiner mühsamen Kleinarbeit zu verdanken haben.«

»Soll mich das jetzt trösten?«

»Ein wenig.«

»Na schön. Vielleicht gibt dir das noch mal die Möglichkeit, tiefer nachzuforschen.«

»Ich werde es auf jeden Fall aufgreifen. Ob diese Überschneidung an der offiziellen Einstellung tatsächlich etwas ändert, bleibt vorerst dahingestellt. Aber ich versuche natürlich mein Glück. Danke für den Hinweis, Finn!«

»Gerne – und falls es mehr zu tun gibt …«

»Befreie ich dich sofort aus dem Aktenbunker! Du hast mein Wort«, erklärte Romy.

»Das wollte ich hören.«

»Kannst du mir die Akte als Datei schicken?«

»Klar – ist ja gerade frisch digitalisiert.«

Romy fuhr kurzentschlossen einen Parkplatz auf der B 196 auf Höhe des Gutshauses Silvitz an und rief die Datei über ihr Tablet ab. Der Beamte, der damals in Sassnitz Zeugen aus dem Umfeld der Familie befragt hatte, war inzwischen pensioniert, wie sie wenig später feststellte. Sie zögerte nur einen Augenblick, dann rief sie seine Privatnummer an. Klaus Bürkow stellte die Verbindung nach dem zweiten Klingeln her.

»Kommissarin Beccare!«, unterbrach er sie erfreut, kaum dass Romy sich vorgestellt hatte. »Das ist ja mal eine Überraschung.«

Romy lächelte. Der Exkollege klang nahezu überschwänglich, was durchaus erfrischend war, nicht nur weil die Rüganer insgesamt selten mit diesem Attribut beschrieben wurden. Ihr Beruf brachte es mit sich, dass eher angespannte, ernste, nachdenkliche Töne die Unterredungen bestimmten und selten Wiedersehensfreude.

»Kann ich irgendwie helfen?«

»Vielleicht. Erinnern Sie sich an den Vermisstenfall Sira Bartel? Liegt ungefähr fünf Jahre zurück. Wir …«

»Natürlich!«, warf der Exbeamte sofort in eifrigem Tonfall ein. »Wir haben die Kleine zwei Monate später nur noch tot bergen können, und niemand konnte sich so genau vorstellen, wie sie an die Steilklippe gekommen war. Und gegen Markus Bartel lief ja mal eine Anzeige wegen häuslicher Gewalt. Da ist aber nie was nachgekommen, und auch in dem Fall seiner Tochter gab es keinen Hinweis auf ihn.«

»Richtig. Ein junger Kollege hat mich gerade auf den alten Fall aufmerksam gemacht, weil Familie Koller seinerzeit als Zeugen befragt wurden. Sie waren mit den Bartels befreundet.«

»Aha … Wie kommen Sie da jetzt …? Ach ja, ich verstehe!« Bürkows Stimme hob sich um eine weitere Oktave. »Warten Sie – es geht um den neuen Fall?«

Der fast keiner mehr ist, dachte Romy. »Eine zufällige Verbindung, wie wir gerade festgestellt haben. Aber ich würde da trotzdem gerne nachhaken. Können Sie mir irgendwas dazu sagen?«

»Na ja, die Familien kannten sich seit Jahren, die Ehefrauen hatten beruflich miteinander zu tun gehabt, wenn ich mich recht erinnere. Aber es kam nichts dabei heraus. Die Kleine war einfach verschwunden, und als man sie fand, konnte nicht mehr genau festgestellt werden, woran sie gestorben war. Es war einfach zu viel Zeit vergangen ...« Leises Räuspern. »Die Jungs wirkten ziemlich verstört, daran erinnere ich mich auch noch«, fuhr Bürkow nach kurzem Überlegen fort.

»Benjamin und Jakob.«

»Genau. Zum Tag und zu den Umständen des Verschwindens konnte aber niemand etwas beitragen. Wie es schien, hatte die Kleine im Garten gespielt und war plötzlich verschwunden gewesen. Ein Drama.«

»Ich verstehe«, entgegnete Romy. »Vielen Dank, Kollege ...«

»Exkollege!«

»Na klar. Bitte rufen Sie mich an, falls Ihnen noch etwas einfällt.«

»Das mache ich gerne. Viel Erfolg, Kommissarin.«

Romy leitete die Datei an Max weiter – mit der Bitte, an der Stelle noch genauer hinzusehen – und fuhr dann langsam nach Hause. Ein seltsames Gefühl hatte sie beschlichen. Die zufällige Überschneidung rechtfertigte keinerlei Nachforschungen, wie ihr der Staatsanwalt sicherlich sofort darlegen würde, zumal es keine fallspezifischen Übereinstimmungen gab. Aber es dürfte ihm klar sein, dass sie nach jedem noch so kleinen Strohhalm greifen würde, um Licht in den Mordfall Benjamin Koller zu bringen.

»Was soll dabei herauskommen?«, fragte Jan eine gute Stunde später, als sie sich nach dem Essen vor dem Kamin einkuschelten und Romy die Verbindung zu Familie Bartels geschildert hatte. Er goss zwei Gläser Wein ein.

»Keine Ahnung«, erwiderte Romy und trank einen Schluck. »Es sieht aus wie eine weitere tragische Familiengeschichte, zufällig im Freundeskreis der Kollers – auch sie letztlich nicht vollständig aufgeklärt, aber ein schrecklicher Unfall dürfte wahrscheinlich sein. Ich kann diese Niederlage eines ungelösten Falls wohl einfach nicht so hinnehmen.«

Jan blickte sie einen Moment mit ernstem Lächeln an. »Das kann nun wirklich jedem Ermittler, jeder noch so guten Kommissarin passieren – auch dir. Und es sagt nichts über deine Qualitäten, deinen Spürsinn aus. Manchmal gibt es nicht die geringsten Anhaltspunkte. Damit musst du dich abfinden.«

»Ich weiß, nur … Das Bild dieses Achtzehnjährigen am Grab seines Bruders lässt mich einfach nicht los. Eine nahezu komplett ausgelöschte Familie …«

»Das ist die falsche Wortwahl«, warf Jan ein. »Autounfälle passieren, und dass ein Ehemann anschließend Suizid begeht, weil er über den Tod seiner Frau nicht hinwegkommt, ist schrecklich, aber auch nachvollziehbar. Doch der Mord an Benjamin hat nicht das Geringste damit zu tun. Sobald du das Geschehen in einen großen Zusammenhang stellst, entsteht ein unerträgliches Szenario.«

»Ich weiß,«, entgegnete Romy. »Ich möchte trotzdem den Tod der kleinen Sira noch einmal aufgreifen und … na ja, nur ein paar Fragen stellen.«

»Nur ein paar Fragen stellen.« Jan seufzte. »Na schön, du lässt dich ohnehin nicht davon abhalten.«

Sie lächelte und griff nach seiner Hand. »Wie gut du mich doch kennst.«

Romy fuhr am nächsten Morgen nach kurzer Rücksprache mit Max in die Stadtverwaltung nach Sassnitz. Patricia Bartel war als Sachbearbeiterin in der Abteilung für Wirtschaftsförderung beschäftigt. Romy hoffte, dass sie ein paar Minuten erübrigen konnte. Auf ihr Klopfen reagierte niemand; einen Moment später hörte sie eilige Schritte, und eine zierliche Frau kam mit schnellen Schritten den Flur entlang. »Wollen Sie zu mir?«, rief sie Romy von Weitem entgegen. Ihre Stimme klang ein wenig atemlos.

»Wenn Sie Frau Bartel sind – ja, dann möchte ich zu Ihnen.«

»Die bin ich.« Patricia Bartel strich sich eine blonde Haarsträhne aus der Stirn, rückte ihre Brille zurecht und musterte Romy einen Moment abwartend.

»Ich habe keinen Termin, aber vielleicht können Sie dennoch ein paar Minuten für mich erübrigen«, erklärte Romy und stellte sich vor.

Bartel stutzte und legte eine Hand auf die Klinke. Ihr Blick wanderte vom Ausweis hoch zu Romys Gesicht. »Ja, natürlich«, sagte sie dann. »Kommen Sie herein.«

Bartel huschte hinter ihren Schreibtisch, schob zwei Akten beiseite und wies auf einen Korbstuhl. »Bitte, nehmen Sie Platz. Was kann ich für Sie tun?« Sie faltete die Hände und sah Romy gespannt an.

»Sie haben sicherlich mitbekommen, dass Benjamin Koller Ende des Jahres ermordet wurde und seine Eltern ebenfalls tot sind. Nun gibt es nur noch Jakob.«

Bartel nickte und sah kurz auf ihre Hände. »Ja, natürlich. Was für ein schreckliches Geschehen!«

»Ihre Familien kannten sich gut.«

»Das war einmal und ist lange her. Wir hatten kaum noch Kontakt in den letzten Jahren … inzwischen ist viel passiert«, warf Bartel hastig ein. »Viel zu viel.«

»Ich weiß.«

»Manche Ereignisse verändern alles. Für immer.«

Romy lehnte sich zurück. Der Tod eines Kindes veränderte alles, dachte sie. Es gab nichts Schlimmeres. Jeder andere Abschied, so unerträglich er sich für die Angehörigen auch anfühlen mochte, war leichter zu bewältigen.

Bartel blickte aus dem Fenster und wandte das Gesicht dann langsam wieder Romy zu. »Als Sira verschwand, blieben alle Uhren stehen«, erklärte sie mit tonloser Stimme. »Als sie tot geborgen wurde, ist mein Herz erfroren. Ich weiß – das klingt ganz furchtbar pathetisch, aber es beschreibt mein Gefühl nahezu perfekt. Mein Herz ist immer noch kalt, auch wenn es weiter funktioniert.«

»Ich verstehe …« Romy hob beide Hände. »Ich bilde mir ein zu verstehen, was Sie meinen«, schob sie nach. »Ich kann nicht mal im Ansatz erahnen, wie es Ihnen geht, zumal ich selbst keine Kinder habe.«

Patricia Bartel nickte unmerklich.

»Der Mord an Benjamin Koller, die Familientragödie ist mir sehr nahegegangen«, fuhr Romy schließlich fort. »Es fällt mir schwer zu akzeptieren, dass sich manche Fälle nicht lösen lassen. Und nun greife ich nach jedem Strohhalm, um mehr zu erfahren.«

»Und ich bin dieser Strohhalm?«, fragte Bartels verblüfft.

»Ja, vielleicht.«

»Aber was kann ich Ihnen schon erzählen? Wir haben manchmal zusammen gefeiert, und irgendwann vor vielen Jahren war alles vorbei. Es gab nichts mehr zu feiern.«

»Können Sie sich an besondere Situationen erinnern? An Streit oder Konflikte …«

Bartel schüttelte den Kopf und wich plötzlich Romys Blick aus. »Mein Mann und ich hatten Probleme und haben uns dann ja auch getrennt. Ansonsten …« Sie zuckte mit den Achseln. »Der Kleine war sehr begabt«, hob sie plötzlich wieder an. »Ein zarter stiller Junge mit klugen melancholischen Augen. Sira mochte ihn sehr …« Bartel hob den Blick. »Roberts Suizid … Als ich davon hörte …« Sie schüttelte den Kopf. »Ich hatte ihn als tatkräftigen Ehemann und Vater kennengelernt. Dass ihn Karins Tod so sehr mitgenommen hatte, dass er den Freitod wählte und seine Söhne sich selbst überließ, war schon … bemerkenswert.«

»Sie waren überrascht?«

»Ja. Andererseits weiß ich selbst, wie sehr der Tod eines Angehörigen den Fokus ändern kann. Wenn nichts als unerträgliche Leere und Schmerz bleiben, ist diese Entscheidung vielleicht die einzige Möglichkeit. Außerdem hatten wir schon eine Weile kaum noch Kontakt, und ich kann auch nicht behaupten, ihn wirklich gut gekannt zu haben.«

»War eigentlich je die Rede von Robert Kollers Mutter?«

Bartel schüttelte den Kopf. Ihr Gesicht spiegelte Verwunderung. »Wie kommen Sie darauf?«

»Nun, die Großmutter von Jakob lebt seit einiger Zeit in Süddeutschland. Wie es aussieht, gab es auch nach dem Tod der Eltern kaum Kontakt zu den Enkeln. Vielleicht wissen Sie von einem tiefgreifenden Konflikt.«

»Das war nie Thema, aber … Na ja, es klingt schon ein bisschen seltsam, dass sie sich so gar nicht angesprochen fühlt.« Bartel schüttelte den Kopf. »Die Jungs sind ja kaum erwachsen gewesen, als sie plötzlich auf sich allein gestellt waren.«

»Der Punkt hat mir auch zu denken gegeben«, meinte Romy. »Jakob ist wohl davon überzeugt, dass seine Großmutter mit ihrer Schwiegertochter nicht klarkam.«

»Falls es so war, kann ich Ihnen nichts dazu sagen«, entgegnete Bartel. Ihr Telefon klingelte. »Da muss ich rangehen, Frau Kommissarin«, sagte sie entschuldigend und streckte die Hand aus.

»Natürlich – haben Sie vielen Dank.« Romy verließ das Büro kurze Zeit später und war kaum schlauer als zehn Minuten zuvor.

Am frühen Nachmittag fuhr sie erneut nach Sassnitz, um mit Jakob zu reden. Max hatte inzwischen offizielles Aktenmaterial zum Verschwinden und zum Tod der kleinen Sira zusammengestellt und mit weitergehenden Recherchen begonnen. Jakob reagierte auf Romys Besuch erfreut, die Fragen zu Sira und ihren Eltern hingegen verblüfften ihn. »Wie kommen Sie auf diese alte

Geschichte?«, fragte er verdutzt, als sie im Wohnzimmer Platz genommen hatten.

Auf dem Esstisch war Unterrichtsmaterial verstreut, der Laptop summte leise. Offenbar hatte Jakob gerade für die Schule gearbeitet. Er schob ein Notizheft beiseite und klappte den Laptop zu.

»Der Name Koller ist gefallen«, sagte Romy. »Also habe ich nachgefragt.«

Jakob runzelte die Stirn.

»Das Mädchen ist über die Klippen gestürzt. Ihr Tod konnte nie restlos aufgeklärt werden.«

»Ach so …« Jakob nickte und warf ihr einen skeptischen Blick zu. »Sie sehen einen Zusammenhang mit dem Mord an Benjamin?«

»Nein – aber ich ergreife dennoch die Möglichkeit, noch einmal nachzufassen«, erklärte Romy.

»Tja, was soll ich sagen? Meine Eltern haben sich manchmal mit den Kollers getroffen und gefeiert. Sie waren locker befreundet, würde ich sagen. Und Benjamin hat manchmal auf Sira aufgepasst.«

Das hatte Patricia Bartel nicht erwähnt, dachte Romy.

»Hin und wieder mal«, fügte Jakob hinzu. »Daran erinnere ich mich noch. Aber das war es dann auch schon. Und nach dem Unglück kann ich mich an keine Treffen mehr erinnern.«

»Und zum Tag des Verschwindens …«

»Kann ich nichts sagen. Die Polizei hat uns ja damals auch befragt. Niemand wusste, wo Sira abgeblieben war, aber ein ungutes Gefühl hatten natürlich alle.«

»Was dachten Sie, was passiert war?«

»Ich war damals gerade mal dreizehn Jahre alt – ich wollte nicht darüber nachdenken. Sira war acht. Als sie abends nicht nach Hause kam, hatten alle Angst, dass ihr etwas passiert sein könnte. Solche Befürchtungen sind normal, denke ich.«

»War sie häufiger mal an der Steilklippe unterwegs?«, fragte Romy, obwohl sie die Antwort längst aus der Akte kannte.

»Alleine? Das kann ich natürlich nicht mit hundertprozentiger Sicherheit beantworten, aber alle betonten damals, dass das noch nie vorgekommen war.«

Romy verließ das kleine Haus wenige Minuten später mit langsamen Schritten. Sie zog die Gartenpforte heran und warf einen Blick zurück. Ein Frösteln durchfuhr sie, als sie Jakobs Gestalt am Fenster erblickte. Er sah ihr nach und winkte. Was für ein bizarres Bild – der Achtzehnjährige mutterseelenallein im Haus seiner Eltern und Großeltern. Er hielt sich aufrecht, bewältigte den Alltag, ging zur Schule und bewahrte auf respekteinflößende Weise die Fassung. Wie es schien, hatte er mehr Kraft als sein Vater.

Und wir kommen einfach nicht weiter, dachte Romy. Das war unter diesem Gesichtspunkt besonders schwer hinzunehmen. Und vielleicht ging es genau darum: die Situation zu akzeptieren, wie es diesem Jungen offensichtlich besser gelang als ihr. Der Gedanke fühlte sich bitter an. Es ist nicht mein Job, Gegebenheiten kampflos anzunehmen, hielt sie stumm dagegen.

Sie setzte sich in den Wagen und rief Doktor Möller an, den auch im Fall Sira Bartel zuständigen Rechtsmediziner – das vereinfachte die Kommunikation. Möller wiederholte zunächst lediglich, was Romy aus der Akte bereits bekannt war. Das Mädchen war viele Wochen verschüttet gewesen. Die Todesursache und der Grund für den Absturz waren nicht mehr nachvollziehbar gewesen.

»Sie kann gefallen sein oder jemand hatte nachgeholfen«, fasste Romy die Erläuterungen zusammen.

»So muss man es festhalten. Die Stelle, wo sie gefunden wurde, gilt seit Jahren als gefährdeter Abbruchbereich«, erklärte Möller. »Doch die Leute missachten immer wieder die Absperrung und laufen genau an der Kante entlang, beugen sich in halsbrecherischen Manövern in die Tiefe – für den besonderen Kick oder spektakuläre Selfies, und manche stürzen ab.«

»Auf Selfiejagd dürfte Sira wohl kaum gewesen sein.«

»Nein?«

»Sie war acht Jahre alt!«, betonte Romy.

»Das muss gar nichts heißen. Der Sohn einer Kollegin hat zur Einschulung ein Smartphone geschenkt bekommen. Ist absurd, aber keineswegs ungewöhnlich.«

»Na schön, aber erstens war nie von einem Handy beziehungsweise Smartphone die Rede – dazu findet sich nichts in der Akte. Und zweitens hätte eine solche Aktion doch irgendjemand mitbekommen müssen.«

»Nicht unbedingt«, wandte Doktor Möller sofort ein. »Als sie verschwand, war Nebensaison auf Rügen, zudem unfreundliches Wetter. Sie könnte da oben relativ einsam herumgeklettert sein, wurde waghalsig, und schon ist es passiert.«

Romy schwieg.

»Überzeugt Sie das nicht?«, fragte Möller.

»Ich suche nach Lücken, und eine davon zeigt sich, wenn ich nach der Motivation frage. Was wollte Sira da? Sie ist noch nie zuvor allein an der Steilklippe unterwegs gewesen – das haben die Befragten einstimmig ausgesagt. Und jetzt wenden Sie bitte nicht ein, dass einmal immer das erste Mal ist.«

»Das war, ehrlich gesagt, gerade mein Gedanke«, murmelte Möller. »Aber ich verkneife mir das Argument. Die Frage ist wohl, was noch passiert sein könnte. Darauf wollen Sie wohl hinaus. Ein Überfall? Ein gewaltsamer Übergriff, der kaschiert werden sollte?«

»Das ist nicht auszuschließen, oder?«

»Nein, das ist es nicht. Die Verwesung der Leiche war erheblich fortgeschritten. Wie bereits eingangs geschildert, es konnte nicht mehr klar zugeordnet werden, woher die Verletzungen rührten – von einem Sturz oder von Gewalteinwirkung zuvor.

Aber wenn Sie mich fragen, spricht sehr viel für einen tragischen Unfall.«

»Danke für Ihre Einschätzung, Doktor.«

Romy legte das Smartphone beiseite. Benjamin hat manchmal auf Sira aufgepasst. Na und? Könnte dieser Aspekt von Bedeutung sein? Ohne weitere Hinweise – wohl kaum. Wir kommen nicht weiter, dachte sie erneut. Also blieb es dabei: der tragische Unfall eines achtjährigen Mädchens und ein Zwanzigjähriger, der hinterrücks erschlagen worden war. Als man ihn fand, saß er wie gemalt an den Stamm einer Buche gelehnt, und der Winter hatte seinen schützenden Schneemantel über ihm ausgebreitet.

4

Wenn ein Kind spurlos verschwand, war der naheliegendste Gedanke die sofort im Raum stehende Befürchtung, dass es überfallen, entführt, vergewaltigt und getötet worden war. Diese Angst war unmittelbar präsent, auch wenn man sie womöglich zunächst zurückdrängte und nach anderen Erklärungen suchte.

Ruth Kranold hatte am Vorabend mit Romy telefoniert und sich auf den neuesten Stand bringen lassen. Dass die Rüganer Kommissarin nicht einfach aufgeben wollte, war nachvollziehbar, und Ruth wunderte es kaum, als Romy sie bat, Kontakt zu Markus Bartel aufzunehmen, der inzwischen in Greifswald lebte, und mal ein bisschen nachzuforschen. Die Ehe war zwar zwei Jahre vor Siras Tod geschieden worden, aber Romy wollte nichts unversucht lassen, mehr zu den Hintergründen zu erfahren, auch wenn dazu Umwege nötig waren.

Bartel hatte einen beruflichen Absturz hinnehmen müssen, wie Ruth am nächsten Morgen den Recherchen entnahm, die Max ihr zugesandt hatte. Der gelernte Elektrotechniker hatte in den letzten Jahren zunächst als Bauhelfer gearbeitet und sich schließlich mit Jobs in der Gastronomie über Wasser gehalten. Offensichtlich hatte ihn das Ende seiner Ehe aus der Bahn geworfen. So wirkte es zumindest auf den ersten Blick.

Ruth fuhr nach dem Frühstück zum Einkaufen nach Greifswald und stattete dem Bistro einen Besuch ab, in dem Bartel beschäftigt war. Sie setzte sich an einen freien Tisch in der Nähe des Tresens, wo sie einen guten Blick auf Bartel hatte, der die Getränke bereitstellte und Bestellungen weiterleitete. Der Mann war Mitte vierzig, früh ergraut, wirkte er jedoch älter. Ruth verkniff sich ein Lächeln. Ihr Haar war seit vielen Jahren schlohweiß, was immer noch viele irritierte. Immerhin war sie mittlerweile siebenundfünfzig Jahre alt und rückte Schritt für Schritt ins tatsächliche Pensionsalter vor. Nichts hatte sie je weniger interessiert als ihr Lebensalter und dessen Einordnung. Sollte sie nächste Woche sterben, würde sie im letzten Augenblick feststellen, dass sie alles aus diesem einen Leben herausgeholt hatte, was möglich gewesen war. Dessen war sie sicher. Sie würde höchstens bedauern, nicht mehr Zeit mit Ina verbracht zu haben. Ihre Pflegetochter, die sie an einem eiskalten Wintertag am Straßenrand vor dem sicheren Tod gerettet hatte und die nach wie vor kein einziges Wort sprach. Seitdem waren sie füreinander da und verstanden sich in einer Sprache, die ohne Worte auskam. Und nur das zählte.

Sie blickte auf, als die Kellnerin vor ihr stand. Sie bestellte einen kleinen Fischteller und Wasser. Das Essen wurde kaum zehn Minuten später serviert. Sie hatte gerade zwei Bissen gegessen, als eine Nachricht von Romy eintraf. *Max ist fündig geworden. Markus Bartel hat zwar eine saubere Strafakte, ist aber mit kleineren Vergehen aufgefallen – darunter zwei Schlägereien. Womöglich hat er deshalb auch immer wieder den Job wechseln müssen. Das wissen wir aber bislang nicht genau. Es kann in jedem Fall nicht schaden, vorsichtig zu sein.*

Das kann nie schaden, dachte Ruth. Der Fisch war sehr gut. Sie aß mit gutem Appetit, stand dann auf und trat an die Theke. Bartel drehte sich um und blickte sie an. »Haben Sie noch einen Wunsch?«

»Zwei, um genau zu sein.« Sie lächelte.

Er wartete, ohne eine Miene zu verziehen.

»Ich hätte gerne einen Espresso.«

Bartel blieb unbewegt und stellte eine Tasse bereit. Er tat ihr nicht den Gefallen, nach dem zweiten Wunsch zu fragen.

»Und fünf Minuten Ihrer Zeit«, fügte sie hinzu. »Ich brauche eine Auskunft.«

Er hob das Kinn. »Worum geht es?«

»Familie Koller.«

Er runzelte die Stirn, dann drehte er sich zur Kaffeemaschine um und bereitete den Espresso zu. Ruth hatte den Eindruck, dass er sich Zeit ließ. Als er die Tasse abstellte, waren gut und gerne zwei Minuten vergangen. »Zu denen kann ich Ihnen nichts sagen«, meinte er dann. »Ist lange her, dass ich die gesehen habe.« Er nahm einen Lappen zur Hand und wischte mit energischen Bewegungen über die Theke.

Ruth rührte zwei Löffel Zucker in den Espresso und trank einen Schluck. Sie war ein wenig verwundert, dass er nicht nachfragte, vor welchem Hintergrund und mit welchem Recht sie Fragen stellte. Vielleicht sah man ihr die Polizistin an, vielleicht spielte das auch keine Rolle für Bartel.

»Ist Ihnen bekannt, dass von vier Familienmitgliedern nur noch einer lebt? », ergriff sie schließlich das Wort.

Er hielt inne, dann legte er den Lappen in die Spüle und sah sie an. »Karin und Robert sind tot, das habe ich mitbekommen, stand in der Zeitung. Wen hat es noch erwischt?«

»Benjamin. Er ist gerade mal zwanzig geworden.«

Bartel stützte die Hände auf die Theke. »Was ist passiert?«

»Er wurde ermordet.«

»Wie bitte?«

»Das haben Sie nicht mitbekommen? Stand bestimmt auch in der Zeitung.«

Er schüttelte den Kopf. Die Kellnerin trat neben Ruth an den Tresen und reichte Bartel zwei Bestellzettel. Er nickte ihr zu, nahm Tassen und Gläser aus der Anrichte und schien froh über die Ablenkung. Minuten später wandte er sich wieder zu Ruth um. »Das habe ich nicht gewusst«, erklärte er.

»Es ist Anfang Dezember passiert. Nun gibt es nur noch Jakob – und eine Großmutter, die jedoch in Süddeutschland lebt und sich nicht kümmert.«

Er griff erneut nach dem Lappen, wienerte die Theke mit hochkonzentrierter Miene. Plötzlich hielt er inne. »Und was genau wollen Sie von mir?«

»Nur ein paar Auskünfte. Wir können uns das Geschehen nicht erklären und sind für jeden Hinweis dankbar«, erklärte Ruth. »Ich unterstütze die Ermittlungen auf der Insel hin und wieder«, schob sie nach und zückte nun doch ihre Dienstmarke.

Er warf nur einen kurzen Blick darauf. »Und auf mich sind Sie aufmerksam geworden, weil mir hin und wieder mal die Hand ausgerutscht ist?«, entfuhr es ihm plötzlich. »Was wollen Sie denn daraus für eine Geschichte stricken?«

»Gar keine.« Ruth zuckte betont lässig die Achseln. »Ihr Name ist beim Abgleich mit Kontakten aufgetaucht und ...«

»Ich habe die Kollers seit ewigen Zeiten nicht mehr gesehen, seit der Trennung von meiner Frau, um genau zu sein«, fiel Bartel ihr leise ins Wort, während er einen hastigen Blick durch den Raum warf. »Und eine Weile später verschwand meine Tochter ...« Er atmete tief durch und rieb sich mit einer Hand übers Kinn. »Ich bin manchmal ganz schön zackig drauf, das hat sich bestimmt auch schon bis zu Ihnen herumgesprochen, und ich habe dem Benni mal eine geknallt – ja ... Ist das der Grund für Ihren Besuch?«

Interessant, dachte Ruth. »Warum?«

»Bitte?«

»Warum haben Sie ihm eine geknallt?«

»Das weiß ich nicht mehr!«

»Sind Sie sicher?«

Er beugte sich vor. »Hören Sie zu – der Job hier ist gar nicht schlecht, und ich würde ihn gerne behalten, nachdem ich in der Vergangenheit häufiger wechseln musste. Können wir das Gespräch später fortsetzen? Ich habe in einer Stunde Feierabend.«

»Kein Problem. Ich warte gerne.«

Als Ruth das Bistro verließ, war sie davon überzeugt, dass Bartel kneifen und sich vor der weiteren Unterredung drücken würde – was im Übrigen sein gutes Recht war. Er war keineswegs verpflichtet, ihr Rede und Antwort zu stehen. Doch sie lag daneben – gut eine Stunde später trat Bartel aus der Tür und sah sich suchend um. Ruth hatte auf der gegenüberliegenden Straßenseite am Hafen geparkt. Sie ließ das Fenster herunter und winkte ihm zu.

Bartel schob die Hände in die Hosentaschen und überquerte die Straße nach einem flüchtigen Blick. Er ließ sich auf den Beifahrersitz fallen und steckte sich eine Zigarette an. »Ist das in Ordnung für Sie?«, fragte er nach dem ersten tiefen Zug.

Sie lächelte. »Haben Sie auch eine für mich?«

Er hob eine Braue.

»Hin und wieder gönne ich mir eine.«

Er gab ihr Feuer, und Ruth meinte, spüren zu können, wie er sich entspannte. Der Mann hatte ohne Zweifel schwierige Jahre hinter sich, dennoch verhielt er sich offener und kooperativer, als man erwarten durfte.

»Er hatte Streit mit dem Kleinen«, ergriff Bartel plötzlich das Wort. »Jakob – so ein kleiner zarter Junge. Benjamin hat ihm ordentlich zugesetzt, und ich bin dazwischengegangen. Ein Bruderstreit. Das war es. Ich weiß nicht mehr, worum es ging.«

Ruth inhalierte tief. »Gab es oft Streit zwischen den Brüdern?«

»Keine Ahnung. So gut kannte ich die Familie nicht.«

»Benni hat manchmal auf Sira aufgepasst.«

»Kann sein. Das war nach meiner Zeit. Ich hätte keinem Halbwüchsigen die Verantwortung für mein Kind übertragen.« Er winkte ab. »Patricia hatte immer das Sagen, wenn es um unsere Tochter ging. Sie wollte gar nicht, dass ich eine stabile Beziehung zu ihr aufbaue. Und sie wollte auch nicht, dass Sira sich großartig an mich bindet. Wenigstens trifft mich nicht die geringste Schuld an dem ganzen Drama nach ihrem Verschwinden …« Er schloss kurz die Augen.

Ruth wartete ab. Sie schnippte die Asche durchs Fenster. »Wenn ich richtig informiert bin, neigen Sie hin und wieder dazu, Konflikte mit Gewalt zu lösen«, bemerkte sie schließlich in lakonischem Ton. »Ich kann verstehen, wenn eine Mutter unter diesen Umständen ihr Kind primär an sich bindet.« Sie hörte, wie er scharf einatmete, und suchte seinen Blick. »Ich spreche nur das Naheliegende aus – Sie haben es selbst bereits thematisiert, Stichwort: zackig drauf sein. Es ist also völlig überflüssig, dass Sie sich aufregen. Denken Sie lieber noch einmal genauer darüber nach, was passiert sein könnte, als Ihre Tochter verschwand.«

Er starrte sie sekundenlang an, dann schüttelte er den Kopf. »Woher soll ich das wissen? Ich hatte zu dem Zeitpunkt kaum noch Kontakt zu den beiden.«

»Haben Sie nicht mal mit Ihrer Tochter telefoniert?«

»Zum Geburtstag und zu Weihnachten und ansonsten nur unregelmäßig.«

»Was war Sira für ein Kind?«

Er strich sich durchs Haar. »Worauf wollen Sie eigentlich hinaus? Ich denke, es geht um den Mord an Benni. Was hat meine Tochter damit zu tun?«

»Das weiß ich nicht. Aber manchmal fügen sich die Dinge, wenn man an den richtigen Stellen nachhakt, auch wenn ein Zusammenhang nach erster Einschätzung nicht auf der Hand liegt. Die zuständige Kommissarin auf Rügen ist spezialisiert auf genau solche Fragen.«

»Wenden Sie sich an meine Ex.«

»Das ist natürlich längst geschehen.«

Bartel schnippte seine Zigarette zum Fenster hinaus. Er drehte sich wieder um. »Sie ist einfach verschwunden. Niemand hat etwas mitbekommen. Monate später fand man sie an der Steilklippe. Wie sie da hingekommen ist? Keine Ahnung. Sie war kein

Kind, das allein herumgestreunt ist, schon gar nicht an irgendwelchen gefährlichen Abhängen – das weiß ich, ohne dass wir noch Kontakt hatten.«

»Und was vermuten Sie, was geschehen ist?«

»Na was wohl? Jemand hat sie sich geschnappt – so ein Perverser. Und später hat er sie über die Klippe geworfen. Das ist geschehen. Für die Vorstellung braucht es weder viel Fantasie noch eine pessimistische oder überängstliche Einstellung.« Er schloss kurz die Augen.

Damit lag er richtig, dachte Ruth.

Bartel legte eine Hand auf die Klinke. »Ich würde jetzt gerne …«

»Bitte gestatten Sie mir noch eine Frage zu Robert Koller«, bat Ruth ihn.

Er zog die Hand zurück.

»Was ist Ihnen als Erstes durch den Kopf geschossen, als Sie erfuhren, dass er Suizid begangen hat?«

»Dass das Blödsinn ist. Der war nicht der Typ, der sich aus dem Leben davonstahl. Das war immer ein Macher gewesen. Warum hätte er seine Jungs allein lassen sollen?«

»Aber manchmal verliert auch ein Macher den Boden unter den Füßen«, wandte Ruth ein.

Er nickte langsam. »Das weiß ich selbst nur zu genau. Was denken Sie, was in einem vorgeht, wenn das eigene Kind stirbt, noch dazu auf diese Weise?«

»Koller muss besonders verzweifelt gewesen sein.«

»So war das wohl. Ich kannte ihn auch nicht wirklich gut. Aber Sie haben nach meiner spontanen Reaktion gefragt.«

»Stimmt.« Ruth sah kurz zum Fenster hinaus und ließ seine Worte nachklingen. Falls Romy an der Stelle mehr wissen wollte, müsste sie Kontakt zum Freundeskreis aufnehmen.

»Ich würde jetzt gerne gehen.«

Ruth lächelte. »Natürlich. Verraten Sie mir noch, warum Sie

nicht in Ihrem Job arbeiten? Ich bin einfach nur neugierig, warum ein Elektrotechniker in einem Bistro beschäftigt ist. Fachleute wie Sie sind doch gefragt.«

Bartel zögerte, dann flog so etwas wie dezente Amüsiertheit über sein Gesicht, und die stand ihm ganz hervorragend. Seine Miene wirkte für einen Moment hell und freundlich. »In der Gastronomie fehlen auch überall Leute, aber gut – ich weiß natürlich, worauf Sie anspielen.« Er blickte kurz auf seine Hände. »Ich habe mich immer wieder nicht gut im Griff – bin laut und direkt –, und wenn es richtig schiefläuft, fährt auch mal eine Faust aus. Das sollte nicht sein, keine Frage, aber der Typ in meiner alten Firma, dem ich die Fresse poliert habe – entschuldigen Sie die rustikale Ausdrucksweise –, hat es nicht besser verdient. Er hat eine Auszubildende massiv unter Druck gesetzt. Leider ließ sich das später nicht beweisen, der Typ hatte die besseren Karten und ich dafür die Arschkarte. Ich musste gehen. Danach war mein Ruf ramponiert, und die paar Chancen, die ich in meiner Branche noch erhielt, habe ich verbockt.« Er zuckte mit den Schultern. »So muss man es wohl sagen.« Er atmete tief ein. »Doch hier …«, er blickte hinüber zum Bistro, »fühle ich mich bestens aufgehoben, auch wenn Sie das erstaunen dürfte. Ich bin ja selbst immer wieder verblüfft. Ich verdiene nicht besonders gut, aber es reicht zum Leben, wenn man bescheiden bleibt, und die Herausforderung lautet ganz schlicht: Kümmere dich um die Gäste und ihre Bedürfnisse und sei zufrieden damit.« Er lächelte. »Das sollte anfangs nur ein Job für vier Wochen sein, jetzt bin ich schon Monate dabei. Und es geht mir gut. Warum sollte ich mir etwas anderes suchen, nur weil ich nicht mehr in meinem ursprünglich erlernten Beruf arbeite? Solche Aspekte sind verdammt unwichtig geworden.«

Ruth war beeindruckt. Bartel strahlte plötzlich Zufriedenheit und Ruhe aus. »Manchmal ist es ganz einfach mit dem Leben«, fuhr er fort. »Wäre meine Tochter nicht umgekommen, könnte ich glatt behaupten, dass ich glücklich bin. So trägt mich eine gewisse Zuversicht, die an manchen Stellen wund und durchlässig vor Schmerz ist. Aber sie trägt mein Gewicht. Und das ist viel wert.« Er nickte nachdenklich, öffnete die Tür, stieg aus und beugte sich noch einmal zu Ruth hinunter. »Alles Gute, Kommissarin. Wenn Sie mal wieder in der Nähe sind, kommen Sie vorbei. Ich werde als Barista immer besser.«

Nicht nur als Barista, dachte Ruth.

Romy las das Memo zweimal durch. Ruth hatte interessante Details zusammengetragen, nicht nur hinsichtlich der Persönlichkeit von Markus Bartel, der sie offenbar schwer beeindruckt hatte. Der Hinweis auf Robert Kollers Persönlichkeit war ein entscheidender neuer Punkt, der direkt nach dem Geschehen nicht kommuniziert worden war – zumindest hatte die Akte dazu nichts hergegeben. Es war seinerzeit nicht der kleinste Zweifel an der Selbsttötung aufgekommen, und Kollers Motiv lag auf der Hand, auch wenn er keinen Abschiedsbrief hinterlassen hatte. Doch selbst wenn Skepsis am Suizid berechtigt wäre – nicht das geringste Anzeichen wies auf einen Zusammenhang mit dem aktuellen Geschehen hin.

Romy stand auf und trat ans Fenster. Hör auf zu spekulieren und verzweifelt nach Anhaltspunkten zu suchen, beschwor sie sich selbst. Einen langen Moment starrte sie ins Wintergrau dieses Tages. Sie drehte sich um, als es an der Tür knarzte.

Max blickte ihr mit dem Tablet in der Hand entgegen. »Der Autounfall von Karin Koller liegt ein gutes Jahr zurück«, begann er ohne einleitende Worte zu berichten. »Auf winterlicher Straße ist sie auf die gegenüberliegende Seite gerutscht, in einen Baum gefahren und starb noch an Ort und Stelle.«

Romy nickte und setzte sich wieder. »Ist bekannt.«

»Robert Koller nahm sich wenige Monate später das Leben – ebenfalls bei winterlichen Temperaturen.«

»Was hat das Wetter …«

»Sira Bartel stürzte bei Minustemperaturen über die Klippen – so die ungefähre Einschätzung der Rechtsmedizin zum angenommenen Todeszeitpunkt«, fuhr Max fort, ohne auf Romys Einwand zu achten. »Und Benjamin starb im ersten Schnee dieses Winters.«

Romy runzelte die Stirn. »Max, du weißt, ich bin wirklich bereit, jeden noch so kleinen Hinweis aufzugreifen, der die Ermittlungen wieder entfachen könnte und zu einer Neubetrachtung sämtlicher Fälle führt, aber das Wetter beziehungsweise die Jahreszeit?« Sie setzte eine zweifelnde Miene auf. »Diesen Aspekt wird der Staatsanwalt sofort vom Tisch fegen – oder willst du jetzt anfangen, Fälle nach Überschneidungen im Wintermodus zu überprüfen?«

»Gar keine schlechte Idee …« Max lächelte, dann zuckte er mit den Achseln. »Ich weiß, wie das klingt, doch wenn man die Opfer im Umfeld unseres Falles in einer Tabelle auflistet und nach Übereinstimmungen und Abweichungen sucht – nur mal so spaßeshalber –, dann entdeckt man diesen Treffer. Vielleicht bedeutet er nicht das Geringste …«

»Das ist ziemlich wahrscheinlich.«

»Aber da wir nichts anderes haben, wage ich, darauf hinzuweisen, dass sich das Geschehen durchweg in der Winterzeit abgespielt hat …«

»Geschehen ist übrigens ein gutes Stichwort, denn bislang gibt es nachgewiesenermaßen nur eine Mordtat«, wandte Romy ein.

Max zuckte mit den Achseln. »Sagen wir anderthalb, wenn wir Siras Sturz über die Klippen mit einem großen Fragezeichen versehen.«

»Okay, doch der Autounfall hat kein Fragezeichen hinterlassen, und der Suizid ist unstrittig, selbst wenn im Nachhinein ein ehemaliger Freund Bedenken am Motiv äußert – die mich im

Übrigen durchaus beschäftigen. Außerdem gibt es nicht den geringsten Hinweis auf einen Zusammenhang zwischen Siras Tod und dem Mord an Benjamin.«

»Stimmt, nichts Offensichtliches. Aber das muss nichts heißen, oder?« Max lächelte. »Du bist doch sonst immer die Erste, die sich von derlei Feststellungen so gar nicht beeindrucken lässt.«

Romy erwiderte das Lächeln. »Ich sehe in dem Fall weit und breit kein Motiv, keine Verknüpfung, die sich schlüssig herleiten lassen.«

»Vielleicht sind wir einfach noch nicht darauf gestoßen.«

»Oder wir stellen die falschen Fragen?«, schob Romy nach. »Willst du darauf hinaus?«

Max wiegte den Kopf. »Aus dem Abstand von gut einem Jahr scheint der Suizid plötzlich doch fragwürdig – weil Ruth die richtigen Fragen zum richtigen Zeitpunkt gestellt hat.«

»Da stimme ich dir zu. Doch Skepsis allein ist kein ausreichender Ansatz, und die Frage lautet, wie wir jetzt weiter vorgehen. Hast du einen Vorschlag?«

»Erneute detaillierte Analyse des Suizids und des Autounfalls«, erwiderte Max prompt.

»Die Akte hat nichts …«

»Es gab noch eine Beteiligte damals.«

»Sie wurde schwer verletzt, hat aber überlebt.«

»Vielleicht erinnert sie sich an etwas.«

Romy nickte langsam und stand dann auf. Natürlich war sie dankbar, dass Max sich genau wie sie nicht mit dem Offensichtlichen abfinden wollte. »Schick mir die Kontaktdaten.«

»Schon unterwegs.«

Sie drehte sich in der Tür noch einmal um. »Mach weiter. Falls Jan oder der Staatsanwalt nachfragen, womit wir unsere Recherchen begründen, müssen wir uns allerdings etwas anderes einfallen lassen. Winterliche Atmosphäre und eine allgemeine Skepsis oder mein spezieller Ehrgeiz allein dürften nicht ausreichen, um offizielle Ermittlungen anzuschieben.«

In den Medien hatte der folgenschwere Unfall zwischen Lietzen und Ralswiek nach dem Suizid von Robert Koller ein zweites Mal im Fokus gestanden – was nicht weiter verwunderlich war, wie Max feststellte, als er sich nach Romys Aufbruch erneut in seine Recherchen vertiefte. Auch in den sozialen Netzwerken hatten die tragischen Todesfälle des Ehepaars Koller für großes Aufsehen gesorgt; Fotos von den Brüdern bei der Beerdigung zeigten die beiden in stummer Zweisamkeit – nun als Vollwaisen. Unzählige Reaktionen und Stellungnahmen von Freunden und Bekannten waren wochenlang durchs Netz geflutet. Das allgemeine Interesse war schließlich wieder abgeebbt und nun – nach dem Mord an Benjamin – erneut aufgeflammt. Auch das war kaum verwunderlich. Dass die Polizei keine Hinweise auf den Täter gefunden hatte, war zunächst auch mit teilweise bissigen Bemerkungen kommentiert worden – was ebenfalls wenig überraschte. Besserwisser gab es zu jedem Thema, und der oftmals ebenso hellhörige wie wutschnaubende Bürger, der stets nur auf die Fehler und Versäumnisse anderer wartete, hatte ohnehin zu allem eine Meinung, gerne zu Themen, von denen er selbst herzlich wenig verstand. Als dann Weihnachten vor der Tür gestanden hatte, war das Medieninteresse wieder deutlich abgeflacht, und auf Facebook und Co. war die Anzahl der Posts ebenfalls zurückgegangen, wie Max nachvollzog. In Kürze würde sich da kaum noch etwas tun, falls niemand das Thema erneut in den Mittelpunkt rückte – oder erneute Ermittlungen angeschoben werden konnten, die schließlich zu neuen Erkenntnissen führten.

Das Verschwinden von Sira und ihr Tod an den Klippen fünf Jahre zuvor hatten in einer vergleichbaren Welle öffentlichen Interesses gestanden. Max ging auch hier alle Berichte, Kommentare, Fotos, ganze Bilderserien ein weiteres Mal durch. Es gab Ähnlichkeiten zu den aktuellen Fällen in der Darstellung der betroffenen Menschen – Entsetzen und Erschütterung bei Trauergästen, Reaktionen an der Schule, auch hier eine Gedenkfeier, die Mutter, die ihr Kind verloren hatte. Auch die Koller-Brüder tauchten auf.

Max hob den Blick. Natürlich sind die Reaktionen ähnlich, vergleichbar und erzeugen damit auch entsprechende Bilder in der Öffentlichkeit. Was suche ich eigentlich? Er seufzte. Keine Ahnung. Doch irgendwas rumorte in ihm. Schmerz, Entsetzen, Trauer, Winterkälte. Die schmale Mutter am Grab von Sira, im Hintergrund Vertreter aus der Schule – und immer wieder die Koller-Brüder. Schließlich setzte sich Max mit Finn in Verbindung und bat ihn, festzustellen, woher die veröffentlichten Fotos und Bilderserien stammten. Der Kollege meldete sich sofort zurück. »Habt ihr einen Verdacht?«

»Nö. Aber du hast doch gerade so einen tollen Lehrgang mitgemacht. Da dürfte es kaum eine Herausforderung für dich darstellen, IT-Adressen aufzuspüren und Fotodateien zurückzuverfolgen.«

»Nicht wirklich.«

»Würde mich durchaus interessieren, wer das Bildmaterial aus dem privaten Umfeld veröffentlicht hat. Und ich habe dann Zeit für andere Recherchen. Bist du dabei?«

»Klar. Allerdings …«

»Das läuft bislang unterm Radar.«

»Dachte ich mir schon. Ich darf mich also nicht erwischen lassen, wenn ich Daten aus dem Netz fische.«

»Ich bin sicher, dass du auch das hinkriegst.«

»Danke für die Blumen.«

Max legte das Handy beiseite und sah sich die Behördenfotos vom Unfallort noch einmal genauer an – der demolierte Wagen von Karin Koller, ein zweites Fahrzeug, das ausweichen musste und ebenfalls mit einem Baum kollidierte. Tanja Preisler war mit schweren Verletzungen in die Klinik gekommen und hatte zum Unfallgeschehen in der winterlichen Nacht wenig aussagen können.

5

»Ich weiß nicht, was passiert ist – bis auf das Offensichtliche«, erklärte Tanja Preisler und lächelte unsicher, während sie Romy nach kurzem Vorgespräch in den Frühstücksraum der kleinen Pension führte. Es duftete nach frischem Kaffee und selbstgebackenem Kuchen.

Vom Fenster aus konnte man auf Ställe und verschneite Felder blicken. Der Ferienhof lag wenige Kilometer nördlich von Bergen. Das Ehepaar Preisler führte ihn seit etlichen Jahren, bot Reitkurse auch für kleine Kinder und ältere Menschen an; der Hof galt als Geheimtipp für ebenso aktiven wie erholsamen und ruhigen Familienurlaub, und zwar nicht nur für Pferdeliebhaber, wie Romy im Netz nachgelesen hatte. Das klang etwas vollmundig nach der üblichen Werbung für Inselurlaub, doch zumindest im Winter wirkte das Anwesen beschaulich still und verträumt. Und wie es aussah, gab es auch in der Nebensaison Gäste – mehrere Tische waren eingedeckt.

»Setzen Sie sich doch – möchten Sie einen Kaffee trinken?«

»Sehr gerne.«

Der Kaffee hatte Fine-Qualitäten, und das sollte was heißen. Tanja Preisler hatte sich einen Saft eingegossen und trank in langsamen Schlucken, während sie Romys Erläuterungen mit konzentrierter Miene lauschte. Der eher vage Ermittlungsansatz schien sie nicht sonderlich zu irritieren, ganz im Gegenteil. »Ich kann verstehen, dass Ihnen das keine Ruhe lässt«, meinte sie. »Aber ich befürchte, ich werde Ihnen keine große Hilfe sein. Ich habe seit dem Unfall nach wie vor Erinnerungslücken, die sich nicht schließen wollen, und Konzentrationsschwierigkeiten. Die Kopfverletzungen waren erheblich. Ich konnte mich nicht einmal entsinnen, warum ich in dieser Nacht unterwegs war, bis mein Mann mir auf die Sprünge half.« Wieder lächelte sie unsicher. »Verrückt, oder?«

»Und woran erinnern Sie sich?«, fragte Romy.

»Ich weiß nur noch, dass mir ein Wagen entgegenkam, das Licht blendete mich, und plötzlich scherte das Fahrzeug erst in die Mitte aus und fuhr dann plötzlich direkt auf mich zu. Ich konnte gerade noch ausweichen, und dann hat es auch schon gekracht.« Sie zuckte mit den Achseln. »So ist es passiert.«

»Ich verstehe.«

»Tut mir leid. Was sollte ich Ihnen auch darüber hinaus noch zum Geschehen sagen können?«

»Ach, wissen Sie, es sind häufig die Details, die plötzlich an Gewicht gewinnen und …«

»Ich weiß noch, dass der Wagen Fernlicht eingeschaltet hatte«, fiel Preisler Romy ins Wort. »Zumindest war ich davon überzeugt. Es war ja stockdunkel, und da wirkt jedes Licht gleißend. Ich musste den Blick abwenden. Dann bemerkte ich, dass der andere Wagen anfing zu schaukeln.«

»Was war das Nächste, das Sie wahrnahmen?«

»Ich wich dem Fahrzeug aus, es schepperte, dann verlor ich das Bewusstsein.« Sie überlegte einen Moment. »Als Nächstes … ja, dann beugte sich ein Gesicht über mich, ein junger Mann – ein Rettungssanitäter, dachte ich. Später wurde klar, dass ich durchaus schwerwiegende Verletzungen davongetragen hatte. Ich stand unter Schock. Und, wie gesagt, mein Gedächtnis weist nach wie vor etliche Lücken auf – zumindest bezogen auf einige Monate vor dem Unfall. Aber …«

»Ja?«

»Ich habe mich immer wieder gefragt, warum das Fahrzeug plötzlich zu trudeln anfing. Zugegeben, die Straßenverhältnisse waren winterlich, man musste langsam und besonders vorsichtig fahren, um nicht ins Rutschen zu geraten. Doch der entgegenkommende Wagen fing plötzlich an zu torkeln und schoss dann auf die andere Seite, als hätte die Fahrerin abrupt die Richtung ändern oder bremsen wollen. Aber warum sollte sie das tun? Es gab keine Veranlassung zu bremsen.«

Vielleicht war Karin Koller in einen Sekundenschlaf gefallen und hatte im Hochschrecken das Lenkrad herumgerissen, überlegte Romy. Autofahren im übermüdeten Zustand war gefährlich.

»Andererseits ist das wohl längst Schnee von gestern und überhaupt nicht mehr relevant.«

»Wahrscheinlich.« Romy trank den Kaffee aus. »Danke erst mal für Ihre Zeit«, sagte sie dann und stand auf. »Darf ich Sie bitten, mich zu kontaktieren, wenn Ihnen doch noch etwas einfällt?« Sie reichte Preisler eine Visitenkarte.

»Ja, natürlich …« Sie überlegte einen Moment. »Da war noch etwas Seltsames«, erklärte sie plötzlich und erhob sich ebenfalls. »Aber ich weiß nicht, ob das überhaupt etwas mit dem Unfall zu tun hat.«

Romy sah sie gespannt an.

»Ein Mann, der sich Chris nannte, rief mich mehrfach an. Ich kann mich bis heute nicht erinnern, woher wir uns kennen.«

»Und was wollte er?«

»Er hat gefragt, wie es mir geht. Und er war ziemlich perplex, als er merkte, dass ich mich überhaupt nicht an ihn erinnern kann.«

Romy stutzte.

»Natürlich bin ich meine Kontaktliste durchgegangen«, fuhr Preisler fort, bevor Romy eine entsprechende Frage stellen konnte. »Ohne Ergebnis. Und mein Mann hatte auch keine Ahnung, wer der Typ sein könnte.«

»Vielleicht jemand, mit dem Sie früher zu tun hatten und der von dem Unfall erfahren hatte?«, schlug Romy vor.

»Tja, so wird es wohl gewesen sein. Andererseits – warum hat er nicht meinen Mann angesprochen, nachdem er bemerkte, dass ich Gedächtnislücken habe?«

Kein schlechter Einwand, dachte Romy. »Wie oft hat er es versucht?«

»Drei-, viermal, glaube ich.« Sie zuckte mit den Achseln. »Vielleicht fällt es mir ja irgendwann doch wieder ein – wenn ich gar nicht mehr damit rechne.«

Romy lächelte. »Dann drücke ich die Daumen ... Ach, eine Frage noch – woher kamen Sie eigentlich in der Nacht?«

»Ich habe im Haus meiner Eltern nach dem Rechten gesehen – sie waren verreist.«

»Mitten in der Nacht?«

Preisler runzelte die Stirn, dann zuckte sie mit den Achseln. »Es ist wohl später geworden. Georg meinte, ich wäre erst abends losgefahren und hätte mir dann viel Zeit gelassen. Ich war außerdem noch einkaufen und musste Schnee räumen. Ich hatte keine Veranlassung, mich zu beeilen.«

Romy nickte. »Verstehe. Danke noch mal.« Kurz darauf trat sie ins Freie. Sie blickte hinüber zum Stall. In der offenen Tür erkannte sie Georg Preisler. Sie zögerte nur einen Moment, dann steckte sie den Autoschlüssel wieder ein und ging zum Stall.

Preisler mistete Boxen aus und blickte hoch, als sie eintrat. »Ich habe gerade mit Ihrer Frau gesprochen«, erklärte Romy und erläuterte mit wenigen Sätzen den Hintergrund ihres Besuchs.

Georg Preisler war ein großer kraftvoller Mann; er hörte aufmerksam zu und sah ihr gerade in die Augen. »Das klingt beunruhigend«, meinte er schließlich. »Ich kann allerdings wenig beitragen zum Geschehen in der Nacht.«

»Vielleicht doch. Ihre Frau war sehr spät unterwegs.«

Er rieb sich mit einem Finger über die Nase. »Sie hatte bei meinen Schwiegereltern einiges zu tun.«

Romy nickte. »Ich weiß.« Sie zögerte nur kurz. »Wer ist Chris?«

Preislers Augen zogen sich zusammen. Er wandte den Blick ab und stellte die Mistgabel beiseite. Die Reaktion unterschied sich deutlich von der eher sachlichen Darstellung seiner Frau, die lediglich ihre Gedächtnislücke beklagt hatte. Romy war völlig klar, dass sie keinerlei Recht hatte, an dieser Stelle Antworten zu erwarten, geschweige denn zu fordern oder etwa auf provozierende Art Andeutungen in den Raum zu stellen. Preisler könnte ihr die Tür weisen und sich sogar über sie beschweren.

»Ich habe ihn nie kennengelernt, und der Name sagt mir nichts«, erklärte er plötzlich und sah Romy wieder an. »Glauben Sie mir, oder lassen Sie es bleiben. Ansonsten ist Ihnen deutlich anzusehen, dass Sie sich bereits ihre eigenen Gedanken machen.«

Das konnte Romy schlecht abstreiten. Sie hatte schon immer Mühe gehabt, eine gelassene oder gar undurchdringliche Miene zu wahren. »Das stimmt«, gab sie zu. »Lassen Sie es mich so ausdrücken – ich wüsste gerne mehr zu diesem Thema, nachdem Sie so auffallend reagiert haben.«

»Ich nicht, um ehrlich zu sein. Und ich bin alles andere als unglücklich, dass meine Frau sich nicht erinnert hat und bis heute nicht weiß, wer der Mann ist. Können Sie das verstehen?«

Einen Moment war Romy perplex. Mit so viel Offenheit hatte sie nicht gerechnet.

»Klingt vielleicht ein bisschen verrückt, aber womöglich hat dieser Unfall unsere Ehe gerettet.« Preisler verzog das Gesicht. Von einem Moment auf den nächsten wirkte er erstaunt. »Ich weiß nicht, warum ich Ihnen das überhaupt erzähle … Vielleicht liege ich ja auch komplett falsch mit meinen seltsamen Vermutungen.« Er schüttelte den Kopf. »Doch, doch, ich denke, genau so war es, und warum auch immer ich hier so unvermutet ins Plaudern gerate: Ich denke, meine Frau kam damals von einem Treffen mit ihm. Wir hatten keine gute Zeit. Es lag etwas in der Luft.«

»Und Sie haben Ihren Verdacht immer für sich behalten?«

»Bis jetzt – ja. Monatelang ging es nur darum, dass Tanja wieder gesund wurde, und wir haben uns als Paar und als Team bewährt, wieder einmal. Das ist unsere Stärke. Die Vergangenheit spielte nicht mehr die geringste Rolle. Und so wird es auch bleiben.« Er hob das Kinn und musterte sie mit eindringlichem Blick zu. »Ich hoffe, Sie respektieren …«

Romy hob beide Hände, dann kam ihr ein Gedanke. »Vielleicht ist es ja ganz anders. Womöglich hatte der Mann, der sich Chris nannte, ein völlig anderes Interesse, den Kontakt zu Ihrer Frau zu suchen.«

»Was meinen Sie damit?«

»Das Unfallgeschehen ist bislang nie infrage gestellt worden – es gab keine blinden Flecken, alles schien logisch herleitbar: winterliche Straßen, Glatteis, ein Zusammenstoß mitten in der Nacht – mit tragischen Folgen«, fasste Romy zusammen. »Aber nun fällt ein Name, mit dem Ihre Frau nicht das Geringste verbindet. Weil ihr Gedächtnis aufgrund der Verletzungen löchrig geworden ist? Oder steckt etwas anderes dahinter? Hinzu kommt, dass sie sich wunderte, warum der entgegenkommende Wagen plötzlich ausscherte.« Romy breitete ihre Überlegungen genauso offen vor Preisler aus, wie er zuvor seine Gedanken freizügig mit ihr geteilt hatte.

»Jemand hat diesen Unfall provoziert? Wollen Sie etwa darauf hinaus?«

»Damit wage ich mich sehr weit vor, das ist mir klar. Aber das ist manchmal so meine Art, wenn mich ein Fall nicht loslässt.«

»Wer sollte einen Grund haben …« Er brach ab. »Meine Frau sollte es gar nicht treffen, oder? Es könnte um diese Familie gehen?«

»Eine Schlussfolgerung, die auf reiner Spekulation basiert – weil ich zurzeit nichts anderes habe. Aber so ein Name wäre natürlich ein Ansatz.«

»Ich ahne, worauf Sie hinauswollen.« Preisler nickte nachdenklich. »Ich fürchte jedoch, dass Sie an der Stelle nicht weiterkommen werden. Ich weiß tatsächlich nicht, wer der Typ ist. Und meine Frau weiß es auch nicht, da bin ich sicher. Da es keine weiteren Hinweise auf ihn gibt, spricht einiges dafür, dass es Heimlichkeiten gab …«

»Oder der Mann wollte sich einfach nur vergewissern, dass Ihre Frau als Unbeteiligte keinen allzu großen Schaden erlitten hat.«

»Aus reiner Fürsorge? Und dazu ruft er gleich mehrfach an?« Preisler setzte eine skeptische Miene auf. »Das wäre ziemlich unvorsichtig, oder?«

»Nicht unbedingt.« Romy steckte die Hände in ihre Jackentasche. »Bislang ist ja niemand auf ihn aufmerksam geworden.«

Preisler griff wieder nach seiner Mistgabel. In der Box nebenan war lautes Schnauben zu hören. »Falls ich dazu doch noch eine Idee habe, rufe ich Sie an.«

»Vielen Dank.«

Minuten später saß Romy im Wagen und ließ den interessanten Austausch nachklingen. Die Verdachtsmomente, die in ihr aufgestiegen waren, verdienten kaum diese Bezeichnung. Sie war inzwischen bereit, sich von den abstrusesten Spekulationen treiben zu lassen.

Als sie später im Kommissariat die Unfallakte ein weiteres Mal durchging, blieb sie an dem Bericht des Notfallteams hängen, das bereits kurz vor der Polizei eingetroffen war. Eine Rettungssanitäterin hatte sich als Erste um Tanja Preisler gekümmert, so war es vermerkt. Kein Mann, eine Frau. Aber was besagte das schon? Dass sich eine schwerverletzte und unter Schock stehende Frau mit schweren Kopfverletzungen geirrt hatte. Oder dass noch jemand am Unfallort gewesen war. Romy rief die Fotos von der Kriminaltechnik auf – Groß- und Detailaufnahmen von der zerstörenden Wucht eines außer Kontrolle geratenen Fahrzeugs.

Anschließende Telefonate mit der Rettungssanitäterin und dem Leiter der Spurensicherung in der Nacht brachten keine neuen Erkenntnisse. Auch bezüglich des Anrufs, mit dem die Rettungskräfte informiert worden waren, lagen keine weitergehenden Informationen vor – nicht mal ein Name. Jemand war vorbeigefahren und hatte sich nicht lange aufhalten wollen, mutmaßte Romy. So etwas passierte immer wieder.

Sie wollte gerade ihren PC herunterfahren, als Max in der Tür stand. Er klopfte sich mit dem Stift seines Tablets ans Kinn. »Wir haben vielleicht etwas«, sagte er leise.

Romy sah ihn gespannt an. »Ich bin ganz Ohr.«

»Ich hatte Finn gebeten, seine neugewonnenen IT-Kenntnisse ins Spiel zu bringen …« Max hob kurz den Blick. »Er war sofort Feuer und Flamme und ist sicher, dass seine Recherchen nicht auffallen. Falls dich das beunruhigt.«

»Nur am Rande. Und?«

Max trat näher und setzte sich zu Romy. »Zum einen konnte er feststellen, dass eine Vielzahl der privaten Fotos im Zusammenhang mit Reaktionen nach dem Unfall und dem Suizid in den Netzwerken von einer immer wiederkehrenden IP-Adresse gesendet worden waren.«

Romy runzelte die Stirn. »Na ja …«

»Eine geschickt verschlüsselte Adresse, die sich nicht mehr nachverfolgen lässt.«

Romy hob eine Braue. »Gilt das auch für Bildmaterial nach dem Mord an Benjamin?«

Max nickte. »Auch hier sind keine Rückschlüsse möglich. Warum sollte ein Freund aus dem Umfeld der Familie die Nachverfolgung verhindern?«

»Vielleicht handelt es sich um einen Journalisten oder eine Journalistin, der oder die unerkannt bleiben möchte?«, mutmaßte Romy.

»Wozu? Um nicht wegen Verletzung der Persönlichkeitsrechte

belangt zu werden?« Max hob eine Braue. »Aber das passt nicht. So etwas ist nur wichtig, wenn es um Leute geht, die in der Öffentlichkeit stehen. Hier geht es um Bilder, die auf der Beerdigung und bei Gedenkfeiern entstanden sind – die Reaktionen und eine entsetzliche Situation der Angehörigen und des Umfeldes.«

»Und das bedeutet?«

»Jemand ist der Familie relativ nahe und will unerkannt bleiben. Warum auch immer …«

Romy blickte einen Moment ins Leere.

»Und dazu lässt sich noch mehr sagen«, fuhr Max fort. Seine Stimme vibrierte leise. »Finn ist ziemlich sicher, dass eine Aufnahme vom Unfallort zwischen Lietzen und Ralswiek aus derselben Nacht stammt.«

Romy setzte sich ruckartig auf. Max reichte ihr das Tablet. Sie runzelte die Stirn, während sie das Foto betrachtete. Das gepostete Bild hatte auf den ersten Blick wenig Ähnlichkeit mit dem nächtlichen Geschehen, wie es die Techniker für ihren Bericht festgehalten hatten, allein dadurch, dass es auf dem genannten Bild taghell war. Sie blickte wieder auf. »Also, ich weiß ehrlich gesagt nicht …«

Max lächelte. »Das ist bearbeitet worden – Finn ist ziemlich sicher. Im direkten Abgleich und bei detaillierter Analyse der Metadaten kann man erkennen, dass die Spurenlage identisch ist mit den nächtlichen Aufnahmen, die die Kollegen gemacht haben. Da es aber in der Nacht weiter geschneit hatte, müsste es viele Stunden später am nächsten Tag dort anders ausgesehen haben.«

»Jemand erweckt den Eindruck, am Tag nach dem Geschehen zur Unglücksstelle gefahren zu sein. Dabei war er bereits in der Nacht dort«, murmelte Romy halblaut. Sie blickte auf die Bäume, die ihre froststeifen Äste in den Himmel reckten, auf die Reifenspuren neben der Fahrbahn, die auf beiden Abbildungen übereinstimmten. *Hier ist es passiert,* lautete die Unterschrift. Der Wagen war plötzlich ausgeschert, rief sie sich Tanja Preislers Schilderung in Erinnerung. Ein Mann hatte nach ihr gesehen – ein Rettungssanitäter, wie sie vermutete. Ein junger Mann. Wer war Chris?

»Das ist ziemlich interessant«, stellte Romy fest. »Wenn wir nachweisen können, dass Fremdeinwirkung vorstellbar ist …«

»Können wir auch den Suizid näher in Augenschein nehmen«, fuhr Max in eifrigem Ton fort. »Und dann gibt es vielleicht endlich Hinweise, die bei der Mordaufklärung weiterhelfen können.«

»Recherchier mal bitte im Umfeld aller Beteiligten nach einem Chris. Tanja Preisler hat den Namen ins Spiel gebracht«, ergänzte Romy einen Moment später und berichtete von dem Gespräch mit dem Ehepaar.

»Verstehe. Telefondaten werden natürlich nicht mehr vorliegen, aber ich versuche mein Bestes.«

»Daran zweifle ich nicht einen Moment. Und ich rede morgen mit den Stralsundern. Vielleicht gewinnen wir mit dem Ansatz etwas mehr Spielraum … Wir sollten uns mit der Frage befassen, ob es jemand auf Familie Koller abgesehen hat, auch wenn wir bislang nicht einmal die Ahnung eines Motivs haben und der Freitod eines Ehemanns nach wie vor mit seiner Verzweiflung erklärbar ist.« Oder jemand hat sich mit den Fotos wichtigmachen wollen, überlegte Romy weiter. Das war nicht auszuschließen. Dann blieb jedoch immer noch die Frage, wie die nächtliche Aufnahme entstanden war.

»Wir werden weitere Fehler finden, sobald wir wissen, worauf wir achten müssen«, erklärte Max, und es klang ein bisschen so, als würde er sich selbst Mut zusprechen. »Es war jemand in der Nähe, als der Unfall geschah … Das jedenfalls ist offensichtlich.« Damit schnappte er sein Tablet und verschwand in seinem Büro.

Romy goss sich frischen Kaffee ein. Falls sie richtiglagen mit ihrer Vermutung, musste ein drittes Fahrzeug unterwegs gewesen sein, vergegenwärtigte sie sich die nächtliche Situation. Doch Tanja Preisler hatte zu keinem Zeitpunkt von einem weiteren Wagen gesprochen. Vielleicht hatte sie nur nicht darauf geachtet, oder es war ohne Licht gefahren. Romy griff zum Telefon.

Tanja Preisler überlegte nicht lange. »Auf keinen Fall«, betonte sie. »Da war kein anderer Wagen. Es war still und dunkel, bis die Scheinwerfer aufflammten. Ich bin hundertprozentig sicher.«

Romy legte das Telefon beiseite. Sie zog die Brauen zusammen. Es hatte noch jemand im Wagen von Patricia Bartel gesessen, schoss es ihr durch den Kopf. Sie fuhr sich mit beiden Händen durchs Haar. Dann griff sie erneut nach ihrem Handy und wählte Jakob Kollers Nummer.

»Können Sie sich erinnern, von wo Ihre Mutter in der Nacht des Unfalls kam?«, fragte sie nach knapper Erklärung.

Jakob schwieg einen Moment verblüfft. »Ich dachte, die Ermittlungen sind eingestellt«, sagte er schließlich.

»Die Akte ist noch nicht endgültig geschlossen, und mir lässt das Geschehen in Ihrer Familie einfach keine Ruhe.«

»Okay, aber was hat meine Mutter damit zu tun? Das war doch ein Unfall.«

»Ja – so sah es bislang immer aus.«

Erneutes Schweigen. »Sie denken doch nicht …«

»Bislang suche ich nur nach Anhaltspunkten«, fiel Romy ihm ins Wort. »Vielleicht laufen sie ins Leere. Dann kann ich mir jedenfalls nicht vorwerfen, zu oberflächlich gewesen zu sein.«

»Nein, ganz bestimmt nicht. Nun … Sie hat eine Freundin in Bergen besucht, das weiß ich noch.«

»Würden Sie mir den Namen verraten?«

Kurze Pause. »Warten Sie … Petra … Petra Schlosser. Ich

glaube, die kannten sich aus der Stadtverwaltung und hatten sich eine Weile nicht gesehen.«

»Ich danke Ihnen.«

»Klar doch.«

Romy suchte die Kontaktdaten heraus, erreichte aber unter der angegebenen Telefonnummer niemanden. Sie hinterließ eine Nachricht und bat um Rückruf.

Falls sie richtiglagen und es einen Täter gab, hatte er ein persönliches Motiv, und alles hatte mit dem Autounfall begonnen – das war zumindest die Annahme, nachdem ein manipuliertes Foto nachweisbar war. Romy trommelte auf der Schreibtischplatte, starrte das Telefon an, das trotzdem stumm blieb. Und was bedeutete das für den Suizid? Gute Frage. Sie nahm sich die Akte ein weiteres Mal vor. Benjamin hatte seinen Vater tot aufgefunden, als er nach Hause gekommen war – das Geräusch des laufenden Motors in der Garage hatte ihn aufmerksam gemacht. Robert Koller hatte einen Schlauch durchs Fenster ins Wageninnere bugsiert und sich den Abgasen ausgesetzt. In seinem Blut konnte außerdem ein starkes Schlafmittel festgestellt werden. Der Mann war mit der Erschütterung durch den Tod seiner Frau nicht zurechtgekommen und hatte sich von seiner Verzweiflung in den Freitod treiben lassen. Das konnte selbst den stärksten Persönlichkeiten widerfahren. Und wenn es doch anders gewesen war?

Romy atmete tief durch. Sie war plötzlich zutiefst davon überzeugt, dass es einen gemeinsamen Nenner gab, der die Koller-Fälle miteinander verband – das war bislang wenig mehr als ein Bauchgefühl, auch wenn das Foto vom Unfallort ein Indiz war, das weitere Nachfragen rechtfertigte. Sie hoffte inständig, dass Finn und Max weitere Hinweise entdecken würden. Warum hat die Großmutter ihre Enkel im Stich gelassen? Die Beschreibung war unangemessen, wie Romy nur allzu klar war, und doch … Familienunfrieden? Zumindest Distanz. Niemand hatte je Nähe und Zuneigung geheuchelt oder Kontakt eingefordert, weil man rein zufällig einem genetischen Pool angehörte. So ungefähr könnte man die Erläuterung von Rosalie Koller zusammenfassen. War das erfrischend ehrlich und direkt, oder steckte etwas anderes dahinter? Jakob hatte die Meinung vertreten, dass seine Großmutter mit ihrer Schwiegertochter nicht klargekommen war. Dennoch blieb es dabei – die Kollers waren sich aus dem Weg gegangen, und zwar ganz bewusst. Wann war Rosalie eigentlich Witwe geworden?

Romy schreckte zusammen, als ihr Smartphone klingelte. Sie stellte sofort die Verbindung her.

»Petra Schlosser. Sie hatten um meinen Rückruf gebeten.« Die Stimme klang zurückhaltend.

»Ja, vielen Dank, Frau Schlosser. Ich bin die leitende Ermittlerin auf Rügen. Sie haben sehr wahrscheinlich mitbekommen, dass es Ende des Jahres einen weiteren Todesfall in der Familie Koller gegeben hat.«

»Ja, natürlich. Karin und ich waren befreundet ...« Räuspern.

»Ich versuche zurzeit, die Geschehnisse zu rekonstruieren, und sehe mir die einzelnen Fälle noch einmal sehr genau an – in der Hoffnung, damit Hinweise auf den Hintergrund zum tödlichen Angriff auf Benjamin zu gewinnen«, erläuterte Romy.

»Und was hat das mit mir zu tun?«, fragte Schlosser konsterniert.

»Karin Koller war am Abend des Unfalls mit Ihnen verabredet, nicht wahr?«

»Das stimmt. Wir haben lange zusammengesessen, es ist spät geworden, und das werde ich mir wohl nie verzeihen«, erwiderte Schlosser leise. »Vielleicht wäre nichts passiert, wenn sie eher aufgebrochen wäre. Ich habe sie gebeten, noch zu bleiben. Es war ein schöner Abend, ich hätte noch die halbe Nacht durchquatschen können. Hätten wir es bloß getan ... Ich hatte gehofft, nie wieder an ihn erinnert zu werden.«

Romy atmete tief durch.

»Ich kann nicht daran zurückdenken, ohne mein schlechtes Gewissen zu spüren«, fuhr Schlosser einen Moment später fort. »Ich war nicht mal auf der Beerdigung. Ich hätte den Jungs und auch Robert nicht in die Augen blicken können. Verstehen Sie das?«

»Ja, irgendwie schon«, antwortete Romy.

»Aber feige war es trotzdem. Wollen Sie das sagen?«

»Das steht mir nicht zu.«

Petra Schlosser lachte unfroh auf. »Und dann passiert das mit Robert, und nun ist auch Benjamin tot. Unfassbar! Mehr kann ich nicht sagen, mehr will ich auch gar nicht …«

»Warten Sie bitte!«, warf Romy ein, bevor Schlosser auflegen konnte. »Ist Ihnen an dem Abend etwas aufgefallen?«

»Wie meinen Sie das?«

»Sie und Karin hatten einander viel zu erzählen – gab es irgendwelche Konflikte?«

»Warum wollen Sie das so genau wissen? Das spielt doch alles keine Rolle mehr und liegt zudem mehr als ein Jahr zurück – ein Jahr, in dem es drei Tote in der Familie gab.«

Romy überlegte einen Moment. »Benjamin ist überfallen und getötet worden. Verdächtige konnten wir bislang nicht ausmachen«, erklärte sie ruhig. »Falls sich der Täter im Umfeld der Familie aufhält, könnte es schon damals Hinweise gegeben haben.«

»Karin hatte einen Unfall auf eisglatter Straße!«, widersprach Schlosser energisch. »Ich verstehe nicht, was Sie …«

»Genau diese Einschätzung werde ich ein weiteres Mal überprüfen«, warf Romy ein. »Besser gesagt: Ich werde eine neuerliche Überprüfung anregen.«

»Sie denken, dass …«

»Ich kann Ihnen keine Details nennen, Frau Schlosser, nur so viel: Es dürfte nicht schaden, einen zweiten und sogar dritten Blick zu werfen. Womöglich entdecken wir dabei auch einfach nur jemanden, der etwas beobachtet hat – zum Beispiel am Unfallort.«

»Das klingt …«

»Ich weiß – nicht sehr überzeugend, und das ist noch milde ausgedrückt. Würden Sie mir trotzdem von dem Abend mit Karin erzählen?«

Leises Seufzen. »Na schön. Ich hatte Liebeskummer«, begann Schlosser schließlich zu berichten. »Das Thema hat uns eine Weile beschäftigt. Es war nicht mein erster Liebeskummer, den ich mit ihr durchgehechelt habe. Sie war eine gute Zuhörerin, und sie brachte mich immer wieder zum Lachen. Na ja, und dann … Sie hat sich um ihre Söhne gesorgt.«

»Ach?«

»Die beiden hatten wohl Streit. Es gab einen Konflikt, Näheres hat sie nicht dazu erläutert. Ich habe ihr geraten, sich herauszuhalten, solange sie sich nicht die Köpfe einschlugen. Es gibt immer mal wieder Streit zwischen Geschwistern, das weiß ich aus meiner eigenen Jugend nur zu genau. Es ist besser, wenn die das unter sich regeln, erst recht in dem Alter. Allerdings habe ich selbst keine Kinder. Vielleicht würde ich als Mutter anders denken.«

Romy stutzte. Markus Bartel hatte im Gespräch mit Ruth auch über Zwist zwischen den Brüdern berichtet, erinnerte sie sich. Benjamin hatte dem Kleinen zugesetzt, und Bartel war dazwischengegangen, um den zarten jüngeren Bruder zu schützen. Das lag allerdings schon länger zurück.

»Karin meinte, dass es ernster sei«, fuhr Petra Schlosser fort. »Keine der üblichen Auseinandersetzungen.«

»Hat sie ein Stichwort genannt?«

»Nicht einmal das – sie wollte den Abend nicht mit solchen Geschichten belasten, meinte sie … Ich erinnere mich, dass sie einen Anruf erhielt, als sie sich anzog. Ich war kurz nebenan im Bad und habe nur mitbekommen, dass Benjamin dran war. Sie hat ihm gesagt, dass sie auf dem Heimweg sei und sich von unterwegs gleich noch mal melden werde. Sie klang irgendwie gereizt oder auch aufgebracht.«

»Sie haben nicht gehört, worum es ging?«

»Nein. Karin meinte dann nur noch, dass sie das am nächsten Tag mit den Jungs klären würde … Warten Sie – es ist ein Name gefallen. Ich dachte noch, die Jungs hätten sich um ein Mädchen gestritten. Die sind ja nur zwei Jahre auseinander gewesen, da kann man sich schon mal in die Quere kommen.«

»Erinnern Sie sich an den Namen?«

»Sira.«

Romys Augen weiteten sich. »Sind Sie sicher?«

»Ja. Aber Stunden später war das ohnehin alles völlig egal«, fügte Petra Schlosser noch hinzu.

Oder auch nicht, dachte Romy. Sie bedankte sich kurz darauf und unterbrach die Verbindung. Unruhe durchströmte sie. Sie wählte Jakobs Nummer, aber er nahm das Gespräch nicht an. Als er sich eine Stunde später zurückmeldete, hatte sie gerade beschlossen, Feierabend zu machen.

»Sie hatten Streit mit Ihrem Bruder«, stieg Romy ohne Einleitung ins Thema ein. »An dem Abend, als Ihre Mutter verschwand.«

»Wie …«

»Es ging um Sira.«

Jakob schwieg.

»Was hat Sie und Ihren Bruder dermaßen beschäftigt – mehrere Jahre nach dem Verschwinden und dem Tod der Kleinen –, dass sie in einen Streit gerieten, der wiederum Ihrer Mutter keine Ruhe ließ?«, fragte Romy weiter.

»Ich weiß es nicht mehr … Ist das noch wichtig?«

»Ja.«

»Vielleicht hat die Frau sich verhört.«

»Oder auch nicht.«

»Ich werde darüber nachdenken und melde mich morgen.«

»Okay.«

Es war spät, als Romy nach Hause fuhr. Jan wartete bereits auf sie. Sie aßen schweigend, in drückender Stille. Romy wollte auf keinen Fall die Regel brechen, beim Essen nicht über laufende Ermittlungen zu sprechen. Aber es fiel ihr in diesem Moment ganz besonders schwer.

»Leg schon los«, forderte Jan sie schließlich auf, während sie gemeinsam das Geschirr abräumten.

»In der Familie stimmt was nicht«, erklärte sie.

»Ich gehe davon aus, dass du nicht von uns, sondern von den Kollers sprichst.«

»Natürlich. Und ich meine damit nicht den üblichen Kram, wie ihn wohl alle kennen – auch wir. Da liegt richtig was im Argen. Und alles hängt miteinander zusammen, da bin ich auch sicher.«

»Alles?«

Romy nickte und setzte Jan im Detail ins Bild. »Wirst du mich beim Staatsanwalt unterstützen?«

Jan verzog das Gesicht. »Das wird nicht reichen, Romy.«

»Dann lass mir noch zwei Tage. Wir werden mehr finden, da bin ich sicher. Und bisher hat sich niemand beschwert, dass ich herumfahre und Fragen stelle.«

Jan zog eine Braue hoch. »Mir ist nicht entgangen, dass Finn seine eigenen Recherchen verfolgt – genauer gesagt: deine Ansätze.« Er überlegte einen Moment. »Die Sache mit dem manipulierten Foto ist allerdings ein starkes Stück«, murmelte er. »Falls Finn die richtigen Schlüsse gezogen hat.«

»Davon gehe ich aus.« Romy nickte. »Zwei Tage!«, wiederholte sie dann. »Bis dahin entdecken wir belastbare Indizien – oder nicht.«

»Gut. Und jetzt würde ich gerne komplett abschalten und schlafen gehen.«

»Verlockender Vorschlag.« Sie lächelte.

Romy schreckte mitten in der Nacht hoch. Ihr Herz klopfte schnell und aufgebracht, als wäre sie zu schnell die Treppe hinaufgestürmt. Sie stand leise auf und ging nach unten in die Küche. Sie blickte zum Fenster hinaus in Richtung der Salzwiesen. Der Himmel leuchtete im Widerschein eines vollen Mondes. Leichter Schneefall hatte eingesetzt. Ein kräftiger Ostwind drückte ihn gegen die Scheiben. Tiefer Winter. Eine Frau stirbt in der Kälte einer eisigen Nacht in ihrem Wagen; ihr Mann verliert kurz nach dem Unfall in den Abgasen seines Autos sein Leben – auch hier: winterliche Witterung. Der älteste Sohn, ein junger Mann, wird ein Jahr später im Jasmund getötet, und nur die frostigen Buchen werden Zeugen des Geschehens. Und etliche Jahre zuvor hatte ein Kind aus dem Umfeld der Familie sein Leben an den eisigen Klippen des Jasmund verloren.

Romy ließ den Blick noch einen Moment schweifen, bevor sie die Bilder zur Seite schob und wieder nach oben ging. Bevor sie sich an Jans Rücken kuschelte, schrieb sie Ruth eine Nachricht und bat sie um Unterstützung bei der Neubetrachtung der Fälle.

6

Jakob Koller trug dunkle Jeans und einen weiten Hoodie, sein bleiches Gesicht leuchtete vor dem Hintergrund der Kapuze, einzelne Strähnen seines tiefschwarzen Haars rutschten ihm immer wieder in die Stirn. Die Hände waren verschränkt, sie wirkten knochig und zart, und er blickte Romy gerade ins Gesicht.

Ruth war bereits am Morgen auf der Insel eingetroffen und hatte sämtliche Details der Fälle eingehend mit Romy besprochen. Wie so oft gab es noch nichts Handfestes, aber Ruth hatte ein zunehmend ungutes Gefühl beschlichen. Als Jakob am Mittag unerwartet vor der Tür gestanden hatte, war die Entscheidung, dass sie zunächst im Hintergrund bleiben sollte, schnell gefallen.

Nun betrachtete Ruth einen Moment Jakobs schmale Gestalt vom Nebenraum aus, bevor sie die Kollegin ins Auge fasste – Romy hatte gerade Platz genommen, und es war ihr anzusehen, wie sehr die Situation sie emotional belastete. Der tiefe Schmerz von Jakob Koller stach umso stärker hervor, je mehr seine Haltung beeindruckte. Insbesondere dieser Aspekt imponierte Romy zutiefst, wie Ruth in der Beobachtung des Gesprächs sofort feststellte. Es war der Kollegin ganz offenkundig ein Rätsel, wie es der Achtzehnjährige schaffte, die Erschütterungen auszuhalten, die seit einem guten Jahr sein Leben beherrschten – viel mehr: völlig auf den Kopf stellten.

»Danke, dass Sie sich entschlossen haben, gleich persönlich vorbeizukommen«, ergriff Romy nun das Wort. »Ich nehme an, dass Ihnen inzwischen mehr zu dem Streit eingefallen ist, auf den ich Sie gestern ansprach.«

»Das ist richtig.« Jakob blickte kurz auf seine Hände, knetete sie und sah wieder auf. Er zögerte, dann atmete er tief durch.

Romy neigte den Kopf und suchte seinen Blick. »Worum ging es, Jakob? Ich darf doch Jakob sagen?«

»Natürlich.« Er lächelte. Seine Unterlippe begann plötzlich zu zittern. »Es stimmt«, sagte er schließlich. »Wir haben uns gestritten, und es ging um die kleine Sira.«

Ruth ließ Jakob nicht aus den Augen. Der junge Mann hatte arg zu kämpfen, das war offensichtlich. Seine Haltung spiegelte Verkrampfung, ausgelöst durch einen heftigen inneren Aufruhr.

»Ich habe was gefunden, was mich …«

»Was haben Sie gefunden?«, warf Romy ein.

»Fotos.«

Ach du Scheiße, durchfuhr es Ruth. Sie sah, dass Romy die Augen zusammenkniff. Die Kollegin hatte erkennbar Mühe, nicht spontan heftig zu reagieren.

»Was für Fotos?«

»Er hat …«

»Wen meinen Sie? Ich muss es sehr genau wissen.«

»Benjamin hat manchmal auf Sira aufgepasst.« Jakob sah kurz zur Seite. »Und … Er hat sie fotografiert. Ich habe zufällig die Bilder entdeckt.« Er wischte sich über den Mund und schluckte heftig. »Die Kleine war nackt.«

Ruth schloss einen Moment die Augen. Romy hat den richtigen Riecher gehabt. Hier lag einiges im Argen.

»Geht es etwas genauer?«, fragte Romy nach kurzer Pause.

»In der Badewanne, auf dem Bett … Er hat sie fotografiert, während sie sich umzog, aber …«

»Ja?«

»Es wirkt seltsam.«

»Können Sie das genauer beschreiben?«

»Das passte einfach nicht. Ein nacktes kleines Mädchen zu fotografieren«, erwiderte er sofort. »Ich wollte …«

»Wo sind die Fotos jetzt?«

Er schüttelte den Kopf. »Es gibt sie nicht mehr. Er hat sie vernichtet, als ihm klarwurde ...« Jakob biss sich auf die Unterlippe.

»Wie sind Sie überhaupt darauf gestoßen?«, fragte Romy weiter.

»Wie bitte?«

»Wie sind Sie auf die Fotos aufmerksam geworden?«

»Ich habe sie zufällig entdeckt – ich brauchte einen USB-Stick und habe in Bennis Zimmer gesucht. Sie befanden sich in einer Schublade in einem Kuvert, das offen war und ...«

»Sie sprechen von Fotos auf Papier?«

Jakob nickte.

Ruth runzelte die Stirn.

»Haben Sie ihn darauf angesprochen?«

»Es war wohl eher umgekehrt – er hat mich erwischt ...«

»Erwischt?«

»Na ja, er stand plötzlich im Zimmer und fuhr mich an, warum ich bei ihm herumschnüffle, aber so war es ja gar nicht. Es war ein Zufall, dass ich die Bilder entdeckt habe.«

»Und wie hat er sich geäußert?«

Jakob überlegte kurz. »Er war wütend – und es war ihm unangenehm, das war deutlich. Er hat mir Prügel angedroht, wenn ich dummes Zeug erzähle. So nannte er es.«

»Aber Sie haben Ihre Mutter informiert?«

»Ja. Das ließ mir einfach keine Ruhe. Fotos von nackten kleinen Mädchen ... Das ist doch krank ...«

»Wann genau haben Sie die Bilder entdeckt?«

»Ich glaube, das war ein paar Tage, bevor meine Mutter den Unfall hatte«, erwiderte Jakob. »Ich hatte sie am Tag zuvor kurz angesprochen und ihr erklärt, dass wir reden müssen. Ich habe da nur ein paar Andeutungen gemacht. Aber sie hatte keine Zeit. Sie wollte sich nach dem Besuch bei ihrer Freundin mit mir und auch mit Benni zusammensetzen. Vielleicht auch erst am nächsten Tag. Doch dazu kam es ja dann nicht mehr.«

Wo war Benjamin an dem Abend?, überlegte Ruth. Die Freundin Petra Schlosser hatte berichtet, dass sie ein Telefonat zwischen ihm und seiner Mutter mitbekommen hatte – ein kurzes Gespräch, das sie aufgewühlt hatte. Nach ihrer Rückkehr oder am nächsten Tag sollte es eine Aussprache geben – diesen Eindruck konnte man gewinnen, wenn man die einzelnen Anhaltspunkte zusammenführte, und es passte haarklein zu dem, was Jakob gerade berichtete.

»Wissen Sie noch, ob Ihr Bruder zu Hause war?«, fragte Romy.

Jakob schüttelte den Kopf. »Er war unterwegs.«

»Wo könnte er gewesen sein?«

Jakob zuckte mit den Achseln und sah zur Seite.

»Waren die Fotos danach jemals wieder Thema zwischen Ihnen?«

»Wir hatten andere Sorgen – zumindest in der nächsten Zeit.« Er verschränkte die Arme vor der Brust und zog die Schultern zusammen, als wäre ihm kalt.

»Jakob?« Romy beugte sich über den Tisch vor.

»Ich hatte ein komisches Gefühl«, flüsterte er. »Benni war so … Er hatte sich verändert. Es ist schwer zu beschreiben. Irgendwas stimmte nicht – oder hatte noch nie gestimmt, und ich habe es zuvor einfach nicht bemerkt.«

»Haben Sie versucht, mit Ihrem Vater darüber zu sprechen?«

Jakob schüttelte den Kopf. »Nach dem Unfall … war das alles nicht mehr wichtig. Es gab keinen Raum dafür. Ein paar merkwürdige Fotos, wir hatten uns gestritten, doch nun lebte unsere Mutter nicht mehr, und alles war anders.«

Es steckt noch mehr dahinter, deutlich mehr, fuhr es Ruth plötzlich durch den Kopf. Leises Entsetzen stieg in ihr hoch.

»Aber irgendwann ebbte der Schock ab, und dann war das Thema doch wieder aktuell?«

Jakob zögerte.

»Es hat Ihnen keine Ruhe gelassen.«

Er atmete tief ein, sein Brustkorb hob und senkte sich, er blickte zur Wand und wieder zurück. »Ich bin ihm mal gefolgt«, flüsterte er dann. »Benni ist regelmäßig zum Schwimmen gefahren – im Winter natürlich ins Hallenbad. Er hat kleine Mädchen beobachtet.«

Ruth starrte durch die verspiegelte Scheibe.

»Eine Weile später brachte ich den Mut auf, meinem Vater davon zu erzählen. Er konnte es nicht glauben ... Aber ich denke, er hat Benni dann doch darauf angesprochen. Und wenige Tage später lebte er nicht mehr.«

Ruth konnte Romys Anspannung durch die Scheibe spüren.

»Halten Sie es für möglich, dass Ihr Vater den letzten Lebenswillen verloren hat, als ihm bewusst wurde, dass sein Sohn ...«

Jakob setzte sich abrupt auf und schüttelte den Kopf. »Nein, das glaube ich nicht.«

»Sondern?«

»Er hat sich gar nicht selbst getötet.«

Ruth atmete scharf ein.

»Es hieß, er hätte Schlaftabletten genommen, nicht wahr?«

Romy nickte langsam und ließ Jakob nicht aus den Augen.

»Benni hat die Dinger besorgt.«

»Woher wollen Sie ...«

»Er hat manchmal bei Prüfungsstress nicht schlafen können, und ein Arzt hat ihm dann mal was aufgeschrieben. Das könnten diese Tabletten gewesen sein.«

Romy sah ihn unverwandt an. »Sie wissen, was Sie da sagen?«

»Ja.« Jakob hob das Kinn. »Mein Bruder steckt hinter diesen Todesfällen. Er hat es selbst zugegeben! Und mit Sira fing es an. Er hatte Angst, dass sie reden würde, und er ist für ihren Tod verantwortlich.«

»Jakob ...«

»Ich habe mit mir selbst die Abmachung getroffen, dass ich so lange schweige, wie die Polizei nichts entdeckt und keine

Nachfragen stellt«, fiel er ihr heftig ins Wort. »Aber Sie stellen Fragen – immer noch und immer wieder, und Sie stoßen auf Ungereimtheiten. Und das ist dann wohl ein deutliches Signal dafür, dass ich für Klarheit sorgen und jetzt die Wahrheit sagen muss.« Jakob setzte ein zartes tieftrauriges Lächeln auf, das plötzlich wieder verschwand. »Mein Bruder ist ein Mörder. Er hat Sira, meine Mutter und meinen Vater auf dem Gewissen. Er konnte nicht zulassen, dass sie sein Treiben aufdecken würden. Und das ist die Wahrheit. Und wenn ich mich nicht gewehrt hätte ...«

Er schluckte und starrte einen Moment ins Leere. »Er hat mich von unterwegs mitgenommen ...«

Romy beugte sich über den Tisch vor. »Moment mal – Sie sprechen von Benjamins Todestag?«

Jakob nickte. »Wir wollten eigentlich zusammen einkaufen, aber dann sind wir in den Jasmund gefahren, um in aller Ruhe zu reden – so sagte er. Aber das war eine Lüge – wie so vieles in seinem Leben. In Ruhe reden bedeutete, mir klarzumachen, dass ich keine Chance gegen ihn hatte. Er hat mir gedroht.«

Jakob wischte sich über den Mund, seine Hand zitterte. »All die Monate nach dem Tod der Eltern war ich wie in einem schwarzen Kokon gefangen. Ich traute mich kaum, genauer darüber nachzudenken, was geschehen war. Und doch war mir klar, dass es früher oder später wieder Thema sein würde. Die Bilder von Sira, ihr unerklärliches Verschwinden, der Tod der Eltern, der so lange eisige Schatten geworfen hatte. Und Benni wusste das auch, er fühlte sich von mir bedrängt, beobachtet, so beschrieb er es mir. Das war wohl sein eigenes schlechtes Gewissen, seine Angst vor Entdeckung. Denn er war es, der mich die ganze Zeit beäugt hatte, weil ihm klar war, dass ich ihn durchschaut hatte, und er konnte nicht einschätzen, wie ich mich verhalten würde.«

Für einen Achtzehnjährigen zog Jakob bemerkenswert kluge

und zudem geschmeidig formulierte Schlussfolgerungen – noch dazu in dieser dramatisch zugespitzten Situation, dachte Ruth verblüfft. Ihr kamen auf Anhieb ein Dutzend erwachsene und reife Menschen in den Sinn, die dazu kaum oder nur unzureichend in der Lage wären. Ihre eigenen Eltern und einige Exkollegen eingeschlossen. Sie verzog das Gesicht.

»Wir haben uns heftig gestritten«, fuhr Jakob mit heiserer Stimme fort. »Er ist ausgerutscht und gestürzt, und dabei ist sein Hinterkopf mit voller Wucht auf einen Stein geschlagen. Er war benommen, hat noch mal versucht, aufzustehen, aber …« Jakob hielt sich die Hand vor den Mund. Langsam schüttelte er den Kopf. »Es hat nicht lange gedauert, dann waren seine Augen erstarrt.«

Romy ließ sich in die Lehne zurücksinken. Sie war völlig perplex. »Und dann?«

»Ich habe erst einmal nur so dagestanden und gewartet – als könnte das gar nicht wahr sein. Gleich würde Benni sich wieder aufrappeln, den Schnee von den Hosen wischen und mich unfreundlich anblaffen, warum ich ihn so blöde angaffe. Aber das passierte nicht. Es war still und kalt, die Flocken wehten auf uns herab, und die Zeit schmolz dahin. Schließlich habe ich die Betäubung abgeschüttelt und ihn an den nächsten Baum gezogen und aufgesetzt. Er hat den Jasmund geliebt, die Buchen waren seine Bäume. Und vielleicht hat er am Schluss doch noch so etwas Frieden gefunden.« Jakob blickte auf seine Hände. »Das habe ich ihm gewünscht.«

»Haben Sie nicht einen Augenblick daran gedacht, Hilfe zu holen?«, fragte Romy.

»Nein. Um ehrlich zu sein, ist mir der Gedanke nicht gekommen, und falls doch, hätte ich ihn sofort beiseitegeschoben. Benni war tot, das war nicht mehr zu ändern. Und ich wollte nichts erklären müssen, verstehen Sie? Auf gar keinen Fall wäre ich dazu in der Lage gewesen. Also habe ich es aussehen lassen, als wäre er überfallen worden.« Er schüttelte den Kopf. »Ich wollte über all das nicht reden und auch nicht mehr nachdenken. Es war zu viel für mich.«

»Aber jetzt müssen wir genau das tun.«

»Ich weiß. Weil Sie Fragen stellen.«

»Das ist meine Aufgabe.«

»Ich weiß.«

Romy stützte das Kinn auf eine Hand. »Sie sind zurück zum Auto gegangen. Was haben Sie mit dem Wagen gemacht?«

»Ich habe ihn versteckt …«

»Wo?«

»In einer Scheune, die mein Großvater früher für sein Boot gemietet hatte. Sie steht seit vielen Jahren leer.«

»Und der Laptop Ihres Bruders?«

»Ich habe ihn vom Account abgemeldet und ausgeschaltet. Und später wollte ich alles verkaufen. Doch dazu bin ich nicht mehr gekommen, und nun ist es vielleicht besser so.«

Das war eine sehr durchdachte Vorgehensweise, überlegte Ruth. Und das bei einem Achtzehnjährigen, der unter gewaltigem Druck stand. Es passte zu ihm und seiner gewählten Ausdrucksweise.

»Warum haben Sie den Wagen nicht einfach stehengelassen und sind nach Hause gegangen?«, fragte Romy.

»Ich weiß es nicht. Der Gedanke war plötzlich da. Niemand sollte auf die Idee kommen, dass all das etwas mit uns und unserer Familie zu tun hatte. Also musste es so aussehen, als hätte ihn ein Fremder überfallen und wäre danach mit seinem Auto geflohen. Verstehen Sie?«

»Ich versuche es.« Romy hob den Kopf und wandte ihn Richtung Scheibe, als würde sie Ruths Blick suchen. Selten hatte Ruth die Kollegin derart fassungslos erlebt.

»Wir müssen das alles noch sehr viel genauer wissen, aber jetzt machen wir erst einmal eine Pause«, erklärte Romy schließlich.

»Ich muss mich mit meinem Team besprechen. Dann sehen wir weiter. Möchten Sie etwas essen?«

Jakob nickte schüchtern. »Bin ich … festgenommen?«

Romy zögerte. »Angesichts der Umstände und Ihrer ausführlichen Aussage sowie einer höchstwahrscheinlich vorliegenden Affekttat im Zusammenhang mit einem heftigen Streit halte ich das für unnötig. Doch selbstverständlich müssen wir Ihre Schilderung im Einzelnen prüfen, und Sie dürfen die Insel vorerst nicht verlassen. Darüber hinaus müssen wir natürlich noch abwarten, was der Staatsanwalt auch dazu sagt.«

»Ich verstehe. Es ist gut, dass jetzt alles auf dem Tisch liegt.« Er wirkte plötzlich erleichtert.

Romy hörte sich die Befragung kurz darauf ein zweites Mal gemeinsam mit Ruth an, während Max die Datei nach Stralsund schickte und mit Finn telefonierte. Jan rief zurück, nachdem Jakob seine Aussage in einem zweiten Gespräch in den wesentlichen Punkten wiederholt hatte.

»Der Staatsanwalt ist auf dem neuesten Stand«, erklärte Jan. »Er ist ziemlich perplex – wie wir alle. Und er hält es auch für überzogen, den Jungen in U-Haft zu nehmen. Jakob hat sich gewehrt, eine Tat im Affekt – das ist sehr gut nachvollziehbar. Sein anschließendes Bemühen, den Zusammenhang zu verschleiern, wiegt zwar schwerer, dennoch: Er ist ein wichtiger Zeuge. Ich bin sehr froh über Schwedtners Entscheidung. Ich möchte mir gar nicht vorstellen, was sich in dem Jungen abspielte, wenn wir ihn nach all den Dramen nun noch inhaftieren würden.«

Romy seufzte erleichtert. Ein anderer Staatsanwalt hätte womöglich den passenden Paragraphen zitiert und hart und unberührt entschieden, und es war gut, dass sie Schwedtner hatten.

»Aber natürlich müssen wir nun noch einmal ganz von vorne anfangen«, fuhr Jan fort. »Das Ermittlungsteam wird verstärkt. Die einzelnen Fälle müssen in sämtlichen Punkten hinterfragt und mit Jakobs Aussagen abgeglichen werden, damit wir zu einem juristisch sauberen Abschluss kommen. Aber eines lässt sich jetzt schon feststellen: Es ist deiner Beharrlichkeit zu verdanken, dass wir nun in der Lage sind, vier Todesfälle komplett aufzuklären. Wie es sich abzeichnet, ist womöglich kein einziger auf tragische Unglücksfälle oder Suizid zurückzuführen.«

»So sieht es aus.« Romy hatte immer noch Mühe, Jakobs Aussagen unter rein sachlichen Gesichtspunkten zu betrachten.

»Was brauchst du als Erstes?«, fragte Jan weiter. »Wie möchtest du vorgehen?«

»Buhls Team muss sich den Wagen in der Scheune ansehen, und auch das Haus der Kollers sollte gründlich durchsucht werden. Wir dürfen nichts übersehen. Der Laptop muss in die IT – Benjamin hatte ihn neu aufgesetzt, das hat Max ja bereits festgestellt. Angeblich hatte er sich einen Virus eingefangen. Womöglich war es aber anders, und er wollte digitale Spuren beseitigen, als er befürchtete aufzufliegen. Das müssen wir auch sehr viel genauer wissen. Dann sollten wir erneut Befragungen im erweiterten Umfeld der Familie vornehmen, dabei kann Ruth uns unterstützen. Im Grunde ist es ganz einfach: alles noch einmal von vorne, nur deutlich gründlicher. Finn soll sich gemeinsam mit Max um die Datenrecherchen kümmern und … ja, ich bin dafür, dass er sich mal an der Uni umhört.«

»Ist das nicht längst geschehen?«

»Ja, doch der Fokus war ein gänzlich anderer, und wir können nicht wissen, wie weit Benjamins pädophiles Interesse ging und ob er sich in entsprechenden Kreisen bewegt hat. Eine feste Freundin hatte er jedenfalls schon eine ganze Weile nicht mehr.«

»Richtig.« Jan zögerte.

»Was geht dir durch den Kopf? Habe ich etwas vergessen?«

»Als Sira verschwand, war Benjamin fünfzehn Jahre alt. Ein Teenager.«

»Das ist mir auch aufgestoßen«, erwiderte Romy nachdenklich. »Das klingt furchtbar.«

»Nicht nur das. Niemandem ist je etwas aufgefallen?«

»Das erleben wir nicht zum ersten Mal. Wie oft reagieren Freunde, Bekannte, Familienangehörige entsetzt, weil sie völlig ahnungslos waren – und zwar unabhängig davon, um welche Taten es geht. Der freundliche Nachbar, der seine Ehefrau regelmäßig halbtot prügelte und schließlich ermordete, obwohl er immer so nett grüßte. Die sympathische Mutter mit den hübschen Kindern, deren Verletzungen angeblich bei Stürzen und Raufereien auf dem Spielplatz entstanden waren.«

»Und doch ist ein Teenager etwas anderes«, wandte Jan ein.

»Wir können noch gar nicht wissen, ob er allein agierte – und auch unter diesem Gesichtspunkt ist eine gründliche Aufarbeitung unbedingt erforderlich«, erwiderte Romy. »Im Moment wissen wir nur das, was Jakob als Zeuge aussagt: Benjamin ist zum Mörder geworden. Aber die genauen Abläufe sind damit zunächst nicht beweis-, sondern lediglich herleitbar. Und womöglich werden wir die Einzelheiten nie vollständig in Erfahrung bringen können.«

Romy hörte, dass Jan tief ausatmete. »Bis später«, sagte sie leise. »Und noch was: Es wäre mir lieber gewesen, ich hätte mich diesmal geirrt und mein Unbehagen wäre aus der Luft gegriffen.«

»Ja, ich auch. Wir versuchen übrigens, die Presse noch ein bisschen hinzuhalten.«

»Gute Idee.«

Romy ging zurück in den Besprechungsraum, wo Ruth am Fenster saß und in die Ferne sah. »Wenn das Kommissariat umzieht, wird dir dieser Blick erst einmal fehlen«, sagte sie und drehte sich um.

Romy winkte ab. Ende des Jahres würden sie neue Räumlichkeiten in der Wasserstraße beziehen – nichts kümmerte sie gerade weniger als die bevorstehenden Aktivitäten in diesem Zusammenhang. Das lag in weiter Ferne.

»Aber das nur so nebenbei. Tut zwischenzeitlich vielleicht ganz gut, den Blick auf Alltägliches zu richten.« Ruth stand auf und setzte sich an den runden Tisch, wo Max auch gerade Platz genommen hatte und sein Tablet bearbeitete. »Warum Papierfotos?«, fragte sie dann.

Max hob den Kopf. »Gute Frage.«

»War er womöglich vorsichtig, was digitale Spuren anging?«

Max runzelte die Stirn. »Schwer zu sagen. Es gab ja diesen angeblichen Virus …«

»Wieso angeblich?«, warf Romy ein.

»Ich habe das aus zwei Mails geschlossen, außerdem passte das System-Update dazu. Doch was nicht passt, ist ein gemeinsamer zeitlicher Rahmen«, entgegnete Max. »Der Systemneustart war erst vor wenigen Monaten. Und Jakob hat die Fotos bei Benjamin wenige Tage vor dem Unfalltod seiner Mutter entdeckt – also vor deutlich mehr als einem Jahr.«

Romy nickte nachdenklich.

»Ein Zusammenhang muss demnach nicht ursächlich bestehen«, fuhr Max fort. »Falls er Dateien von seiner Festplatte verschwinden lassen wollte – aus Angst vor Entdeckung in Zeiten, in denen die behördliche Netzsuche nach Kinderpornographie deutlich erfolgreicher und intensiver geworden ist –, hat er sie wahrscheinlich extern gesichert. Und die Frage bleibt so oder so bestehen: warum Papierfotos?«

»Die er noch dazu unvorsichtigerweise in einer Schublade liegenlässt, wo sie der Bruder entdeckt«, bemerkte Ruth in skeptischem Tonfall.

Romy sah sie an.

»Vielleicht wollte er die Bilder weitergeben«, schlug Max vor.

Einen Moment blieb es still. »Ich hoffe sehr, dass wir das alles bald sehr viel genauer wissen«, meinte Romy schließlich. »Weiter – was fällt uns jetzt nach dieser überraschenden Wendung noch ganz spontan auf?«

»Das bearbeitete Foto, das direkt nach dem Autounfall entstanden ist«, antwortete Max prompt. »Nach Jakobs Aussagen war sein Bruder in der Nacht unterwegs, als seine Mutter ihre Freundin besuchte. Was genau könnte passiert sein?«

»Er hat seine Mutter abgepasst, und sie sind gemeinsam nach Hause gefahren«, warf Romy ein. »Davon ist Jakob fest überzeugt, das hat er in der zweiten Befragung mehr als deutlich zum Ausdruck gebracht. Benjamin habe sich während der Auseinandersetzung der Brüder genauso geäußert.«

»Demnach hat Benjamin den Unfall verursacht?«, fragte Ruth. »Wie dürfen wir uns das vorstellen?«

»Ein heftiger Wortwechsel während der Fahrt, eine emotional aufgewühlte Stimmung – die Mutter ist abgelenkt, und schon hat es gekracht.«

»Und Benjamin klettert unverletzt aus dem Auto, schüttelt sich ein bisschen und macht anschließend Fotos?« Max runzelte die Stirn. »Klingt ein bisschen …«

»Ja, verrückt, aber ausschließen kann man so was nicht«, meinte Romy. »Vielleicht hat er hinten gesessen und hatte Riesenglück beim Aufprall.«

»Warum sollte er hinten sitzen?«

»Oder er saß auf dem Beifahrersitz und hatte trotzdem Glück«, betonte Romy.

»Okay – also noch mal: Er kriecht unverletzt aus der demolierten Kiste und schießt Fotos, die später in den sozialen Netzwerken die Runde machen?«

»Du klingst skeptisch, Max«, stellte Ruth fest. »Ich gebe zu, so ganz überzeugend finde ich diesen Ablauf auch noch nicht, aber vielleicht gibt es dazu bald noch mehr erhellende Details, so dass wir das Geschehen besser einordnen können. Und wenn wir schon bei Unwahrscheinlichkeiten sind – kinderpornographische Bilder als Auslöser dieses Familiendramas hätte ich im Vorfeld zu keinem Zeitpunkt angenommen. Benjamin Koller scheint einiges auf dem Kerbholz gehabt zu haben, was auf keinen Fall nach außen dringen durfte. Die Annahme, dass er diesen Unfall und auch den angeblichen Suizid seines Vaters nutzt, um unerkannt manipulierte Fotos zu posten, die öffentlich ganz bestimmte Emotionen auslösen, scheint mir im Gegensatz dazu weniger verwerflich. Ein geschickt gesetztes Ablenkungsmanöver, würde ich sagen.«

»Hinzu kommt, dass wir noch gar nicht mit Bestimmtheit sagen können, wer all die anderen Fotos gemacht hat«, fügte Romy hinzu. »Wir vermuten lediglich, dass Benjamin sie lanciert hat.«

»Davon würde ich ausgehen.« Max nickte. »Und diese Tradition wurde ohne offensichtliche Brüche fortgesetzt.«

»Wie meinst du das?«

»Die Gedenkfeier in der Schule, bei der Beerdigung – die gleichen Emotionen werden mit ähnlichen Bilderserien ausgelöst wie ein Jahr zuvor beim Tod der Eltern«, bekräftigte Max. Er stellte sein Tablet auf und ließ die Bilderserien durchlaufen. »Jakob hat die Familiengeschichte nach dem Tod seines Bruders lückenlos fortgeschrieben – bis heute.«

»Eine perfekte Lügengeschichte, die den Hintergrund komplett verdecken konnte – bis Romys Fragen zu viel aufwühlten«, stellte Ruth fest. »Und nun ist alles zusammengebrochen. Ich möchte gar nicht wissen, wie es in dem Jungen aussieht. Es wird nicht mehr lange dauern, und die Medien werden über die Kollers berichten, und zwar reißerisch – der pädophile Sohn, der schon im zarten Teenageralter ein kleines Mädchen beseitigte, das ihm anvertraut war, und der Jahre später entschlossen und eiskalt vorging, als die Eltern zu ahnen begannen, wessen er sich schuldig gemacht hatte. Nur der jüngere Bruder konnte ihm schließlich Paroli bieten, aber alles in allem: Missbrauch, Mord und Totschlag in Verbindung mit diesem Namen.«

Romy spürte, wie ein Schauer über ihren Rücken lief. »Lasst uns neu durchstarten«, sagte sie und blickte dann Ruth an. »Ich gehe davon aus, dass du mit von der Partie bist.«

»Selbstverständlich. Es gibt ja genug zu tun.«

Am späten Nachmittag fuhr Romy mit Buhls Leuten in die Scheune, wo Jakob den Wagen versteckt hatte: ein windschiefer Schuppen am Rande eines Feldes knapp außerhalb von Sassnitz, zwischen Fürstensteingrab und Kläranlage gelegen und nur über einen schmalen Feldweg erreichbar. Sie fanden alles so vor, wie er es beschrieben hatte. Der Wagen befand sich unter einer Plane, die steif vor Frost und Dreck war. Der Rucksack lag auf dem Rücksitz. Marco Buhl öffnete das Tor, ein Mitarbeiter fotografierte, ein anderer Kollege begann mit der Durchsuchung, der Rucksack sollte wenig später in der Stralsunder IT untersucht werden.

Romy sah sich in dem kleinen Gebäude um – ein paar verrostete landwirtschaftliche Geräte waren in einer Ecke zusammengepfercht, auf der anderen Seite lehnte eine Jolle an der Wand, die alles andere als seetüchtig wirkte. Gummistiefel und Regenklamotten hingen neben Anglerzubehör an Haken, ein Netz war unter einem Teil der Decke gespannt.

Der Bauer, der den Schuppen ursprünglich an Jakobs Großvater Gerd Koller vermietet hatte, lebte inzwischen in einer Senioreneinrichtung, und sein Sohn wusste nichts von der Vereinbarung – er hatte sogar Mühe, sich überhaupt an einen Schuppen zu erinnern. Das spielt wohl im Moment keine Rolle, überlegte Romy. Buhl würde nach erster Sichtung den Wagen in die Technik bringen lassen und sich gleich am nächsten Morgen um das Haus in Sassnitz kümmern.

Ein eiskalter Ostwind fegte durch alle Ritzen, und Romy war trotz dicker Winterjacke und Schal in Kürze durchgefroren. Sie überlegte gerade, den langen aufwühlenden Tag ausklingen zu lassen und sich zu Hause eine Stunde in die Badewanne zu legen, als Finn anrief.

»Du kannst unmöglich schon neue Erkenntnisse gewonnen haben«, erklärte Romy statt einer Begrüßung.

»Ich war an der Uni – Jan meinte, ich sollte dort meine Fühler ausstrecken, und es wäre deine Idee, den Kontakt zu Kommilitonen zu suchen«, entgegnete Finn. »War nicht ganz so einfach, denen was zu entlocken, ohne gleich mit der Tür ins Haus zu fallen und das Stichwort Kinderpornographie fallen zu lassen.«

»Ich bin gespannt, wie du das hingekriegt hast.«

»Gar nicht. Niemand hatte was zu berichten, was nicht schon längst an Aussagen vorlag. Und ich fürchte, zu dem brisanten Thema kann man niemanden zwischen Tür und Angel in der Öffentlichkeit ansprechen.«

»Wahrscheinlich hast du recht. Aber ich gehe davon aus, dass dir dennoch etwas aufgefallen ist.«

»Kann man so festhalten. Ich war bereits auf dem Rückweg, als mich eine Studentin ansprach«, fuhr Finn fort. »Sie meinte, dass es erhebliche Konflikte zwischen Benjamin und seinem Bruder gegeben habe.«

Romy wechselte mit dem Telefon ans andere Ohr und steckte eine Hand zum Wärmen in die Tasche. Interessant, dachte sie. Bisher klang es stets so, als hätten alle Bekannten aus dem Umfeld die Erkenntnis gewonnen, Benjamin wäre besorgt um den kleinen Bruder gewesen – nach dem Verlust beider Eltern – und würde unter der Belastung leiden. Nach Jakobs Aussage war jedoch mittlerweile ein gänzlich anderes Bild der Bruderbeziehung entstanden – geprägt von Anspannung.

»Sie hat mal ein Telefonat mitbekommen«, fuhr Finn fort. »Da sei es ziemlich hoch hergegangen, so hat sie berichtet. Benjamin sei laut geworden – er hatte nicht bemerkt, dass die Kommilitonin direkt hinter ihm stand.«

»Wann war das? Und worum ging es?«

»Das liegt mehrere Wochen zurück, meint die Studentin, und sie ist sicher, dass es um die Eltern ging. Benjamin hat betont, dass ihr Vater sich niemals umgebracht hätte.«

Romy kniff die Augen zusammen. »Benjamin?«

»Ja. Bullshit hat er gesagt – wortwörtlich.«

»Das klingt seltsam. Einen offen geführten Streit zwischen den Brüdern zu dem Zeitpunkt – und so wie er sich hier darstellt – verstehe ich nicht«, murmelte sie.

»Ich auch nicht.«

»Vielleicht hat sie etwas missverstanden. Ich werde Jakob fragen. Danke für die Info, Finn.«

Romy wartete während der Heimfahrt, bis sich ihre Finger wieder einigermaßen warm anfühlten, dann rief sie Jakob an. »Ich habe mal wieder eine Frage, die mir keine Ruhe lässt, und ich hoffe, dass Sie weiterhin Verständnis dafür aufbringen.«

»Natürlich.«

Romy berichtete von dem Telefonat und einer zufälligen Zeugin an der Uni. »Was sagen Sie dazu?«, fragte sie schließlich. »Erinnern Sie sich an die Streitsituation?«

»Ja … Aber es war umgekehrt«, meinte Jakob nach kurzem Überlegen. »Ich war derjenige, der dem Suizid nie getraut hat. Und Benjamin hat zu diesem Zeitpunkt noch alles dafür getan, den Anschein zu wahren.«

»Aber wie erklären Sie sich …«

»Er hat mich nachgeäfft – meine Argumente wiederholt, als wäre ich ein dummes Kleinkind, dem man den Spiegel vorhalten muss, und er ist ziemlich laut geworden. Am selben Abend hat es dann zu Hause auch noch mal so richtig gekracht, und ich war sicher, dass es zwischen uns bald eskalieren würde. Und so war es dann ja auch.«

»Ich verstehe.«

»Das dachte ich mir. Wissen Sie, Benjamin hat versucht, mir einzureden, dass unser Vater eben doch nicht der starke Mann war, für den insbesondere ich ihn gehalten hatte. Zu diesem Zeitpunkt habe ich noch nicht gewagt, meinen Gedanken zu Ende zu denken …«

»Versuchen Sie abzuschalten, Jakob. Falls Sie Hilfe benötigen, sagen Sie bitte Bescheid. Ich melde mich morgen, bevor ich mit den Kollegen von der Technik komme.«

»Okay.«

Romy unterbrach die Verbindung und fuhr in langsamem Tempo weiter nach Middelhagen.

7

Die Durchsuchung des Wagens brachte keine neuen Erkenntnisse. Fest stand, dass das Fahrzeug seit Wochen nicht bewegt worden war, so betonte Buhl. Die Spurenlage war unauffällig – keine Hinweise darauf, dass im Wagen oder in der Scheune eine Auseinandersetzung stattgefunden hatte. Der Laptop hatte die eisige Kälte sowie Temperaturschwankungen nicht gut überstanden. Beim Hochfahren des Systems zeigten sich irreparable Kälteschäden. Immerhin konnte eine IT-Fachfrau aus der Hansestadt ein Inhaltsverzeichnis wiederherstellen – und fand einen versteckten Unterordner mit dem Namen SB. Dass mit dem Kürzel Sira Bartel gemeint war, lag nahe – er war leer, was die Annahme bestätigte, dass Benjamin die Inhalte gelöscht hatte.

»Es ist ihm zu riskant gewesen«, meinte Finn in einer Telefonkonferenz mit Romy und Max wenige Tage nach Jakobs Aussage. »Er hat die Dateien anderweitig gesichert oder vielleicht komplett gelöscht, als ihm klarwurde, dass sein Bruder längst hellhörig geworden war. So weit waren wir schon mit unseren Überlegungen.«

»Und dieser Vorgang liegt bereits ein Jahr zurück und hatte nichts mit dem Neustart des Systems zu tun, auf das Max bereits aufmerksam geworden ist«, stellte Romy fest.

»Genau. Die Frage ist nur …« Finn überlegte kurz. »Dieser Unterordner, nach dem man ein bisschen suchen muss, hätte demnach den Neustart überlebt – das allerdings ist ein bisschen seltsam, also quasi: nicht möglich. Sehr viel wahrscheinlicher ist, dass Benjamin ihn selbst wieder neu angelegt hat.«

»Für zukünftige Aktivitäten?«

»Zum Beispiel. Bislang hat die erweiterte Suche nach Aktivitäten im kinderpornographischen Milieu allerdings keine Treffer ergeben. Das muss nicht viel heißen, weil die Tarnung wahrscheinlich perfekt war. Andererseits ist der Typ gerade mal zwanzig gewesen und noch nie auffällig geworden.«

»Die Sache mit dem regelmäßigen Schwimmen hat sich bestätigt«, bemerkte Max. »Das haben wir inzwischen überprüft.«

»Und wie spannend ist das – badende Kinder?«, wandte Finn ein.

»Wir können nicht wissen, wie weit das ging«, warf Romy sofort ein. »Entsprechende Hinweise, geschweige denn Anzeigen liegen nicht vor, aber wir erfahren doch immer wieder, dass solche Fälle manchmal nur durch Zufall oder erst nach zeitintensiven Recherchen aufgedeckt werden – nach jahrelangem Missbrauch. Und die Opfer schweigen aus Angst und Scham. Dass Benjamin in dem Bereich aktiv war, gilt als sicher – die Aussage des Bruders, der Ordner auf dem Laptop und Tötungsdelikte aus Angst vor Entdeckung ist zweifellos ein starkes Motiv.«

»Hast du schon mit Siras Mutter gesprochen?«, fragte Finn.

Romy schüttelte den Kopf. »Das steht für heute an. Sie kommt nachher ins Kommissariat, und ich freue mich nicht auf diese Befragung.« Sie atmete angestrengt aus. »Ruth wird den Vater in Greifswald auch noch mal ansprechen.«

»Okay, dann also weiter im Programm.« Finn lächelte kurz in die Kamera und loggte sich aus.

Max schnappte sich das Tablet und verschwand in seinem Büro. Romy blickte auf die Uhr. Ihr blieb noch eine halbe Stunde. Sie aß eine Kleinigkeit und resümierte erneut Ablauf und Zusammenhang der einzelnen Fälle. Sira hatte sterben müssen, weil der seinerzeit fünfzehnjährige Benjamin unter Druck geraten war. Das Kind hatte angedeutet, angedroht, dass es mit seinen Eltern reden würde, und das konnte er nicht zulassen. Er hat sie in eine Falle gelockt und über die Steilklippe gestoßen, überlegte Romy weiter – so belegte es Jakobs Aussage. Die damaligen polizeilichen Nachforschungen hatten keinerlei Erkenntnisse zum Geschehen nach sich gezogen. Ein tragischer Unfall oder eine Straftat – beides war möglich. Dann vergingen mehrere Jahre ohne erkennbare oder bislang nachweisbare Ereignisse. Dynamik war erst vor gut einem Jahr entstanden, als Jakob zufällig auf die Fotos gestoßen war und seine Eltern eingeweiht hatte, und zwar zunächst die Mutter. Nur wenige Tage später verlor sie ihr Leben bei einem Autounfall, der sich inzwischen deutlich anders darstellte als zum damaligen Zeitpunkt, als niemand an einem tragischen Unglück auf eisglatter Straße zweifelte. Das andere Unfallopfer Tanja Preisler erinnerte sich an einen Mann, der sich über sie gebeugt hatte – sie war davon ausgegangen, dass es sich um den Rettungssanitäter handelte. Doch bei dem Einsatz war eine Sanitäterin vor Ort gewesen. Abgesehen von der Möglichkeit, dass sie sich geirrt hatte, gewann nun ein anderer Verdacht zunehmend deutlicher Kontur.

Jakob betonte, dass Benjamin an dem Abend unterwegs gewesen sei: »Mein Bruder steckt hinter diesen Todesfällen. Er hat es selbst zugegeben!« Damit war eigentlich alles gesagt. »Mein Bruder ist ein Mörder: Sira, meine Mutter, mein Vater. Er konnte nicht zulassen, dass sie sein Treiben aufdecken wollten. Das ist die Wahrheit. Und wenn ich mich nicht gewehrt hätte …«

Noch mal einen Schritt zurück, hielt Romy inne. Wie könnte Benjamin vorgegangen sein? Es war denkbar, dass er sich mit einem Zweitschlüssel unbemerkt Zutritt zum Wagen verschafft hatte – er wusste, wo seine Mutter sich aufhielt, überlegte Romy weiter. Hatte er tatsächlich den Plan oder zumindest die Idee verfolgt, sie während der Fahrt so zu erschrecken, dass sie die Kontrolle über den Wagen verlor? Romy schüttelte den Kopf. Das klang wenig überzeugend, weil eine derartige Situation nicht planbar war. Womöglich wollte er einfach nur reden. Sie hatten gemeinsam im Wagen gesessen, und der Streit oder auch eine hitzige Diskussion war spontan zum Auslöser des Unfallgeschehens geworden, das Benjamin ohne Verletzungen überlebt hatte – so könnte es durchaus gewesen sein, auch wenn der letzte stichhaltige Beweis fehlte. Warum er dann an Ort und Stelle Fotos gemacht hatte, blieb zudem immer noch nebulös ... Der unbekannte Anrufer, der Tanja Preisler kontaktiert hatte, fuhr es Romy plötzlich durch den Kopf. Könnte Benjamin die Bilder gemacht haben, um sich später unter anderem Namen nach Tanjas Befinden zu erkundigen – aus einem schlechten Gewissen heraus? Wie plausibel klang das? Es war zumindest ein Gedanke, den man überprüfen sollte. Vielleicht fand sich eine Audiodatei mit Benjamins Stimme, die man Tanja vorspielen könnte, führte Romy den Gedanken weiter und schickte Max sofort eine Notiz.

Wie war es dann weitergegangen? Der vorgetäuschte Suizid. Auch Robert Koller hatte Benjamin offenbar so unter Druck gesetzt, dass der keinen anderen Ausweg mehr sah. Er hatte seinen Vater mit Tabletten außer Gefecht gesetzt, die ihm ein Arzt verschrieben hatte – auch dieser Vorgang war inzwischen von der Praxis bestätigt worden –, und den Tod durch die Autoabgase inszeniert. Niemand hatte ernsthaft an der Selbsttötung gezweifelt und an Mord gedacht, selbst etwaige Skeptiker hatten sich nicht besonders laut zu Wort gemeldet. Wer wollte dem Familienvater ernsthaft absprechen, dass ihn der Tod seiner Frau komplett aus der Bahn geworfen hatte, selbst wenn er als starke Persönlichkeit bekannt gewesen war und die verzweifelte Tat Fassungslosigkeit hervorrief? Und wer durfte sich schon anmaßen, abschließend zu beurteilen, welche Reaktion angemessen oder nachvollziehbar war?

Anschließend verging ein Jahr. Romy rieb sich übers Kinn. Warum war so viel Zeit verstrichen, ohne dass dieser tiefgreifende und hochbelastende Konflikt eskaliert war? Jakob hatte von Monaten in einem Kokon aus Trauer und Schock gesprochen. Er hatte das Thema ausgeblendet, in sich vergraben, womöglich immer wieder auch vor sich selbst geleugnet, um schließlich in den

Alltag zurückzufinden an der Seite seines Bruders, der ihn wahrscheinlich misstrauisch beäugt hatte. Dazu passten die Aussagen im Umfeld von Benjamin, die ihn als angespannt beschrieben hatten. Er dürfte stets vor Augen gehabt haben, dass sein kleiner Bruder der eigentliche Auslöser der Taten war und ihn quasi zum Handeln gezwungen hatte.

Konnte Benjamin sicher sein, dass Jakob nach dem Schock über die alte Geschichte schweigen würde und sie in der dramatischen Zeit nach dem Verlust der Eltern für unwichtig erachtete? Nicht ahnend, dass Benjamin sogar ein Mörder war? Womöglich war der Zwanzigjährige davon ausgegangen, Jakob in Schach halten zu können – das Thema würde sich idealerweise von selbst erledigen. Aber genau das war eine Fehleinschätzung gewesen. Der unterschwellig weiter schwelende Konflikt war schließlich neu entfacht, doch bei der Auseinandersetzung hatte diesmal Benjamin den Kürzeren gezogen. Ob er in der Situation tatsächlich im Handgemenge gestolpert und unglücklich gestürzt war oder Jakob deutlich aktiver nachgeholfen hatte, weil er in Panik geraten war und sich nicht anders zu wehren wusste, würde womöglich nie vollständig aufgeklärt werden.

Spielte das überhaupt noch eine Rolle? Romy war sicher, dass Jakob vor Gericht mit einem Freispruch rechnen konnte – sollte es überhaupt noch zu einem offiziellen Verfahren wegen Körperverletzung mit Todesfolge kommen. Ein Anwalt dürfte leichtes Spiel haben. Deutlich wahrscheinlicher war, dass der Prozess im Vorfeld aufgrund seines Geständnisses und der detaillierten Aussage eingestellt wurde oder aber mit einem Kurzverfahren unter Ausschluss der Öffentlichkeit endete, bei dem sämtliche Fälle zur Sprache kamen, so dass alle Akten geschlossen werden konnten.

Romy blickte hoch, als Max in der Tür stand. »Ich habe eine Audiodatei zusammengestellt«, erklärte er.

»Das ging ja schnell.«

Max zuckte nur mit den Achseln und verschwand wieder.

Romy schickte Tanja Preisler die Datei und ein Foto von Benjamin. Keine halbe Stunde später meldete sie sich zurück – aber sie war unsicher. »Schwer zu sagen«, meinte sie. »Möglich, dass es dieselbe Stimme ist, vielleicht irre ich mich aber auch. Ich kann mich nicht festlegen, so viel steht jedenfalls fest.«

»Und das Foto?«

»Ich war schwer verletzt und stand unter Schock, Kommissarin Beccare. Außerdem war es dunkel und …«

»Ich verstehe. Es war lediglich ein Versuch. Danke für Ihre Hilfe.«

»Wer ist der Mann eigentlich?«

»Dazu darf ich Ihnen nichts sagen.«

»Ich verstehe.«

Romy legte das Handy beiseite. Es wäre ja auch zu schön gewesen, wenn sie an der Stelle einen Treffer hätten verzeichnen können. Wenig später traf Patricia Bartel ein. Sie wirkte deutlich verblüfft über die neuerliche Befragung – noch dazu in offiziellem Rahmen.

»Tut mir leid, wenn ich Ihnen Umstände bereite«, entgegnete Romy, als sie im Vernehmungsraum Platz genommen hatten. »Wir benötigen ein offizielles Protokoll Ihrer Aussage.«

Bartel sah sie verwundert an. »Ich dachte, die Ermittlungen sind eingestellt worden.«

»Wir haben inzwischen neue Aussagen vorliegen und prüfen nun sämtliche Details ein weiteres Mal. Das schließt auch den Fall Ihrer Tochter ein.«

Bartels Blick verdunkelte sich. »Ich fürchte, ich verstehe nicht …«

»Benjamin hat manchmal auf Sira aufgepasst, nicht wahr?«

»Ja, das stimmt. Er hat sich sein Taschengeld aufgebessert.«

»Er war noch sehr jung – ein Teenager.«

»Stimmt. Darin habe ich jedoch keineswegs einen Nachteil gesehen. Es soll Fünfzehnjährige geben, die mehr Rückgrat und

Verantwortungsbewusstsein an den Tag legen als manche sogenannten Erwachsenen«, betonte Bartel.

»Und so ein verantwortungsbewusster Teenager war Benjamin?«

»Ganz genau. Wissen Sie, ich habe in meinem Job manchmal mit Leuten zu tun, die jeden Euro Wirtschaftsförderung in Anspruch nehmen wollen, den sie ergattern können, aber kaum in der Lage oder willens sind, drei Monate Gehälter für ihre Angestellte einzuplanen …« Bartel atmete tief aus. »Aber lassen wir das. Worauf wollen Sie eigentlich hinaus?«

Romy legte die Hände auf den Tisch. »Es gab nie Probleme?«

»Was für Probleme?«

Hör doch endlich auf, auf jede Frage mit einer Gegenfrage zu reagieren, durchfuhr es Romy; sie biss die Zähne zusammen und bemühte sich um einen gleichmütigen Gesichtsausdruck. »Frau Bartel, ich stelle Ihnen diese Fragen nicht, um Sie zu verärgern oder zu verunsichern oder Ihre und meine Zeit zu vergeuden. Hatten Sie je das Gefühl, dass Ihre Tochter sich unwohl fühlte, wenn Benjamin auf sie aufgepasst hatte?«

Bartel verschränkte die Arme vor der Brust. »Die beiden haben mal gemeinsam eine große Schale Eis verdrückt, und davor hatte es Bratwurst mit Pommes gegeben. Sira hat dann die halbe Nacht gekotzt. Wollen Sie auf so etwas hinaus?« Ihr Tonfall war unverblümt provokant.

»Nein, keineswegs«, entgegnete Romy betont ruhig. »Ich will darauf hinaus, ob Benjamin Ihrer Tochter zu nahegekommen sein könnte – und bevor Sie mir erneut eine Gegenfrage präsentieren: Es liegt eine Aussage vor, die mich dazu verpflichtet, diese Fragen zu stellen. Es wäre verantwortungslos, wenn ich es nicht täte, und ich hätte meinen Job verfehlt.«

Patricia Bartel öffnete den Mund, schloss ihn wieder und starrte Romy völlig perplex an. »Das ist nicht Ihr Ernst«, flüsterte sie dann.

»Leider ja.«

»Benjamin soll …«

»Übergriffig gewesen sein, so lautet der Vorwurf. Ich kann es nicht ändern. Es wurden Fotos entdeckt«, fügte Romy nach kurzem Überlegen hinzu.

»Was für Fotos?«

»Sie zeigen Sira unbekleidet.«

»Meinen Sie, es klingt weniger schrecklich, wenn Sie es behutsam umschreiben?«

»Ja, das meine ich.«

»Was ist noch darauf zu sehen? Kann man etwa erkennen …«

»Nein.« Romy schüttelte den Kopf. »Das nicht, aber wir wissen nicht, ob es noch andere Bilder gab oder entsprechende Taten vorliegen, die den Verdacht bestätigen.«

»Sie deuten tatsächlich Missbrauch an?«

Romy nickte.

»Und Benjamin … Er war fünfzehn!« Ihre Stimme drohte zu kippen.

»Ich weiß.«

Patricia Bartel stützte die Unterarme auf den Tisch und starrte ins Leere. Dann hob sie plötzlich den Blick. »Und nun denken Sie, der Tod meiner Tochter könnte damit zu tun haben?«

»Das können wir nicht länger ausschließen.« Es liegt verdammt nahe, um genau zu sein, dachte Romy.

»Aber … Wer behauptet so etwas?«

»Dazu kann ich Ihnen im Moment nichts sagen.«

Bartel schüttelte den Kopf. Einen Moment starrte sie ins Leere. »Ich hatte zu keinem Zeitpunkt einen Verdacht«, erklärte sie schließlich. »So etwas wäre mir im Traum nicht eingefallen. Es gab keine Probleme oder dergleichen. Sira war nicht verstört oder Ähnliches oder verhielt sich auffällig. Das muss ein Irrtum sein …«

»Wie oft hat Benjamin auf Sira aufgepasst?«

»Ein-, zweimal im Monat, und immer nur für zwei, drei Stunden.«

»In unserem ersten Gespräch haben Sie erzählt, dass Sira Jakob gern hatte«, fuhr Romy fort.

»Ja, diesen Eindruck hatte ich. Sie hat ihn wohl zeitweise ein bisschen angehimmelt – wie kleine Mädchen manchmal so sind …« Bartel legte eine Hand über den Mund. »Halten Sie es wirklich für denkbar, dass Benjamin sich an ihr vergriffen hat, und wir haben nicht das Geringste mitbekommen?«

»Wir können das nach der vorliegenden Zeugenaussage nicht ausschließen.«

Bartel schloss einen Moment die Augen. »Ich halte das für undenkbar«, flüsterte sie. »Und wenn mein Ex davon erfährt, wird er denken, ich hätte es versaut, verstehen Sie?« In ihren Augen standen Tränen. »Sira war gradlinig und selbstbewusst, ein kluges fröhliches Kind – sie hätte sich mir anvertraut, wenn etwas geschehen wäre, das sie verstörte …«

»Manche Täter gehen äußerst geschickt vor und manipulieren Kinder auf niederträchtigste Weise.«

»Ein Fünfzehnjähriger?«

»Zugegeben, das ist ein schockierender Gedanke. Aber das jugendliche Alter schließt die Fähigkeit zu Manipulation keineswegs aus«, wandte Romy ein. Das Gleiche gilt für Grausamkeit und Niedertracht, fügte sie im Stillen hinzu. Ruth könnte dazu einiges mehr erzählen. Sie hätte in der Gewalt einer Gruppe Jugendlicher deren Exzesse nicht überlebt, wenn sie auch nur einen Augenblick gezögert hätte, sich mit allen Mitteln zu wehren.

»Wie auch immer«, ergriff Bartel wieder das Wort. »Mir ist nichts aufgefallen. Meine Tochter war nach Benjamins Besuchen wie immer – fröhlich und guter Dinge. Wo sollen diese Fotos überhaupt entstanden sein? Bei uns zu Hause?«

»In der Badewanne und …«

»Er hat sie doch nicht gebadet!«, warf Bartel ein. »So ein Quatsch.«

»Vielleicht hat sie darüber nie gesprochen.«

»Oder Ihr Zeuge spinnt.«

Das denke ich nicht, dachte Romy.

»Drucken Sie das Protokoll aus«, erklärte Bartel plötzlich mit dumpfer Stimme. »Ich will unterschreiben und dann gehen.«

»Ich kümmere mich darum.« Romy stand auf. Im Flur lehnte sie sich kurz an die Wand. Die Reaktion der Mutter war nicht ungewöhnlich und nach so vielen Jahren im Anschluss an dramatische Ereignisse erst recht nachvollziehbar. Benjamin war eine Vertrauensperson gewesen. Niemand hatte an der Stelle genauer hingesehen – warum auch? Missbrauch fand erschreckend oft in geschützten Räumen statt, die über jeden Zweifel erhaben schienen. Die Täter gehörten zum Freundes- und Familienkreis, waren Angehörige, Lehrer und Sporttrainer, Nachbarn, Priester und Sozialarbeiter, Onkel, Väter und Brüder, jeder Altersgruppe. Was sprach dagegen, ein schönes Bad zu nehmen, während der Babysitter aufpasste und ein paar Fotos davon machte? Womöglich hatte Sira das nicht mal registriert. Oder sie war derart manipuliert worden, dass sie wie selbstverständlich und ohne nachzudenken geschwiegen hatte.

Ruth meldete sich eine knappe Stunde später und berichtete von ihrem Gespräch mit Markus Bartel, der ähnlich ungläubig und fassungslos reagiert hatte wie seine Exfrau. Auch er wehrte sich darüber hinaus vehement gegen die Vorstellung, dass ein Vertrauter der Familie sie derart unbemerkt hatte austricksen können.

»Und er will natürlich auch nicht darüber nachdenken, was da noch alles passiert sein könnte, und das kann ich gut verstehen«, führte Ruth weiter aus.

»Schiebt er seiner Ex die Verantwortung in die Schuhe?«

»Nicht direkt – er meinte allerdings schon beim ersten Gespräch, dass er keinen Teenie beschäftigt hätte. Ansonsten ...«

»Ja?«

»Es bleibt alles ein bisschen nebulös, findest du nicht?«

»Die Verdachtsmomente sind bemerkenswert, doch eine eindeutige und unmissverständliche Beweislage sieht wohl anders aus«, gab Romy zu.

»Das sehe ich auch so. Und zwar nicht nur, was Sira angeht«, fügte Ruth hinzu.

»Wir gewinnen zwar ein zunehmend schärferes Bild vom Gesamtgeschehen, aber das stützt sich zugegebenermaßen durchweg auf Indizien, die auf das Motiv verweisen und die Abläufe in dieser übergreifenden Betrachtung erklärbar machen.«

»Kurzum: Es könnte auch anders gewesen sein«, stellte Ruth betont nüchtern fest. »Alles steht und fällt mit Jakobs Aussage, an der ich natürlich nicht zweifle, zumal er sich selbst belastet.«

»Ich denke, der Staatsanwalt wird sich trotz einiger Schwächen und Lücken in der Beweisführung freuen, und wir können vier Fälle komplett abschließen«, fügte Romy hinzu. »Ich gehe davon aus, dass er nur noch auf die abschließenden Berichte wartet, und dann ist das gesamte Geschehen rund um die Familien Koller und Bartel endgültig Geschichte.« Romy nickte nachdenklich. »Ich bin davon überzeugt, dass er zufrieden sein wird.«

»Das klingt nicht unbedingt euphorisch. Bist du etwa nicht zufrieden? Immerhin hat deine Hartnäckigkeit mal wieder Früchte getragen.«

»Ja, und das Team hat sich bewährt, nachdem Finn uns noch mal auf die Spur gebracht hatte.«

»Höre ich ein Aber bei dir heraus?«

Gute Frage, dachte Romy. »Ich kaue ein ums andere Mal auf den einzelnen Geschehnissen herum«, führte sie schließlich aus. »Sie sind jedes für sich und als Gesamtfall erschütternd, das ist das eine. Das andere hast du mit deiner Einschätzung eben ganz gut beschrieben und mir damit auch noch mal bewusst gemacht: Der Nebel hat sich nicht vollständig gelichtet. Doch womöglich kann man hier nicht mehr erwarten, dazu liegen die Taten zu lange zurück, und die Angehörigen, die mehr dazu wissen, leben nicht mehr. Endgültige Aufklärung dürfen wir wohl gar nicht erwarten, auch wenn es mir schwerfällt.«

Gut zwei Wochen später war es so weit. Staatsanwalt Dr. Harald Schwedtner lud zur Pressekonferenz und gab den Abschluss der Ermittlungen bekannt. Bei der Darstellung der einzelnen Fälle blieb er bewusst vage, doch er lobte die unermüdlichen Nachforschungen beider Teams aus Stralsund und Bergen und betonte, wie froh er sei, dass Licht ins Dunkel der Fälle gebracht worden war. Kaum einen Monat später wurde die Akte geschlossen. Auf einen offiziellen Prozess gegen Jakob Koller verzichtete die Staatsanwaltschaft nach ausführlichen Gesprächen mit dem Abiturienten, seinem Anwalt sowie dem zuständigen Richter. Stattdessen fand ein internes Verfahren statt, das mit dem Abschluss der Fälle endete – ohne juristische Konsequenzen für Jakob. Er hatte in Notwehr gehandelt. Die Verschleierung des Geschehens war der immensen psychischen Belastung geschuldet.

Die Medien berichteten eine Zeitlang ausführlich zu den Fällen; Jakob gab Interviews, die überregional Beachtung fanden, und war Gast in mehreren Talkshows. Er hielt Wort und äußerte sich, wie mit der Staatsanwaltschaft abgesprochen, nur vage zu den Hintergründen der Geschehnisse. Spekulativen oder gar provokanten Fragen wich er geschickt aus. Im Mittelpunkt stand er selbst – ein Teenager, der als Einziger seiner Familie übriggeblieben war und mit beeindruckender Entschlossenheit nach vorne blickte. Sein Abitur schloss er mit einem Einser-Schnitt ab. Er hatte bereits in der Oberstufe mit einem Fernstudium begonnen und wollte freiberuflich in der IT-Branche tätig werden.

Romy war verblüfft, wie souverän Jakob diese in jeder Hinsicht herausfordernde Phase seines Lebens meisterte. Wenn sie zufällig auf seinen Namen stieß, beschlich sie allerdings immer wieder ein dezent ungutes Gefühl, das sie jedoch nicht zuordnen konnte.

8

Ruth nutzte die ersten Frühlingstage und stürzte sich mit Wonne und großem Elan in die Gartenarbeit. Sie baute mit Inas Unterstützung ein Hochbeet, grub um und schaufelte, was das Zeug hielt, beschnitt und brachte in die dunkle saftige Erde, was jetzt dort hineingehörte. Abends vertilgten sie beide beachtliche Portionen, im Hintergrund lief das alte Röhrenradio, dann fiel Ruth kreuzlahm und glücklich ins Bett und schlief bis fünf Uhr in der Frühe, um mit dem nächsten Tagewerk zu beginnen. Was für ein erfülltes Leben – so könnte es ihretwegen bis in alle Ewigkeit weitergehen.

Manchmal stahl sich der schneidende Gedanke in ihr Bewusstsein, dass Ina eines Tages die Nase voll haben könnte von diesem kargen Dasein auf dem alten Hof, der seit zweihundert Jahren im Schutz der alten Gemäuer den Jahreszeiten, jedem Sturm und Wetter trotzte, die glühende Sonne im Mauerwerk speicherte, um sich später im Jahr stürmischen Herbstwinden und eisigem Frost entgegenzustemmen. Der ungestüme Aufbruch der Natur im Frühjahr, die Fülle des Sommers, im Wind wogende Getreidefelder, duftende Ernte im Herbst unter einer allmählich matter strahlenden Sonne, dem dann die eisig andächtige Winterstille folgte. Ein leise knisterndes Feuer im Ofen, während sie schweigend Holzspielzeug schnitzten und später selbstgebackenes Brot aßen. Ein Buch, das man verschlang und an manchen Abenden kaum aus der Hand legen mochte. Die besondere Stille zwischen ihnen – einvernehmlich und warmherzig, zugewandt und von tiefem Verständnis getragen, das man nicht erklären konnte. Brauchte es mehr für den inneren Frieden und die äußere Gelassenheit? Natürlich nicht, dachte Ruth, aber ich gehe auf die sechzig zu und benötige keine Menschen mehr um mich herum, um zu wissen, wer ich bin und was mich ausmacht, wie ich wurde, was mich prägte. Ich liebe die Routine, die meine Tage bestimmt – unterbrochen hin und wieder durch die Einsätze für das Rügener Team oder seltene Treffen mit wenigen besonderen Menschen. Der in ihren Augen oft überschätzte und überzogene ständige Austausch, in dem man schnell vergaß, wer man war, sondern versuchte, jemand zu sein, hatte Ruth noch nie etwas bedeutet. Und was die Liebe anging, so hatte sie vieles erlebt und genug durchlitten, um für sich zu entscheiden, dass sie als Einzelgängerin besser klarkam. Doch Ina war noch jung, Anfang zwanzig, ein malträtierter Körper und eine verletzte Seele, die im Schutz dieses Hofes und mit Hilfe von Ruths Fürsorge längst zu heilen begonnen hatten. Doch ihr Weg war noch unendlich lang, das Leben lag noch vor ihr, und womöglich war all das hier nur eine Zwischenstation. Das müsste Ruth akzeptieren, selbst wenn es ihr noch so schwerfiel. Sie drehte sich um, als sie ein Geräusch hörte.

Ina bog mit der Schubkarre um die Ecke. Ihre Wangen glühten, die Augen leuchteten, das Haar wippte auf den schmalen Schultern. Sie lächelte zaghaft. Ruth lächelte zurück. Ina sprach immer noch kein einziges Wort, aber sie verständigten sich ohne Mühe. In ihrem Blick spiegelten sich Zufriedenheit und Ruhe, ein tiefer Friede. Sie hatte vollkommenen Schutz gefunden. Ich beschütze sie, dachte Ruth, das wissen wir beide – und es tut uns beiden gut. Was immer diese junge Frau in ihrer Jugend durchlitten hatte, es brauchte ein ganzes Leben, um zu heilen, und vielleicht noch länger. Und die gesprochene Sprache benötigte sie dafür nicht. Die war verloren oder so tief in ihr verschüttet, dass sie nicht mehr zurückkehren konnte. Das war nicht wichtig zwischen ihnen. Und genau darum war sie hier. Ruth atmete tief durch. Die Liebe hatte unendlich viele Gesichter.

Am frühen Abend brieten sie Würstchen über dem Grill und

aßen Backkartoffeln aus der Folie. Es schmeckte köstlich. Ruth trank später noch ein Glas Wein; als es kühl wurde, schlüpfte sie in ihren dicken Pullover, den ihr ein Exkollege aus Greifswald vor mindestens zehn Jahren geschenkt hatte: »Weil er dir viel besser steht als mir, und ich kann nun behaupten, dass wir eine gemeinsame Geschichte haben.« Ein zauberhafter junger Mann, der seinen ganzen Charme spielen ließ und tatsächlich rotwangige Verlegenheit in Ruth ausgelöst hatte. Wenige Tage später war er bei einer Schießerei in einem gemeinsamen Einsatz ums Leben gekommen. Ausgelöscht innerhalb von Sekunden. Ruth hatte neben ihm gesessen und seine Hand gehalten, während sich in seinen Augen das Entsetzen zunächst mit dem Schmerz und schließlich mit der Erkenntnis paarte, dass er gehen musste. »Ich bin bei dir«, hatte sie geflüstert, und ihre Stimme war fast erstickt unter den Tränen. »Halt dich fest.« Das hatte er getan. Ruth hatte schon ewig nicht mehr an ihn gedacht. An diesem Abend durchströmte sie die Szene mit einer Intensität, als läge sie kaum ein paar Wochen zurück.

Ina verabschiedete sich wenig später mit einer kurzen Berührung an der Schulter und ging auf ihr Zimmer. Ruth rauchte noch eine Zigarette und ging dann auch ins Haus. Ihr Laptop stand auf dem Küchentisch. Das leise Pling einer eingehenden Mail ertönte, als sie den Abwasch erledigt hatte. Sie trocknete sich die Hände ab und aktivierte den Bildschirm.

Die Absendermailadresse – Robin Kolkrabe – sagte ihr nichts, wahrscheinlich handelte es sich um ein Pseudonym. Bei der Suche im Netz entdeckte sie einen Journalisten, der unter diesem Namen veröffentlichte. Bilder zu ihm fand sie nicht, genauso wenig entdeckte sie Hinweise zu seinem Lebenslauf und den Medien, für die er bevorzugt arbeitete. Auch zum Schwerpunkt seiner Arbeit gab es keine Hinweise – jedenfalls nicht bei oberflächlicher Suche. Max und Finn würden sicherlich deutlich mehr aufstöbern.

Ruth war mit Anfragen von Journalisten und Redakteurinnen aus ihrer aktiven Zeit als Kommissarin vertraut. Manche wollten sich aufspielen, andere recherchierten zu aktuellen Kriminalfällen und feilschten um Informationen. Sie hatte in solchen Fällen grundsätzlich auf die Pressestelle verwiesen und selten den persönlichen Kontakt zu Medienleuten gepflegt – genauer gesagt hatte sie nur einmal während ihrer Greifswalder Zeit aufgrund der besonderen Umstände mit einer Journalistin zusammengearbeitet, Umstände, an die sie ungern zurückdachte. Aber sie wusste, dass manche Kolleginnen und Kollegen das anders handhabten. In diesem Fall gab es jedoch keine Veranlassung für sie, überhaupt zu reagieren – seit den letzten Ermittlungen auf Rügen waren Monate vergangen, und sie war in keinen neuen Fall involviert, sondern genoss das Frühjahr. Sie ließ die Mail ungeöffnet und ging schlafen.

Am nächsten Morgen – Ruth trank gerade ihre zweite Tasse Tee, während Ina bereits im Schuppen werkelte – traf die zweite Mail von Kolkrabe ein. Diesmal stand im Betreff: *Sagt Ihnen der Name Gerd Koller etwas?*

Ruth runzelte die Stirn. Wer interessierte sich jetzt noch für die Koller-Fälle? Schnee von gestern. Vielleicht plante Kolkrabe – oder wie immer er hieß – eine größere Reportage zu der Familiengeschichte. Stoff bot sie mehr als genug, und er dürfte nicht der einzige Journalist sein, der sich mit dieser Idee beschäftigte. Blieb nur die Frage, was er ausgerechnet von ihr wollte. Ruth stellte ihre Tasse beiseite und öffnete beide Mails. Im ersten Schreiben hatte der Journalist um eine Kontaktaufnahme gebeten, in der E-Mail vom Morgen wiederholte er seinen Wunsch und schloss mit den Worten: *Ich denke, Sie haben bei Ihren Ermittlungen den tatsächlichen Hintergrund nicht erfasst. Vielleicht weckt der Name Gerd Koller Ihre Neugier.*

Du unterschätzt meine Fähigkeit, beruflichen Kram völlig auszublenden, und zugleich überschätzt du meinen Eifer als Ermittlerin, dachte Ruth, klappte den Laptop zu und ging hinüber zu Ina. Doch sie war unkonzentriert, das Schnitzen ging ihr nicht von der Hand; Ina sah sie mehrfach fragend an und nahm ihr schließlich das Messer aus der Hand. Eine gute Stunde später saß Ruth wieder in der Küche und googelte den Namen Gerd Koller, ohne auf Überraschendes zu stoßen. Der Großvater von Jakob und Benjamin hatte bei der Zollfahndung gearbeitet und war vor Jahren spurlos verschwunden oder auch abgetaucht. Die Ehe mit Rosalie war zu dem Zeitpunkt bereits geschieden, und es hatte keine besonderen Bemühungen gegeben, nach seinem Verbleib zu forschen, wie Ruth schließlich in der Polizeidatenbank nachlas.

Da witterte wohl jemand den nächsten mysteriösen Fall in der Familie, überlegte Ruth. Die Frage blieb – was wollte der Journalist ausgerechnet von ihr? Warum wandte er sich nicht an Romy oder das Stralsunder Team? Sie kaute ein paar Minuten auf der Frage herum, dann antwortete sie ihm denkbar schlicht und knapp: *Was wollen Sie ausgerechnet von mir?*

Die Antwort ließ nicht lange auf sich warten. *Mein Vater hat lange mit Ihnen in einem Team zusammengearbeitet. Ich würde Sie gerne treffen.*

Mein Interesse hält sich in Grenzen. Ich bin längst im Ruhestand, erwiderte Ruth ausweichend, auch wenn der Hinweis auf einen Kollegen durchaus interessant war.

Nicht durchgängig. Sie machen immer wieder Ausflüge auf die Insel, nicht wahr?

Wie heißt Ihr Vater?

Manfred Weber.

Ruth hob eine Braue. Der Name sagte ihr tatsächlich etwas. Weber dürfte inzwischen Anfang siebzig sein und war natürlich längst pensioniert – der Kollege war ein knochentrockener Polizist alter Schule gewesen, bei dem sie einiges gelernt hatte. Sie erinnerte sich auch daran, dass er einen Sohn hatte, der schon als

Schüler unbedingt Reporter werden wollte. Ruth stand auf und holte sich ein Glas Wasser. Warum fliegt dieser Bumerang zu mir zurück? Sie setzte sich wieder, als die nächste Mail eintraf:

Sie können sich meine Überlegungen wenigstens anhören, finden Sie nicht?

Warum sollte ich?

Sie vergeben sich nichts dabei, und mein Vater würde sich bestimmt freuen, wenn er verstünde, worum es geht.

Ruth runzelte die Stirn. *Wie meinen Sie das?*

Er ist inzwischen schwer dement und lebt in einer Senioreneinrichtung. Er weiß meinen Namen nicht mehr und hat tausend Dinge vergessen, die ihm mal wichtig waren. Aber an Sie erinnert er sich. Ich finde das bemerkenswert, und es sollte Ihnen zu denken geben.

Ruth seufzte leise. Du bist ganz schön hartnäckig, knurrte sie im Stillen. *Na schön, ich lasse es darauf ankommen. Greifswald, am Hafen, heute Abend gegen neunzehn Uhr. Falls mich Ihre Story nicht interessiert, akzeptieren Sie das bitte.*

Natürlich. Ich bin allerdings ziemlich sicher, dass Sie die Geschichte nicht wieder loslassen wird. Darf ich Sie auf ein Eis einladen?

Darauf antwortete Ruth nicht mehr.

Sie war bereits eine gute Viertelstunde vor der Zeit am Hafen und setzte sich an einen gerade frei werdenden Tisch. Das Wetter war immer noch beinahe frühsommerlich warm, einige vorwitzige Wolken schoben sich landeinwärts, es roch nach Fisch und Salz, von Weitem war die Wieker Klappbrücke zu erkennen. Ruth nahm die Atmosphäre in sich auf und zündete sich eine Zigarette an.

Ein Mann in mittleren Jahren, der gerade sein Rad anschloss, fiel ihr sofort auf. Er sah seinem Vater überaus ähnlich; der gepflegte Vollbart stand ihm sehr gut. Ruth suchte seinen Blick, als er in ihre Richtung schaute. Er nickte ihr mit leisem Lächeln zu, schulterte eine Umhängetasche und kam rasch näher – ein wuchtig großer Typ mit markanten Gesichtszügen und dunklen Augen.

»Ruth Kranold«, begrüßte er sie leise und reichte ihr die Hand. »Danke, dass Sie sich die Zeit nehmen.« Er setzte sich zu ihr.

Sogar das Eau de Toilette passt, dachte Ruth. »Wie soll ich Sie ansprechen? Robin Kolkrabe …«

»Ist natürlich mein Pseudonym. Aber es gefällt mir – klingt viel besser als Piet Weber. Sie haben die Wahl – ich reagiere auf beide Namen.«

»Ich bin noch unschlüssig.«

»Kein Problem. Haben Sie schon ein Eis bestellt?«

»Nein.«

»Dann übernehme ich das gerne. Lassen Sie sich überraschen.« Damit stand er wieder auf und verschwand in der Eisdiele. Wenige Minuten später kehrte er mit zwei großen Bechern zurück.

Ruth lächelte. »Vanilleeis mit Sahne, Himbeeren und Krokantstreuseln – eine nahezu perfekte Wahl. Wusste Ihr Vater auch noch, dass ich dafür fast alles tun würde?«

»So ungefähr. Es gibt ein Foto von einem Sommerfest im Kreis Ihrer Kollegen – das hängt bei ihm an der Wand. Sie sitzen da ganz versonnen vor einem solchen Eisbecher, und mein Vater erklärt jedes Mal, wenn er hinschaut, mit wie viel Appetit Sie das Eis genossen haben. Ich habe versucht, von dem alten Bild die Zusammenstellung zu erraten, und ich lag wohl nicht gänzlich daneben.«

»Ganz und gar nicht.« Ruth kostete und schloss kurz die Augen. »Hinreißend«, sagte sie.

»Stimmt«, meinte er kurz darauf.

Eine Weile aßen sie schweigend.

»Ist die Verbindung zwischen Ihrem Vater und mir der einzige Grund, warum Sie den Kontakt zu mir gesucht haben?«

»Er ist wichtig und bemerkenswert zugleich«, erwiderte er. »Da Gerd Koller jedoch in seinem Job sowohl auf Rügen als auch in Stralsund und Greifswald tätig war, passt da noch mehr zusammen.«

Ruth kratzte die letzten Reste aus ihrem Becher zusammen, dann lehnte sie sich zurück. »Worum geht es? Und warum melden Sie sich erst jetzt – Monate nachdem die Akte geschlossen wurde?«

»Als die ersten Ermittlungen auf Rügen liefen, war ich eine ganze Weile im Ausland unterwegs. Ich bin immer nur kurzfristig zurückgekehrt – Familie und so weiter. So habe ich die Geschichte zunächst nur am Rande mitbekommen und mich nicht intensiver damit befasst. Vielleicht wollte ich es auch nicht.« Er kniff die Augen zusammen und blickte einen Moment in die Ferne. »Schließlich wurde in einem zweiten Anlauf einiges aufgearbeitet, wobei die Behörden auffallend zurückhaltend kommuniziert haben.« Kolkrabe sah sie forschend an. »Ein Kollege berichtete mir, dass nur wenig nach außen drang. Ein Achtzehnjähriger sollte geschützt werden, der jetzt allein klarkommen muss. Ein Familiendrama der besonderen Art, die Details sollten nicht öffentlich ausgeschlachtet werden – aber irgendwann werden sie das ja dann doch immer, nicht wahr?«

Darauf ging Ruth nicht ein.

»Jakob Koller selbst ist ja durchaus mitteilungsfreudig, wenn auch vorsichtig in seinen Äußerungen, und man kann sich dieses und jenes zusammenreimen«, fuhr der Journalist fort. »Wie dem auch sei: Die Akten wurden geschlossen, vier Fälle waren auf einen Streich geklärt worden – ein großer Erfolg der Ermittlergruppe.«

Ruth verschränkte die Arme. »Erzählen Sie mir heute auch noch etwas Neues zu dem Thema?«

Seine Miene blieb ungerührt. »Der Name Gerd Koller ist in dem Zusammenhang nicht gefallen. Oder wurde zu ihm absolutes Stillschweigen vereinbart?«

»Ich habe keine Ahnung, worauf Sie hinauswollen«, entgegnete Ruth. »Der Mann ist spurlos verschwunden, hat sich dünne gemacht, könnte man auch sagen. Die Ehe war längst geschieden, und im Hinblick auf die Todesfälle gab es nicht die geringste Veranlassung, den Großvater einzubeziehen.«

»Es hat sich auch niemand näher mit seinen Aufgaben befasst«, stellte Kolkrabe fest. »Und das könnte ein Fehler gewesen sein.«

Ruth sah ihn abwartend an. »Sie sollten endlich konkreter werden, Kolkrabe. Bislang kann ich mit Ihren Andeutungen nichts anfangen, und mein Interesse hält sich in Grenzen, wenn ich ehrlich bin. Das Beste an diesem Abend ist bislang immer noch das Eis gewesen. Und ich fürchte, es wird nicht zu toppen sein.«

Er nickte. »Das wird sich ändern, dessen bin ich sicher. Ich habe vor Jahren verdeckt zur Organisierten Kriminalität recherchiert und muss gleich vorausschicken: Meine Arbeit ist nie veröffentlicht worden. Niemand wollte sie publizieren, und ich selbst habe auch kalte Füße bekommen, nachdem mein Wagen – ein wunderschöner, in mühsamer Kleinarbeit zu einem Wohnmobil und rollenden Arbeitszimmer ausgebauter Transporter – abgefackelt wurde, während ich die Prügel meines Lebens bezog. Wobei die Beschreibung kalte Füße hier denkbar wenig passt, wie mir gerade auffällt.«

Er schwieg einen Moment und erwartete offenbar eine Reaktion von Ruth, doch sie blieb still. »Mein gesamtes Material ist dabei auch zerstört worden – Laptop, Speichermedien, Notizen und so weiter. Natürlich hatte ich einen Großteil in einer Cloud gesichert, aber man versprach mir, dass ich die nächste Begegnung mit den beiden Schlägern nicht überleben würde. Und Ähnliches drohte man meiner damaligen Partnerin und unserem Sohn an. Ich bin dann erst mal eine Weile abgetaucht – mit meiner Familie. Meine Beziehung hat das nicht überlebt, und ich hatte sämtlichen Lebensschwung verloren. Inzwischen arbeite ich wieder an der einen oder anderen Geschichte, immer unter Pseudonym, und ich versuche, so normal wie möglich zu leben, was meistens ganz gut gelingt. Die Angst im Nacken spüre ich jedoch meist wie einen eisigen Wind … Nun ja, ich will hier nicht herumjammern, sondern Ihnen lediglich verdeutlichen, dass die Taten in einem ganz anderen Zusammenhang stehen könnten. Und ich kann nicht länger untätig zusehen, wenn ich mir noch in die Augen blicken möchte. Mein Vater würde das ganz ähnlich einschätzen, wenn er dazu in der Lage wäre.«

Ruth musste zugeben, dass sie dem Bericht zunehmend gespannter gelauscht hatte. Journalisten, die im kriminellen Milieu recherchierten, lebten grundsätzlich gefährlich. Einschüchterungsversuche und tätliche Angriffe waren leider an der Tagesordnung, auch tödlich verlaufende, und dass Kolkrabe in ein Wespennest gestochen hatte, stand wohl außer Frage. Doch den konkreten Hintergrund hatte er bislang nur angedeutet.

»Das klingt fürchterlich«, erwiderte sie schließlich. »Wenn ich Sie richtig verstehe, hat Gerd Koller in seiner Eigenschaft als Zollfahnder den falschen Leuten auf die Füße getreten – oder auch den richtigen, je nach Standpunkt.«

»Davon bin ich ausgegangen. Offiziell war Koller in der Verwaltung beschäftigt, doch er ermittelte verdeckt zum Umfeld einer Firma, die im Verdacht stand, Gelder zu waschen – Steuerbetrug in sehr großem Ausmaß, um genau zu sein.«

»Woher wissen Sie das?«

»Ich hatte das Unternehmen seit einiger Zeit auf dem Schirm, nachdem ich einen Tipp erhalten hatte …«

»Wie heißt die Firma?«

»Dazu möchte ich mich im Moment noch nicht konkret äußern. Ich habe seinerzeit Buchhaltungsunterlagen einsehen können, die sicherlich nicht auf legalem Weg bei mir landeten …« Er zuckte mit den Achseln. »Die Konten, die ich zu Gesicht bekam, hatten wenig mit der offiziellen Steuererklärung zu tun. Da wurden – und werden – Gelder in ganz großem Stil verschoben, und zwar mit Hilfe von Scheinfirmen, komplexen Unternehmensverflechtungen, gefakten Darlehen und Fantasie-Verbindlichkeiten aufgrund bilanzierter Rückstellungen. Ziemlich professionell und natürlich durchweg seriös wirkend – kurzum: Organisierte Kriminalität.«

»Und Gerd Koller hat den Braten gerochen?«

»Nun, er war auf jeden Fall eine ganze Weile an denen dran, obwohl er bereits in Pension hätte gehen können. Und ich habe ihn anonym mit meinen Rechercheergebnissen versorgt.« Er schluckte.

Die beiden haben an einem Strang gezogen, und Kolkrabe fühlt sich schuldig, dachte Ruth – verständlicherweise. Das machte das Ganze noch brisanter. »Und eine Weile später haben Sie nichts mehr von ihm gehört?«

»Ganz genau. Ich bin sicher, dass sie ihn verschwinden ließen. Insofern habe ich ja fast noch Glück gehabt.« Er lächelte unfroh. »Möchten Sie vielleicht noch eine Portion Eis? Oder lieber etwas anderes?«

Ruth strich sich über den Bauch. »Vielen Dank, nein. Wir könnten einen Rundgang am Hafen machen.«

»Gute Idee. Es wird langsam kühl.«

Sie liefen eine Weile schweigend an der Ryck entlang. Kolkrabe schob sein Rad.

»Sie befürchten also, dass die alte Geschichte mit den Todesfällen zu tun hat?«, ergriff Ruth schließlich das Wort. »Und nach langem Schweigen und trotz Ihrer miesen Erfahrungen möchten Sie unbedingt diesen Hinweis loswerden – habe ich das in etwa richtig zusammengefasst?«

»Durchaus.« Er nickte. »Ich kann nicht offen aus der Deckung kommen, aber ich habe das Gefühl, nicht völlig untätig zu sein, wenn ich wenigstens ein Stichwort nenne.«

»Es ist nachvollziehbar, dass Sie sich und Ihre Angehörigen

schützen wollen. Manchmal muss man sich für eine Seite entscheiden. Allerdings …« Sie blickte ihn kurz von der Seite an. »Womöglich bewerten Sie die Situation falsch, und zwar allein aufgrund der Tatsache, dass der Name Koller gefallen ist«, gab sie zu bedenken. »Was soll Kollers Job als Zollfahnder konkret mit den vier Todesfällen zu tun haben? Abgesehen davon, dass Jahre dazwischenliegen und wir mittlerweile wissen, was geschehen ist.«

»Wissen Sie das wirklich?«

Ruth stutzte.

»Der ältere Bruder Benjamin ist für den Tod des Mädchens verantwortlich, auf das er häufig aufgepasst hat. So lautet die Schlussfolgerung aufgrund der Aussage des jüngeren Bruders – richtig?«

Ruth deutete ein Nicken an.

»Das war in etwa der Wortlaut in der Pressekonferenz der Staatsanwaltschaft, die darauf verwies, dass Benjamin Koller zum Mörder wurde, und zwar auch an seinen Eltern – aus Angst vor Entdeckung«, stellte der Journalist fest. »Jakobs Schilderungen führten zur Klärung des Hintergrundes. Einzelheiten dazu wurden nicht öffentlich gemacht – aus Rücksicht auf Jakob, dem letzten aus seiner Familie, hieß es. Aber vielleicht war es ja ganz anders.«

Ruth blieb stehen. »Es lag nicht der geringste Beweis für andere Motive vor.«

»Vielleicht sollte man die Fälle doch nicht einfach in einen Topf werfen, weil es so schön schlüssig scheint – das wäre mein Tipp an der Stelle«, entgegnete Kolkrabe mit ernster Miene. »Der Unfall der Mutter und der gestellte Suizid …«

»Benjamin hat die Taten zugegeben«, warf Ruth ein.

»Tatsächlich? Jakob hat Benjamins Angaben sowie seine Schlussfolgerungen der Polizei mitgeteilt. Das ist ein gewaltiger Unterschied. Eine Quelle, die nicht mehr lebt, ist keine Quelle, es sei denn, es existieren eindeutige Beweise – in Form von Aufzeichnungen. Lag so etwas vor?«

Dazu sagte Ruth nichts.

»Wer weiß, was der Junge in den falschen Hals bekommen und auf seine Weise interpretiert hat. Können Sie das tatsächlich ausschließen?«

»Es gab eine tödlich endende Auseinandersetzung zwischen den beiden«, bemerkte Ruth. »Da gibt es nicht besonders viel misszuverstehen.«

»Woher wollen Sie so genau wissen, worüber die beiden gestritten haben? Es kann auch anders gewesen sein.«

»Interessant, allerdings …«

Kolkrabe hob beide Hände. »Ich kann mir denken, was Sie bewegt. Warum sollte Jakob ein falsches Bild zeichnen? Gute Frage.«

Ruth atmete tief durch und setzte sich wieder in Gang. »Na schön – diese beharrlichen Fragen sind durchaus berechtigt, wie ich zugeben muss, erst recht aus der Sicht eines Journalisten. Allerdings ist Ihr eigener Verdacht auch alles andere als konkret herleitbar, nur weil Ihre Alarmglocken angesichts einer familiären Übereinstimmung in einem Jahre zurückliegenden Fall schrillen.«

»Es ist weit mehr als das. Karin Koller hat in der Wirtschaftsförderung gearbeitet, die Mutter der kleinen Sira ist dort immer noch tätig. Besagtes Unternehmen hat an der Stelle mit den Behörden zusammengearbeitet.« Er zuckte mit den Achseln. »Zufall?«

Ruth blieb erneut stehen und starrte den Journalisten an.

»Womöglich gibt es einen ganz anderen Zusammenhang bei den Taten«, fügte er leise hinzu. »Aber Sie haben ihn nicht entdeckt, nicht einmal wahrgenommen, weil …«

»Wir einen Zeugen haben!«

»… das Tatmotiv zwar erschreckend ist, dann aber doch so offenkundig auf der Hand lag, an mehreren Stellen passte und der

Zeuge bestechend glaubhaft wirkte«, fuhr Kolkrabe ungerührt fort. »Es liegt wie eine schillernd bunte Schablone über dem gesamten Geschehen und ist von derart beeindruckender Leuchtkraft, dass selbst kleine Schatten, die Zweifel und Nachfragen auslösen könnten, überstrahlt werden.«

»Das klingt ja fast poetisch«, erwiderte Ruth in frotzelndem Ton. »Was erwarten Sie eigentlich von mir? Ich unterstütze hin und wieder Ermittlungen auf der Insel und widme mich ansonsten mit Hingabe meinen privaten Interessen, und dieses Leben gefällt mir außerordentlich gut. Die Akten zu den Fällen sind geschlossen, alle freuen sich …«

»Womöglich zu früh und an der falschen Stelle.«

»Daran kann ich nichts mehr ändern.«

»Falsch. Nur Sie können etwas ändern.«

»Wie bitte?«

»Die Kommissarin auf Abruf hat deutlich mehr Handlungsfreiheit als Ihre Kollegin auf Rügen oder das Kommissariat in Stralsund. Wenn Sie etwas entdecken, was Hand und Fuß hat – aufgrund privater Nachforschungen, von denen niemand etwas bemerkt –, gelingt womöglich ein entscheidender Schlag gegen die Organisierte Kriminalität.«

Ruth sah ihn perplex an. »So weit sind Sie bereits mit Ihren Überlegungen zur weiteren Vorgehensweise gekommen? Alle Achtung! Lassen Sie mich raten – ich könnte dabei auf Ihre Erfahrungen und Ergebnisse zurückgreifen und mich selbst in Gefahr bringen?«

»Es ist die risikoärmste Möglichkeit, noch einmal und dafür mit großem Nachdruck im Dreck zu wühlen. Wir wären ein gutes Team, das völlig im Hintergrund bleibt. Und wenn es richtig spannend wird, übernehmen Stralsund und Rügen, und wir sind aus dem Schneider. Das wäre meine Idee dazu, und ich finde, sie klingt verdammt gut, pragmatisch und lösungsorientiert, würde ich sagen.«

»Da kennen Sie aber die leitende Inselermittlerin schlecht«, entgegnete Ruth. »Man sollte tunlichst nicht hinter ihrem Rücken agieren. Sie kann ziemlich sauer werden, wenn man sie übergeht.«

Kolkrabe zuckte mit den Achseln. »Damit müsste man leben oder sie einbinden.«

»Hören Sie, ich …«

»Und wenn Sie sich einen Ruck geben und einfach nur mal darüber nachdenken, ob an meinem wenn auch vage klingenden Verdacht vielleicht doch etwas dran sein könnte?«

»Solange ich nicht genau weiß, über wen wir hier reden, muss ich nicht lange überlegen. Nennen Sie mir wenigstens ein Stichwort zu dem Unternehmen.«

Kolkrabe umfasste den Lenker und schwang sich auf den Sattel. »Geben Sie meinem Ansatz wenigstens eine kleine Chance. Danke für das Treffen.« Damit winkte er ihr zu, trat in die Pedale und war wenig später in einem Seitenweg verschwunden.

Ruth blickte ihm noch eine Weile mit grübelnder Miene nach, bevor sie sich auf den Weg zu ihrem Wagen machte. Natürlich baute der Journalist darauf, dass es ihr nicht gelingen würde, das Gespräch beiseitezuschieben, sondern sie einzelne Stichpunkte aufgreifen würde, um mehr zu erfahren. Und der wichtigste Hinweis lautete: Gerd Koller war sowohl auf Rügen als auch in Stralsund und Greifswald tätig geworden.

Die Fälle sind abgeschlossen, und es ist nicht mein Job, an der Stelle noch einmal nachzufassen, weil ein Journalist mit mysteriösen Andeutungen um sich wirft, hielt sie sich vor Augen. Sie wiederholte den Satz auf der Heimfahrt ungefähr ein halbes Dutzend Mal und wusste nur allzu gut, dass sie mit dieser Form der Selbstbeschwörung nicht sehr weit kommen würde. Der Journalist mit dem klangvollen Pseudonym Robin Kolkrabe war der Sohn von Manfred Weber. Ein überaus geschätzter Kollege, der sich mitten im großen Vergessen immer wieder an Ruth erinnerte. Das klang fast kitschig – nun, es war zumindest geeignet, Melancholie in ihr hervorzurufen. Und das nahm sie Kolkrabe besonders übel – dicht gefolgt von der dunklen Vorahnung, dass er ihr diesen wunderbaren Frühlings-Frühsommer-Start versaut hatte.

Eine Weile später saß sie im dunklen Garten und lauschte den Nachtgeräuschen. Es war kühl geworden, und sie hatte sich in ihren anderen Lieblingspullover gehüllt – Ina hatte ihn selbst gestrickt. Er war viel zu groß und schreiend bunt; außerdem kratzte er, aber Ruth trug ihn zugleich stoisch und mit großer Freude. Ina spricht nicht, und wir verstehen uns blendend, dachte sie zum gefühlt hundertsten Mal, Manfred Webers Welt versinkt hinter dem graugiftigen Schleier der Demenz, während der Sohn seine Angst hinter sich gelassen hat und nun um späte Gerechtigkeit kämpft. Und dabei wollte er ausgerechnet Ruth an seiner Seite haben. Wenn das kein Zeichen war.

Ruth ging ins Haus und klappte ihren Laptop auf. Max oder Finn? Beide würden sich nicht lange bitten lassen, sie bei einer Recherche zu unterstützen, dessen war sie sicher. Doch Max könnte womöglich in einen Konflikt geraten, wenn er Romy – zumindest anfänglich – außen vor lassen lassen musste. Also: Finn – eifrig und jung, hochambitioniert und häufig nicht ernst genommen. Junge Männer mit Sommersprossen und roten Haaren, dazu von zierlicher Statur und immer jugendlich wirkend, hatten es gerade als Polizisten nicht leicht und wurden oft unterschätzt.

Ruth schrieb eine Mail an seine private Mailadresse und berichtete kurz und knapp von ihrem Treffen mit Kolkrabe. Sie beendete das Schreiben ohne direkte Frage beziehungsweise Aufforderung, bat ihn lediglich um absolutes Stillschweigen. Damit ließ sie Finn sowohl die Möglichkeit, sich elegant aus der Affäre zu ziehen, als auch aufgrund ihrer Angaben mit Feuereifer eine Recherche zu starten, verdeckt natürlich.

Als sie ins Bett ging, war es zwei Uhr früh. Sie schlief sofort ein, und die Nachtgeister ließen sie glücklicherweise in Ruhe.

9

Finn hatte einige Tage frei. Als er seine Mails checkte, war es bereits elf Uhr vormittags, und er genoss ein spätes und reichhaltiges Frühstück. Er hatte die halbe Nacht vor einem Computerspiel verbracht und soeben zum wiederholten Male reumütig beschlossen, seine Bildschirmzeiten herunterzufahren – wenigstens für die nächsten beiden Tage –, als ihm die neue Mail im Postfach auffiel. Die Greifswalder Kollegin war nicht gerade als eifrige Nachrichtenschreiberin bekannt. Soweit er sich erinnerte, hatte sie ihm noch nie eine private Mail geschrieben.

Der Inhalt löste noch größere Verwunderung in ihm aus. Er stand auf und holte sich einen frischen Espresso, in den er drei Löffel Zucker rührte. Dann las er die Mail ein zweites Mal. Die Koller-Fälle, ein Journalist mit dem putzigen Pseudonym Kolkrabe – ein überaus schlauer Vogel, wohl der intelligenteste überhaupt, die Wahl dürfte kaum ein Zufall sein und sagte auch etwas über die Selbsteinschätzung oder auch Eitelkeit des Mannes aus – und der zumindest in den Raum geworfene Verdacht, dass sie völlig danebengelegen haben könnten.

Ruths unausgesprochene Frage lautete natürlich, ob er bereit war, sich erneut mit den Fällen zu beschäftigen, und dabei ging es weniger um Zeit und Lust als vielmehr darum, privat und unauffällig aktiv zu werden und zu riskieren, dabei auf sehr unbequeme Antworten zu stoßen. Er selbst hatte zum gefeierten Team gehört, das zumindest im zweiten Anlauf vier Fälle auf einen Streich gelöst hatte und sich nun unter Umständen mit der Möglichkeit vertraut machen müsste, dass die Dinge doch anders gelegen haben könnten. Das allerdings war eine verdammt voreilige Schlussfolgerung, warnte Finn sich selbst. Der

Journalist hatte sich vor Jahren die Finger verbrannt – das bedeutete jedoch nicht automatisch, dass die Koller-Fälle falsch gewichtet worden waren, weil die Recherchen nicht in die Tiefe gegangen waren.

Es konnte trotzdem nicht schaden, noch mal genauer hinzusehen, überlegte Finn weiter – Ruth neigte keineswegs zu hektischer Panikmache. Vielleicht war es um mehr gegangen, und sie hatten bislang nur nicht die richtigen Fragen gestellt und lediglich Antworten erhalten, die das Szenario unvollständig beleuchteten, aber plausibel schienen – ein Gedanke, der nicht zum ersten Mal im Raum stand. Vielleicht hatte jemand auf überaus geschickte Art Beweise platziert, die Benjamin belastet hatten! Und vielleicht sollte ich sofort aufhören, zu spekulieren, dachte Finn und fuhr sich durchs Haar. Erst die Fakten, dann ein Resümee.

Er hatte während seiner Ausbildung ein Praktikum bei der Zollfahndung absolviert, und die Zeit war interessanter gewesen, als er im Vorfeld angenommen hatte. Er war seinerzeit in Stralsund und Kiel tätig gewesen – sein Team, das überregional mit anderen Dezernaten zusammenarbeitete, war im Bereich des Drogen- und Waffenschmuggels eingesetzt worden. Finn erinnerte sich sofort an eine ziemlich taffe Kollegin Ende dreißig, Anfang vierzig: Larissa war kaum größer als er, aber deutlich schwerer, verfügte über eine große Klappe, hatte einen wunderbar derben Humor und war zudem dafür bekannt, dass sie nur darauf wartete, von Verdächtigen körperlich angegriffen zu werden, was in ihrer bisherigen Laufbahn inzwischen einige Male geschehen war. Sie fackelte nicht lange, sondern schlug sofort zurück, und zwar hart und zielgerichtet. Die Angreifer hatten meist das Nachsehen, und eine Beschwerde folgte selten. Welcher Typ gab schon gerne zu, dass ihn eine Beamtin, die gerade eben die erforderliche Mindestgröße hatte, um als Polizistin einen Job zu bekommen, niedergestreckt hatte? Nicht jeder und jede im Team kam mit ihrer robusten und offensiven Art klar, Finn hatte nie ein Problem damit gehabt. Ehrlich gesagt hatte er sie immer ein bisschen bewundert.

Larissa befand sich noch immer unter Finns Kontakten. Er wählte kurzerhand ihre Nummer, und sie nahm das Gespräch sofort an. »Rotschopf!«, tönte sie. »Lass mich raten – dir ist langweilig in deinem Team, und du hast Sehnsucht nach mir.« Ihr Lachen dröhnte durch die Leitung.

Finn lächelte. »Ist aber schön, dass du mich immer noch bei dir abgespeichert hast.«

»Na, hör mal – Typen wie dich löscht man doch nicht! Bist du jetzt eigentlich fertiger Kommissar?«

Finn seufzte. »Aber ja – längst ...«

»Ich wette, dass du immer noch als Siebzehnjähriger durchgehst! Mach dir nichts draus – in zwanzig Jahren freust du dich, wenn du jünger geschätzt wirst.«

»Prima«, erwiderte er lahm. »Das macht so richtig Mut.«

Larissa lachte erneut, dann wurde sie ernst. »Kann ich was für dich tun, Kleiner?«

»Vielleicht.«

»Leg los.«

»Muss aber unter uns bleiben. Es ist nichts Offizielles.«

»Zier dich nicht so lange.«

»Sagt dir der Name Gerd Koller etwas?«

»Nicht auf Anhieb ... Ach, warte, ja, na klar, das war mal ein Kollege von uns, und ihr hattet doch letztens diese Fälle – ein Familiendrama, soweit ich weiß.«

»Koller ist vor einigen Jahren in der Versenkung verschwunden.«

»Richtig!«, bestätigte Larissa mit plötzlich hellklingender Stimme. »Ist er etwa wieder aufgetaucht?«

»Das nicht. Kannst du mir was zu ihm sagen?«

»Nicht viel – ein erfahrener Kollege, der auch verdeckt unterwegs war. Ich hatte allerdings kaum was mit ihm zu tun. Er war eher der Typ Einzelgänger. Als er verschwand, gingen wir davon aus, dass ihm alles zu viel geworden war und er beschlossen hatte, seine Pension zu genießen – wo auch immer.«

»Er verschwand von heute auf morgen, und es gab keine Nachfragen?« Finn war verblüfft. Bei dem Job, den der Mann hatte, war das einigermaßen verwunderlich, dachte er. »Habt ihr nie einen Zusammenhang mit seinen Recherchen vermutet?«, schob er hinterher.

»Doch, Rotschopf – der Gedanke stand natürlich im Raum. Aber von oben hieß es dann dazu, er hätte sich zwar kurzfristig, aber doch mit einem offiziellen Schreiben verabschiedet. Ja, das war ein bisschen seltsam, zugegeben, aber es hieß auch, er hätte private und gesundheitliche Probleme gehabt. Da steckt man nicht drin, und er war noch nie der mitteilsame Typ gewesen, der sich mit den Kollegen austauschte.«

»Niemand hatte persönlichen Kontakt zu ihm?«

»Keine Ahnung. Wie gesagt – ich kannte ihn nicht näher. Und nun verrat mir doch mal, was dich beschäftigt?«

Finn zögerte. »Kannst du rauskriegen, womit er zuletzt zu tun hatte?«

Larissa schwieg für ihre Verhältnisse eine halbe Ewigkeit. »Schwierig, das weißt du. Die Akten aus verdeckten Einsätzen sind nicht zugänglich, auch das dürfte dir klar sein. Und wenn man da nachschnüffelt, kriegt man schnell Ärger. Ebenfalls nichts, was neu für dich sein dürfte.«

»Ich verstehe.«

Erneutes Schweigen. »Rotschopf, wir handeln uns beide Ärger ein, wenn wir …«

»Okay, okay, das will ich natürlich nicht. Ich dachte … Ach, egal, tut mir leid, wenn ich dich in eine blöde Situation gebracht habe. Vergiss es einfach wieder.«

»Nun verrenk dich mal nicht so. Ich mache dir einen Vorschlag – ich hör mich bei den älteren Kollegen mal ein bisschen um. Und wenn ich ein Stichwort aufschnappe oder jemanden ausfindig mache, der mehr wissen könnte, leite ich es an dich weiter. Erfahre ich irgendwann mal, worum es geht?«

»Selbstverständlich. Falls etwas Relevantes dabei herauskommt, lass ich es dich wissen, versprochen!«

»Das will ich hoffen«, erwiderte Larissa in knurrigem Ton. Kurz darauf war das Gespräch beendet.

Larissa meldete sich weder am nächsten noch an den darauffolgenden Tagen. Doch an Finns erstem Arbeitstag nach dem Kurzurlaub erhielt er am frühen Morgen vor Dienstantritt eine SMS. *Mittagspause Innenhof. Kollege wird einen Kaffee mit dir trinken. L.*

Als Finn gegen halb eins mit seinem Imbiss in den Innenhof ging und sich einen abseitsstehenden Zweiertisch sicherte, dauerte es keine zwei Minuten, bis ein grauhaariger Kollege mit buschigen Brauen zu ihm trat und sich nach knapper Begrüßung setzte. Er nannte lediglich seinen Vornamen – Paul. Über seinem Kaffeebecher stieg Dampf auf. Paul musterte Finn einen Moment.

»Keine Ahnung, was dich plötzlich an dem Mann interessiert«, meinte er schließlich in leisem Ton. »Ist mir auch egal. Wir waren mal Partner. Aber irgendwann wollte er allein losziehen. Ich hatte nichts dagegen. Bei der letzten Firma, die wir uns gemeinsam angesehen haben, gab es Unstimmigkeiten. Koller meinte später, das sei geklärt …« Die buschigen Brauen wanderten ein Stück nach oben. »Mag sein – oder auch nicht. Ich erinnere mich noch, dass da auch ein Journalist seine Fühler ausgestreckt hat. Aber ich weiß nicht, was daraus geworden ist. Liegt viele Jahre zurück, und ich bin dann in eine andere Gruppe versetzt worden. Hatte mich nicht mehr zu interessieren.«

Finn hatte sein Besteck beiseitegelegt und lauschte angespannt.

»Ich vermute mal, du bist an dem Firmennamen interessiert.«

»Wäre schön …«

»Also, von mir hast du ihn nicht.«

»Ich kenne nicht mal deinen vollständigen Namen.«

»Besser ist es. Ich sitze auch nur hier, weil Larissa bei mir ein Stein im Brett hat, Und wenn sie jemandem vertraut, dann hinterfrage ich das nicht. Kapiert?«

»Kapiert.«

Paul stand abrupt auf, dann beugte er sich noch mal herunter. »Kayser und Partner«, sagte er leise. »Maschinentechnik für alle möglichen Branchen, Spezialanfertigungen und Innovationen im Bereich von Schiffs-, Fahrzeug- und Industriebau. Die sind überregional aufgestellt und agieren auch in Osteuropa. Alles klar?« Damit wandte er sich um.

»Danke, Kollege.«

Darauf erhielt er keine Antwort. Finn sah Paul einen Moment nach, bevor er wieder seine Gabel griff und langsam weiteraß.

Zurück im Büro bearbeitete er einige Rechercheanfragen für das OK-Team, nahm an einer Besprechung unter Jan Riechters Leitung teil und verließ das Kommissariat pünktlich. Unterwegs besorgte er sich ein Abendessen bei seinem Lieblingsinder. Schließlich loggte er sich zu Hause über seinen Zweitaccount ein, der mit einer verschlüsselten IP-Adresse vor neugierigen Blicken gesichert war, und stellte sämtliche Informationen zusammen, die er über die Firma ausfindig machen konnte – offizielle Berichterstattung, soziale Medien, Selbstdarstellung sowie Hinweise aus den versteckten Ecken des Internets. Letztere waren spärlich, dennoch fanden sich in einem älteren Chat Andeutungen zu einem Journalisten, dem seine Neugier nicht gut bekommen war. Angeblich war sogar sein Wagen abgefackelt worden.

Finn stellte sämtliche Angaben in einer Datei zusammen und mailte sie Ruth. Als er den Laptop schließlich herunterfuhr, war es spät, und er spürte, wie die Geschichte an ihm nagte. Falls dieser Kolkrabe mit seinem Verdacht richtiglag und entsprechende Beweise für eine Wiederaufnahme erbracht werden konnten, würde es ungemütlich werden.

Romy hatte vor einigen Wochen nach längerer Unterbrechung das regelmäßige Boxtraining wieder aufgenommen. Abgesehen davon, dass ihr Körper tagelang durchweg aus Muskelkater zu bestehen schien, worüber Jan sich köstlich amüsierte, und einige Fitnesswerte bemerkenswert in den Keller gegangen waren, hatte sie den Neustart gut verkraftet.

An diesem Samstag war sie nach dem Training mit Ruth verabredet, die überraschend ihren Besuch auf der Insel angekündigt hatte. Sie wollten sich in einer Bäckerei in der Nonnenseestraße zum Brunch treffen. Auf der einen Seite freute sich Romy, dass die Kollegin von sich aus die Initiative ergriffen und ein Treffen vorgeschlagen hatte. Andererseits beschlich sie eine ungute Vorahnung. Ruth verließ ihren Hof nur höchst ungern, schon gar nicht ohne gewichtigen Grund. Romy wappnete sich gegen schlechte Nachrichten. Sie hielt es für möglich, dass die Kollegin die Entscheidung getroffen hatte, auch den Dienst als Springerin zu quittieren und sich endgültig in den Ruhestand zu verabschieden. Ruth brauchte den Job nicht; sie lebte bescheiden und bezog ihre Zufriedenheit und den inneren Frieden nicht aus beruflicher Bestätigung. Romy bewunderte manchmal, wie unabhängig und genügsam sie war. Für sich selbst fiel es ihr schwer, an so etwas wie Ruhestand auch nur zu denken. Ich bin ja auch deutlich jünger, dachte sie – aber die vierzig hatte sie immerhin bereits überschritten.

Romy traf als Erste in der Bäckerei ein, sicherte einen Tisch auf der Veranda und bestellte zunächst eine Apfelsaftschorle. Ruth kam mit zehnminütiger Verspätung; der weiße Haarschopf leuchtete in der Sonne, die knielange Jeans war ausgewaschen und saß perfekt, das bunte Baumwollhemd stand ihr hervorragend. Romy lächelte und winkte ihr zu. Sie bestellten ein spätes, üppiges Frühstück und plauderten erstaunlich ausschweifend über Belanglosigkeiten. Ich bin gespannt, wie lange sie das noch durchhält, überlegte Romy amüsiert, denn Ruth hasste Small-Talk – sie empfand ihn als verschwendete Lebenszeit –, und es ließ tief blicken, dass sie diesen Vorlauf diesmal offenbar benötigte. Romy zweifelte keinen Moment daran, dass etwas anderes hinter diesem Treffen steckte.

Ich gebe ihr noch fünf Minuten, schätzte sie, als das Essen serviert wurde, höchstens. Nach ungefähr drei Minuten blickte Ruth sie plötzlich mit ernster Miene an. »Ich finde es schön, hier mit dir in der Sonne zu sitzen und …«

»Ja – sollten wir jeden freien Samstag machen«, warf Romy in ironischem Tonfall ein. »Stundenlang – vielleicht bis in den Sonntag hinein. Wenn ich richtig informiert bin, gehört es zu deinen bevorzugten Hobbys, ausschweifend mit Kolleginnen zu plaudern, gerne zu völlig unwichtigen Themen.«

Ruth runzelte die Stirn.

»Du hast bemerkenswert lange durchgehalten.« Romy lächelte. »Also, was ist los?«

Ruth erwiderte das Lächeln.

»Willst du endgültig aus dem Job aussteigen und mir deinen Entschluss schonend und in der Öffentlichkeit beibringen, damit ich halbwegs souverän damit umgehen muss?«

»Was?« Ruth sah sie verdutzt an. »Aber nein, wie kommst du denn darauf?«

»Ich habe so ein merkwürdiges Gefühl. Du bist nicht unbedingt kontaktfreudig, und ich bin davon ausgegangen, dass mehr dahintersteckt, wenn du deinen Hof freiwillig verlässt.«

»Das stimmt. Doch es hat nichts mit deinen Befürchtungen zu tun, dass ich mich vollständig aus dem Dienst zurückziehen möchte.« Ruth schlug ein Bein über das andere, trank einen Schluck Kaffee und sah einen Moment nachdenklich in die

Ferne, bevor sie Romys Blick suchte. »Eher ist das Gegenteil der Fall. Ich muss mit dir über etwas Berufliches sprechen, inoffiziell.«

Romy stellte ihre Tasse ab.

»Sagt dir die Firma Kayser und Partner etwas?«

»Aus dem Stegreif nicht.«

»Ein Unternehmen, das Maschinen und Werkzeugtechnik für alle möglichen Bereiche entwickelt und über die Region hinaus tätig ist. Sie sind seit ungefähr zehn Jahren am Markt – hervorgegangen aus einem kleinen Familienunternehmen und kurz vor der Pleite an den Geschäftsmann Sascha Kayser und seine Partner verkauft worden. Die neuen Besitzer haben die Firma von Grund auf saniert, ordentlich investiert, neue Projekte und Geschäftszweige entwickelt und behaupten sich höchst erfolgreich mit ihren Konzepten und Speziallösungen.«

»Ich bin wirklich gespannt, worauf das hinausläuft«, murmelte Romy und biss von ihrem Brötchen ab. Sie ließ Ruth nicht einen Moment aus den Augen.

»Die finanziellen Verflechtungen sind weit gestreut. Es gibt zahlreiche Beteiligungen, Tochtergesellschaften und gegenseitige Darlehensverpflichtungen.«

»Seit wann kennst du dich so gut in Betriebswirtschaft aus?«

»Das tue ich gar nicht«, entgegnete Ruth. »Aber ich habe ein paar umfassend recherchierte Berichte gelesen und bin neugierig geworden – und das eher gegen meinen Willen. Bedeutend lieber hätte ich mich der Gartenarbeit gewidmet.«

»Ich verkneife mir an der Stelle die Frage, wer recherchiert hat.«

»Das finde ich rücksichtsvoll.« Ruth nickte zustimmend. »Stört es dich, wenn ich eine rauche?«

Romy schüttelte den Kopf.

Ruth zündete sich einen Zigarillo an. »Vor einigen Jahren war die Zollfahndung an dem Unternehmen dran, sogar mit einem verdeckt agierenden Beamten«, berichtete sie weiter. »Verdacht: Geldwäsche in ganz großem Stil. Herausgekommen ist dabei nichts, doch der Beamte verschwand wenig später – mehr oder weniger spurlos. Das war vor gut fünf Jahren. Niemand hat sich ernsthaft damit beschäftigt, erst recht nicht, als es schließlich hieß, er hätte sich aus privaten Gründen zurückgezogen – angeblich mit einem offiziellen Schreiben an seine Dienststelle. Lediglich ein Journalist traut dem Ganzen nicht, bis heute. Er hatte nach einem anonymen Hinweis bereits einiges zu Kayser und Partner recherchiert und sein Material dem Zollfahnder zur Verfügung gestellt. Seine Nachforschungen sind ihm übrigens nicht gut bekommen – zwei Schläger haben ihn überfallen und seinen Wagen in Brand gesetzt. Und bevor du vor lauter Ungeduld mit dem Nägelkauen beginnst: Der Kollege vom Zoll heißt Gerd Koller – er war mit Jakobs Großmutter Rosalie verheiratet, aber längst geschieden, bevor er verschwand.«

Einen Augenblick lang dachte Romy, sie habe sich verhört. Sie starrte Ruth sekundenlang stumm an. »Jakobs Großvater hat beim Zoll gearbeitet«, murmelte sie schließlich. »Das hatten wir zu keinem Zeitpunkt auf dem Schirm.«

»Nein. Warum auch? Es gab zudem nie einen aktenkundigen Vermisstenfall. Gerd Koller war ein Einzelgänger, und was mit seinen Recherchen zu Kayser passierte, weiß niemand. Wenn ich einen Tipp abgeben sollte, würde ich sagen: Die Akte ist geschreddert worden, von wem auch immer.« Ruth strich die Asche ab. »Und damit es jetzt für dich richtig rund wird: Der Journalist hat sich an mich gewandt – sein Vater war ein Greifswalder Kollege.«

»Und was soll dieser Vorstoß ausgerechnet jetzt?«, fragte Romy konsterniert.

»Der Journalist ist davon überzeugt, dass etwas anderes hinter den Todesfällen steckt. Er war eine ganz Weile im Ausland unterwegs und hatte keine Gelegenheit, sich mit den Ermittlungen in der Koller-Familie zu beschäftigen, als sie aktuell waren – gibt er zumindest an. Womöglich hat er sich nach seinen üblen Erfahrungen bislang aber auch nur nicht getraut, aktiv zu werden.«

»Okay, aber was hat …«

Ruth hob rasch eine Hand. »Ich weiß, was du sagen willst. Der Fall ist geklärt, alle Akten sind geschlossen – wir kennen den Hintergrund, die meisten Fragen sind beantwortet, und es gibt nichts mehr zu ermitteln. Und außerdem muss das eine ja nicht zwingend mit dem anderen zusammenhängen. Selbst wenn Gerd Koller vor Jahren Leuten auf die Füße getreten ist, die sich das nicht gefallen ließen, muss nicht automatisch eine Verbindung zu den jüngeren Todesfällen in der Familie, geschweige denn zu Sira Bartel herleitbar sein.«

»Ganz genau. Und was treibt dich dann um?«, fragte Romy.

»Zwei Punkte lassen mich nicht los. Kayser hat bei einigen Projekten mit der Wirtschaftsförderung zusammengearbeitet – unter anderem mit …«

»Patricia Bartel und Karin Koller?«

Ruth nickte. »Das ist ein seltsamer Zufall, oder? Er hat öffentliche Gelder beantragt – und auch erhalten. Sowohl Bartel als auch Koller haben diese Anträge bearbeitet.«

Romy fuhr sich durchs Haar, dann beugte sie sich vor. Vibrierende Unruhe durchströmte sie. »Und dein Journalist ist sicher, dass dort unseriöse Geschäfte liefen?«

»Das ist milde ausgedrückt. Er hatte einen Tipp bekommen, wahrscheinlich sogar von jemandem aus dem Unternehmen. Bei weiteren Nachforschungen ist er dann aufgeflogen. Und seine Einschätzung ist eindeutig: Scheinfirmen, Bilanzfälschung, das ganze Programm, bei dem Gelder verschoben werden, auf sehr professionelle Weise, Stichwort: Organisierte Kriminalität.«

»Das muss aber immer noch nicht heißen, dass eine Verbindung zu den anderen Fällen existiert. Wir sind auf nichts dergleichen gestoßen.«

Ruth drückte ihre Zigarette aus und hob den Blick. »Ich weiß. Doch die Klärung der Motivlage beruht einzig und allein auf der Aussage von Jakob«, entgegnete sie in leisem Ton. »Ohne sie hätten wir nichts und würden immer noch davon ausgehen, dass Siras Tod entweder ein Unglück war oder ein grausames Verbrechen. Wir würden nicht bezweifeln, dass Robert Koller Suizid beging, weil er den tödlichen Unfall seiner Frau nicht verkraften konnte. Jakob war und ist der einzige Zeuge, und er hat zugleich ein Delikt zugegeben – die Tötung seines Bruders im Streit. Der Fall, der alles auslöste, und der einzige Koller-Fall, der die Polizei auf den Plan rief und zu weitreichenden Ermittlungen führte. Davon ausgehend hat Jakob uns schließlich ein einzelnes, ja übermächtiges Motiv präsentiert und die jeweiligen Tathergänge in sich und aufs Ganze bezogen höchst plausibel dargelegt. Und warum? Weil du nicht aufgehört hast, Fragen zu stellen.«

Romy kniff die Augen zusammen. »Klingt da leiser Zweifel an seiner Darstellung an?«

»Zumindest nehme ich einen Misston wahr. Du hast das Ganze auch nicht hundertprozentig zufrieden abgeschlossen, oder? Ein kleiner spitzer Stachel ist zurückgeblieben.«

Romy nickte nachdenklich. »Ja, wir sprachen darüber. Einiges blieb vage oder entsprang allein Jakobs Schlussfolgerungen, denen wir vertrauen mussten. Das war uns allen klar.«

»Und wenn man an dem Punkt weiterdenkt?«

»Warum sollte Jakob …«

»Könnte er in die Irre geführt worden sein?«, warf Ruth ein.

»Das passt nicht.« Romy schüttelte den Kopf. »Er hat unmissverständlich ausgesagt, dass sein Bruder die Taten zugegeben hat – im Streit. Einen begründeten Verdacht hegte Jakob ja bereits vorher – Stichwort: die Fotos …«

»Deren Existenz niemand sonst bestätigen kann.«

»Korrekt. Eine Verbindung zu entsprechenden pädophilen Kreisen fand sich nie, dafür gab es allerdings andere schwerwiegende Indizien, die Benjamin belasteten – die Tabletten im Zusammenhang mit dem Suizid, das hektische Telefonat zwischen ihm und seiner Mutter, das eine Freundin von Karin mitbekommen hatte, sowie der Hinweis, dass das andere Unfallopfer in der Nacht einen Mann gesehen hat. Passend dazu existierten bearbeitete Fotos aus der Unfallnacht und …«

»Romy, ich habe die Akte auch gelesen, mehrfach«, warf Ruth eilig ein. »Und ich weiß, dass das alles sehr überzeugend klingt, sobald man anfängt, eine große Geschichte daraus zu stricken. Staatsanwaltschaft und Gericht sind dem auch gefolgt. Dennoch – rein faktisch betrachtet, fehlen ein paar Prozent. Und das trifft insbesondere auf Jakobs Kernaussage zu, Benjamin habe im Streit alles zugegeben. Eine tote Quelle ist keine gute Quelle, wie ich gerade erst wieder gelernt habe.«

Romy atmete tief aus. »Er hat sie immer wieder überzeugend bekräftigt. Er wird seinen Bruder kaum missverstanden haben.«

»Vielleicht war es ganz anders.«

Romy beschlich ein seltsames Gefühl. »Worauf willst du eigentlich hinaus?«

»Jakob hat seinen Bruder getötet. Und doch steht er da wie ein tragischer Held – der letzte Überlebende aus seiner Familie, sieht man einmal von der Großmutter ab, die nie eine Rolle spielte.«

Stille. Ein eisiges Gefühl stieg in Romy auf. »Ist das dein Ernst?«

Ruth hob beide Hände. »Ich provoziere einfach mal ein bisschen und spitze das Ganze zu.«

»Weil dich der Journalist so überzeugt hat?«

»Er hat mich zumindest ins Grübeln gebracht.« Ruth beugte sich vor. »Wir haben vier Todesfälle bereitwillig in einen großen Topf geworfen – den uns Jakob präsentiert hat. Womöglich gibt es den in dieser Form aber gar nicht.«

»Er hat den Hintergrund in ein bestimmtes Licht gerückt, um selbst möglichst gut dazustehen?«, fragte Romy verblüfft.

»Willst du darauf hinaus? Warum sollte er das tun? Das ist doch absurd.«

Ruth zuckte mit den Achseln. »Er kommt verblüffend gut zurecht, oder? Müsste ein Achtzehnjähriger, der nahezu seine gesamte Familie auf tragische Weise verloren hat – noch dazu durch die Hand des älteren Bruders –, nicht anders reagieren?«

»Er verfügt über große innere Stärke. Die sollte man ihm nicht absprechen, nur weil er so jung ist. Und womöglich verarbeitet er das Ganze auf seine ganz besondere Weise – das hat alle Kollegen berührt«, wandte Romy ein. »Doch selbst wenn wir die Möglichkeit hätten, das Gesamtgerüst zu hinterfragen ...«

»Vielleicht entdecken wir etwas, indem wir uns mit einer völlig neuen These befassen.«

»Stichwort Kayser und Co.?«

Ruth nickte.

Romy strich sich über die Stirn. »Warum sollten Täter aus der Organisierten Kriminalität, die Kollers gesamte Familie sowie die Bartels auf dem Kieker hatten – weil der Zollfahnder womöglich etwas Brisantes entdeckt hatte – auf diese Weise aktiv werden?«

»Weil es unauffällig ist, wie wir gesehen haben. Niemand hat etwas vermutet. Gerd Kollers Verschwinden ist nie angezeigt worden. Ein Jahr später wird die kleine Sira vermisst, und Jahre darauf erwischt es die Kollers. Eine Querverbindung ist bis jetzt nicht thematisiert worden.«

Weil es sie gar nicht gibt, dachte Romy. »Das passt immer noch nicht zu dem Geständnis seines Bruders, das Jakob uns plausibel dargelegt hat«, beharrte sie. »Hinzu kommt der zeitliche Abstand zwischen den einzelnen Ereignissen. Da gibt es eine große Lücke. Und warum Sira? Erpressung?«

Ruth zuckte mit den Achseln. »Wie auch immer – hier passt womöglich ganz viel nicht zusammen, schon gar nicht bei oberflächlicher Betrachtung. Und jeder Fall hat unter Umständen seine völlig eigenständige Geschichte. Vielleicht gibt es nicht nur ein einzelnes Motiv, das sich durch das Geschehen zieht wie ein roter Faden.«

Romy stützte die Ellenbogen auf den Tisch. Sie war längst ins Wanken geraten, und das wusste Ruth nur allzu gut. »Selbst wenn wir beide so richtig ins Grübeln kommen und uns zig Szenarien ausmalen, dürfen wir uns nichts vormachen, Ruth – ich bekomme von keiner Seite grünes Licht für Nachforschungen allein auf Grundlage dieses Ansatzes.«

»Natürlich nicht.«

»Der Staatsanwalt wird mich …«

»Ich weiß.«

»Und woran denkst du? Verfolgst du bereits eine weiterführende Idee?«

Ruth deutete ein Nicken an. »Gerd Koller. Wenn es uns gelänge, eine Spur zu ihm zu entdecken …«

»Du sprichst von seiner Leiche, nehme ich an?«

»Das wäre allerdings die überzeugendste Variante. Oder wir entdecken Hinweise, dass er im Ausland untergetaucht ist, und es stellt sich heraus, dass er flüchten musste. Dann hätten wir zumindest einen Fall, an dem wir ansetzen könnten – oder auch die Kollegen von der Zollfahndung und dem OK-Team. Und wer weiß, was dann noch alles ins Rollen kommt.«

»Und wie stellst du dir diese Spurensuche vor?«, fragte Romy weiter. »Als Freizeitaktivität – von keiner Seite genehmigt und von der natürlich niemand etwas bemerken darf?«

»So in etwa.«

Romy verdrehte die Augen. Sie konnte bereits jetzt Jans Zähneknirschen hören.

»Finn wäre mit von der Partie. Robin Kolkrabe auch.«

»So heißt der Journalist?«

»Ein Pseudonym.«

»Alles andere hätte mich jetzt stark gewundert. Hast du auch noch eine Idee, was ich Jan sage?«, fragte Romy. »Ich kann ihn kaum hintergehen. Und das möchte ich, ehrlich gesagt, auch gar nicht erst versuchen.«

»Kann ich gut verstehen. Ich hoffe auf dein Verhandlungsgeschick – und deinen Charme. Ihr beide habt euch schon so manches Mal über allgemeine juristische Bestimmungen und gesetzliche Vorgaben hinweggesetzt, weil es euch notwendig schien. Und meist ging es gut, oder?«

Romy unterdrückte ein Seufzen.

»Wir brauchen einen einzigen schlagkräftigen Beweis. Vielleicht führt dann eins zum anderen.«

Plötzlich fiel Romy Rosalie Koller ein. Die seltsame Distanz der Großmutter zur Familie. Romy sah Ruth lange an. »Es hat dich richtig erwischt, oder?«

»Da stimmt etwas Grundlegendes nicht. Und es hat mich inzwischen so gepackt, dass ich sogar bereit bin, die Gartenarbeit zurückzustellen und den Frühsommer lediglich nebenbei zu genießen. Und das will nun wirklich was heißen.«

Während des Heimwegs sah Romy die ganze Zeit das Gesicht von Doktor Schwedtner vor sich. Der Staatsanwalt hatte natürlich hocherfreut reagiert, als die Lösung der Fälle im zweiten Anlauf in greifbare Nähe gerückt war. Das komplette Team war zumindest zeitweise nahezu euphorisch gewesen, und alle hatten gut dagestanden – ein großer Erfolg. Wie würden Schwedtner und der zuständige Richter reagieren, wenn das Ganze plötzlich Monate später Risse bekam?

Romy schüttelte den Kopf. Sollten sich bei den Nachforschungen zu Gerd Koller die Verdachtsmomente tatsächlich erhärten und ernsthafte Zweifel beziehungsweise eindeutige Beweise zu einem Wiederaufnahmeverfahren führen, das zu einem gänzlich anderen Ergebnis in der Bewertung der Koller-Fälle kam, hätte sich wohl niemand mit Ruhm bekleckert – auch sie selbst nicht. Einige Medien würden sich das Maul zerreißen und kübelweise Häme über sie ausschütten. Konkurrenten aus den Behörden dürften eine Chance wittern, sich in aussichtsreiche Positionen zu bringen. Das übliche Spiel.

Falls es verwertbare und gerichtsfeste Beweise gab, schränkte Romy ein. Nur dann gerieten sie in die Bredouille, und im Grunde blieb in diesem Fall nur ein Weg: schonungslose Offenheit und Ehrlichkeit sowie ein komplett neuer Ermittlungsansatz.

Schonungslose Offenheit und Ehrlichkeit gehörten nur ausnahmsweise zu den hervorstechendsten Eigenschaften von Justiz und Behörden, insbesondere wenn es darum ging, eigene Fehler und Versäumnisse zuzugeben. Dann sollten wir die Ausnahme darstellen und mit gutem Beispiel vorangehen, dachte Romy.

10

Das Material, das Kolkrabe Ruth wenige Tage später zukommen ließ, war höchst brisant. Die Aufzeichnungen beinhalteten die offizielle Buchhaltung zum Stichtag eines Quartals – ergänzt um Querverweise und Erklärungen für den internen Gebrauch, aus denen sich selbst ohne tieferes betriebswirtschaftliches Hintergrundwissen schlussfolgern ließ, dass die Firma Schwarzgeld in großem Umfang wusch.

Die Einnahmen resultierten nach offizieller Lesart zum einen aus Auftragsleistungen und Verkäufen, zum anderen aus Spezialanfertigungen und Lizenzvergaben ins Ausland, hinzu kamen Kreditrückzahlungen, Vermietungen, Workshops und bilanzierte Rückstellungen für Bauvorhaben. Die Frage, für welche anderen Geschäfte Geld ins Unternehmen geflossen waren, ließ sich aus den Querverweisen unschwer ableiten. Der Name eines hochrangigen Mitarbeiters einer ausländischen Waffenfirma tauchte ebenso auf wie ein IT-Unternehmen, das Überwachungstechnik entwickelte, dazu mehrere Unternehmen, mit denen angeblich eine Kooperation vorlag. Die Vermutung lag auf der Hand, dass das Dokument für eine interne Besprechung gedacht war und auf gar keinen Fall in fremde Hände geraten sollte. Angesichts der Brisanz dieser Unterlagen durfte Kolkrabe sich freuen, dass er überhaupt noch am Leben war.

Als Romy die Dateien von Ruth erhielt, lag ihr Treffen eine knappe Woche zurück, und es war kein Tag vergangen, an dem ihr das Gespräch mit der Kollegin nicht durch den Kopf gegangen war. Und nun lag der Ball bei ihr. Noch am selben Abend sprach sie mit Jan – besser gesagt: Sie rief das Dokument nach wenigen einleitenden Sätzen auf, die Jan mit unbewegter Miene aufnahm, und reichte ihm den Laptop. Nach der Lektüre schwieg er minutenlang, sein Blick hatte sich deutlich verdüstert, seine Miene verhieß nichts Gutes. Schließlich entfuhr ihm ein lauter Fluch, dann stand er auf und holte sich ein Bier aus der Küche. Er trank zwei große Schlucke. »Und nun?«

»Wir können das nicht ignorieren.«

»Wir haben nichts …«

»… in der Hand. Ich weiß. Ein geleaktes Dokument, das viele Jahre alt ist und von dem letztlich niemand mit Bestimmtheit sagen kann, woher es stammt. Damit beweisen wir nichts. So würde es der Staatsanwalt jedenfalls ausdrücken.«

»Ganz genau.« Jan stellte seine Flasche ab. »Ich schätze, du fändest andere Worte.«

»O ja.«

»Und was schwebt dir vor zu unternehmen?«

»Ich möchte ein paar Tage Urlaub nehmen und besuche meine Eltern in München.«

»Lass mich raten – du wirst die Fahrt auch nutzen, um Rosalie Koller aufzusuchen?«

Romy nickte. »Und Finn wird ein bisschen für uns recherchieren.«

»Das tut er doch längst, während Ruth den Kontakt zu diesem Journalisten hält, oder?«

»Richtig.«

Jan schloss kurz die Augen. »Na schön. Alles andere hätte mich auch gewundert.« Er überlegte einen Moment. »Ich aktiviere einen Kontakt zur OK-Gruppe. Vielleicht erfahre ich etwas zu dieser Firma. Wie es aussieht, laufen da ja seit Jahren einträgliche Geschäfte. Ich kann mir nicht vorstellen, dass sie noch nie ins Blickfeld der Behörden geraten sind. Wir reden aber erst mit Schwedtner, wenn ein Fall spruchreif wird. Und wenn wir nichts entdecken …«

»Schon klar.«

»Ist es das wirklich?«

»Natürlich ...«

Jan musterte sie eindringlich. »Was geht dir noch durch den Kopf?«

Romy zögerte einen Moment. »Haben wir Jakob völlig falsch eingeschätzt?«

»Ich denke nicht. Vielleicht hat er selbst die Lage falsch eingeschätzt«, erwiderte Jan. »Was auch immer. Womöglich existiert ein Fall Gerd Koller und völlig unabhängig davon ein großes Familiendrama. Oder es gibt einen Zusammenhang, den wir jedoch noch gar nicht erfasst haben. Es könnte strategisch übrigens von großem Vorteil sein, wenn wir zunächst überhaupt keine Verbindung herstellen. Das würde Schwedtner sicher auch gut gefallen.«

»Das macht es ihm einfacher?«

Jan nickte. »Und wir stehen alle besser da.«

»Mal sehen, wie weit wir damit kommen.«

»Romy?«

Sie erwiderte seinen Blick.

»Wenn jemand mitkriegt, dass wir unberechtigterweise Nachforschungen anstellen, noch dazu auf Grundlage einer Jahre zurückliegenden Schnüffelaktion eines vorwitzigen Journalisten, der geleaktes Material nutzte und das gegen uns verwendet, kann das Ganze richtig nach hinten losgehen.«

Romy nickte. »Ist mir klar. Unsere Stühle könnten bedenklich ins Wackeln geraten, und Schwedtners schützende Hand dürfte dann kaum noch helfen.«

»Ich wollte es nur erwähnt haben. Und ich hoffe, dass die OK-Gruppe etwas für mich hat. Das könnte die Situation erheblich erleichtern.« Jan leerte seine Bierflasche. »Warum hat der Journalist sich nicht eher gemeldet?« Er winkte ab, bevor Romy antworten konnte. »Er hatte die Hosen voll, schon klar und auch nachvollziehbar.« Jan stand auf und streckte die Hand aus. »Und nun lass uns ins Bett gehen. Für heute reicht es.«

Romy machte sich bereits am nächsten Tag auf den Weg nach München. Ihr Bruder war gerade zum dritten Mal Vater geworden – zur großen Freude insbesondere ihrer Mutter. Romy überging die eine oder andere spitze Bemerkung bezüglich Romys und Jans Familienplanung. Sie hatte schlicht keine Lust mehr, zum wiederholten Male zu erklären, dass in ihrem Leben kein Platz für Kinder war und zwei erwachsene Menschen diese Entscheidung glücklicherweise auch ohne die Zustimmung ihrer Eltern treffen durften, ohne vom Blitz getroffen zu werden. Anderthalb Tage später fuhr Romy über Regensburg zurück. Rosalie Koller lebte in einem kleinen Ort einige Kilometer außerhalb der Stadt in einem Mehrfamilienhaus, das sie gemeinsam mit Freunden bewohnte.

Romy hatte bislang keine Vorstellung, wie sie das Thema anschneiden sollte. Rosalie Koller war bereits am Telefon nicht sonderlich zugänglich gewesen. Vielleicht würde sie überrascht reagieren – oder komplett abweisend. Das war zu befürchten, überlegte Romy, als sie den Wagen abstellte. Aber womöglich gab es noch eine ganze andere Erklärung für ihre barsche Art. Sie wollte gerade aussteigen, als ihr Handy klingelte – Finns Konterfei ploppte auf. Romy stellte die Verbindung her.

»Ich habe schon mal ein paar Firmenangaben überprüft«, erklärte er nach kurzer Begrüßung. »Und bin da an einigen Stellen etwas in die Tiefe gegangen.«

»Ich nehme an, du sprichst von den besonders einträglichen Kunden?«

»Genau. Diejenigen, mit denen Kayser immer wieder Geschäfte macht und die regelmäßig üppige Rechnungen begleichen – für was auch immer«, führte Finn aus. Seiner Stimme nach zu urteilen, machte ihm sein Job gerade einen Heidenspaß.

»Die vermuteten Einnahmen aus Schwarzgeldgeschäften?«

»Genau – zwei der ausländischen Firmen gibt es nur auf dem Papier, nach wie vor übrigens …«

»Vermutest du oder gibt es Belege dafür?«

»Na ja, irgendwo gibt es ein Büro und einen Briefkasten und jemanden, der ans Telefon geht, sollte man da wirklich mal anrufen. Und dann wird man umgeleitet. Die übliche Masche, und ich gehe jede Wette ein, dass das nur Show ist und Kayser original die gleichen Geschäfte betreibt wie damals, als Koller ihn im Visier hatte. Kayser hält übrigens Anteile an den Firmen, verdeckt natürlich. Man muss übrigens sehr weite Recherchewege gehen, um ihn dahinter zu entdecken.«

»Verstehe. Und mit Amtshilfe sowie Steuerprüfungen kann man ihm nicht beikommen?«

»Die müssen angemeldet werden«, warf Finn eifrig ein. »Bis dahin ist meist genug Zeit, die nötigen Voraussetzungen zu schaffen oder auf anderen Wegen behördliche Nachforschungen zu stoppen. Dafür haben die ihre Leute – Juristen, die mit allen Wassern gewaschen sind und jede vorwitzige Ermittlung im Keim ersticken. Kayser und seine Partner lassen sich bestimmt nicht ans Bein pinkeln.«

Noch nicht mal von uns, befürchtete Romy im Stillen.

»Zudem existiert ja das Kerngeschäft – die Entwicklung und Fertigung individueller hochwertiger Maschinentechnik ist aufwändig, für Laien kaum nachvollziehbar und teuer«, fuhr Finn fort. »Da geht es schnell um sechsstellige Zahlen. Und wer weiß, was die tatsächlich produzieren und wen die regelmäßig schmieren, damit ja alles unter dem Deckel bleibt.«

Romy atmete tief aus. »Sei bloß vorsichtig, Finn!«

»Klar doch. Du auch!«

Sie steckte das Handy ein und stieg aus. Rosalie Koller wohnte im Erdgeschoss. Romy klingelte zweimal, aber es reagierte niemand. Sie hatte sich gerade abgewandt, um zum Wagen zurückzugehen, als sie eine ältere Frau im Garten erkannte. Romy winkte ihr zu. Die Frau trat nach kurzem Zögern näher – es war Rosalie Koller, eine kleine drahtige Frau mit kurzgeschnittenem eisgrauem Haar. Sie trug eine auffallend modische Brille und warf Romy einen vorsichtig abwartenden Blick zu.

»Frau Koller?« Romy lächelte freundlich.

»Ja?«

»Mein Name ist Romy Beccare. Ich bin die leitende Ermittlerin auf Rügen. Wir hatten bisher nur telefonisch miteinander zu tun.«

Rosalie Koller runzelte die Stirn, dann weiteten sich ihre Augen, und sie sah Romy perplex an.

»Ich bin ganz zufällig in der Gegend«, plauderte Romy munter weiter. »Meine Eltern leben in München, und ich dachte, dass ein Abstecher über Regensburg eine gute Idee ist.«

Rosalie Koller blinzelte angestrengt. »Was wollen Sie?«

»Ich möchte mit Ihnen reden – privat.«

»Kein Interesse«, erwiderte Koller sofort. »Ich habe alles gesagt, und dem ist nichts mehr hinzuzufügen.« Damit wandte sie sich ab.

»Ihr Exmann ist also einfach so verschwunden?«, rief Romy ihr hinterher. »Vor gut fünf Jahren. Haben Sie sich nie gefragt, was geschehen ist?«

Koller blieb abrupt stehen. Sie drehte sich um und starrte Romy an.

»Ich weiß, dass Sie zu diesem Zeitpunkt nicht mehr verheiratet waren, und trotzdem – er war einfach weg, und das war schon etwas merkwürdig, nicht wahr?«

Rosalie Koller schien einen Moment zu überlegen, dann trat sie wieder näher und hielt Romys Blick fest. »Was genau geht Sie eigentlich mein Privatleben an? Haben Sie auf Ihrer Insel nicht genug zu tun, dass Sie Hunderte von Kilometern entfernt hier durch die Gegend fahren und Leute belästigen? Wenn mich nicht alles täuscht, sind Ihre Ermittlungen längst abgeschlossen.«

Romy setzte eine ungerührte Miene auf. Bei ihrem letzten Fall hatte sie mit einer Zeugin zu tun gehabt, die sich mit Händen und Füßen dagegen gewehrt hatte auszusagen, und ihr Ton war ähnlich beißend gewesen, zum Teil unverschämt, angriffslustig und ruppig. Schließlich war sie dann doch aus sich herausgegangen, und was sie berichtet hatte, war zutiefst erschütternd und aufschlussreich gewesen. Doch nicht immer existierte ein ernsthafter Hintergrund – es gab nun mal Menschen, die sich gegen jedwede Einmischung von Behörden in ihr privates Umfeld stellten, erst recht, wenn es sich um die Polizei handelte. Daran war Romy gewöhnt, sie sollte allerdings den Bogen keineswegs überspannen – eine offizielle Beschwerde zu diesem Zeitpunkt wäre alles andere als hilfreich.

»Ihr Privatleben geht mich in der Tat nicht das Geringste an«, stimmte sie schließlich zu. »Und doch interessieren mich die näheren Umstände des Verschwindens Ihres Mannes.«

»Es gab keine Umstände, zumindest nicht für mich«, betonte Rosalie Koller. »Wie Sie schon erwähnten – wir waren längst geschieden und hatten nichts mehr miteinander zu tun. Dass er die Insel verlassen hat, wäre mir gar nicht aufgefallen. Ich habe bereits hier gelebt. Und selbst wenn – es ging mich nichts mehr an, wo und wie er sein Leben verbrachte.«

»Wie war er in seinem Job?«, warf Romy rasch ein.

Koller runzelte die Stirn. »Es gab nur seinen Job«, erklärte sie. »Hin und wieder fuhr er mal mit seinem Boot raus und … ja, der kleine Jakob hatte es ihm angetan. Er war sein Liebling. Wenn Sie also mehr zu meinem Ex wissen wollen, fragen Sie doch einfach Jakob. Mit dem hatten Sie doch ohnehin genug zu tun, oder?«

Ein interessanter Hinweis, dachte Romy. »Jakob hatte auch später noch Kontakt zu ihm, also nach Ihrer Trennung?«

»Keine Ahnung. Ich nehme es an. Und damit ist das Gespräch beendet.«

»Sagt Ihnen die Firma Kayser und Partner etwas?«

Rosalie Koller hatte sich bereits abgewandt, nun stutzte sie für den Bruchteil einer Sekunde, bevor sie den Kopf schüttelte. »Gute Heimfahrt, Frau Kommissarin.«

Romy blickte ihr eine Weile nach. Sie war davon überzeugt, dass Kollers Abschiedsgruß alles andere als ehrlich gemeint war, und den Namen Kayser hatte sie möglicherweise auch nicht zum ersten Mal gehört. Was war das für eine vertrackte Geschichte? Sie ging zum Wagen zurück und schrieb Finn eine Nachricht, die sie auch an Jan und Ruth weiterleitete. Eine halbe Stunde später gab sie das Mietfahrzeug zurück und stieg in den nächsten ICE Richtung Norden. Sie hoffte, ein paar Stunden schlafen zu können, doch auf dem Platz gegenüber schnarchte ein junger Mann mit offenem Mund, und neben ihr saß eine Mutter mit ihrer vielleicht dreijährigen Tochter – ein nervtötendes Kind, wie Romy nach ungefähr vier Minuten feststellte. Ich kann einfach nicht mit Kindern, dachte sie. Schließlich stülpte sie ihre Kopfhörer über und tauchte in ein Hörbuch ein – eine Liebesgeschichte aus dem fünfzehnten Jahrhundert. Sehr schnulzig und etwas langatmig, doch an einigen Stellen höchst amüsant. Irgendwann schlief Romy dann doch ein und wachte erst wieder auf, als Mutter und Kind in Berlin ausstiegen.

Der junge Mann war inzwischen ebenfalls munter. Er betrachtete sie mit leisem Lächeln und zwinkerte ihr zu. Romy lächelte zurück.

Jan hatte den Kollegen Steffen Borner aus dem Dezernat der OK nach kurzem Telefonat am Vortag zum Mittagessen am Hafen eingeladen. Sie kannten sich aus verschiedenen gemeinsamen Einsätzen. Jans aktive OK-Zeit lag viele Jahre zurück, doch er pflegte die alten Kontakte, zudem gab es immer wieder Ermittlungen, bei denen die Dezernate in engem Austausch standen. Jan musste Borner auch nicht lange erklären, dass er ohne offiziellen Beschluss Fragen hatte, die ihm unter den Nägeln brannten. Zu Kayser und Partner zuckte der Kollege nur die Achseln. »Ich habe mich nach unserem Gespräch natürlich gleich mal schlaugemacht – wir haben nichts Konkretes zu ihm und dem Unternehmen vorliegen.«

»Auch nicht im erweiterten Umfeld der Firma?«

»Nein. Worum geht es?«

»Wir haben im Zusammenhang mit dem Verschwinden eines Zollfahnders vor etlichen Jahren Hinweise erhalten«, erklärte Jan. »Es gab eine verdeckte Ermittlung, Verdacht: Geldwäsche in großem Stil. Und die Todesfälle innerhalb seiner Familie haben sich – sagen wir: gehäuft.«

»Und du denkst, das eine hat mit dem anderen zu tun?«

Jan hob in einer unbestimmten Geste beide Hände. »Wissen wir nicht. Ausschließen würde ich das jedenfalls nicht.«

»Zu welchem Ergebnis ist der Zollfahnder gekommen?«, fragte Borner weiter.

»Angeblich verlief alles im Sande«, erwiderte Jan.

»Angeblich?«

»Das ist die offizielle Lesart. Doch das Unternehmen agierte hochprofessionell, soweit wir das von Weitem einschätzen können, und tut das ganz sicher immer noch – ausländische Tarnfirmen, hochspezialisierte Maschinenbautechnik, Kontakt zu einem Beschäftigten aus der Waffenindustrie …«

Borner setzte eine verdutzte Miene auf und schüttelte den Kopf. »Und nur ein einzelner verdeckter Zollfahnder soll sich mit dem Ganzen befasst haben? Bei einem solchen Anfangsverdacht? Das klingt unglaubwürdig. Da müsste ein ganzes Team agieren, und zwar gemeinsam mit unserem Dezernat und dem LKA – sofern der Verdacht Hand und Fuß hatte. Außerdem dauern solche verdeckten Einsätze Monate, manchmal Jahre.«

»Ich weiß. Das klingt alles sehr schwammig.« Jan beugte sich vor. »Ein Journalist hat sich seinerzeit verdammt großen Ärger eingehandelt. Was er entdeckt hat, spricht dafür, dass es um mehr als einen vagen Verdacht ging.«

Borner kniff die Augen zusammen. »Hast du die Belege persönlich gesehen?«

Jan wiegte den Kopf. »Sie sind uns zugespielt worden.«

»Verstehe. Warum hat er sich nicht an uns gewandt?« Borner winkte ab. »Ich ziehe die Frage zurück. Journalisten und Polizisten sind nun mal kein gutes Team, auch wenn Ausnahmen die Regel bestätigen.«

Einen Moment blieb es still. Jan konzentrierte sich auf sein Essen, Borner bestellte ein zweites alkoholfreies Bier. Schließlich blickte er auf. »Könnte es sein, dass die Geschichte ein bisschen stinkt?«, fragte er in leisem Ton. »Von welcher Seite auch immer?«

Jan griff nach seiner Serviette. »Der Einschätzung würde ich mich glatt anschließen.«

»Was habt ihr vor?«

»Wir brauchen belastbare Informationen. Sonst verläuft das Ganze erneut im Sande – wie so viele dieser Geschichten.«

»Nicht so einfach ohne Rückendeckung.«

»Das ist der Punkt.«

Borner trank einen Schluck Bier. »Ich habe überhaupt keine Lust, mir die Finger zu verbrennen. Aber das Risiko begleitet mich seit zwanzig Jahren.« Er verzog das Gesicht. »Also: Sag Bescheid, wenn ihr Unterstützung benötigt.«

»Mach ich. Danke.«

Borner verließ als Erster das Lokal. Jan bestellte noch einen Kaffee und sah zum Fenster hinaus. Es war klar, worauf der Kollege hinauswollte. Den ganz großen Fischen in der Wirtschaftskriminalität war ohnehin nicht beizukommen. Sie waren bestens organisiert, ließen sich von gewieften Experten beraten, wickelten ihre Geschäfte völlig unbeeindruckt von jeweiligen Gesetzen und Vorgaben ab, umschifften sie elegant, notfalls wurden Amtsinhaber oder wer auch immer gekauft oder unter Druck gesetzt, so dass es stets Rückendeckung gab. Es war immer das gleiche Spiel. Einem kleinen Zollfahnder, der vielleicht zunächst lediglich einem Anfangsverdacht nachgegangen war und dabei Brisantes entdeckt hatte, machte man ein lukratives Angebot oder leistete Überzeugungsarbeit. Wenn das nicht fruchtete, blieb womöglich nur noch eine Lösung.

Gerd Koller hatte einen Ruf als unbeirrbarer Eigenbrötler gehabt – das hatte Jan noch in Erfahrung gebracht. Ein Beamter, der seinen Job mehr als alles andere geliebt hatte und als unbestechlich galt. Es war durchaus vorstellbar, dass ihn diese Haltung das Leben gekostet hatte. Und wir werden seine Leiche nicht finden, dachte Jan. Schon gar nicht nach so vielen Jahren.

Er ging zum Bezahlen an den Tresen und verließ das Lokal. Er fuhr auf direktem Weg ins Kommissariat, erledigte einige Telefonate und bat schließlich Finn in sein Büro. Einen Moment musterte er den jungen schmalen Beamten, der ihn mit großen Augen erwartungsvoll ansah, dann nickte er ihm zu.

»Kayser hatte Wirtschaftsförderung beantragt – die auch bewilligt wurde«, meinte er dann. Einleitende Worte sparte er sich. »Gibt es dazu mehr als den üblichen Antragskram?«

Finn schüttelte den Kopf.

»Könntest du mehr dazu entdecken?«

»Er hat mit den Geldern unter anderem die Betriebsstätte auf Rügen ausgebaut. Dort ist richtig investiert worden, wie man auf den ersten Blick erkennen kann. Das war ein kluger Schachzug – ein Unternehmen, das mit nicht unerheblichen Beträgen gefördert wird, kann nur seriös sein, oder?«

Jan biss sich auf die Unterlippe. »Irgendeinen Vorschlag, wie wir in die Tiefe gehen könnten?«

Finn zögerte nur den Bruchteil eines Augenblicks. »Ich würde es wie Max handhaben.«

»Das heißt?«

»So viele Personen wie möglich überprüfen, die für Kayser und Partner arbeiten. Früher oder später fällt jemand ins Raster.«

»Das können wir ohne Beschluss nicht machen!«, warf Jan energisch ein. »Wenn wir uns darüber hinwegsetzen, sind eventuelle Beweise für die Tonne, und wir dürfen uns beide einen neuen Job suchen«, erklärte er weiter. »Bereits dieses Gespräch hätte weitreichende Folgen, wenn es bekannt würde.« Er könnte sich diese Erklärung eigentlich sparen, denn natürlich wusste Finn, worum es hier ging. Das wussten sämtliche Beteiligten. Dieses Team ermittelte nicht zum ersten Mal in der berühmt-berüchtigten Grauzone zwischen illegalen Methoden und berechtigtem Nachforschen aufgrund eines brisanten Verdachts. So richtig schiefgegangen war es nie, doch wenn sie vorhatten, sich mit einem Unternehmen anzulegen, das offenbar nach allen Seiten perfekt abgesichert agierte, mussten sie sich warm anziehen.

Finn rieb sich über die Nase und nickte beiläufig. »Auch ohne unsere Datenbanken kann man einiges in Erfahrung bringen«, erklärte er dann. »Über die sozialen Netzwerke lässt sich eine Menge herausbekommen, und Kolkrabe hätte da ganz bestimmt auch eine Idee ...«

Jan stöhnte leise. »Okay. Nun sind wir diesen Schritt ja bereits gegangen – und sollte etwas dabei herauskommen, hat sich das Risiko gelohnt. Falls nicht ...«

»Ich weiß, Chef.«

»Das ist mir klar, aber ich muss dich darauf hinweisen, auch wenn ich mich wiederhole. Zwei Dinge noch: Wir erweitern den Kreis der Leute, die sich mit dem Thema beschäftigen, auf gar keinen Fall! Auch Max muss außen vor bleiben – zumindest im Moment. Das schützt ihn und uns.«

»Alles klar – und was noch?«

»Sei um Gottes willen vorsichtig!«

Finn lächelte. »Immer. Mir traut ohnehin niemand was zu. Das ist eine gute Tarnung.«

Damit lag der Kollege durchaus richtig. Finn war der ideale Kandidat für solche Einsätze. Er durfte nur nicht übermütig werden.

11

Romy ließ sich von Jan auf den neuesten Stand bringen und telefonierte danach mit Ruth. Da Max ein paar Tage Urlaub hatte, musste sie weder besonders leise sprechen noch sich in ihr Büro zurückziehen. Das erleichterte die Situation erheblich. Jan hatte darauf bestanden, ihren Datenspezialisten herauszuhalten, solange das Ganze inoffiziell war, und sie konnte seine Beweggründe gut nachvollziehen. Aber es wäre ihr ausgesprochen schwergefallen, Max auszuschließen. Abgesehen davon hätte er früher oder später den Braten ohnehin gerochen.

Romy ging die Bemerkung von Rosalie Koller zu Jakob und seinem Großvater nicht aus dem Kopf. »Fragen Sie doch ihn«, hatte Rosalie vorgeschlagen. Das war nicht nur ein pampiger Einwurf gewesen, sondern darüber hinaus eine durchaus gute Idee, auf unauffällige Weise mehr zu erfahren. Und doch zögerte Romy, und das hatte keineswegs nur damit zu tun, dass sie sich scheute, Jakob erneut zu belasten. Falls tatsächlich ein wie auch immer gearteter Zusammenhang mit der Arbeit des Zollfahnders bestand, war höchste Vorsicht angesagt. Jakobs Aussage war womöglich auf vielschichtige Weise beeinflusst durch Faktoren, die im Moment kein Außenstehender einschätzen konnte – er selbst auch nicht.

Romy besorgte sich einen Imbiss und fuhr wenig später nach Sassnitz, wo sie an einer Besprechung im Polizeirevier zu geplanten Präventivmaßnahmen in den Sommermonaten teilnahm, wenn Touristenschwärme die Insel fluteten. Sie hörte lediglich mit einem halben Ohr zu und fuhr auf dem Rückweg an Kollers Haus vorbei. Nur mal von Weitem einen Blick werfen, dachte sie und parkte zweihundert Meter weiter hinter einem kleinen Friseurgeschäft. Sie stieg aus und schlenderte am Grundstück entlang.

Für Jakob hatte nach dem Abschluss der Schule ein neues Leben angefangen. Das zumindest hoffte Romy. Vielleicht stand noch eine Abifahrt auf dem Programm, und danach begann für die meisten jungen Menschen in seinem Alter ein langer unbeschwerter Sommer, bevor es mit der Ausbildung oder dem Studium weiterging. Romy dachte an ihren Sommer nach dem Schulabschluss zurück. Aufregende Zeit. Alles war neu, die Welt stand ihr offen und wartete auf sie – so hatte es sich zumindest angefühlt. Jakob hatte seine gesamte Familie verloren. Es gab nur noch eine Großmutter, doch die wollte nichts mit ihm und der Insel zu tun haben. Dennoch hatte er sein Abi hervorragend gemeistert und wusste längst, wie es für ihn weitergehen sollte. Seine souveräne Haltung imponierte ihr nach wie vor.

Sie blieb hinter einem dichten Busch am Zaun stehen und blickte hinüber zur Terrasse. Die Tür stand auf, und kurz darauf trat Jakob mit einer Tasse ins Freie. Er setzte sich an den kleinen Tisch und klappte seinen Laptop auf. Seine Miene wirkte entspannt, soweit Romy das aus der Ferne beurteilen konnte; außerdem trug er Kopfhörer. Er tippte etwas und lehnte sich dann zurück. Ein Lächeln flog über sein Gesicht. »Heh«, rief er halblaut. »Schön, dass ich dich erreiche.«

Offenbar telefonierte er, schlussfolgerte Romy. Und es geht mich nicht das Geringste an, mit wem er sich zu welchem Thema austauschte.

»Wie sieht es aus? Was hat die Abstimmung ergeben?«, fragte Jakob in munterem Tonfall weiter. »Wohin soll die Reise gehen?«

Romy blieb stehen. Seine Worte waren gut zu hören, sofern nicht gerade ein LKW oder Bus vorbeifuhr.

»Prag fände ich ja richtig klasse, aber …« Er brach ab, lauschte einen Moment angespannt und starrte in die Ferne. »Was? Ich habe mich verhört, oder? Das kann doch gar nicht sein!«

Erneutes Schweigen.

»Als wir letztens zusammensaßen und die Touren besprachen, wollte die Hälfte des Jahrgangs mitfahren!«, entgegnete Jakob schließlich. »Und nun lohnt sich das Ganze nicht mehr, weil gerade mal drei, vier Leute Interesse haben? Wie kommt denn dieser Stimmungsumschwung zustande?« Sein Ton klang gereizt. »Was sind das nur für Flachpfeifen? Was? Ja, ja, schon gut.« Er beendete das Gespräch und riss sich die Kopfhörer mit einer abrupten Bewegung herunter.

Die Schlussfolgerung lag auf der Hand, dass die Abifahrt abgeblasen wurde, auf die Jakob sich offenbar ziemlich gefreut hatte. Was genau macht ihn eigentlich so fassungslos, überlegte sie verwundert. Ärger und Enttäuschung – okay –, aber seine heftige, ja, wütende Reaktion war bemerkenswert. Plötzlich hob Jakob den Blick und starrte in ihre Richtung. Romy zog rasch den Kopf zurück. Einen Moment später war er nicht mehr zu sehen. Sie hörte das leise Klacken beim Schließen der Terrassentür, wartete noch einige Sekunden, dann wandte sie sich um und überquerte die Straße mit eiligen Schritten. Seine Privatsphäre ging sie und das Team nicht das Geringste an.

Romy wendete und fuhr langsam Richtung Altstadt. Schließlich stoppte sie erneut und blickte nachdenklich durchs Seitenfenster. Die anlässlich der Trauerfeier geposteten Fotos aus der Schule tauchten vor ihrem inneren Auge auf – Kummer, Entsetzen, Erschütterung, im Mittelpunkt der Achtzehnjährige. Jakob war offenbar viel daran gelegen, im Kreis seiner Schulkollegen und -kolleginnen einen würdigen Abschluss für eine Lebensphase zu finden, die ihm alles genommen hatte. Das war nachvollziehbar. Nun hatte der Jahrgang sich offenbar nicht einigen können. So etwas passierte – im Gesamtgeschehen war dieser Punkt nahezu bedeutungslos.

Romy ließ den Motor wieder an und reihte sich in den fließenden Verkehr ein. An der nächsten Ampel fuhr auf der zweiten Abbiegerspur in Richtung Bergen ein kleiner blauer Flitzer vor. Der Fahrer bremste abrupt und fuhr dann ruckartig bis dicht an den Fußgängerstreifen heran. Eine Frau mit Kinderwagen warf ihm einen finsteren Blick zu. Im Inneren dröhnte laute Musik; die Scheiben zitterten. Romy blickte zur Seite und musterte den Fahrer. Was für ein ungehobelter Typ, dachte sie und war kurz davor auszusteigen und ihn anzusprechen. Da er ungefähr einen halben Meter vor ihr zum Stehen gekommen war, erkannte sie ihn erst, als er plötzlich den Kopf umwandte und aus dem Seitenfenster blickte. Romys Augen weiteten sich. Jakob. Er tippte mit einer Hand den Rhythmus am Lenkrad und sang aus vollem Hals mit. Als die Ampel umschaltete, gab er kräftig Gas und bog um die Ecke.

Sie zögerte nur einen Augenblick, dann folgte sie ihm. Er fuhr in schnellem Tempo weiter Richtung Bergen und Ernst-Moritz-Arndt-Gymnasium – Sassnitzer Schüler und Schülerinnen, die das Abitur machen wollten, mussten seit der Schließung des Ostsee-Gymnasiums den Weg ins Zentrum der Insel auf sich nehmen. Eine knappe halbe Stunde später parkte er direkt vor dem Haupteingang. Romy beobachtete, wie er ins Gebäude ging, stellte ihren Wagen im Schatten ab und wartete. Kaum drei Minuten später kehrte er zurück. Seine Miene war düster – nein: aufgerissen vor Wut. Er setzte sich hinters Steuer und fuhr mit aufheulendem Motor los.

Romy war perplex. Der Junge war völlig von der Rolle. Seine souveräne Haltung schien tiefe Risse zu haben – oder war von Anfang an brüchig gewesen, was jedoch niemand bemerkt hatte. Sie zögerte, dann stieg sie aus und schlug den Weg zum Sekretariat ein. Die Tür war halbgeöffnet. Romy klopfte und trat ein. Eine grauhaarige Dame blickte ihr über den Rand ihrer Brille entgegen. Ihre Miene wirkte angestrengt und abweisend, das Stirnrunzeln war nicht nur dezent unfreundlich. Falls sie die leitende Schulsekretärin war, gehörte dieser Gesichtsausdruck womöglich zu ihrem Job.

»Darf ich Sie kurz stören?«, fragte Romy in höflichem Ton.

»Sie sind längst dabei, wie Ihnen unschwer entgangen sein dürfte.« Die Grauhaarige trat an den Tresen und rückte ein Namensschild zurecht, auf dem Maria Bissner stand.

Der passt ganz hervorragend, dachte Romy. »Es geht um die Abifahrt«, kam sie direkt zur Sache.

Maria Bissner hob beide Brauen. »Das Thema scheint ja heute ein Dauerbrenner zu sein«, meinte sie lakonisch »Sind Sie eine Angehörige?«

Bevor Romy sich eine einigermaßen gefällig klingende Entgegnung einfallen lassen konnte, winkte die Sekretärin unwillig ab. »Es geht nach Prag. Und um Ihre nächste Frage gleich zu beantworten: Weitere Zuschüsse kann die Schule nicht bewilligen. Einzelheiten erfahren Sie vom Koordinationsteam des Jahrgangs. Und jetzt würde ich mich gerne um wichtige Dinge kümmern.« Damit setzte sie sich hinter ihren Schreibtisch, und Romy war entlassen.

»Haben Sie zufällig noch einen Namen für mich?«

Bissner atmete hörbar tief ein. »Oliver Baum«, schob sie dann nach. »Und nun …«

»Ich weiß, die wichtigen Dinge, von denen ich Sie abhalte«, warf Romy ein. »Ich bin schon weg. Danke.«

Sie zog die Tür hinter sich zu und ging gedankenverloren den Flur hinunter. Die Schulglocke ertönte, und Sekunden später strömte eine laute Schülerschar durch die Gänge. Sie setzte sich in den Wagen und wollte gerade Max kontaktieren und ihn bitten, die Kontaktdaten von Oliver Baum herauszusuchen, als ihr einfiel, dass der Kollege nicht im Büro saß. Finn schickte ihr die Information kurz darauf. Wenig später machte sie sich auf den Weg ins südliche Bergen.

Oliver Baum wohnte in der Nähe des Gewerbegebietes bei seinen Eltern. Sein Vater arbeitete in einem Autohaus, die Mutter leitete einen Discounter. Als Romy klingelte, war ihr in keiner

Weise klar, wie sie vorgehen sollte. Es blieb still in dem Reihenhaus, auch nach dem zweiten Klingeln tat sich nichts. Romy ging zu ihrem Wagen zurück, als ein Moped die Straße hinauffuhr und schließlich direkt vor dem Haus stoppte. Der Fahrer zog sich den Helm vom Kopf und sah sie an. »Wollten Sie zu uns?«, fragte er.

»Sind Sie Oliver Baum?«

»Genau der.« Er lächelte. Blondes Lockenhaar, strahlendblaue Augen, athletische Gestalt. Der junge Mann war attraktiv und wirkte überaus sympathisch.

Romy lächelte zurück und nannte ihren Namen, ließ aber zunächst ihren Beruf außen vor. »Ich habe eine ungewöhnliche Frage«, bemerkte sie dann.

Baum legte den Helm beiseite und trat zwei Schritte näher. »Kann ich mit leben«, erwiderte er und zwinkerte ihr zu.

»Sie haben gerade Ihr Abi gemacht, und der Rest ist Ihnen gerade mal so was von egal.«

Er grinste. »So kann man es durchaus beschreiben, zumal es bei mir ziemlich knapp war. Und obwohl es gerade im Fach Deutsch gewaltig haperte, behaupte ich mal, dass Ihre Bemerkung noch keine direkte Frage beinhaltete, sondern Sie eine elegante Einleitung suchen.«

Romy lachte. »Mit der Analyse hätte ich Sie bestehen lassen.«

Er grinste noch breiter.

Romy überlegte kurz. »Die Abifahrt«, sagte sie dann.

Oliver blickte sie verdutzt an.

»Ich kenne jemanden aus Ihrem Jahrgang näher«, fügte sie rasch hinzu. »Und ich würde ihn gerne ein bisschen unterstützen, ohne dass er davon etwas mitbekommt. Von der Schulsekretärin habe ich erfahren, dass Sie zum Koordinationsteam gehören.« Mit den Angaben lag sie gar nicht mal so verkehrt – im weitest möglichen Sinne.

»Ach so, verstehe … Aber Sie können mir nicht sagen, um wen es sich handelt?«

»Wenn es sich verhindern lässt. Ich möchte ihn nicht in Verlegenheit bringen.«

Oliver zuckte mit den Achseln. »Nun, wir fahren nach Prag. Das hat die Abstimmung ergeben. Alles andere wird die Tage geplant.«

Romy verschränkte die Arme vor der Brust. »Es gibt also doch genügend Interessenten?«

Er runzelte die Stirn, dann weiteten sich seine Augen.

»Ich möchte, dass dieses Gespräch unter uns bleibt«, fuhr Romy fort. »Und ich habe dazu nur eine Frage: warum?«

Oliver starrte sie völlig verblüfft an. »Aber wie ...«

»Völlig belanglos – erklären Sie mir einfach nur, wie es dazu kam. Ich möchte es einordnen.« Romy war klar, dass Jakobs Mitschüler in keiner Weise zu einer Antwort verpflichtet war – er könnte sie einfach stehen lassen.

Oliver strich über den Tank seines Mopeds. »Keiner hat mehr Bock auf diese Geschichte«, erklärte er schließlich. »Seine ausgelöschte Familie, das ganze Drama um ihn, und wie toll er das alles hingekriegt. Der lukrative Job, den er inzwischen hat ...« Oliver zog die Nase hoch. »Ich habe ihm gesagt, dass die Fahrt ausfällt. Das mag total unfair klingen ...«

»Es klingt nicht nur so.«

»Wie gesagt – es war die Entscheidung der Mehrheit der Gruppe.« Er hob den Blick. »Seit Monaten geht es nur darum – die Eltern, der Bruder, schließlich sein Geständnis und das ganze Theater um ihn. Er schreibt sogar in einem Trauerblog darüber ...«

»Keine schlechte Idee, um ein solches Drama zu bewältigen.«

»Richtig, aber man ist nicht verpflichtet, jeden Beitrag zu lesen und womöglich noch zu kommentieren, oder?«

»Wie meinen Sie das?«

»Er wird sauer, wenn man sich nicht mit ihm beschäftigt. Er

kann doch nicht ständig Aufmerksamkeit einfordern. Andererseits, wenn ich es recht überlege – er war eigentlich schon immer so.« Oliver zuckte mit den Achseln. »Wehe, er steht nicht genügend im Mittelpunkt.«

»Können Sie auch nur erahnen, was es bedeutet ...«

»Nein, kann ich nicht!«, fiel Oliver ihr ins Wort. Er wirkte plötzlich aufgebracht. »Niemand kann das. Und trotzdem ist Monate später die Mehrheit der Gruppe dafür, dass er nicht mitfährt. Wir können doch nicht ewig ...«

»Sie haben ihn angelogen, statt ihm die tatsächlichen Beweggründe mitzuteilen. Es wäre nur fair gewesen, offen und ehrlich mit ihm umzugehen.«

»Wir haben uns entschieden, es so zu machen – um ihn nicht so offensichtlich vor den Kopf zu stoßen.«

»Wie rücksichtsvoll von Ihnen, oder sollte ich besser sagen: wie feige?«, entgegnete Romy in beißendem Tonfall. »Ich schätze, dass dieses Manöver trotzdem aufgeflogen ist.«

»Was meinen Sie?«

»Denken Sie darüber nach und versuchen Sie, es selbst herauszukriegen. Ich bin sicher, Sie schaffen das.« Damit wandte Romy sich um und lief zu ihrem Wagen. Sie war zutiefst aufgewühlt. Ich lasse diese Fälle viel zu nah an mich heran, dachte sie. Sie schmerzen auf unheilvolle Weise.

Finn konnte nicht verhehlen, dass ihm seine neue Rolle gefiel – wobei die genau genommen nicht in allen Punkten so neu war. Er war von jeher schon immer der Unterschätzte in jedem Team gewesen und hatte es naturgemäß etwas leichter, mit Erfolgen zu punkten. Doch die verdeckt agierende Rolle gefiel ihm besonders gut. In Stralsund ging man davon aus, dass er sich zusehends intensiver und zeitaufwändiger auf die Sicherheitsfragen im digitalen Bereich konzentrierte und ohnehin eine weitere Karriere im LKA anstrebte. Und nun recherchierte er gemeinsam mit zwei erfahrenen Kommissarinnen sowie einem Journalisten zu den Geschäften eines offenbar windigen Unternehmers, das Ganze unterstützt von seinem Chef.

Als er an diesem Morgen sein Suchprogramm zu Kayser und Partner öffnete – natürlich unter einem zweiten Login-Namen –, entdeckte er eine Jobanzeige. *Aushilfskraft im Büromanagement zeitlich befristet für sechs Monate gesucht.* Die Stellenbeschreibung klang wenig aufregend – Bürokram, Internet, Verwaltung, Personalwesen. Finn schätzte, dass es um eine Schwangerschaftsvertretung ging. Er nahm einen Stift zur Hand und legte ihn wieder beiseite. Er spitzte die Lippen. Wäre das nicht eine perfekte Möglichkeit? Natürlich, aber nicht für ihn, beantwortete er sich die Frage gleich selbst. Viel zu jung, zu unerfahren, alles sehr gefährlich und doch … Niemand war in der aktuellen Situation geeigneter als er! Im Netz fand sich nichts zu ihm, und die spärlichen Verweise auf einen jungen Kommissar, gebürtiger Kieler, der mittlerweile in Stralsund tätig war, ließen sich tilgen beziehungsweise kurzfristig korrigieren.

Finn griff sein Handy und verließ das Büro. Romy war nicht erreichbar, als sie wenige Minuten später zurückrief, argumentierte sie mit genau den Einwänden dagegen, mit denen er bereits gerechnet hatte. »Und wenn Jan zustimmt?«

»Das wird er nicht tun.«

»Es wäre eine großartige Chance …«

»Er wird es nicht tun«, beharrte Romy. »Und die Entscheidung ist richtig. Solange es keinen einzigen Hinweis gibt, dass wir Kayser was auch immer nachweisen könnten …«

»Und wenn das OK-Team mich unterstützt?«

»Sprich mit Jan«, entgegnete Romy. Sie klang plötzlich müde und abgekämpft.

»Was ist los?«

»Ach, nichts weiter. Ich habe nur gerade mitbekommen, dass Jakobs Abijahrgang eine Abschlussreise ohne ihn plant. Man hat keine Lust mehr auf seine tragische Familiengeschichte und die Trauerbewältigung.«

Finn schwieg einen Moment. »Das klingt hässlich.«

»Ja. Er ist sehr aufgebracht – das habe ich zufällig von Weitem beobachten können.«

»Zufällig?«

»So kann man es tatsächlich nennen.«

»Erzähl doch mal.«

Als Romy ihren Bericht wenig später beendet hatte, blickte Finn gedankenverloren ins Leere. »Seltsam, wie so vieles an der Geschichte.«

»Du sagst es. Ich werde mich demnächst noch mal in dieser Scheune umsehen – habe ich soeben spontan beschlossen. Und du sprichst mit Jan?«

»Ja.«

»Komm bloß nicht auf die Idee …«

»Auf gar keinen Fall!«

Jan hatte erst am Nachmittag Zeit für eine Unterredung. Er schüttelte den Kopf, kaum dass Finn die ersten beiden Sätze losgeworden war. »Bist du irre? Das kann ich nicht mal im Ansatz verantworten!« Er hob beide Hände.

»Das OK-Team könnte mich unterstützen«, hielt Finn zum zweiten Mal an diesem Tag dagegen. »Du hast doch die allerbesten Kontakte zu denen.«

»Ach ja? Nun, die werden mich grillen, wenn ich mit so einem Vorschlag komme.«

»Und wenn wir das Ganze mal mit ihnen gemeinsam besprechen?«, ließ Finn nicht locker. »Es gibt doch immer wieder Einsätze, bei denen kaum mehr als ein Anfangsverdacht vorliegt oder lediglich interne Hinweise die Behörden alarmieren. Wir hätten die einmalige Gelegenheit …«

»… so richtig auf die Schnauze zu fallen!« Jan schnaubte. »Bei den Kollegen liegt nicht einmal der Hauch eines Anfangsverdachtes vor, der eine solche Maßnahme rechtfertigen könnte. Wir hätten längst etwas unternommen, wenn es anders wäre.«

»Kolkrabe und seine Recherchen ...«

»Sind sehr beeindruckend, zugegeben. Aber sie liegen etliche Jahre zurück, und niemand weiß etwas Genaues!«

»Kayser und Partner agieren genauso wie seinerzeit.«

»Das ist nicht mehr als eine These oder Arbeitshypothese, die erst einmal zu beweisen wäre.«

Finn rümpfte die Nase.

Jan beugte sich zu ihm vor. »Dein Eifer in allen Ehren, Finn, und ich verstehe auch, dass du am liebsten gestern aktiv geworden wärst. Aber das ist so oder so eine Nummer zu groß für einen jungen Kommissar, der noch dazu nie verdeckt im Einsatz war. Für so einen Job muss man sich schulen lassen. Wenn was dran ist an unseren Befürchtungen, könnte es sehr schnell eng werden. Wie soll ich das verantworten?«

Finn zuckte mit den Achseln. »Na schön. Vielleicht änderst du ja deine Meinung noch.«

»Ich denke nicht.«

Dazu war das letzte Wort noch nicht gesprochen, dachte Finn, als er kurz darauf das Büro des Chefs verließ und Jans Blicke im Rücken spürte. Natürlich waren all diese Bedenken nachvollziehbar. Andererseits bot die Situation plötzlich und unerwartet einen Angriffspunkt, eine Möglichkeit, den Blick ins Innere des Geschehens zu werfen. Kolkrabe haben sie fast vernichtet, dachte Finn. Nun, das liegt lange zurück, und er war nicht vorsichtig genug gewesen. Wer traute einem Bürschchen wie ihm schon eine Rolle als verdeckter Ermittler zu? Niemand. Das war ein großer Vorteil, der eigentlich wie gerufen kam.

Hör auf zu hadern, rief er sich selbst zur Ordnung und fuhr noch am selben Abend auf die Insel. Die Firma hatte sich im Gewerbepark Sassnitz an der B 96 auf einem großzügigen Grundstück angesiedelt. Der Verwaltungstrakt und die Parkplätze im vorderen Bereich verhinderten die freie Sicht auf die Werkhalle. Das Gelände war rundherum videoüberwacht. »Kayser und Partner Maschinentechnik« stand in großen, breitlaufenden Buchstaben auf dem Firmenschild.

Finn blieb im Wagen sitzen und ließ den Blick schweifen. Für diesen Bau waren erhebliche Geldmittel geflossen. Das verlieh dem Unternehmen einen hochoffiziellen Anstrich – niemand, der sich nicht näher damit befasste, käme auf den Gedanken, dass hier zusätzlich ganz andere Geschäfte laufen könnten. Kayser trat als souveräner Geschäftsmann auf und betrieb gemeinsam mit seinen Partnern nichts anderes als ein hervorragend verschleiertes Konzept der Geldwäsche und Unterschlagung. Vermögen, das mit Geschäften ganz anderer Art verdient und in den Kreislauf eingespeist wurde.

Was allerdings erst zu beweisen wäre, wiederholte Finn die Worte seines Chefs. Die alten Recherchen von Kolkrabe sowie ein paar schillernde Namen und auffällige Firmenverflechtungen allein würden nicht ausreichen. Wir brauchen die Verbindung zu Koller, dachte Finn. Sein Herz klopfte schnell und kräftig, als er sich auf den Rückweg machte. Kaum zu Hause angelangt, begann er, Stichpunkte für eine überzeugende Vita zusammenzustellen – ein Lebenslauf, mit dem er sich bei Kayser bewerben könnte. Nur mal spaßeshalber. Es konnte nicht schaden, für den Fall der Fälle vorbereitet zu sein, um dann schnell einsatzbereit zu sein.

12

Ein stiller unfreundlicher Ort, dachte Romy, als sie die Scheune am frühen Abend betrat – selbst bei warmen Temperaturen und frühsommerlicher Atmosphäre bot der alte Holzschuppen wenig Anheimelndes. Niemand hatte sich die Mühe gemacht, das Tor zu verschließen, es knarzte leise und verharrte schließlich halbgeöffnet. Das späte Licht des Tages breitete sich aus.

Alles war so angeordnet, wie Romy es aus der ersten Begehung in Erinnerung hatte – seinerzeit bei frostigen Temperaturen –, bis auf das Auto, das Buhls Leute mitgenommen hatten und das später Jakob ausgehändigt worden war. Aber der fuhr nun mit einem kleinen Flitzer durch die Gegend und benahm sich im Straßenverkehr wenig rücksichtsvoll. Romy schüttelte den Kopf und ließ wieder den Blick schweifen. Die alten Gerätschaften hatten weitere Monate Rost angesammelt, die Jolle kauerte an der Wand; die Abdeckplane war ein Stück verrutscht.

Romy bückte sich und hob sie an. Der Boden war lediglich mit Kies aufgeschüttet und an einzelnen Stellen zur besseren Begehbarkeit mit Holzplatten verstärkt worden. Die Jolle war über einen Haken an der Wand mit einem dicken Seil stabilisiert worden, erinnerte Romy sich von der ersten Besichtigung und blickte nach oben. Das Seil war vom Haken gerutscht und lag am Boden. Auch die Jolle selbst schien ein Stück zur Seite geschoben worden zu sein. Romy richtete sich wieder auf. Sie öffnete die Fotoapp und rief die Bilder zu dem Fall auf. Sie nickte. Die Jolle war bewegt worden. Vielleicht hatte sich der Besitzer hier genauer umgesehen, nachdem die polizeilichen Aktivitäten eingestellt worden waren. Oder Jakob war an den Ort zurückgekehrt. Spielte das eine Rolle? Eher nicht.

Romy bückte sich und strich mit einer Hand über die Bohlen und den Kies. Die Wand hinter dem Boot war besonders brüchig. Sie tastete mit den Fingern am Boden entlang und spürte Erdkrumen. Ein seltsames Gefühl durchströmte sie plötzlich. Wie intensiv hatte sich das Technikteam hier eigentlich umgesehen? Sie richtete sich wieder auf und griff nach ihrem Handy.

»Nicht besonders«, entgegnete Buhl keine Minute später auf Romys Frage. »Es ging um den Wagen – darum haben wir uns sofort gekümmert. Diese alte Scheune hat niemanden interessiert.«

Bis jetzt, dachte Romy.

»Was ist los, Chefin? Warum kriechst du kurz vor Feierabend in dem miefigen Schuppen herum?«

»Das willst du gar nicht wissen, Buhl«, erwiderte sie leise.

Kurzes Schweigen.

»Kannst du mir auf die Schnelle jemanden empfehlen, der seinen vierpfotigen Kollegen hier mal eine Runde schnüffeln lassen könnte? Und zwar ohne dass er den Auftrag in seinem Dienstprotokoll erwähnt.«

Erneutes Schweigen.

»Buhl, ich weiß …«

»Erinnerst du dich an Karl Sebald?«, unterbrach der Kollege sie.

»Wie könnte ich ihn vergessen?«, erwiderte Romy sofort. »Der Fall liegt gut zwei Jahre zurück. Sebald stand im Verdacht, den Tierarzt Michael Bautner ermordet zu haben, weil der seine Hündin angeblich nicht angemessen behandelt hatte, so dass sie viel zu früh verstarb. Und dieser Hund war sein Ein und Alles.«

»Genau, aber dann war ja doch alles ganz anders«, fuhr Buhl fort. »Glücklicherweise.«

»Worauf willst du hinaus, Buhl? Du bist nicht gerade als Plaudertasche verschrien, die sich noch dazu ständig mit alten Ermittlungen beschäftigt«, fragte Romy verblüfft.

»Da muss ich dir unbedingt recht geben. Aber Ausnahmen bestätigen die Regel. Sebald hat inzwischen längst einen anderen Hund – und zwar einen aus dem Polizeidienst.«

»Was du nicht alles weißt.«

»Wenn ich das richtig mitgekriegt habe, war das Tier nicht mehr zuverlässig diensttauglich, als sein Besitzer plötzlich verstarb, und sollte vermittelt werden – in die berühmt-berüchtigten guten Hände«, fuhr Buhl ungerührt fort. »Sebald hat sich gemeldet, wenig später war das Ganze perfekt, denn Hund und Griesgram hatten vom ersten Augenblick an großen Gefallen aneinander gefunden. Das liegt bestimmt anderthalb Jahre zurück. Manchmal enden tragische Ereignisse dann doch auf versöhnliche Weise. Beruhigt mich irgendwie.« Er räusperte sich.

Romy lächelte. Sebalds Geschichte war ihr seinerzeit ziemlich nahegegangen. Sein beharrliches Schweigen hätte ihn beinahe für viele Jahre ins Gefängnis gebracht. Seine unwirsche Art war durchaus grenzwertig gewesen.

»Und um das Ganze nun auf den Punkt zu bringen: Der alte Griesgram ist mir erst letztens über den Weg gelaufen, mit dem Hund, der noch oder wieder ziemlich gut drauf ist, wenn es um Nasenarbeit geht. Also, wenn ich du wäre …«

Romy lächelte. »Ich habe verstanden, Buhl. Das ist eine hervorragende Idee. Wenn ich dich nicht hätte.«

Darauf sagte Buhl nichts mehr.

Karl Sebald ließ sich nicht lange bitten. Er stand am nächsten Morgen mit dem Hund vor der Scheune – einem mittelalten Schäferhundrüden mit ausgezeichneten Manieren, wie er sofort betonte. Der alte Griesgram und Hundenarr war kaum wiederzuerkennen. Er wirkte so fröhlich und aufgeräumt, wie Romy ihn seinerzeit nicht einen einzigen Augenblick erlebt hatte. Selbst sein Outfit hatte sich verändert – von schlampig verwahrlost und in der Untersuchungshaft deutlich abgemagert zu leger sportlich, und sogar sein Haarschnitt wirkte runderneuert.

»Er heißt übrigens Paddel«, erklärte Sebald unaufgefordert mit feinem Lächeln und strich dem Hund über den Kopf, der ihn hingebungsvoll anblickte und eifrig wedelte.

»Paddel?« Romy gab sich Mühe, in beiläufigem Ton zu fragen.

»Ja, so hat der verstorbene Polizist ihn gerufen, wenn es niemand mitbekam. Sein offizieller Name lautete natürlich anders – Rufus oder so was Albernes, Urdeutsches. Kann man ja noch von Glück sagen, dass er nicht Arno oder Bomber getauft wurde.«

»Paddel klingt natürlich um Längen schöner.« Diesmal war die Ironie deutlich herauszuhören.

Sebald ging großmütig darüber hinweg. »Er hat als junger Hund ständig ein Paddel mit sich herumgeschleppt – wie einen Knochen. Und fertig war der Spitzname.« Sebald lächelte breit. Diese Geschichte hatte er sicher schon mehr als ein dutzend Mal erzählt, schätzte Romy, und sie stimmte ihn immer noch heiter. »Und wenn ich richtigliege, brauchen Sie heute seine Hilfe. Also kommen Sie nicht auf die Idee, seinen Namen infrage zu stellen.«

»Auf gar keinen Fall.« Romy nickte mit treuherzigem Blick. »Ich ermittle in einer Sache, in der ich gar nicht ermitteln darf«, fügte sie schließlich hinzu.

»Kommt mir irgendwie bekannt vor«, kommentierte Sebald. »Und was hat dieser alte Schuppen damit zu tun?«

Romy öffnete die Tür. »Ich könnte mir vorstellen, dass hier mehr passiert ist, als es den Anschein hat.«

»Und wonach soll Paddel suchen? Drogen? Die stöbert er innerhalb von wenigen Minuten auf.«

»Nicht ganz.« Romy hob das Kinn. »Eher nach einer Leiche, die hier womöglich vor einigen Jahren vergraben wurde – wenn mich mein Bauchgefühl nicht trügt.«

Sebald reagierte bemerkenswert gelassen. »Paddel war Champion, auch als Leichenspürhund«, entgegnete er. »Und inzwischen macht er seinen Job auch wieder – zumindest freizeitmäßig.«

»Sie lassen ihn freizeitmäßig nach Leichen schnüffeln?« Romy konnte diese Steilvorlage nicht stehen lassen. Sie lächelte.

»Ich denke, Sie wissen, was ich meine.«

»Natürlich.« Sie räusperte sich.

Sebald ließ den Hund neben sich sitzen und blickte ihn an, dann gab er ihm den Suchbefehl.

Paddel benötigte kaum fünf Minuten, dann jaulte er leise auf und begann hektisch hinter der Jolle zu buddeln. Sebald sah Romy an. »Das klingt nach einem Treffer. Soll er die Leiche komplett ausbuddeln, oder …«

Romy war einen Moment völlig perplex. Dann schüttelte sie rasch den Kopf.

»Und wie wollen Sie den ›zufälligen‹ Fund erklären?«

Gute Frage, dachte Romy. Die Begründung, dass sie sich mit einem alten Bekannten ausgerechnet in der Nähe der Scheune zu einem Spaziergang getroffen hatte, bei dem sein Hund – ein ehemaliger Champion in der Kategorie Leichenspürhund – aus dem Nichts heraus Alarm geschlagen und wild schnüffelnd und jaulend auf einen besonderen Fund aufmerksam gemacht hatte, klang mehr als weit hergeholt. Das würde ihr niemand abnehmen.

»Ich hätte da eine Idee«, ergriff Sebald einen Moment später selbst wieder das Wort. »Falls Sie einen pragmatischen Vorschlag von mir hören möchten.«

»Sehr gerne.«

Er zog sein Handy aus der Tasche. »Ganz einfach – ich informiere die Polizei. Ich bin hier mit Paddel unterwegs gewesen, allein natürlich, und plötzlich ist er völlig ausgetickt.«

Romy lächelte. »Und ich treffe in Kürze ein und vernehme Sie als Zeugen.«

»So in etwa.«

»Das ist eine richtig gute Idee.« Selbst wenn es immer noch ein wenig gestellt klang.

Buhl traf eine knappe halbe Stunde später mit seinen Leuten ein. Als er Romy neben Sebald erblickte, flog ein breites Lächeln über sein Gesicht, bevor er wieder eine sachlich ernste Miene aufsetzte. »Was für ein Zufall«, murmelte er im Vorbeigehen.

Romy zuckte mit den Achseln. »Wie lange braucht ihr? Schafft ihr das heute?«

»Schauen wir mal, wie tief wir graben müssen. Alles Weitere bleibt abzuwarten.«

Die Leiche lag in einer Tiefe von gut fünfzig Zentimetern. Sie war vollständig skelettiert. Reste von Kleidung und einem sackähnlichen Stoff waren zu erkennen.

»Der dürfte dort bereits einige Jahre verbracht haben«, meinte Buhl und informierte die Rechtsmedizin, während seine Leute Fotos schossen und dann damit begannen, das Skelett samt umgebender Erdschicht behutsam umzulagern.

Romy informierte Jan und das Team, bevor sie sich von Sebald verabschiedete. »Danke«, sagte sie leise. »Ziemlich großartig, wie Paddel hier agiert hat.«

»Ich weiß – und immer wieder gerne.«

Sie blickte ihm einen Moment hinterher, dann sah sie Buhl an. »Noch wissen wir nicht, um wen es sich handelt. Aber …«

»Wir müssen die Scheune von links auf rechts drehen und umgekehrt, und zwar gründlicher als gründlich. Habe ich schon auf dem Plan, Chefin. Du kannst nach Hause fahren. Wir können hier besser arbeiten, wenn du uns nicht auf den Füßen herumstehst und alle fünf Minuten nachfragst, wie lange wir noch brauchen, oder mir Tipps gibst, wie ich meinen Job machen soll. Ich informiere dich unverzüglich, sobald erste Ergebnisse vorliegen.«

Das klang gewohnt barsch, aber Romy hatte sich längst an Buhls Art gewöhnt. »Ich bewundere immer wieder deine überaus charmante Art der Kommunikation.«

»Nicht wahr?«

»Noch was – wir brauchen ganz schnell …«

»Einen DNA-Abgleich? Ist auch schon notiert.«

Romy seufzte. »Okay. Bis morgen dann.«

Während der Heimfahrt telefonierte sie mit Ruth, Finn war nicht zu erreichen. Sie schlief wenig in dieser Nacht. Gegen drei Uhr früh überlegte sie, aufzustehen, dann lauschte sie Jans gleichmäßigem Atmen eine Weile und konnte sich endlich entspannen. Als sie das nächste Mal auf die Uhr blickte, war es kurz nach sechs, und sie hörte nebenan das Rauschen der Dusche. Minuten später schlüpfte Jan splitterfasernackt ins Schlafzimmer und trat an den Kleiderschrank. Romy stützte den Kopf in die Hand und betrachtete wohlwollend seine Rückfront.

»Ich kriege genau mit, dass du wach bist und wie du mich ansiehst«, meinte Jan in laszivem Ton und drehte sich langsam zu ihr um.

»Müssen wir tatsächlich sofort in den Tag starten oder …«

»Ein paar Minuten Zeit finden sich bestimmt noch.« Er setzte sich zu ihr auf den Bettrand. »Dann frühstücken wir eben im Auto.«

»Gute Idee.« Sie streckte die Arme aus und zog ihn zu sich herunter. »Ohne dich wäre das alles kaum auszuhalten«, murmelte sie an seinem Ohr.

Er lächelte, und für einen langen Augenblick gab es nur sie beide.

Eine gute halbe Stunde später fuhren sie gemeinsam nach Stralsund. Der Staatsanwalt erwartete sie. Kurz vor ihrer Ankunft meldete sich Buhl – der erste DNA-Schnelltest hatte ergeben, dass es sich bei der Leiche um Gerd Koller handelte. Die detailgenaue Untersuchung seines Grabes sowie des Schuppens würde mindestens zwei Tage in Anspruch nehmen, für einige Feinanalysen bräuchten sie länger.

»Gibt es schon Hinweise aus der Rechtsmedizin zur Todesursache?«, fragte Romy.

»Möller wird sich später mit dir in Verbindung setzen. Er hat sich allerdings bereits entlocken lassen, dass Koller seit mindestens fünf Jahren tot ist.«

Das passte zum Zeitrahmen, überlegte Romy.

»Und jemand dürfte ihm den Schädel eingeschlagen haben. Diese Aussage ist allerdings noch nicht amtlich.«

Romy hob den Kopf und tauschte einen raschen Blick mit Jan. »Keine Schussverletzung?«

»Was soll ich sagen? So schnell ist Möller nun auch wieder nicht. Vielleicht findet sich noch was. Aber du musst dich noch etwas gedulden.«

»Danke, Buhl.« Romy ließ das Handy sinken. »Ein eingeschlagener Schädel passt nicht unbedingt zu Tötungsdelikten im Umfeld der OK«, meinte sie.

Jan bog auf den Parkplatz hinter der KPI. »Hier passt vieles nicht zusammen, und wir haben keinen blassen Schimmer, was passiert ist«, entgegnete er und stellte den Wagen ab. »Der Staatsanwalt wird begeistert sein.«

Doktor Möller bestätigte seine Angaben bereits im Laufe des Tages. Fünf bis sechs Jahre Liegezeit hielt er für wahrscheinlich, auch hinsichtlich der Todesursache gab es bislang keine neuen Erkenntnisse: Koller war gewaltsam zu Tode gekommen – ein heftiger Schlag auf den Kopf hatte zu lebensbedrohlichen Verletzungen geführt. Ob das an Ort und Stelle geschehen oder die Leiche erst später in die Scheune gebracht worden war, konnte natürlich ohne weitere Angaben nicht konkretisiert werden.

Staatsanwalt Schwedtner hatte nach ausführlicher Erörterung der aktuellen Lage nicht lange gezögert und Jan mit der Bildung einer Soko beauftragt. Dass die anderen Koller-Fälle früher oder später in die Ermittlungen einbezogen werden könnten, befürchtete er längst. »Doch zunächst richten wir den Fokus auf Gerd Koller und seine Arbeit bei der Zollfahndung – ausgehend von der Aktenlage der Kollegen«, hatte er energisch hinzugefügt. »Sobald konkrete Berührungspunkte auftauchen, entscheiden wir punktuell, wie es weitergeht, aber erst dann. Das spreche ich in aller Deutlichkeit aus.«

Es war Schwedtner anzusehen, dass ihm die neue Entwicklung gewaltig gegen den Strich ging. Und dazu gehörte nicht nur die Rolle des Journalisten Kolkrabe, auch an den zufälligen Fund in der alten Scheune glaubte er nicht einen Augenblick – dessen war Romy sicher. Er hatte ihr an der Stelle des Berichts einen unangenehm langen und strengen Blick zugeworfen, den sie Mühe hatte, auszuhalten, sich aber eine diesbezügliche Bemerkung verkniffen.

»Wir müssen uns eingehend mit der Firma Kayser beschäftigen«, ergriff Romy das Wort, bevor Schwedtner die Besprechung für beendet erklären konnte.

»Das ist mir klar, Kommissarin Beccare. Aber ich muss Ihnen kaum erklären, dass wir für offizielle Schritte etwas anderes benötigen als Unterlagen, die mit rechtswidrigen Mitteln beschafft wurden – mögen die Schlussfolgerungen noch so brisant wirken. An der Stelle wird sich dann möglicherweise auch das LKA einschalten. Doch im Moment sondieren wir die Lage, und Sie erledigen ganz normale Polizeiarbeit in dem Rahmen, den ich mit Ihnen bereits erörtert habe.«

Romy nickte zögernd. Schwedtners Vorsicht war nachvollziehbar, auch wenn sie am liebsten sofort losgelegt hätte.

»Wir hätten vielleicht eine Möglichkeit, kurzfristig jemanden bei Kayser und Partner einzuschleusen«, warf Jan plötzlich ein.

Romy war verblüfft, dass er diesen Vorstoß wagte.

Schwedtner sah ihn lange an. »Haben Sie womöglich längst etwas Diesbezügliches unternommen und wollen sich im Nachhinein absichern?«

»Nein«, betonte Jan. »Wir wissen lediglich, dass der Betrieb eine zeitlich befristete Bürovertretung sucht. Wir könnten an der Stelle ansetzen – in Zusammenarbeit mit den Kollegen der OK zum Beispiel.«

Schwedtner lehnte sich zurück. »Halten Sie das wirklich für eine gute Idee? Falls diese Leute auch nur ansatzweise Ihren Befürchtungen entsprechen, werden sie den Braten riechen, sobald über den Fall Gerd Koller berichtet wird – und das dürfte in wenigen Stunden der Fall sein.«

»Es wird sicher mehrere Bewerbungen geben. Der Kollege, der dafür infrage kommt, weist eine denkbar unauffällige Vita auf. Wir …«

Schwedtner hob eine Hand. »Prüfen Sie das Ganze sorgfältig und unternehmen Sie nichts, was Sie nicht verantworten können.«

Jan nickte. »Und ich unterrichte Sie zeitnah über unsere Schritte.«

»Davon gehe ich aus.«

Einen Augenblick später liefen Jan und Romy gemeinsam den Flur hinunter. »Ich kümmere mich um die Koordination mit der OK-Gruppe und der Zollfahndung und spreche mit Finn«, führte Jan mit konzentrierter Miene aus.

»Er wird Freudensprünge machen, schätze ich.«

»Ich hoffe, ich bereue diesen Vorschlag nicht.«

»Glaube ich nicht«, entgegnete Romy. »Finn ist ein umsichtiger und kluger Kopf. Und niemand wird Verdacht schöpfen, wenn er als Bürohilfe eine Schwangerschaftsvertretung übernimmt.«

»Hoffen wir es. Was hast du als Nächstes vor?«

»Ich nehme Kontakt zur Familie auf – Rosalie und Jakob. Und

sobald wir die Akte der Zollfahndung offiziell einsehen können …«

»Da war nicht mehr viel, wie du weißt!«

»Ja, aber irgendwo wird der Name Kayser vermerkt sein, und dazu muss es eine Aktennotiz geben«, betonte Romy. Sie klang überzeugter, als sie es tatsächlich war.

»Wir werden sehen, wie weit ich mit einer offiziellen Anfrage komme.« Wenig später blieben sie vor Jans Bürotür stehen; er strich sich übers Kinn. »Warum haben sie ihn dort begraben?«, überlegte er. »Die abgelegene Scheune an sich ist ja kein schlechtes Versteck – nur: Warum dieser Aufwand?«

»Vielleicht hat dort ein Treffen stattgefunden, und ein Streit ist vor Ort eskaliert«, schlug Romy vor.

Jan nickte. »Ich bin sehr gespannt, wohin all das führt.«

Romy hatte gerade den Strelasund überquert, als ihr Handy klingelte – unbekannter Anrufer. Sie stellte die Verbindung nach kurzem Zögern her.

»Hier spricht Kolkrabe.«

Er weiß natürlich längst Bescheid, dachte Romy. Bislang war stets Ruth seine Ansprechpartnerin gewesen.

»Ihre Kollegin ist der Meinung, dass Sie entscheiden sollten, wie weit ich über Einzelheiten zu aktuellen Ermittlungen Bescheid wissen darf«, fuhr er fort.

Guter Schachzug von Ruth, dachte Romy. »Eigentlich dürften Sie gar nicht involviert werden. Andererseits wären wir ohne Sie kaum halb so weit gekommen.«

»Nett, dass Sie das sagen. Ich bin froh, dass ich dazu beitragen konnte, etwas Licht ins Dunkel zu bringen.«

»Nun, Sie wissen natürlich längst, dass wir Koller gefunden haben …«

»Und wo genau?«

Romy zögerte einen Moment. »In einer kleinen Scheune, in der er seine Jolle untergebracht hatte«, antwortete sie dann.

»Ach?«

»Sie klingen überrascht.«

»Ja, das klingt irgendwie unpassend.«

»Vielleicht sind wir in einigen Tagen schlauer.«

»Darf ich mich noch mal bei Ihnen melden? Oder bei Ruth?«

»Tun Sie das. Falls wir Sie als Zeuge benötigen …«

Leises Lachen. »Wohl kaum, Kommissarin. Die Schläger, die mich seinerzeit fertiggemacht haben, werden beim zweiten Mal gründlicher vorgehen und diesmal nicht lange fackeln, davon bin ich überzeugt. Seien Sie bloß vorsichtig.«

»Das sind wir.«

Kolkrabe legte nach kurzem Abschiedsgruß auf. Er klang erleichtert, dachte Romy. Es war ihm gelungen, eine neue Ermittlungsdynamik zu entfachen. Womöglich genügte ihm das.

Als sie in Bergen eintraf, empfing Max sie im Gemeinschaftsraum. Romy starrte ihn verblüfft an. »Ist dein Urlaub beendet?«

»Natürlich. Wir haben einen Fall, und zwar nicht erst seit gestern!« Er verschränkte die Arme vor der Brust und musterte sie mit finsteren Blicken. »Wann wolltet ihr mich eigentlich einbeziehen?«

»Sobald das Ganze offiziell werden kann«, erwiderte sie prompt und hob rasch beide Hände. »Also quasi: jetzt. Glaub mir, es ging nicht anders, Max.«

»Nein?«

»Nein. Ansage von oben«, erwiderte sie knapp. »Wenigstens einer von uns sollte mit sauberer Weste dastehen können. Außerdem warst du doch ohnehin nicht hier.« Sie zuckte mit den Achseln. »Sieh es uns nach und lass uns jetzt gemeinsam neu durchstarten.«

Noch zögerte Max, aber Romy war sicher, dass sie ihn bald aus seiner Schmollecke locken konnte. »Wir brauchen alles zu Gerd Koller – mögliche Verknüpfungen zu den anderen Fällen eingeschlossen. Und wir brauchen alles zu Kayser und Partner«, erklärte sie und brachte ihn in den nächsten Minuten auf den neuesten Stand. »Finn hat schon eine ganze Menge herausgefunden. Die Dateien dazu kannst du dir gleich ansehen – und ergänzen.«

Hundertprozentig versöhnt wirkte er nicht, doch Romy war sicher, dass ihn seine Aufgabe in Kürze umfassend beschäftigen würde – da blieb dann keine Zeit mehr, den Kollegen zu grollen.

13

Die Beobachtung von Kayser und Partner hatte kaum Eingang in die Akten der Zollfahndung gefunden – so lautete die lapidare Feststellung auf Jans Anfrage. Das war nach allem, was bereits im Vorfeld dazu bekannt geworden war, genauso zu befürchten gewesen. Doch Jan hatte nicht vor, die Sache auf sich beruhen zu lassen – nicht nach dem Leichenfund. Der zuständige Beamte Peter Roll wirkte – gelinde gesagt – überrascht, als Jan keine Stunde nach seiner Nachricht persönlich vor der Tür stand.

»Lassen Sie uns unter vier Augen und ganz offen sprechen«, schlug Jan nach kurzer Begrüßung vor.

»Ich weiß nicht, worauf Sie hinauswollen, Kollege Riechter«, entgegnete Roll konsterniert und wies auf den Stuhl vor seinem Schreibtisch »Wir sind einem Hinweis nachgegangen – Koller sollte sich verdeckt schlaumachen. Das ist in manchen Fällen die zielführendste und schnellste Vorgehensweise. Aber es ist nichts dabei herausgekommen. Daraufhin haben wir …«

»… Kayser und seine Geschäfte von der Verdachtsliste gestrichen«, führte Jan den Satz zu Ende. Er schlug ein Bein über das andere. »Ich weiß.«

Roll hob beide Hände. »Und? Was also wollen Sie?«

»Es hat seinerzeit deutliche Hinweise darauf gegeben, dass in den Unternehmen mit gezinkten Karten gespielt wird und dass weitreichende Firmenverflechtungen existieren, die die eine oder andere Frage aufwerfen, kann man auch aktuell recht zügig recherchieren.«

»Aber Beweise sind etwas anderes. Das muss ich Ihnen doch kaum erklären.«

Jan beugte sich vor. »Gerd Koller wurde ermordet. Das steht

inzwischen fest. Ein Zusammenhang mit seiner Arbeit ist äußerst wahrscheinlich. Das sollte ich Ihnen nicht näher erklären müssen.« Jans Ton war eindringlich, sein Blick scharf.

Peter Roll kniff die Lippen zusammen. »Trotzdem fand sich damals nichts Verwertbares!«, entgegnete er frostig. »Und von einem Mord war zu dem Zeitpunkt nicht die Rede, wie Sie wissen.«

»Ein Journalist, der mit Koller in Verbindung stand, wurde zusammengeschlagen. Dass er noch lebt, ist alles andere als selbstverständlich.«

»Kollege Riechter – ich wiederhole mich höchst ungern, aber wir haben nichts Verwertbares.«

»Warum nicht?«

»Wie bitte?«

»Warum konnte Ihre Behörde seinerzeit nicht zugreifen und Beweise sichern?«

»Ehrliche Antwort?«

»Vorzugsweise.«

»Weil Kaysers Steuerunterlagen – die wir sehr wohl in enger Zusammenarbeit mit den Finanzbehörden geprüft haben! – absolut sauber waren.«

»Dass ich nicht lache«, wandte Jan in bitterem Ton ein. »Natürlich sind die sauber. Haben Sie tatsächlich etwas anderes erwartet?«

»Er hat Profis beschäftigt. Aber das war nicht alles. Wir haben vermutet, dass die Geschäftsführung Bescheid wusste beziehungsweise rechtzeitig gewarnt wurde«, fuhr Roll fort.

»Interessant. Jemand aus Ihrer Behörde?«, fragte Jan und hob das Kinn. Er wusste, wie provozierend diese Frage klang.

»Davon gehe ich aus.« Roll nickte mit ungerührter Miene.

Jan ließ sich wieder in die Lehne sinken. »Haben Sie einen Verdacht, über den Sie sprechen können, zumindest unter vier Augen?«

»Den habe ich.«

Jan runzelte die Stirn.

»Ich denke, dass Koller selbst dahintersteckte.«

Jan schwieg verdutzt. »Das kann doch nicht …«

Roller atmete tief ein. »Ich weiß, dass sein Ruf sauber war – er galt als gradlinig und absolut loyal. Aber irgendeine Schwachstelle gab es in seinem Leben …«

»Woran machen Sie das fest?«

»Ich vermute, dass Kayser davon wusste – beziehungsweise in Erfahrung bringen ließ«, erwiderte Roll, ohne auf die Frage einzugehen. »Geld ist nicht die einzige Währung.«

Jan atmete laut aus. Das war neu – und würde eine überraschende Wende bedeuten. »Erpressung?«

»Das würde ich nach Lage der Dinge keineswegs ausschließen, aber kommen Sie nicht auf die Idee, mich zu zitieren. Ich kann Ihnen nämlich keine Beweise liefern, nur so viel: Niemand sonst wusste, dass es eine verdeckte Ermittlung gab …«

»Kollers ehemaliger Partner«, warf Jan ein.

»Der war nur am Anfang dabei und kaum involviert – und den Termin für die Steuerprüfung kannte niemand außer Koller. Und zum entscheidenden Zeitpunkt waren die Unterlagen sauber und nachvollziehbar – zumindest auf den ersten Blick, denn eine Tiefenprüfung wurde mit Hilfe von zwei Wirtschaftsanwälten so lange verzögert und behindert, bis alles bereinigt war, was uns weitergeführt hätte. Das könnte man zumindest schlussfolgern. Kurzum: Sie waren gut vorbereitet, das war das Ende der Akte Kayser – und das liegt inzwischen mehr als fünf Jahre zurück. Seitdem dürfte es dort keine einzige Lücke mehr geben. Und Koller war verschwunden, ermordet, wie sich jetzt herausstellt.« Roll setzte eine vielsagende Miene auf. »Noch Fragen?«

»Selbstverständlich. Erstens: Warum war der Mord nötig, wenn die Sache mit der Erpressung so gut funktioniert hatte?«

»Womöglich wusste Koller dann doch zu viel, und man wollte ihn endgültig zum Schweigen bringen. Das dürfte das Risiko gemindert haben.«

»Als Insider, der jederzeit für einen Tipp gut gewesen wäre, hätte er Kayser viel mehr bringen können, was das Wagnis durchaus wert gewesen wäre.«

Roll zuckte mit den Achseln. »Kein schlechtes Argument, Kollege, das gebe ich zu. Doch wer weiß, welche anderen Aspekte da noch eine Rolle spielten und wie brisant seine Erkenntnisse waren.«

»Zweite Frage: Was hat Koller angestellt? Was machte ihn verwundbar?«

»Ich weiß es nicht.«

»Aber Sie ahnen etwas, oder?«, fragte Jan. »Ich bin für jeden kleinen Tipp dankbar. Hat er gespielt und Schulden angehäuft? Oder gab es besondere sexuelle Vorlieben, die für eine Erpressung taugten?«

»Ich habe keine Ahnung, aber irgendwas stimmte nicht mit ihm. Sprechen Sie mit seiner Ex. Sie weiß vielleicht mehr.«

Jan runzelte die Stirn. Rosalie Koller war alles andere als gesprächig gewesen. Ein dunkles Geheimnis wäre eine schlüssige Erklärung. Er hielt Rolls Blick fest. Der erwiderte ihn mit undurchdringlicher Miene. »Zum letzten Mal: Ich weiß nicht, worum es ging. Aber es gab etwas, was ihn massiv beschäftigte. Und ich kann mir vorstellen, dass Kayser diesen Hebel gefunden hat. Das kann vielleicht nicht alles, jedoch einiges erklären – zumindest im Bereich des Spekulativen.«

»Hatten Sie sofort einen Verdacht, als er damals verschwand?«

»Nein. Er hatte sich kurzfristig und unerwartet in den Ruhestand verabschiedet. Offensichtlich eine spontane Entscheidung, die er ziemlich spät kommuniziert hat. Das ist in der Tat etwas ungewöhnlich abgelaufen, passte dennoch zu ihm. Ich habe das nicht infrage gestellt.«

»Und gut fünf Jahre später entdecken wir seine Leiche«, fügte Jan hinzu. »Er hat nicht viel von seiner Pension gehabt, könnte man sagen.«

»Ja, das könnte man.«

Als Jan das Büro verließ, war eine gute halbe Stunde vergangen. Er informierte Romy, dann brach er zu einer Besprechung mit Finn und der OK-Gruppe auf. Wenn alles gut lief, konnte der junge Kollege sich noch am selben Tag auf die ausgeschriebene Stelle bewerben.

Finns neuen Lebenslauf hatte Jan bereits vorliegen. Er hatte sich ein paar Jahre jünger gemacht – was niemand hinterfragen würde – und eine kaufmännische Ausbildung neben einigen Leerzeiten platziert. Auch in den sozialen Netzwerken tauchte er mit einigen passenden Posts als Frieder Schumann auf – mit kurzgeschorenen Haaren im Kreis von Surfern. Angeblich war er im letzten Jahr nach Rügen gekommen, um in einem großen Hotel anzufangen, doch die Stelle war kürzlich gestrichen worden, und nun war er auf der Suche nach einem neuen Job. Die aufgestellten Behauptungen waren nachvollziehbar. Sogar eine Adresse auf der Insel hatte er bereits parat. Jan war beeindruckt. Dass Finn an dieser Biographie schon länger bastelte, war ihm klar. Bei allen Risiken, die auf der Hand lagen – ein junger Typ wie er würde bei Kayser und Partner aller Wahrscheinlichkeit nach kaum die Alarmglocken schrillen lassen. Eine Tiefenprüfung war ziemlich unwahrscheinlich.

Falls er die Stelle bekam, würde sich seine Aufgabe allein darauf beschränken, mit offenen Augen und Ohren durch die Büros zu laufen. Jan würde ihm eintrichtern, dass er gar nicht erst versuchen sollte, Risiken einzugehen, um sensible Daten abzugreifen. Sobald er an der Stelle auffällig wurde, könnte es nämlich verdammt eng werden.

Jan blickte im Laufen auf sein Handy. Romy hatte ihm eine Nachricht geschickt – sie hatte bei Kayser und Partner um einen

Termin gebeten und war nun auf dem Weg zu Jakob. Später plante sie ein erneutes Gespräch mit Patricia Bartel.

Romy hatte sich eine Stunde zuvor telefonisch angekündigt. Jakob erwartete sie bereits an der Haustür und blickte ihr gespannt entgegen. Er begrüßte sie mit kräftigem Händedruck und führte sie auf die Terrasse. »Ist etwas passiert?«, fragte er, während er seinen Laptop zuklappte und seine Tasse beiseiteschob.

»Wir haben Ihren Großvater entdeckt.«

Jakob öffnete den Mund und schloss ihn wieder. Dann schüttelte er den Kopf. »Wie meinen Sie das?«

»Es gab einen Leichenfund in der Scheune, in der Ihr Großvater seine Jolle untergebracht hatte.«

Jakob schwieg sekundenlang. Blässe breitete sich auf seinem Gesicht aus. »Aber wie …«

»Ein Hund«, erklärte Romy eilig. »Er hat Alarm geschlagen, als er an der Rückwand der Scheune herumschnüffelte. Da das Tier ein ehemaliger Polizeidiensthund ist, der als Spürhund ausgebildet wurde, war dem Halter klar, dass er auf einen wichtigen Fund aufmerksam machen wollte. Und inzwischen steht fest, dass es sich um Ihren Großvater handelt.«

»Das ist ja kaum zu glauben …«, murmelte Jakob.

Dem kann ich nur zustimmen, dachte Romy. Der nächste Tote aus der Familie. »Können Sie sich noch daran erinnern, wann sie ihn zum letzten Mal gesehen haben?«

Jakob starrte einen langen Moment ins Leere, dann hob er den Blick. »Das ist ewig her.« Er schüttelte den Kopf. »Viele Jahre, mindestens fünf, schätze ich. Es war noch kalt.«

»Ihre Großmutter erwähnte, dass sie einen guten Draht zu ihm hatten – auch als die Ehe geschieden war.«

Jakob sah sie erstaunt an. »Das hat sie gesagt?«

»Warum wundert sie das?«

Er zuckte mit den Achseln. »Sie hat sich doch nie um so was

gekümmert, Familie, meine ich. Aber ja … Ich mochte ihn, und er hat mich manchmal mitgenommen, wenn er aufs Wasser raus ist.«

»Was war er für ein Typ?«

»Still, in sich gekehrt. Ich mochte das. Er konnte gut zuhören.« Jakob wischte sich über die Nase. »Was denken Sie, was passiert ist?«, fragte er mit heiserer Stimme.

»Im Moment spricht alles für ein Gewaltdelikt.«

»Aber wer könnte einen Grund gehabt haben, meinen Großvater zu töten?«

»Haben Sie eine Idee dazu?«

Er runzelte die Stirn. Plötzlich weiteten sich seine Augen. »Denken Sie etwa, dass …« Er stockte, und für einen Moment schienen seine Lippen eingefroren. »Ein weiterer Fall? Mein Bruder?«, flüsterte er entsetzt.

Romy dachte im ersten Moment, dass sie sich verhört hatte. »Wie kommen Sie denn darauf?«

»Das passt zeitlich«, sagte er dann. »Vor gut fünf Jahren verschwand Sira, dann wurde ihre Leiche entdeckt. Monate später verschwand mein Großvater. Das ist mir bisher noch nie aufgefallen – wie denn auch? Es wusste ja niemand, wo er abgeblieben war und was dahintersteckte. Aber jetzt …« Er sah sie gebannt an. »Vielleicht … Er könnte mitbekommen haben, was Benjamin getan hat.«

Romys Gedanken überschlugen sich. War das möglich? War es auszuschließen? Ein weiterer Mord aus Angst vor Entdeckung? Ein Jugendlicher, der im Laufe mehrerer Jahre seine gesamte Familie auslöschte? Der jeden getötet hatte, der ihm auf die Schliche gekommen war? Wenn man ihm den Mord an Sira zutraute, lag auch ein Angriff auf den Großvater im Bereich des Möglichen. Warum war sie nicht längst selbst auf diesen Gedanken gekommen?

»Haben Sie nicht daran gedacht?«, fragte Jakob. Und seine Stimme klang verwundert. »Es liegt so nahe.«

»Wir suchen nach einem Motiv«, antwortete Romy schließlich. Sie sprach langsam. Jakobs unerwarteter Vorstoß hatte sie aus dem Gleichgewicht gebracht. »Und wir können nicht ausschließen, dass diese Tat mit seiner Arbeit zu tun hatte.«

Jakob setzte eine skeptische Miene auf.

»Ihr Großvater war kein Familienmensch, schon gar nicht, als er und seine Frau getrennte Wege gingen. Er galt als Einzelgänger», fuhr Romy fort. »Wie also könnte er mitbekommen haben, was es mit Benjamin auf sich hatte?« Warum habe ich das Gefühl, meinen Standpunkt verteidigen, ja – mich rechtfertigen zu müssen?, dachte sie plötzlich verwundert.

»Das stimmt wohl, allerdings …« Jakob verzog das Gesicht. »Schon möglich, dass ich mit ihm über Siras Verschwinden gesprochen habe. Vielleicht hat ihn das beunruhigt und …«

»Sie halten es für denkbar, dass Sie mit ihm über dieses Thema sprachen? Oder wissen Sie es genau?«

Jakob hob das Kinn. »Wir haben darüber gesprochen. Ich erinnere mich wieder.«

Romy nickte langsam. »Wir werden das alles sehr genau prüfen, und solange gilt es …«

»Gibt es denn Beweise dafür, dass sein Job damit zu tun haben könnte?«, fragte Jakob weiter.

Romy zögerte. »Das ist im Moment schwer zu sagen.«

»Sie dürfen nicht darüber reden, meinen Sie.«

»Das ist richtig.«

»Aber …«

»Jakob – ich darf nicht ins Detail gehen. Versuchen Sie sich zu erinnern, wann Sie Ihren Großvater zum letzten Mal gesehen haben und wie es ihm ging. Vielleicht findet sich an der Stelle ein Hinweis, der uns weiterführt. Oder Sie erinnern sich an weitere Details im Zusammenhang mit Sira.«

Er nickte. »Ich rufe Sie an, sobald mir etwas einfällt.«

Romy verabschiedete sich Augenblicke später. Im Wagen blieb

sie eine ganze Weile reglos hinterm Steuer sitzen, bis sie den Motor startete und Richtung Gewerbegebiet fuhr. Sie versuchte, Jan zu erreichen, doch der saß offenbar in einer Besprechung. Schließlich wählte sie Ruths Nummer und berichtete von ihrer Unterredung mit Jakob. Ruth reagierte ähnlich verblüfft wie Romy.

»Klingt merkwürdig«, sagte sie dann. »Allerdings – der zeitliche Rahmen stimmt überein. Und sofern der Rechtsmediziner sich eindeutig festlegt, ist nicht auszuschließen, dass Sira ein Thema war zwischen Gerd Koller und Benjamin.«

»Und warum fällt ihm das erst jetzt ein?«

»Weil es keinen Hinweis auf ein Gewaltdelikt und es keine Leiche gab.«

»Kolkrabes Recherchen haben dennoch Bestand«, entgegnete Romy. »Hier liegt ein starkes Motiv für die Tat vor. Warum sollte Gerd Koller sich plötzlich für Familienkram interessieren? Der Einzige, zu dem er seinerzeit noch Kontakt hatte, war Jakob – den er hin und wieder mit auf die Jolle genommen hat.«

»Es gefällt dir nicht, dass Kayser und Partner aus dem Fokus verschwinden könnten«, stellte Ruth nach kurzem Überlegen fest. »Kann ich verstehen, aber ...«

»Es passt auch nicht damit zusammen, dass Koller etwas zu verbergen hatte und damit verwundbar war – wie sich sein Chef Jan gegenüber geäußert hat. Ein Geheimnis, das Kayser womöglich zu nutzen wusste.«

»Tja ... Also, wenn du mich fragst – wir bewegen uns nach wie vor im Bereich von Spekulationen. Aber Kolkrabes Hinweise ...«

»Haben deutlich mehr Gewicht«, ergänzte Romy.

»Der Einschätzung schließe ich mich an.«

Romy blickte auf ihr Handy, das gerade einen weiteren Anruf anzeigte. »Ich melde mich wieder, Ruth. Ich bin jetzt unterwegs zu Patricia Bartel.« Sie stellte die Verbindung zum neuen Anrufer her. Die Sekretärin von Kayser schlug ihr eine Unterredung am nächsten Morgen vor. Es klang allerdings keineswegs so, als würde der Chef persönlich sich Zeit dafür nehmen. Damit war auch nicht zu rechnen gewesen.

Romy bedankte sich und parkte wenig später hinter dem Verwaltungsgebäude. Patricia Bartel blickte ihr verwundert entgegen, als Romy nach einmaligem Klopfen kurz darauf ihr Büro betrat. Sie legte den Telefonhörer beiseite; Irritation flog über ihr Gesicht.

Romy hielt sich nicht mit einer langen Einleitung auf. »Tut mir leid, wenn ich störe, aber es ist wichtig«, sagte sie und nahm unaufgefordert Platz. »Sagt Ihnen der Name Sascha Kayser etwas? Genauer gesagt: das Unternehmen Kayser und Partner?«

Bartel überlegte nur kurz. »Selbstverständlich. Ein erfolgreicher Maschinenbauer, der mit seinen Partnern …«

Romy winkte ab. »Es wurden Fördergelder gezahlt.«

»Stimmt. Worauf wollen Sie hinaus?«

»Hatten Sie je Anlass zu der Vermutung, dass mit seinen Anträgen etwas nicht stimmte?«

Bartel sah sie perplex an. »Dann wäre wohl kaum etwas ausgezahlt worden. Wieso sollten …«

»Wir haben die Leiche von Gerd Koller entdeckt«, warf Romy ein. »Er ist seit gut fünf Jahren tot, und wir gehen von einem Tötungsdelikt aus. Darüber hinaus wissen wir, dass er in seiner Eigenschaft als Zollfahnder das Unternehmen Kayser unter die Lupe genommen hat. Dass er Unregelmäßigkeiten entdeckte, ist übrigens mehr als ein Verdacht.« Mit den Erklärungen wagte sich Romy auf dünnes Eis. Das war ihr klar. Andererseits ließen sich Zeugen manchmal nur mit einer betont offensiven Strategie aus der Reserve locken.

Bartels Blick hatte sich geweitet.

»Ich muss Sie darüber hinaus dringend auffordern, meine Angaben vertraulich zu behandeln«, schob Romy nach.

Bartel holte tief Luft. »Natürlich«, stieß sie schließlich hervor.

»Das ist ja …« Sie schüttelte den Kopf. »Um Gottes willen, was für eine furchtbare Tragödie. Was ist in dieser Familie los?«

Das wüsste ich auch nur allzu gerne, dachte Romy. »Also, Frau Bartel, was fällt Ihnen auch unter den genannten Umständen zu Kaysers Antrag ein?«

»Nichts. Es war alles in Ordnung. Dazu müssen Sie wissen, dass derlei Anträge von verschiedenen Stellen geprüft werden. Es gab keinerlei Veranlassung, an den Angaben zu zweifeln. Auch die Verwendung der Gelder wurde nachgewiesen.«

Das musste nichts heißen, dachte Romy. Es gab viele Möglichkeiten, an den Stellen zu tricksen – gefälschte Dokumentationen und bestochene Beamte waren da nur eine Möglichkeit. Hinter einem üppigen Geldeingang ließen sich darüber hinaus alle möglichen Transaktionen gut verstecken. Romys Fortbildung zu Geldwäsche und Wirtschaftsbetrug lag schon eine Weile zurück, aber sie erinnerte sich noch sehr genau an den Vortrag eines Experten, bei dem ihr regelrecht schwindelig geworden war. »Es kommt darauf an, die Gelder immer in Bewegung zu halten – von einem Konto zum nächsten zu transferieren, von einer Firma zur anderen, gerne auch überregional und international, so verliert sich die Spur am besten«, hatte der Experte mit einem denkbar unpassenden sanften Lächeln betont. »Dabei ist es wichtig, überzeugende und wohlklingende Buchungssätze zu verwenden, stets die gleichen Dokumentationen anzufügen, und wenn dann die Bilanz auf beiden Seiten stimmt, sind die Prüfer schon mal zufrieden. Geht es um länderübergreifende Wirtschaftsaktivitäten, dauern Überprüfungen Monate oder stocken an den entscheidenden Stellen, außerdem kann man nur selten jemanden zu einer Vorort-Besichtigung zum Beispiel eines Bauprojektes schicken, also bittet man einen Vertreter. Bis der dann Zeit findet, sind die Fristen verstrichen. Selbst wenn irgendwann doch eine gute Beweislage herrschen sollte – ja, hin und wieder geschieht das tatsächlich –, fehlen auf Behördenseite genügend kompetente Leute, um das Ganze dann zu recherchieren und juristisch zu beurteilen und so zum Abschluss zu bringen, dass es vor Gericht auch Chancen hat. Also verläuft die Sache im Sande, und zwar häufig schon kurz nach einer ersten Aktennotiz, spätestens nach einer Einschätzung zu den Erfolgsaussichten einer langwierigen Untersuchung, die Beamte, Zeit und Ressourcen bindet. Das ist die Situation, in der wir uns befinden. Jahr für Jahr versickern Milliarden, weil wir es den Tätern viel zu leicht machen und gut ausgebildete Experten Mangelware sind oder die juristisch notwendigen Hebel nicht zur Verfügung stehen. Demnach sind wir einfach nicht in der Lage, mafiöse Strukturen nachhaltig aufzuspüren und aufzulösen oder ihnen auch nur mit einer tatkräftigen Gegenwehr die Stirn zu bieten.«

Das hatte sehr pessimistisch geklungen, und manch ein Beamter dürfte sich die Frage stellen, warum er überhaupt noch Energie aufwenden sollte. Das war seinerzeit Romys Schlussfolgerung gewesen.

»Kayser hat modernisiert – und vieles neu auf den Weg gebracht«, berichtete Bartel weiter, während Romy den Vortrag nachklingen ließ. »Ich kann mir einfach nicht vorstellen, dass er krumme Dinger gedreht hat. Vielleicht hat die Zollfahndung falschgelegen. So etwas kommt doch auch vor.«

»Ja, vielleicht«, erwiderte Romy.

»Ein Konkurrent könnte ihn angeschwärzt haben. So etwas passiert viel häufiger, als man denkt. Haben Sie daran schon mal gedacht? In diesem Geschäft wird mit allen Tricks gearbeitet, sehr gerne mit schmutzigen.«

Ganz genau, dachte Romy. Sie hob den Blick und war kurz davor, Kolkrabe zu erwähnen, das abgebrannte Wohnmobil, die Bedrohung, seine Angst um die Familie. Dann bremste sie sich selbst aus. Negative Anmerkungen in öffentlichem Rahmen, geschweige denn unbewiesene Beschuldigungen, die einen angesehenen Unternehmer in ein schlechtes Licht rückten, könnten ihr mit lautem Getöse vor die Füße fallen. Womöglich erfuhren sie bald mehr – wenn es Finn gelang, Daten zu sichern, würden sie Kayser einen entscheidenden Schritt näherkommen, und zwar ohne dass der auch nur das Geringste ahnte.

Romy blickte Bartel einen Moment unschlüssig an, dann erhob sie sich abrupt. »Danke für Ihre Zeit.« Sie ging zur Tür.

»Frau Kommissarin?«

Romy drehte sich um.

»Sie liegen falsch. Kayser ist sauber, da bin ich ganz sicher.«

Ich nicht.

14

Die Nachricht von der Firma war am späten Abend eingetroffen. *Ihre Bewerbung hat uns überzeugt, und wir haben uns kurzfristig entschlossen, Sie zu einem Vorstellungsgespräch einzuladen. Was halten Sie davon, wenn wir uns morgen Vormittag zusammensetzen?*

Finn lächelte und ballte eine Hand zur Faust. Dann hielt er inne. Das war verdammt schnell gegangen, dachte er, zu schnell womöglich. Andererseits – nicht in allen deutschen Unternehmen mahlten sämtliche Mühlen langsam. Er leitete die Antwort ans Team weiter und erhielt postwendend die Antwort, dass er sich am frühen Morgen zu einer Besprechung im OK-Team einfinden sollte. Außerdem müsse er sich umgehend an der angegebenen Adresse auf Rügen einfinden, um keinerlei Verdacht zu erregen.

Ein Bekannter, der vor wenigen Wochen für ein Auslandssemester nach Frankreich gegangen war, hatte Finn gebeten, ab und an in seiner Einzimmerwohnung in Sagard vorbeizuschauen und nach dem Rechten zu sehen – als Gegenleistung könne er dort übernachten, wann immer er wolle. Ein Glücksfall, der Finn in die Hände gespielt hatte. Die Wohnung war komplett, wenn auch höchst sparsam eingerichtet, und Finn brauchte keine halbe Stunde, um seinen notwendigen Kram zu packen und sich auf den Weg zu machen. Die Teambesprechung würde am nächsten Morgen in Stralsund stattfinden. Das Hin- und Herfahren war etwas aufwändig und nervig, aber an der Stelle sollte er nicht nachlässig werden.

Das Einsatzteam nahm sich viel Zeit, ihn zu briefen und ihm die Vorsichtsmaßnahmen immer wieder gebetsmühlenartig darzulegen. »Du weißt nicht, mit wem du es zu tun bekommst, und du weißt nicht, wie sie vorgehen und wann sie aktiv werden«, erklärte der Teamleiter mindestens dreimal.

»Ja, das habe ich verstanden«, entgegnete Finn rasch.

»Melde dich niemals mit deinem Namen am Telefon – das Risiko, dass dir dein echter Name rausrutscht, ist zu groß, weil du so einen Job noch nicht gemacht hast.«

Auch dieser Hinweis erfolgte nicht zum ersten Mal. Finn war heilfroh, als er endlich auf dem Weg zum Unternehmen war. Er traf zehn Minuten vor der Zeit ein und wartete vor dem Sekretariat. Er blickte mehrfach auf die Uhr. Romy würde zum selben Zeitpunkt mit der Geschäftsführung sprechen. Sollten sie sich zufälligerweise im Gebäude begegnen, durfte Finn mit keinem Seitenblick verraten, dass sie einander kannten.

Er zuckte zusammen, als die Tür aufging – ein älterer Herr mit stattlichem Bauch trat näher und bat ihn herein. Sein Händedruck war fest, das Lächeln ausgesprochen herzlich. »Mein Name ist Martin Holz, ich bin der leitende Personalchef.« Er schlüpfte hinter seinen Schreibtisch und wies auf den Stuhl davor. »Herr Schumann, ich freue mich, dass Sie so kurzfristig unserer Einladung folgen konnten. Und ich bin ganz ehrlich – wir hatten bereits eine Kandidatin, die perfekt zu der ausgeschriebenen Stelle passte. Nun hat sie sich jedoch anderweitig entschieden, und das Karussell dreht sich weiter.«

Finn lächelte. »Ich würde sagen – ein Glücksfall für mich.«

Der Personalchef erwiderte das Lächeln. »Es ist nicht gerade an der Tagesordnung, dass sich ein junger Mann auf eine kaufmännische Stelle bewirbt, die ganz klar als Schwangerschaftsvertretung ausgeschrieben wurde.«

»Tja, ich denke, ich habe nichts zu verlieren«, entgegnete Finn. »Vielleicht mache ich meinen Job so gut, dass ich eine weitere Chance erhalte – hier oder auch in einem anderen Unternehmen. Es kann nicht schaden, Erfahrungen zu sammeln.«

»Das nenne ich eine pragmatische Einstellung. Sie sind jung

und können noch einiges ausprobieren. Gefällt mir Ihre Haltung.« Er nickte wohlwollend. »Eins sollten Sie allerdings bedenken – Ihre Aufgaben sind klar umrissen und dürften Sie intellektuell höchstwahrscheinlich nicht überfordern. Sie werden Anrufe und Mails weiterleiten, einfache Korrespondenzen führen, allgemeine Büroaufgaben wahrnehmen …«

»Und Kaffee kochen.« Finn lächelte.

»Ja, das auch.«

»Damit habe ich kein Problem.«

»Das klingt sehr gut. Noch etwas – das Anfangsgehalt wird Sie nicht vom Hocker hauen.«

Finn zuckte mit den Achseln. »Damit komme ich auch klar. Und nachverhandeln ist ja nicht verboten.«

Der Personalchef warf einen Blick in die Akte, dann sah er wieder hoch. »Ich denke, wir werden es miteinander versuchen. Ihre Probezeit beträgt vier Wochen. Sind Sie einverstanden?«

»Natürlich.« Finn strahlte, stand auf und reichte Holz die Hand. »Danke für die Chance.«

»Wann können Sie anfangen?«

»Sofort.«

»Es reicht, wenn Sie morgen um acht hier sind.«

Mit diesen Worten wurde Finn verabschiedet. Er rieb sich die Hände und griente still vor sich hin. Im Wagen zog er sein zweites Handy aus dem Schubfach. *Ich bin drin!*, schrieb er ans Team. *Morgen geht es los.*

Auf dem Weg nach Sagard erledigte er einen Einkauf und achtete unauffällig darauf, ob ihm jemand folgte. Danach sah es nicht aus, aber Finn wusste, dass ein Kollege aus dem Team in seiner Nähe war und ihn absicherte. Das klang verdammt aufregend. Wie schade, dass er mit niemandem darüber reden durfte.

Romy erhielt die Nachricht, kurz bevor sie ins Büro der Geschäftsleitung gebeten wurde. Finn hatte es tatsächlich geschafft, das war eine großartige Nachricht. Sie steckte ihr Handy ein. Der Mann, dem sie wenig später gegenübersaß, dürfte in der Unternehmenshierarchie an dritter Stelle stehen – so schätzte sie es ein. Ein kraftvoll wirkender Mann um die fünfzig mit kurzgeschorenen Haaren, der Sneakers zu Jeans und Hemd trug. Dass Kayser persönlich – oder sein Stellvertreter – sich ihren Fragen stellen würde, hatte Romy ohnehin nicht angenommen. Doch sie war sicher, dass der Chef zeitnah erfahren würde, wie das Gespräch verlaufen war. Stefan Merbolds Büro war unauffällig und verfügte über keine besonderen Highlights, auch eine ausschließlich für ihn zuständige Sekretärin oder ein ihm direkt unterstellter Mitarbeiter war nicht zu sehen. Doch das allein musste nichts heißen. Sein Schreibtisch sah nach viel Arbeit aus. Die Ablagekörbe waren gut gefüllt, das Telefon klingelte zweimal, ohne dass er darauf reagierte.

»Kann ich Ihnen einen Kaffee anbieten?«, fragte er, während das Telefon zum dritten Mal klingelte. Er stellte es aus.

Romy schüttelte den Kopf. »Danke, nein.«

Merbold legte die Hände auf den Tisch. »Worum geht es? Was kann ich für Sie tun?«

Romy berichtete mit wenigen Worten über den Leichenfund des Zollfahnders. »Wir wissen, dass er vor gut fünf Jahren, direkt vor seinem Verschwinden, einem Anfangsverdacht nachging, der Ihr Unternehmen betraf«, stieg sie unverblümt ins Thema ein, während sie ihm ein Foto von Koller zeigte. »Haben Sie ihn persönlich kennengelernt?«

Merbold runzelte die Stirn, während er die Aufnahme betrachtete. »Nein«, sagte er schließlich. »Mir ist übrigens nichts bekannt von einer Untersuchung der Zollfahndung. Und ich hätte ganz sicher davon erfahren – mein Job bildet die Schnittstelle zwischen Geschäftsführung und Technik, Geld und Ideen, zwischen dem, was geplant wird, und den Möglichkeiten der Umsetzung, und dazu gehören natürlich auch die Finanzen – wenn Sie verstehen, worauf ich hinauswill.«

»So ungefähr.«

»Irgendwelche Ermittlungen wären ganz sicher nicht an mir vorbeigelaufen.«

»Es gab keine offizielle Untersuchung«, erwiderte Romy. Sie war entschlossen, das Thema nicht mit seichten Andeutungen zu umschiffen, sondern auf den Punkt zu bringen. Eine andere Möglichkeit gab es nicht.

Merbold blickte auf seine Hände und sah wieder hoch. »Das liegt mehr als fünf Jahre zurück«, meinte er dann. »Falls es Hinweise gab, die der Mann damals gewonnen hat, sind Sie aber verdammt spät dran.« Ein winziges Lächeln hatte sich in seinen Augen festgesetzt, die Mundwinkel verzogen sich.

Er macht sich über mich lustig, dachte Romy. Und er weiß natürlich ganz genau, worum es hier geht. »Besser spät als nie«, gab sie betont lässig zurück.

Merbold nickte verständnisvoll. »Ich verstehe. Wenn ich Ihren Ansatz richtig einordne, dann ziehen Sie die Möglichkeit in Betracht, dass der Zollfahnder im verdeckten Einsatz Informationen sammeln konnte, die Kayser und Partner in Bedrängnis hätten bringen können. Wenig später verschwindet er und wird nach vielen Jahren tot aufgefunden – ermordet, wie die Untersuchung ergeben hat. Damit liegt der Ball jetzt bei uns? Wollen Sie darauf hinaus?« Erneut blitzte ein amüsiertes Lächeln auf. Seine Selbstsicherheit war mit Händen greifbar. Er machte sich nicht einmal ansatzweise Sorgen.

Romy zuckte mit den Achseln. »Wenn Sie es so sportlich ausdrücken wollen – ja, das ist eine auf der Hand liegende Schlussfolgerung, der ich nachgehe, nachgehen muss, um genau zu sein. Wir klappern selbstverständlich auch andere Unternehmen ab, mit denen Koller seinerzeit zu tun hatte.« Das war, milde ausgedrückt, übertrieben. Ein Zusammenhang mit weiteren Firmen hatte sich bislang nicht gezeigt. »Und wir werden uns natürlich noch eingehend mit seinem Nachlass beschäftigen, Aufzeichnungen und Schriftverkehr durchgehen«, fügte sie hinzu. Zum jetzigen Zeitpunkt wussten sie nicht einmal, ob dergleichen überhaupt noch existierte, und die Wahrscheinlichkeit, dass sich noch hinweisgebende Dokumente finden würden, tendierte gegen null.

»Ein juristisch begründbarer Verdacht sieht aber anders aus«, stellte Merbold fest; er zuckte mit keiner Wimper. Entweder er spielte seine Rolle ganz hervorragend und wusste sehr genau, dass es keinerlei Beweise gab, die in einem erweiterten Ermittlungsverfahren eine Rolle spielen könnten, oder er war völlig ahnungslos und hatte tatsächlich noch nie etwas von Gerd Koller gehört.

»Da gebe ich Ihnen recht. Und trotzdem sitze ich hier und frage ganz offen und direkt: Ist Ihnen Gerd Koller vielleicht doch über den Weg gelaufen? Gab es Ärger? Waren Sie womöglich Zeuge einer Auseinandersetzung?«

Merbolds Gesichtsausdruck war nun unverhohlen belustigt. »Nichts dergleichen, Kommissarin Beccare. Ich habe diesen Mann noch nie gesehen, und mir ist nichts bekannt von einem Verdacht der Zollfahndung. Unsere Buchhaltung ist im Übrigen einwandfrei. Sie ist mehrfach geprüft worden, wie Ihnen sicherlich bekannt sein dürfte. Womöglich gab es anonyme Hinweise, und dazu kann ich nur sagen: Die Konkurrenz schläft nicht und agiert mit allen Mitteln, auch mit höchst unsauberen.«

Interessant, dachte Romy. Diese Erklärung hörte sie nicht zum ersten Mal. »Ein Neider, der die Zollfahndung auf den Plan gebracht hat? Verstehe ich das richtig?«

»Können Sie so etwas ausschließen?« Merbold hob beide Hände. »Sie können sich gar nicht vorstellen, welche krummen Wege manche Mitbewerber einschlagen – in der Hoffnung, die Nase vorn zu haben oder zumindest Schaden anzurichten, aus dem sie einen Vorteil ziehen.«

Romy hätte gerne auf das interne Dokument verwiesen, das Kolkrabe in die Hände gefallen war, doch an diesem Punkt musste sie sich zurückhalten. Der Journalist hatte behauptet, dass ein Mitarbeiter Unterlagen an ihn weitergeleitet hatte. Wer auch immer das gewesen war – er dürfte inzwischen nicht mehr im Unternehmen arbeiten oder hatte seine Aktivitäten so gut verstecken können, dass er nicht enttarnt worden war. Sobald Max tiefer in die Lebensläufe der Mitarbeiter eintauchte, würden sie an der Stelle vielleicht weiterkommen – und mehr erfahren.

Wenige Minuten später verließ sie das Büro. Sie hatte nicht allzu viel von diesem Gespräch erwartet, und sie ging nicht davon aus, dass die Geschäftsführung beunruhigt reagieren würde. Merbolds Gelassenheit ärgerte sie allerdings gewaltig – er wirkte beinahe provozierend lässig. Wahrscheinlich würde er sich kaum die Mühe machen, seinen Chef zu informieren – oder aber das Thema mit zwei Sätzen abhaken.

Im Wagen telefonierte sie kurz, dann brach sie Richtung Bergen auf. Kurz hinter Lietzow fiel ihr ein Fahrzeug auf, das seit geraumer Zeit hinter ihr fuhr. Im Rückspiegel konnte sie nicht viel erkennen – abgesehen davon, dass es sich um einen Mann handelte, der eine Sonnenbrille trug. Kolkrabe? Schließlich steuerte sie einen Parkplatz an, fuhr bis zum Ende durch und wartete. Das Verfolgerfahrzeug tauchte wenige Sekunden später auf, fuhr langsam in die Parkbucht und stoppte in gebührendem Abstand. Romys Herzschlag beschleunigte, als der Fahrer schließlich ausstieg und in ihre Richtung blickte. Sie zückte ihr Handy und schoss durch den Seitenspiegel mehrere Fotos, auf dem auch Fahrzeug und Kennzeichen erfasst wurden, dann stieg sie selbst aus und sah in seine Richtung.

Der Mann kam langsam näher. Er hatte die Sonnenbrille abgesetzt und suchte ihren Blick. Romy schätzte ihn auf Mitte, Ende vierzig – ein kleiner, schlanker Typ, dunkelblond. Er wischte sich über die Stirn und lächelte. »Kommissarin Beccare?«

»Wer sind Sie?«, entgegnete Romy. Sie hatte die Audioaufnahme ihres Smartphones aktiviert.

»Das ist unwichtig. Können wir kurz reden?«

»Warum sagen Sie mir nicht einfach Ihren Namen?«

»Weil er nichts zur Sache tut.«

»Ihr Kennzeichen wird mir notfalls weiterhelfen. Warum diese Geheimnistuerei?«

Er blieb in gebührendem Abstand stehen. »Ich will Sie warnen.«

»Interessant. Vor wem?«

»Vor falschen Rückschlüssen.«

Romy hob beide Brauen. »Geht es vielleicht etwas konkreter?«

»Sie liegen falsch mit Ihrem Verdacht gegen Kayser und Partner.« Der Mann blickte auf seine Schuhe, dann fasste er Romy ins Auge. »Glauben Sie mir – Sie sind auf dem Holzweg. Seien Sie vorsichtig, wem Sie vertrauen.«

Romy runzelte die Stirn. »Mit derlei vagen Andeutungen kann ich nun wirklich nichts anfangen.«

»Es genügt, wenn Sie Ihren Blick schärfen und nicht alles glauben, was man Ihnen auftischt.«

Romy spürte, wie der Ärger sprunghaft in ihr anstieg. »Sie liegen komplett daneben, wenn Sie mir unterstellen, Ermittlungen auf der Basis von Glauben und wackligen Verdachtsmomenten zu führen. In diese Kategorie gehören übrigens viel eher Ihre seltsamen Andeutungen. Ich schlage vor, Sie konkretisieren Ihre Angaben oder halten sich zurück. Ihre Aussage nehme ich jederzeit gerne auf der Dienststelle in Bergen entgegen.«

Er lächelte plötzlich und trat einen Schritt näher. »Ich habe mal für Kayser gearbeitet«, erklärte er. »Das ist sicherlich ein beinharter Geschäftsmann, mit allen Wassern gewaschen, wie es immer so schön heißt, und stets an einem vielversprechenden Deal interessiert, und zwar auch mit Leuten, die womöglich nicht den allerbesten Ruf haben. Aber …«

»Er hält sich darüber hinaus selbstverständlich an Recht und Gesetz«, fiel Romy ihm in ironischem Ton ins Wort. »Wollten Sie das sagen? Schickt er Sie hinterher, um der Geschichte vom unschuldigen Geschäftsmann und fairen Unternehmer ein bisschen Nachdruck zu verleihen?«

»Das hat er gar nicht nötig.« Er schüttelte den Kopf und trat einen weiteren Schritt näher.

Romy ließ ihn nicht aus den Augen. »Ich würde es begrüßen, wenn Sie Abstand hielten«, erklärte sie.

Er trat wieder einen halben Schritt zurück und hob beide Hände. »Schon gut. Ich habe nur die besten Absichten.«

»Natürlich. Wir wäre es, wenn Sie mal ein bisschen ins Detail gingen, damit ich einordnen kann, worum es Ihnen geht?«

Er verschränkte die Arme vor der Brust. »Okay. Reden wir ganz offen. Es gab da diesen Journalisten, der angeblich wichtige interne Dokumente aus der Finanzabteilung erhalten hatte.«

»Sie sind gut informiert«, erwiderte Romy.

»Ich stand seinerzeit in meiner Firma im Verdacht, den Whistleblower gespielt zu haben. Ich war es aber nicht und konnte das meinem Chef auch klarmachen.«

»Dann war es wohl ein anderer.«

»Nein.« Er schüttelte den Kopf. »Als der Typ wenig später arg unter Druck geriet, sah es ganz danach aus, als wären diese Dokumente hochbrisant.«

»Arg unter Druck? Nette Umschreibung dafür, dass er von Glück sagen kann, bei dem Überfall nicht draufgegangen zu sein.« Romy war bewusst, dass sie damit Interna über den Stand der Ermittlungen ausplauderte, aber sie ging jede Wette ein, dass sie dem Mann nichts Neues oder gar Überraschendes erzählte. »Und der Zollfahnder, der damals einem Verdacht nachging, verschwand plötzlich spurlos und ist nun als Leiche wieder aufgetaucht. Seltsamer Zufall, oder?«

»Stimmt.« Er hob die Hände. »Aber noch einmal: Es gab keinen Insider. Weder ich noch ein anderer aus dem Unternehmen kam dafür infrage. Das war eine höchst geschickte Fälschung.«

»Aha. Aber von den verdeckten Ermittlungen wussten Sie?«

»Natürlich.«

Romy lächelte süffisant. »Was wollen Sie andeuten? Dass ein Konkurrent, der mit harten Bandagen kämpfte und Lügengeschichten verbreitete, auch nicht davor zurückschreckte, einen Journalisten zu instrumentalisieren? Soll es so abgelaufen sein?«

»Tja, so etwas soll vorkommen. Das wäre eine Möglichkeit.«

»Und der Angriff auf den Journalisten diente lediglich dazu, die Geschichte abzurunden? Sogar das Verschwinden und der Mord am Zollfahnder sollten demnach den Verdacht gegen Kayser bekräftigen? Das ist doch Blödsinn.«

»Das ist es in der Tat. Außerdem denken Sie zu kurz.«

Romy atmete scharf ein.

»Vielleicht hat das Ganze überhaupt nichts mit Kayser zu tun.«

»Ich kann mir gut vorstellen, dass Sie es begrüßen würden, wenn ich auf diesen Zug springe«, entgegnete Romy. »Der völlig missverstandene Unternehmer im Fokus einer bitterbösen Intrige, die nicht das Geringste mit seinen Geschäften zu tun hat, sondern – vielleicht sogar ganz nebenbei – seinen Ruf zerstören soll. Warum sind Sie eigentlich nicht mehr für Kayser tätig?«

»Ich habe inzwischen die Firma meines Stiefvaters übernommen, aber ich bin immer noch mit meinem alten Arbeitgeber verbunden.«

»Dessen bin ich sicher. Verraten Sie mir die Branche?«

»Sicherheitskonzepte.«

»Verstehe. Und einer Ihrer Auftraggeber ist Kayser. Geben Sie es zu – damit bekommt Ihre Einschätzung einen mehr als seltsamen Beigeschmack.«

Er seufzte. »Sie glauben mir kein Wort«, stellte er fest.

»Es fällt mir schwer, Ihnen ein neutrales Motiv abzunehmen.«

»Das kann ich sogar verstehen.«

Romy legte die Hand auf den Türgriff. »Wir sollten das hier beenden.«

Er nickte. »Einen Tipp habe ich noch für Sie – schauen Sie sich doch diesen Journalisten mal genauer an.« Damit drehte er sich um und lief in Richtung seines Wagens zurück.

Romy starrte ihm einen Moment nach. »Wie meinen Sie das?«, rief sie ihm schließlich nach.

Der Unbekannte blieb stehen und drehte sich wieder um. »Er könnte instrumentalisiert worden sein – so weit waren wir schon, und das ist nun wirklich keine überraschende Feststellung. So etwas passiert immer wieder. Spannend wird es aber in dem Moment, in dem man sich völlig offen der Frage stellt: von wem eigentlich? Was könnte noch dahinterstecken? Und machen Sie sich klar: Das Leben hält manchmal die absurdesten Wendungen parat, und mancher Verdacht erschließt sich erst auf den zweiten oder sogar dritten Blick.«

Romy beobachtete, wie er in seinen Wagen stieg und langsam vom Parkplatz fuhr. Anschließend blieb sie mehrere Minuten still sitzen. Wer hatte die neuerlichen Ermittlungen ausgelöst? Kolkrabe, der über den Namen Koller gestolpert war und einen Zusammenhang mit dem Verschwinden des Zollfahnders vermutete. Er hatte Ruth kontaktiert und auf seinen Vater verwiesen – einen Exkommissar aus Greifswald –, mit dem die Kollegin die besten Erinnerungen verband. In welche Richtung würde das Ganze driften, wenn man auch nur einen Moment den Gedanken zuließ, dass der Verdacht gegen die Firma gegenstandslos gewesen sein könnte, zumindest was die strafrechtliche Relevanz betraf?

Die Unterlagen, die Kolkrabe zugespielt worden waren, wirkten überaus authentisch und hatten inzwischen mehrere Ermittlungsteams von der Brisanz überzeugt – Buchhaltungsdetails, ergänzt um handschriftliche Verweise auf Namen und Firmen, die tatsächlich existierten und einen Zusammenhang mit Geldwäsche und Wirtschaftsbetrug in großem Stil im Umfeld von Kaysers Aktivitäten vermuten ließen. War es möglich, derlei zu fälschen? Selbstverständlich – das Geschäft mit Fakenews gewann seit vielen Jahren an Dynamik und Professionalität. Die Frage blieb: aus welchem Grund? Kayser und Partner waren unbeschadet daraus hervorgegangen, selbst als die Zollfahndung den Hinweisen nachgegangen war. Der Angriff auf Kolkrabe war als Beweis gewichtet worden, dass er auf brisante Geheimnisse gestoßen war. Sein Leben und das seiner Familie war in Gefahr geraten. Und Koller selbst schien unter Druck seine Aktivitäten eingestellt zu haben, bevor er verschwand, genauer gesagt: ermordet wurde. Das alles schien eindeutig zu beweisen, dass ein weitverzweigtes Unternehmen mit zahlreichen Verbindungen seine eigenen Wege ging und sich von niemandem davon abhalten ließ, schon gar nicht von Beamten oder Gesetzen. Und wer sich zu positionieren wagte, wurde eingeschüchtert oder ausgeschaltet, und zwar ohne Spuren zu hinterlassen.

Romy schüttelte den Kopf. Zugegeben: Das Statement des Kayser-Gefolgsmannes hatte sie durchaus irritiert, doch im Moment sah es eher danach aus, als hätte der Unbekannte genau das beabsichtigt: einen Haken schlagen, um Verwirrung zu stiften. Sie griff ihr Handy und schickte Max die Fotos. Als sie in Bergen eintraf, wartete der Kollege bereits mit den Ergebnissen auf sie.

»Christoph Schmied«, erklärte er ohne Einleitung. »Sicherheitsexperte. Hat mal bei Kayser gearbeitet und inzwischen die Firma …«

»Seines Stiefvaters übernommen«, führte Romy den Satz zu Ende.

Max sah sie verdutzt an. »Okay, und was ist mit dem?«

»Gute Frage.« Sie schilderte die Begegnung in wenigen Sätzen.

»Interessant«, murmelte Max.

»Oder auch Teil eines Verwirrspiels.«

»Kann aber nicht schaden, mal genauer hinzusehen.«

»Damit schlagen wir genau den Kurs ein, den dieser Schmied vorgegeben hat. Das dürfte wohl seine Absicht gewesen sein.«

Max zuckte mit den Achseln. »Wir können ja nicht wissen, ob und was an der Geschichte dran ist. Im Zusammenhang mit dem Namen Koller herrscht offenbar immer wieder größte Verwirrung.«

»So könnte man es ausdrücken. Übrigens: Jakob hat den Gedanken ins Spiel gebracht, dass sein Bruder auch den Großvater auf dem Gewissen haben könnte.«

Max kratzte sich am Hinterkopf. »Ich fang einfach mal an, erneut nach allen Seiten zu recherchieren.«

»Gut. Ich telefoniere mit Jan und Ruth. Und mit Rosalie Koller«, fügte sie einen Moment später hinzu. »Ich bin gespannt, ob sie diesmal ein wenig aus sich herausgeht.«

Die Hoffnung erfüllte sich nicht. Kollers Exfrau schwieg gefühlte zwei Minuten, nachdem Romy sie über den Leichenfund informiert hatte. »Er ist ermordet worden, Frau Koller. Falls Sie …«

»Ich habe nichts dazu zu sagen – oder nur eines: Es wundert mich nicht.« Damit legte sie auf.

Es wundert mich nicht. Romy war klar, dass sich Rosalie weiteren Fragen gar nicht erst stellen würde, dennoch versuchte sie im Laufe des Tages immer wieder, sie zu erreichen. Wusste sie zu viel und war auch unter Druck gesetzt worden? Oder wollte sie sich ganz schlicht nicht mit den Tragödien einer Familie beschäftigen, der sie vor vielen Jahren den Rücken gekehrt hatte? Aber warum hatte sie sich abgewendet? Diese Fragen beschäftigten sie nicht zum ersten Mal.

Romy blickte auf ihren Monitor, als ein leises Pling den Eingang einer Nachricht ankündigte. Finn meldete sich vom Bürodienst, wie er anmerkte. *Hier ist alles ganz entspannt. Ich habe wenig Aufregendes zu tun: Allerweltskram, den jede Aushilfe inner-*

halb von zwei Stunden lernen kann. Niemand beachtet mich großartig. Das ist keine schlechte Ausgangsposition. Ich werde hier punkten können, indem ich meinen Job mache und mich so unauffällig wie möglich durch die Firma bewege.

Ja, Finn. Alles andere wäre fatal.

15

Ruth legte das Telefon ab und ging in den Garten. Wenige Minuten später legte sie die Harke ebenfalls beiseite, stieg unter die Dusche und machte sich auf den Weg in die Senioreneinrichtung, in der ihr ehemaliger Kollege, Kolkrabes Vater Manfred Weber, untergebracht war. Die Idee war plötzlich aufgetaucht, nachdem sie den Journalisten nicht hatte erreichen können. Ob sie sich als hilfreich erweisen würde, ließ sich schwer einschätzen.

Romys Kurzbericht hatte neuerliche Irritation ausgelöst – besser gesagt: Unsicherheit. Christoph Schmied hatte unbestreitbar ein schwerwiegendes Motiv, seinen ehemaligen Chef, mit dem er wohl nach wie vor geschäftlich verbandelt war, in Schutz zu nehmen und Ermittlungsbemühungen mit eigenen Darstellungen zu kontern, keine Frage – dennoch: Solange Kayser und Partner keine Straftatbestände nachgewiesen werden konnten und auch die Nachforschungen in seinem Geschäftsumfeld ins Leere liefen, blieb ohnehin wenig Spielraum und damit kaum eine realistische Chance, auf weiteres Belastungsmaterial zu stoßen. Und ob es Finn in seiner Rolle als Büroaushilfe tatsächlich gelingen würde, schwerwiegende Beweise zu entdecken und zu sichern, blieb abzuwarten. Darauf bauen sollten sie auf keinen Fall. Warum machte Schmied sich die Mühe, Kolkrabe selbst ins Spiel zu bringen und mit einem Fragezeichen zu versehen? Ruth war sicher, dass er den Hinweis kaum einfach so dahingeworfen hatte.

Sie hatte nicht einen Moment an Kolkrabes Angaben gezweifelt – auch die anderen Dezernate gingen immer noch davon aus, dass das Belastungsmaterial zwar nicht aktuell, jedoch echt war. Falls der Journalist tatsächlich benutzt worden war, um Kayser und Partner in Misskredit zu bringen, womöglich anstehende Geschäfte zu stören oder Verhandlungen zum Scheitern zu bringen, hatte sich ein Profi mit bemerkenswertem Insiderwissen große Mühe gegeben. Aber mit welchem Ergebnis? Das Unternehmen agierte immer noch mit großem Erfolg, Fördergelder waren geflossen, Überprüfungen hatte es mit Bravour bestanden. Zweifel, Skepsis, ein Anfangsverdacht – ja. Und sonst? Wer hatte tatsächlichen Schaden erlitten? Kolkrabe und seine Familie sowie Gerd Koller. Das entlastete Kayser keineswegs, doch an genau der Stelle kamen sie im Moment keinen Schritt weiter. Also musste Kolkrabe ein bisschen mehr aus dem Nähkästchen plaudern. Die entscheidende Frage lautete wohl, wer ihm die Dokumente zugespielt hatte. Und was will ich bei Manfred?, fragte sich Ruth, als sie auf den Parkplatz der Senioreneinrichtung fuhr. Kolkrabe hatte erzählt, dass Weber sich an sie erinnerte – an ihre gemeinsame Arbeit im Team. Vielleicht tauchte noch mehr auf, sobald sie ins Gespräch kamen – zum Beispiel Hinweise darauf, wie es seinem Sohn damals ergangen war.

Bei ihrem ersten Treffen am Hafen hatte Kolkrabe eindringlich geschildert, dass er aufgrund seiner Recherchen von Schlägern angegriffen worden war. Sein gesamtes Material, sein Wohnmobil waren dabei zerstört worden. Auch seiner damaligen Partnerin und dem gemeinsamen Kind war Gewalt angedroht worden. Die Beziehung hatte das nicht überlebt, und seine Karriere war im Grunde beendet – abgesehen von Veröffentlichungen unter Pseudonym und Rechercheaufträgen für Redaktionen lief nicht mehr allzu viel. Wer immer den Mann hatte einschüchtern wollen, dessen Beweggründe waren schwerwiegend gewesen, und er hatte auf ganzer Linie Erfolg gehabt. *»Ich versuche, so normal wie möglich zu leben, was meistens ganz gut gelingt. Die Angst im Nacken spüre ich jedoch meist wie einen eisigen Wind«*, erinnerte Ruth sich wörtlich an seine Darstellung. *»Und ich kann nicht länger untätig zusehen, wenn ich mir noch in die*

Augen sehen möchte. Mein Vater würde das ganz ähnlich einschätzen, wenn er dazu in der Lage wäre.«

Manfred Weber war ein kraftstrotzender Mann gewesen und ein Vollblutpolizist – gelassen, souverän, kaum zu erschüttern. So hatte Ruth ihn in Erinnerung. Als eine Pflegerin sie in den Aufenthaltsraum führte und auf den schmalen Alten mit den eingefallenen Wangen wies, geriet sie ins Wanken. Manfred saß am offenen Fenster und blickte unverwandt in den Garten. Einen Moment lang war Ruth versucht, sich auf dem Absatz umzudrehen und das Weite zu suchen. Manfred hatte sich auf seinen letzten Weg gemacht. Erinnerungen waren nur noch Ballast. Was blieb, waren ein geschwächter Körper und ein orientierungsloser Geist, der ins Nichts taumelte, während der Blick im gegenwärtigen Moment verharrte – ohne zu wissen, was er festhielt. Wie wird es mir ergehen, wenn ich alt, krank, schwach werde?, dachte Ruth. So viele Lebensjahre liegen gar nicht zwischen uns. Plötzlich spürte sie einen Kloß im Hals. Ich habe Ina, fuhr es ihr durch den Kopf. Sie wird mich begleiten – still und unbeirrbar und voller Zuversicht, das Richtige zu tun. Ich werde in meinem Garten sitzen und ihr bei der Arbeit zuschauen, die Jahreszeiten vergehen wie immer, der Wind raschelt in den Bäumen, die Beeren hängen schwer in den Büschen, und über uns kreist ein Bussard, der auf dem Weg an die Küste in der Nähe unseres Hofs rastet – sein durchdringender Schrei zieht meinen Blick nach oben. Und wenn der Regen und die Kälte kommen, legt sie mir die schwere Decke über die Schulter und kocht unseren Lieblingstee. Das war eine tröstliche Aussicht.

»Gehen Sie ruhig«, sagte die Altenpflegerin plötzlich neben ihr. »Vielleicht erinnert er sich an Sie.«

»Wir haben uns viele Jahre nicht gesehen.«

»Das könnte die Begegnung erleichtern. Seine Gegenwart ist verschwommen – doch was lange zurückliegt, beschäftigt ihn. Versuchen Sie es einfach.«

Ruth atmete tief durch und ging näher. Manfred rührte sich nicht. Sie zog einen Stuhl heran und setzte sich neben ihn. Der Blick in den Garten war schön – ein blühender Apfelbaum beugte sich über eine verwitterte Holzbank. Der Rasen war frisch gemäht, und es duftete nach Flieder. »Es ist lange her, Manfred«, ergriff sie schließlich das Wort.

Er wandte langsam den Kopf zur Seite und sah sie aus tief umschatteten Augen an, in denen sich nicht das kleinste Erinnern spiegelte. Ruth hatte Mühe, dem Blick standzuhalten.

»Wir haben den Fall tatsächlich lösen können«, sagte er plötzlich, und ein Leuchten flammte in seinen Augen auf. »Wurde ja auch Zeit, dass wir diese Mistbande endlich schnappen.« Sein Mund verzog sich. »Hast du gut gemacht!«

Mistbande. Ruth wusste sofort, welchen Fall er meinte. Ein Einbrechertrio, das Greifswald monatelang unsicher gemacht hatte. Sie hatte schließlich anhand der Versicherungsunterlagen der Hauseigentümer einen Zusammenhang herstellen können. Alle Einbruchsopfer waren beim selben Versicherer unter Vertrag. So hatte dann eins zum anderen geführt. Sie lächelte. »Danke, Kollege. Ohne dich wäre es schwer geworden.«

»Ach was!« Er winkte ab, und die Handbewegung, die er ausführte, wirkte deutlich weniger dynamisch und kraftvoll – und doch: Manfred, wie er leibte und lebte, besser gesagt: Der Polizist Manfred, wie er vor ungefähr dreißig Jahren agiert hatte.

»Wie geht es dir?«

»Wie soll es mir schon gehen?« Unsicherheit stahl sich in seinen Blick. »Seltsame Frage, finde ich.«

»Vergiss sie einfach wieder!«, warf Ruth schnell ein. »Was macht dein Sohn?«

Manfred stutzte, dann winkte er erneut ab und verstummte plötzlich. In seinem Gesicht begann es zu arbeiten. Er spult die Erinnerungen ab, dachte Ruth.

»Schwer zu sagen«, meinte er dann. »Er ist bei irgendeiner

Zeitung gelandet, so habe ich das verstanden. Schreibt Reportagen und so was … Wie kommst du auf ihn?« Er starrte sie plötzlich misstrauisch an. »Was hast du mit ihm zu schaffen?«

»Gar nichts. Ich …«

»Hat er wieder Mist gebaut?«

»Wieder?«

Manfred blinzelte verwirrt. »Weißt du denn das nicht mehr?«

»Nein. Erzähl mal. Was war da los?«

»Ich steige da nicht durch und will nichts Falsches erzählen. Frag ihn am besten selbst.« Er starrte sie plötzlich mit großen Augen an. »Dein Haar«, bemerkte er staunend. »Ist es schon immer so weiß gewesen? Du bist doch noch jung …«

Sie lächelte. »Ich bin früh ergraut. Hat nichts mit meinem Alter zu tun«, betonte sie. Und jung – nun ja …

Er überlegte einen Moment. »Isst du immer noch so gerne Eis?«, fragte er dann.

»Ja. Davon kann ich nicht genug kriegen.«

Er legte eine Hand auf ihren Arm. Seine Unterlippe zitterte auf einmal, der Blick verschwamm. »Glaub mir, es ist mies, auf diese Art alt zu werden«, flüsterte er mit rauer Stimme. »Die Erinnerungen füllen sich mit Spinnweben. Das ist ein seltsames Gefühl. Man weiß, dass da noch ganz viel ist, doch es ist verwoben und umhüllt wie in einem weichen grauen Kokon. Und du stehst davor und kannst nichts mehr ergreifen, um es von allen Seiten zu betrachten und dich daran zu erfreuen … Verstehst du?«

Ruth schluckte. Sie nahm seine Hand. »Du bist immer noch ein toller Kollege, glaub mir – egal, wie groß der Kokon ist. Ich erkenne dich, und du erkennst mich.«

Einen Moment lang sah es so aus, als sei sie zu ihm vorgedrungen, dann erlosch der Augenblick. Manfred sah wieder aus dem Fenster und schwieg. Ruth stand auf und verließ den Raum. Die Pflegerin nickte ihr zu. Auf dem Weg zum Auto wählte sie die Nummer von Max, doch bevor die Verbindung zustande kam, legte sie auf. Der Name der Journalistin tauchte plötzlich vor ihrem inneren Auge auf. Die Geschichte lag etliche Jahre zurück. Marlene Castor hatte seinerzeit zu jugendlichen Straftätern recherchiert und Ruth mit Bildmaterial versorgt, als sie einem Intensivtäter auf die Spur gekommen war. Der Junge hatte sich bitter gerächt und Ruth mit zwei Freunden überfallen und entführt. Sie hätte die Tortur nicht überlebt, wenn sie nicht in der Lage gewesen wäre, ihre Chance zu ergreifen und sich mit allen Mitteln zur Wehr zu setzen. Alle Mittel hatte bedeutet: einen jungen Gewalttäter zu töten.

Sie atmete tief ein, dann recherchierte sie kurz im Netz und machte sich anschließend auf den Weg nach Greifswald. Marlene Castor leitete inzwischen ein Pressebüro in der Hansestadt und hatte kürzlich Räumlichkeiten in der Altstadt bezogen – in einer ehemaligen Backstube.

Der Duft scheint immer noch in den Mauern zu hängen, dachte Ruth, als sie die Tür aufzog. Ein junger Typ am Empfang mit weitaufgeknöpftem kurzärmeligem Hemd nickte ihr zu. »Moin. Termin?«, fragte er und blickte auf sein Tablet.

»Nein. Ich möchte kurz mit Marlene sprechen«, erwiderte Ruth.

Er hob den Blick. »Ohne Termin?« Spöttisches Lächeln.

Ruth lächelte zurück. »Sagen Sie, dass die Kommissarin hier ist.«

»Bitte?«

»Sagen Sie es genauso.«

Der Kurzärmelige zuckte mit den Achseln, tippte auf sein Tablet und kurz danach mit dem Zeigefinger auf einen seiner Kopfhörer. »Ich soll sagen, dass die Kommissarin hier ist«, wiederholte er. »Keine Ahnung, ob du …« Er brach ab, nickte. »Okay.« Dann blickte er Romy an. »Sie erwartet Sie.« Das klang verblüfft.

Ruth lächelte erneut und zwinkerte ihm zu.

Marlene hatte sich wenig verändert – sie war eine große, starke Frau mit breiten Schultern und dunkler Stimme. Ihre Vorliebe für alte Fotoapparate war unübersehbar – auf Regalen bis hoch unter die Decke hatte sie Dutzende ihrer Schmuckstücke ausgestellt.

»Schick«, meinte Ruth, während sie den Blick schweifen ließ.

Marlene trat auf sie zu. »Schön, dich zu sehen. Du hast dir Zeit gelassen, mal bei mir vorbeizukommen. Hatten wir seinerzeit nicht etwas anderes vereinbart? Setz dich doch.« Sie wies auf ein altes Ledersofa.

»Sagen wir so – ich bin froh, wenn ich nicht an die Geschichte erinnert werde, die uns zusammengeführt hat.«

»Das kann ich mir denken. Magst du einen Tee trinken?«

»Gerne.«

Marlene betrat einen Nebenraum, kurz darauf war das Summen eines Wasserkochers zu hören. »Und jetzt ist der richtige Zeitpunkt?«, rief sie von nebenan. »Heißt das, dass genug Zeit vergangen ist? Oder hast du ein Anliegen?«

Es ist nie genug Zeit vergangen nach einem solchen Ereignis, dachte Ruth. Ich bin stundenlang gequält worden und habe dann einen Jugendlichen getötet. Eine andere Möglichkeit gab es nicht. Das wird mich ewig begleiten. An der Stelle wünsche ich mir für später eine Demenz, die dieses Ereignis und den Sturm meiner Empfindungen in einen grauen Kokon hüllt. »Ich brauche deine Unterstützung.«

»Verstehe.« Marlene trat kurz darauf wieder ins Büro und stellte ihren Timer auf drei Minuten. »Was kann ich für dich tun? Hat es mit einem Fall zu tun?«

»Ja. Und du darfst nicht darüber schreiben.«

»Klingt vielversprechend.« Marlene verzog das Gesicht.

»Du wirst gleich verstehen, warum. Es geht um Auskünfte zu einem Kollegen von dir.«

»Oh.«

»Sagt dir das Pseudonym Robin Kolkrabe etwas?«

Marlenes Gesichtsausdruck blieb neutral. »Ja, da klingelt was.« Sie stand langsam auf, während sie auf ihren Timer sah. »Ich hole nur kurz den Tee. Brauchst du Zucker?«

»Immer.«

Eine Minute später nahm Ruth ihre Tasse entgegen und trank einen kleinen Schluck.

»Hast du Ärger mit ihm?«

»Ganz und gar nicht. Er unterstützt polizeiliche Ermittlungen. Dennoch muss ich etwas überprüfen.«

»Traust du ihm nicht?«

Ruth überlegte nur kurz. »Doch. Eine zweite Meinung zu seinen Recherchen muss aber erlaubt sein.«

Marlene lehnte sich zurück. »Ich soll überprüfen, ob das, was er euch vorgelegt hat, echt ist?«

Ruth schüttelte den Kopf. »Mich interessiert seine Vita. Hatte er mal Ärger?«

»Wer von uns hat keinen Ärger? Wir treten doch ständig irgendwelchen Leuten auf die Füße, sofern wir unseren Job ernst nehmen und keine Gefälligkeitsartikel produzieren.«

Das ist es nicht, dachte Ruth. Hat er wieder Mist gebaut.

»Der Kollege hat sich vor einiger Zeit mal richtig Ärger eingehandelt und ist danach abgetaucht«, fuhr Marlene fort. »Da muss richtig was losgewesen sein. Ich weiß nicht, aus welcher Ecke der Wind wehte, aber du bist in dem Punkt sicher besser informiert als ich.«

»Ja, die Geschehnisse sind mir in allen Einzelheiten bekannt.«

»Wonach suchst du dann noch?«

»Nach einem zweiten Motiv. Nach einem anderen Zusammenhang, der sich bislang nicht gezeigt hat.«

Marlene schwieg einen Moment. »Kolkrabe hätte ohne diese Geschichte richtig Karriere machen können. Damit hatte er sich wohl viel zu weit aus dem Fenster gelehnt, und danach …« Sie hob beide Hände. »Ein kompletter Einbruch, und dann hat ihn auch noch seine Freundin verlassen, mitsamt dem Kind – absolut bitter. Darüber dürfte sich dann allerdings deren Ex diebisch gefreut haben.«

Ruth beugte sich vor. »Weißt du mehr dazu?«

»Nur das, was in der Gerüchteküche herumgereicht wurde.«

»Egal.«

»Kolkrabe hatte einem Kollegen aus der Redaktion die Frau ausgespannt«, antwortete Marlene prompt. »Das hatte sich herumgesprochen.«

»Weißt du den Namen?«

Marlene schüttelte den Kopf. »Es gab einige Gerüchte dazu, das liegt aber viele Jahre zurück. Damals hieß er übrigens noch nicht Kolkrabe, sondern …«

»Piet Weber.«

»Wenn du dazu noch mehr wissen möchtest, hör ich mich mal um – weil du es bist.«

»Das wäre großartig.« Ruth trank ihren Tee aus. »Danke.«

Marlene lächelte. »Gerne immer wieder. Aber lass nicht so viel Zeit vergehen.«

»Versprochen.«

Die Journalistin meldete sich noch am späten Abend. »Es gab einiges an Tratsch und Klatsch, das ich dir anbieten kann – alles ohne Gewähr natürlich.«

»Natürlich.«

»Kolkrabe hat damals ein richtig fieses Ding abgezogen«, begann Marlene zu berichten. »Es wurde gemunkelt, dass die Frau des gerade neu ins Team gestoßenen Kollegen bereits schwanger war, als sie sich trennte und von einem Tag auf den anderen zu Kolkrabe zog …«

»Wer genau ist jetzt fies?«, warf Ruth ein. »Kolkrabe? Oder die Frau, die es wagte, sich zu trennen?«

Leises Seufzen. »Ja, schon klar. Ich gebe nur wieder beziehungsweise weiter, was damals hinter vorgehaltener Hand getuschelt wurde. Wenig später hat dann der gehörnte Kollege die Redaktion verlassen – angeblich hat Kolkrabe im Team auch noch dafür gesorgt, dass er keinen Fuß mehr auf den Boden kriegt.«

»Klingt unschön. Hast du den Namen?«

»Na klar – Gregor Klasen. Der ist danach in die Pressestelle eines größeren Unternehmens gewechselt. Du kriegst sicher selbst heraus, um welche Firma es sich handelt.«

»Ich denke schon«, erwiderte Ruth. Und eine erste verschwommene Idee hatte sie auch schon dazu.

Doch sie lag falsch. Keine Minute später entdeckte sie Gregor Klasen auf der Website einer großen Hotelkette. Am nächsten Tag bat sie Max, den Lebenslauf des Journalisten zu durchforsten.

16

Max hatte nur wenige Stunden benötigt, um sich einen vollständigen Überblick über die Ermittlungslage zu verschaffen – ein Unternehmen, das unter dem Verdacht stand, mit fragwürdigen Partnern lukrative Geschäfte abseits der Legalität zu betreiben, Gewalt gegen einen Journalisten, dem brisante Dokumente womöglich aus einer internen Quelle zugespielt worden waren und dem Jahre später aufstieß, dass der Name Koller zu oft fiel, um noch als Zufall durchzugehen. Das Argument hatte auch Ruth und Romy aufgeschreckt und davon überzeugt, dass es noch einiges zu klären gab – erst recht nach dem Leichenfund des Zollfahnders. Auf der einen Seite die Familientragöde, auf der anderen – so schien es – die Verstrickungen eines eifrigen Beamten in Verbindung mit der Aufdeckung von Wirtschaftsvergehen in ganz großem Stil. Existierte tatsächlich der eine große Zusammenhang? Und was bedeutete das im Hinblick auf die Taten von Benjamin Koller und sein Geständnis, für das es nur einen Zeugen gab, nämlich seinen Bruder? Womöglich sehr viel – oder auch gar nichts.

Max stutzte mehrfach – Kollers Vorgesetzter hatte im Gespräch mit Kommissariatsleiter Jan Riechter eine dunkle Seite des Beamten und damit eine denkbare Erpressbarkeit ins Spiel gebracht. Falls da tatsächlich etwas dran war, könnte Kayser ein Druckmittel benutzt haben – doch dann passte der anschließende Mord nicht ins Bild, zumindest nicht überzeugend genug. Doch hier passte nichts überzeugend in ein großes Gesamtgemälde, resümierte Max. Dann sollten wir uns von der Vorstellung eines Gesamtgemäldes verabschieden.

Mit den Hinweisen zu Kolkrabe aus dem geschäftlichen Umfeld von Kayser und den ersten Rechercheergebnissen deutete sich nun eine weitere überraschende Entwicklung an. Die entscheidende Frage lautete an diesem Punkt, ob der Journalist womöglich auf einen falschen Whistleblower hereingefallen war und was dieser Aspekt im weiteren Verlauf bedeuten könnte. Der Überfall auf Kolkrabe war ein entscheidendes Argument, das Kayser erheblich belastete – es sei denn, es existierte ein gänzlich anderes Motiv, das bislang nicht ersichtlich gewesen war und mit einer Vergeltungsmaßnahme durchaus erklärbar sein könnte. Und damit kam Ruths aktuelle Recherche ins Spiel – von einer neuen Spur mochte Max nicht sprechen. Dennoch: Ein betrogener Ehemann und zugleich gemobbter Kollege könnte sich gerächt und Kolkrabe in die Irre geführt haben. Und womöglich war Kayser dann dennoch aktiv geworden, weil die Dokumente in jedem Fall geeignet waren, Sand ins Getriebe zu bringen – ob als Fake oder nur in Teilen authentisch, spielte vielleicht nur eine untergeordnete Rolle. War das ein nachvollziehbarer Gedanke?

Max rieb eine Weile mit dem Zeigefinger übers Kinn, stand dann auf und holte sich einen frischen Tee, bevor er sich Gregor Klasen widmete. Bislang war keine Verbindung zwischen ihm und Kayser nachweisbar – zumindest nicht auf den ersten Blick. Aber er musste dem Unternehmen sehr nahe gekommen sein – wie sonst hätte er Dokumente abgreifen können, die einen derartigen Aufruhr verursachten? Hatte er seinerzeit Verbindung zu jemandem im Unternehmen gehabt?

Max übermittelte Finn eine verschlüsselte Nachricht mit dem Namen, bevor er sich in die Vita von Gregor Klasen vertiefte – Elternhaus, Schule, Studium, öffentlich zugängliche Dokumente, soziale Netzwerke; erste Veröffentlichungen und zahlreiche Arbeiten als freiberuflicher Journalist; schließlich eine Anstellung in Greifswald in der Redaktion, in der auch Kolkrabe beziehungsweise Weber beschäftigt war. Nach dem Ausscheiden hatte Klasen sich eine längere Auszeit gestattet

– so schien es zumindest –, bis er schließlich die Pressestelle in der Hotelkette übernommen hatte. Insgesamt blieben zwei Jahre in dieser Biographie verschwommen – sie waren nicht eindeutig zuzuordnen, stellte Max fest. Was hatte er in dieser Zeit gemacht? Privataufträge? Eine Tätigkeit als Ghostwriter? Oder er hatte komplett abgeschaltet, seine Wunden geleckt und sich mit seinem angeschlagenen Ego beschäftigt. Auffällig war, dass sich diese Phase zeitlich mit Kolkrabes Entdeckung und den daraus resultierenden Nachforschungen von Koller deckte. Doch der Ansatz dürfte ins Leere laufen, wenn wir keinen beweisbaren Zusammenhang mit Kayser und Partner entdecken, schlussfolgerte Max. Er schickte Romy seine ersten Ergebnisse, bevor er zu einer Tiefenprüfung ins Netz tauchte.

Romy war auf dem Rückweg von einer Teambesprechung in Stralsund, als Max' Nachricht eintraf. Sie überflog den Inhalt an der nächsten Parkbucht und steuerte schließlich die Hotelzentrale im Norden der Insel an. Die Hotels der Kette, die in den letzten Jahren entlang der Ostseeküste entstanden waren, sprachen eher die Gutbetuchten an – oder Touristen, die bereit waren, für zwei Wochen Urlaub an ihre finanziellen Grenzen zu gehen, womöglich darüber hinaus. Gregor Klasen war nicht nur der Leiter der Pressestelle von »Ostsee pur«, wie sich die Hotels vollmundig nannten, sondern zeichnete auch verantwortlich für sämtliche PR-Maßnahmen, wie Romy nachlas.

Sie hatte am Abend zuvor eine ganze Weile mit Ruth telefoniert und war immer noch der Meinung, dass die Hinweise, die für ein privates Motiv sprachen, spärlich klangen, doch das allein musste nichts heißen. Ruth selbst würde zunächst Kolkrabe auf den Zahn fühlen und unter Umständen auch den Kontakt zur ehemaligen Lebensgefährtin suchen. Die entscheidende Frage lautete, ob eine Verknüpfung zu Kayser und Partner existierte, der sie dann unweigerlich nachgehen mussten. Inwiefern sich der Gesamtfall damit in eine neue Richtung verschieben könnte, war zurzeit nicht absehbar.

Romy brauchte ein paar Minuten, um in dem weitläufigen Verwaltungstrakt zum PR-Büro zu gelangen. Als sie den Flur entlangeilte, kam ihr ein hochaufgeschossener Mann in einem eleganten Anzug entgegen. Er lächelte höflich, als sie seinen Blick suchte, und verlangsamte seinen Schritt.

»Herr Klasen?«

Er blieb stehen. »Richtig.«

Sie lächelte. »Haben Sie ein paar Minuten Zeit für mich?«

»Eigentlich …«

Sie zückte ihren Ausweis.

Er runzelte die Stirn und blickte auf seine Uhr.

»Eine Routinebefragung – dürfte schnell gehen.«

»Na schön.« Er seufzte, drehte sich um und wies auf die Tür am Ende des Flurs. »Geht es um Presserechtliches? Das hätten wir auch am Telefon erledigen können.«

»Presserecht ist nicht mein Spezialgebiet«, erwiderte Romy, während sie sich seinem flotten Tempo mühelos anpasste.

»Sondern?«

»Gewaltdelikte, Mord«, gab sie in lapidarem Ton zurück.

Klasen stoppte. »Wie bitte?«

»Lassen Sie uns in Ihrem Büro weiterreden.«

Er ging langsam weiter. Romy spürte seinen Seitenblick wie eine Berührung. Als sie ihm schließlich an seinem Schreibtisch – ein schönes Möbelstück aus seidig glänzendem Mahagoniholz – gegenübersaß, war die Anspannung deutlich spürbar. Das allein bedeutete noch gar nichts – viele Menschen reagierten zumindest unsicher, wenn die Polizei unvermutet auftauchte. Klasen nahm einen Stift zur Hand und legte ihn wieder beiseite.

»Sagt Ihnen der Name Piet Weber etwas?«, fragte Romy. »Oder auch Robin Kolkrabe?«

Klasen sah sie verblüfft an, dann kniff er die Augen zusammen. »Ich kenne Weber aus der Redaktion in Greifswald – das ist Ihnen sicherlich bekannt, sonst wären Sie wohl kaum hier.«

»Sie hatten nicht den besten Draht, soweit ich weiß.«

Er blickte sie nachdenklich an. »Sagen Sie einfach, worauf Sie hinauswollen, okay? Umso eher kann ich wieder meinem Job nachgehen.«

Romy nickte. »Einverstanden.« Sie überlegte kurz. »Wir untersuchen im Umfeld mehrerer Gewalt- und Tötungsdelikte auch einen Überfall auf Ihren Exkollegen. Die Tat liegt bereits einige Jahre zurück. Beim Recherchieren sind wir auf einen schwerwiegenden Konflikt zwischen Weber und Ihnen gestoßen.«

Klasen verschränkte die Hände. »Ich bin sehr gespannt, wie Sie diesen Bogen spannen werden«, meinte er.

»Wir haben einen Hinweis erhalten, dass Piet Weber möglicherweise in eine ziemlich miese Falle gelockt wurde – mit angeblich hochbrisantem Material zu einem Unternehmen, das ihm zugespielt wurde, und in deren Folge er …«

»Moment mal – behauptet er tatsächlich, dass ich etwas damit zu tun hatte?«

Romy schüttelte den Kopf. »Er weiß nicht einmal, dass wir einem solchen Hinweis nachgehen. Er geht von einem völlig anderen Hintergrund aus.«

»Und wie bitte schön kommen Sie auf mich?«

Romy behielt ihn im Blick. Sie nahm ihm seine Empörung nicht ab. Er hatte Mühe, seine Verblüffung zu verbergen. »Das ist gerade zweitrangig«, erklärte sie. »Fest steht, dass Sie ein Motiv hatten und dass es in Ihrer Vita Lücken in einem für diese Delikte entscheidenden Zeitraum gibt.«

»Das nennen Sie einen Beweis?«

»Nein – aber das berechtigt mich zu Nachfragen.«

»Die ich nicht beantworten muss.«

Romy hob beide Hände. »Nein, müssen Sie nicht.«

Er wies mit knapper Gestik in Richtung Tür. »Das klingt gut. Damit ist das Thema für mich beendet. Bitte halten Sie mich nicht länger von der Arbeit ab.«

Romy stand auf. Da konnte man nichts machen, vorerst zumindest nicht. Mit der Hand auf der Klinke drehte sie sich noch einmal um. »Er hat Ihnen die Frau ausgespannt und dafür gesorgt, dass Sie im Redaktionsteam keinen Fuß mehr auf den Boden bekommen. Ich könnte verstehen, wenn Sie eine Gelegenheit ergriffen haben, ihm so richtig eins auszuwischen.«

Klasens Blick wurde dunkel und starr. Romy hielt ihm stand, während sie das vibrierende Handy aus ihrer Tasche zog – Max. Sie stellte die Verbindung her, während sie Klasen nicht aus den Augen ließ. »Kollege? Hast du was für mich?«

»Ich denke, er war dort«, erklärte Max. »Finn hat ihn entdeckt. War nicht besonders schwer, hat er betont. Klasen hat ein Seminar für leitende Mitarbeiter von Kayser und Partner veranstaltet – es ging um PR-Maßnahmen im weitesten Sinn, Text-, Foto- und Filmgestaltung, der übliche Kram. Wochen später fand der Überfall auf Kolkrabe statt. Wenn du mich fragst …«

»Danke«, erwiderte Romy knapp und steckte das Handy wieder ein. »Sie haben das Unternehmen Kayser und Partner gut kennengelernt, wie ich soeben erfahren habe. Ein paar Wochen nach Ihrer Veranstaltung für leitende Mitarbeiter wurden Weber Dokumente zugespielt, die ihn in Teufels Küche brachten – es hat sein Leben zerstört, trifft es wohl eher.«

Klasen zuckte mit keiner Wimper. »Mein Mitgefühl hält sich ehrlich gesagt in Grenzen. Ich habe seinerzeit in vielen Unternehmen Seminare veranstaltet. Das bedeutet letztlich für Ihren Verdacht: nichts. Und das wissen Sie auch, sonst hätten Sie mich längst in die Dienststelle beordert.«

»Was meinen Sie – wie wird sich wohl Ihre Expartnerin äußern, wenn wir sie befragen?«

»Keine Ahnung. Ich habe keinen Kontakt zu ihr.«

»Herr Klasen – Piet Weber kann von Glück sagen, dass er den Angriff überlebt hat!«

»Piet Weber – oder auch Kolkrabe – interessiert mich nicht. Offenbar hat er aufs falsche Pferd gesetzt. Das kommt vor …«

»Sie haben sich Zugang verschafft und hochsensible Daten weitergeleitet.«

»Ach, wirklich?«

»So könnte es gewesen sein.«

»Hätte, könnte, sollte. Damit kommen Sie nicht weit, das kann ich Ihnen versichern.«

»Sie wollten ihn zerstören, und das ist Ihnen auch gelungen.«

»Sein Werdegang interessiert mich nicht. Was ihm zugestoßen ist, lässt mich ziemlich kalt. Aber das allein ist noch kein Motiv, geschweige denn ein juristisch bedeutsamer Beweis. Kommen Sie wieder, wenn Sie etwas gegen mich in der Hand haben.«

»Das werde ich ganz bestimmt.« Sie starrte ihn einen Moment an. »Nur noch eine Frage: Wie echt waren die Dokumente? Wie viel haben Sie hinzugefügt oder weggelassen?«

Dazu sagte Klasen nichts, und Romy verließ das Büro. Es sprach einiges dafür, dass der Mann seine Hände im Spiel und bittere Rache geübt haben könnte – oder zumindest Mitwisser einer bösen Intrige gewesen war. Aber der Konjunktiv brachte sie an der Stelle keinen Zentimeter weiter, selbst wenn ihr Bauchgefühl noch so sehr von seiner Beteiligung überzeugt war. Und die Tatsache, dass das Geschehen viele Jahre zurücklag, war alles andere als förderlich. Doch was bedeutete diese Entwicklung in Bezug auf den Mord an Gerd Koller und den Überfall auf Kolkrabe? Hatte Klasen tatsächlich echte Daten geleakt? Dann könnte Kayser nach wie vor im Verdacht stehen, mit dem Überfall auf Kolkrabe und dem Verschwinden von Gerd Koller in Verbindung zu stehen.

Romy verharrte. Warum hätte Klasen echtes brisantes Material ausgerechnet an seinen ärgsten Feind liefern sollen? Ihm war es darum gegangen, Kolkrabe in eine Falle zu locken – mit verzerrten Darstellungen, die ihm um die Ohren fliegen sollten. Das allein war seine Absicht gewesen. Und womöglich hatte Kayser trotzdem die Initiative ergriffen – weil sehr wohl schmutzige Geschäfte abliefen, zu denen nichts bekannt werden durfte. Und wie passte der Hinweis von Christoph Schmied, einem ehemaligen Mitarbeiter von Kayser, zu dieser Annahme?

Romy lief weiter. Als sie im Wagen saß, hinterließ sie Ruth eine Sprachnachricht.

Es war so einfach gewesen, dass er der Verlockung nicht hatte widerstehen können, in zweifacher Hinsicht, um genau zu sein. Die Chefin der Buchhaltung hatte ein Auge auf ihn geworfen – und Klasen hatte sich nicht lange bitten lassen. Er hatte nichts zu verlieren gehabt, und der Frau schien es ganz ähnlich zu gehen. Es hatte nicht vieler erklärender Worte bedurft, und sie hatten sich nach dem letzten Seminartag in ihrem Büro ein paar vergnügliche Stunden gegönnt. Die Frau war schließlich dezent alkoholisiert auf dem Sofa in einem Nebenraum hinter der Teeküche eingeschlafen. Klasen hatte seine Klamotten zusammengeklaubt und sich wenig später aus dem Zimmer geschlichen.

Kurz darauf war er noch einmal ins Büro zurückgekehrt, um sein Handy zu holen. Sein Blick fiel auf den Schreibtisch. Die Buchhaltungsunterlagen hatten in einem Ablagekorb in einer Mappe gelegen – Vorbereitungen für den Jahresabschluss, dazu Notizen und Angaben zu Geschäftspartnern und Projekten. Die Chefbuchhalterin gehörte offenbar zu den Menschen, die immer auch noch ein Stück Papier benötigten, um Vorgänge nachvollziehen zu können; auf einem bunten Merkzettel war zudem der Dateiname notiert. Dass die sensiblen Daten offen herumlagen, verwunderte nur auf den ersten Blick, denn normalerweise war das Büro der Chefin abgeschlossen, und niemand sonst – abgesehen vom Sicherheitsdienst – hatte einen Schlüssel zum Allerheiligsten dieses Geschäftsbereichs.

Klasen konnte sich noch sehr gut daran erinnern, wie er einen langen Augenblick vor dem Schreibtisch stehen geblieben war und seinem Atem gelauscht hatte, während in seinem Kopf ein Film abzuspulen begonnen hatte, der ihn in zunehmend größere Aufregung versetzte. Kayser und Partner waren in mehreren Geschäftszweigen auch überregional und international aktiv, so viel hatte er längst mitbekommen. Er war als Journalist durchaus hellhörig, wenn es um große Erfolge, viel Geld und schillernde Verbindungen ging. Der Verdacht, dass das eine oder andere Projekt nicht korrekt abgerechnet wurde und Geschäftspartner beteiligt waren, die alle möglichen Interessen vertraten, klang alles andere als weit hergeholt, wie Klasen später bei weiteren Recherchen herausfand. Die Idee, bei einer sich spontan bietenden Möglichkeit zuzugreifen und aus seinen leisen Vermutungen etwas Kreatives zu gestalten, lag auf der Hand, zumindest in diesem Moment. Kayser würde es sich garantiert etwas kosten lassen, um zu verhindern, dass sensible Interna nach außen drangen.

Er hatte sich noch einmal vergewissert, dass die Buchhalterin schlief, und eilig die Unterlagen fotografiert. Der Zugang zur entsprechenden Datei stellte auch keine besondere Herausforderung dar. Während die Chefbuchhalterin weiter selig vor sich hin schnarchte, benutzte er die Logindaten, die sie – ja, tatsächlich – unter ihrer Tastatur auf einem Zettel notiert hatte, und kopierte die Daten auf einen Stick. Kaum zehn Minuten später verließ er das Gebäude durchs Treppenhaus und benutzte einen Nebenausgang.

Am nächsten Tag waren ihm die ersten Bedenken gekommen. Die gestohlenen Dokumente waren insgesamt und für sich allein betrachtet nicht aussagefähig genug, ein erfolgreiches Unternehmen in die Enge zu treiben – zu erpressen, um es auf den Punkt zu bringen. Dazu bedurfte es weiterer Hinweise. Und lohnte sich der Aufwand, um mit einer solchen Geschichte punkten zu wollen? Die nächste Frage schloss sich unmittelbar an: Verlief sein

Leben tatsächlich inzwischen derart armselig, dass er sich einen Adrenalinschub der besonderen Art sowie einen satten finanziellen Regen erhoffte, indem er das Wagnis einging, einen gefragten Unternehmer mit krimineller Energie unter Druck zu setzen – obwohl er mit dem Seminar ziemlich gut verdient hatte? War er so tief gesunken? Und zudem bereit, ein derart hohes Risiko einzugehen? Das Argument wog schwer, doch sein Schamgefühl hielt sich in Grenzen, dagegen stand das sachliche Abwägen im Vordergrund, als er schließlich entschied, das Vorhaben – die Schnapsidee seines zutiefst verletzten Egos – wieder fallenzulassen.

Die Frage nach dem armseligen Leben ließ ihn allerdings nicht wieder los, und eine Woche später beschäftigte er sich erneut mit den Unterlagen. Nun entwickelte sich eine ganz andere Idee, die ihn zunehmend faszinierte. Er würde kein Wagnis eingehen und sich damit nicht die Finger verbrennen sowie auf weitere intensive Nachforschungen verzichten. Aber wie wäre es, mit anzusehen, wie ein anderer an der Stelle ins Risiko ging? Und sich die Finger verbrannte? Piet Weber war dafür verantwortlich, dass Klasen den Boden unter den Füßen verloren hatte – Frau, Job, Ansehen. Er hatte mühsam um kleine Erfolge und einen Neubeginn kämpfen müssen. Die Vorstellung, den Schuldigen für seine Misere mit zugespielten Dokumenten aufs Glatteis zu locken, wo er dann krachend einbrechen würde, bereitete ihm von Stunde zu Stunde mehr Vergnügen. Piet Weber hielt sich für einen mit allen Wassern gewaschenen Journalisten, scharfsinnigen Rechercheur und überaus fähigen Redaktionsleiter, darüber hinaus natürlich für unwiderstehlich. Auslöser und Zeuge seines Scheiterns werden zu können, wärmte Klasen das Herz und entschädigte bereits im Vorfeld für manchen Schmerz.

Allerdings bedurfte es dazu noch einiger vorbereitender Maßnahmen. Die Dokumente zu Kayser mussten »ergänzt« werden, zum Teil mit handschriftlichen Details – auch Weber würde erst zugreifen, wenn ihn eine authentische Brisanz überzeugte, zum Beispiel durch eingefügte Namen und Hinweise auf zwielichtige Geschäfte und Partner. Klasen zweifelte nicht einen Moment daran, dass Weber wie elektrisiert reagieren und sofort aktiv werden würde. Wenn alles richtig gut passte, würde er wenig später große Probleme bekommen. An der Stelle konnte Klasen sich gemütlich zurücklehnen und aus der Ferne beobachten, wie Piet Webers Stern unterging – unter womöglich großem Getöse und mit sehr viel Häme von Klasens Seite. Ein Unternehmen wie Kayser und Partner würde sich zu wehren wissen, wenn ein Journalist betriebswirtschaftliche Interna, noch dazu falsche, verbreitete und die Geschäfte in Misskredit brachte. Rufmord, Schadensersatz und so weiter. Keine Redaktion würde ihn dann noch beschäftigen wollen.

Doch Webers Stern ging nicht unter, genauer gesagt: Es passierte gar nichts. Klasen war einigermaßen verblüfft und zunehmend konsterniert. Hatte Weber mitbekommen, dass etwas nicht stimmte? Oder ließ er sich lediglich Zeit? Eine Woche später entschloss sich Klasen, das Ganze näher in Augenschein zu nehmen. Er beauftragte einen Privatdetektiv, mit dem er zu anderen Zeiten häufig zusammengearbeitet hatte, Weber im Blick zu behalten. Das Ergebnis war höchst erfreulich. Wie es schien, hatte Weber die Zollfahndung informiert und war davon überzeugt, einer ganz heißen Sache auf der Spur zu sein. Klasen war hochzufrieden. Nun musste er nur noch seelenruhig abwarten, um dann Webers kompletten Absturz genießen zu können.

Doch wieder geschah: nichts. Das kann nicht sein, hatte Klasen ein ums andere Mal gedacht. Warum reagierte niemand auf Firmenseite? Dass die Zollfahndung unterwegs war, dürften sie längst mitbekommen haben, ebenso Webers Aktivitäten. Und warum sollte Klasen nicht ein weiteres Mal nachhelfen? Der Gedanke tauchte zunächst als verschwommene Idee auf – eine bitterböse gewalttätige Racheaktion, bei der Klasen zu keinem Zeitpunkt auch nur den Ansatz eines Verdachts erregen würde. Je länger er darüber nachdachte, desto verführerischer gestaltete sich das Szenario.

Wenige Tage später wandte er sich in einer anonymen Nachricht an einen Clubbesitzer aus Stralsund, dem Weber im Jahr zuvor mit einer Reportage über dessen Verbindungen ins Drogenmilieu erheblich geschadet hatte. Er hatte seinerzeit wüste Drohungen gegen Weber ausgestoßen, und Klasen war sicher, dass der Mann nicht lange zögern würde, wenn sich ihm die Gelegenheit bot, dem Journalisten Feuer unter dem Hintern zu machen. Klasen sollte recht behalten, und zwar wortwörtlich.

Und viele Jahre später stellte eine Kommissarin Fragen zu der alten Geschichte – zu einem Zeitpunkt, zu dem sich für Klasen längst alles zum Besten entwickelt hatte. Wie nannte man so etwas – einen Bumerang?

17

Robin Kolkrabe wohnte zurzeit in einem bescheidenen Wohnmobil auf dem Greifswalder Campingplatz an der Dänischen Wiek. Er hatte verlegen geklungen, als er Ruth am Telefon den Weg beschrieb. »Zu mehr reicht es gerade nicht. Es kommen auch wieder andere Zeiten. Vielleicht sollten wir uns doch woanders treffen …«

»Ach was. Machen Sie sich darüber keine Gedanken. Ich mag Campingplätze.«

Das war schlicht gelogen. Ruth hatte dem Campen noch nie etwas abgewinnen können. Die ständige aufgezwungene Nähe zu anderen Menschen behagte ihr nicht. Sie wollte weder mitbekommen, ob sich ein Paar im Nachbarzelt stritt oder Sex hatte, noch interessierten sie Einzelheiten zu Ausflugs- oder Essensplänen, Familienstreitigkeiten oder Eifersuchtsszenen. Doch Kolkrabe wirkte sehr befangen – er schämte sich für seine persönliche Situation, und es konnte nicht schaden, ihm an der Stelle sein Unbehagen zu nehmen.

Als sie eintraf, hatte er Kaffee auf einem kleinen Tisch bereitgestellt. Die Tür zum Wohnmobil war weit geöffnet. Selbstgebaute Einbauschränke und ein Klapptisch waren zu erkennen. Das Fahrzeug selbst war höchstwahrscheinlich älter als Kolkrabe.

»Die Kiste ist kein Vergleich zu meinem großen Transporter«, erklärte er leise. »Ich kann hier nur notdürftig …« Er winkte ab und warf ihr einen unsicheren Blick zu. »Lassen wir das.«

»Wie sagten Sie vorhin so schön – es kommen auch wieder andere Zeiten.«

Er setzte ein gezwungen wirkendes Lächeln auf, dann goss er

Kaffee ein. »Gibt es Neuigkeiten, über die Sie mit mir sprechen dürfen?«

Ruth warf einen Blick in die Runde. Sie musste zugeben, dass das Gelände fast idyllisch wirkte. Zelte und Camper standen in ausreichendem Abstand zwischen schattigen Bäumen und Büschen, der Platz bot einen schönen Blick auf Wiesen und Ostsee. Irgendwo lief leise Musik, ein vorüberschlenderndes Pärchen lachte, und es duftete nach Essen. Ruth dachte an die Unterredung mit Romy zurück und ließ sie eine Weile nachklingen, dann fasste sie Kolkrabe ins Auge. »Haben Sie eigentlich zu keinem Zeitpunkt an der Echtheit der Unterlagen gezweifelt?«

Er sah sie verdutzt an. »Nein. Aber natürlich habe ich mich vergewissert und entsprechend intensiv recherchiert. Die Informationen sind absolut echt. Davon war ja auch Koller überzeugt – ebenso Ihre Kolleginnen und Kollegen. Und meine weiteren Recherchen führten mich ziemlich nahe an die illustren Kreise der Wirtschaftskriminalität heran. Was ich teuer bezahlen musste, wie Sie wissen.«

Ruth nickte nachdenklich.

»Warum fragen Sie?«

»Könnten Sie sich vorstellen, dass Ihnen zumindest teilweise gefälschte Informationen vorgelegen haben?«

Kolkrabe schüttelte verwundert den Kopf. »Nein, natürlich nicht. Das ergibt doch gar keinen Sinn! Jemand lässt mir das Material zukommen, ich stelle Nachforschungen an, informiere den Zoll und kurz darauf …« Er winkte ab. »Sie kennen die Geschichte. Woran sollte ich zweifeln? Ich hielt brandgefährliches Material in den Händen, und jemand aus dem Unternehmen wollte unbedingt, dass die Geschäfte an die Öffentlichkeit gelangen – ohne dabei selbst ins Visier zu geraten.«

»Haben Sie Feinde?«

»Was?« Kolkrabe beugte sich vor. »Worauf wollen Sie eigentlich hinaus, Ruth? Ich darf doch Ruth sagen, oder?«

Sie nickte. »Wir gehen gerade auch der Frage nach, ob womöglich jemand daran interessiert war, Sie persönlich in allergrößte Schwierigkeiten zu bringen – mit sorgfältig präparierten Informationen.«

Er schüttelte entrüstet den Kopf. »Ich bitte Sie! Das ist doch Blödsinn. Warum hätte Kayser – oder jemand aus seinem Umfeld – mich derart einschüchtern lassen sollen, wenn ich falsche Informationen erhalten hätte? Das ist doch ...«

»Sie haben sich nie bemüht, die Quelle ausfindig zu machen?«

»Natürlich habe ich das! Aber ohne Erfolg. Ich weiß bis heute nicht, wer dahintersteckte.«

Ruth schlug ein Bein über das andere. »Ich möchte Sie bitten, an den Abend des Überfalls zurückzudenken und genau zu beschreiben, was passiert ist.«

Kolkrabe starrte sie an. »Muss das sein?«

»Ja – tut mir leid.«

»Da gibt es nicht viel zu beschreiben«, erklärte er schließlich. »Zwei Typen haben mich in meinem Wohnmobil überfallen – ich war auf der Rückfahrt von einer Recherchetour und wollte eine Pause einlegen, weil ich müde war. Ich bin raus und habe mir kurz die Beine vertreten ... Als ich zurückkam, warteten sie auf mich. Sie haben mich zusammengeschlagen und später meinen Wagen abgefackelt. Und das war es dann auch schon.«

»Können Sie wiedergeben, was sie zu Ihnen gesagt haben?«, fragte Ruth weiter.

»Sie drohten mir an, dass ich die nächste Begegnung mit ihnen nicht überleben würde, das Gleiche gelte für meine Partnerin und unseren Sohn. Ich habe meine Nachforschungen sofort aufgegeben, und wir sind, wie Sie wissen, erst einmal untergetaucht. Als ich später erfuhr, dass Koller verschwunden war, stand für mich fest, dass wir uns mit Leuten angelegt hatten, die mindestens zwei Nummern zu groß waren und vor nichts zurückschreckten.«

Ja, genauso klingt es, dachte Ruth. Ich hätte zweifellos dieselbe Schlussfolgerung gezogen. Und solange sie keine weiteren Anhaltspunkte fanden, blieb der Ansatz eines womöglich persönlichen Motivs spekulativ, auch wenn Gregor Klasen nach Romys Ansicht für ein perfides Täuschungsmanöver durchaus infrage kam.

»Ist Ihnen irgendetwas aufgefallen an den beiden Schlägern?«, fragte Ruth einen Moment später weiter.

»Zwei große bullige Kerle – bezahlte Schläger, da bin ich ziemlich sicher. Die machten so was nicht zum ersten und garantiert auch nicht zum letzten Mal.«

»Woran haben Sie das festgemacht?«

»Sie waren maskiert und dunkel gekleidet, das wirkte sehr professionell, und sie hatten überhaupt keine Probleme, mich fertigzumachen.«

Ruth nickte nachdenklich.

»Ich war damit beschäftigt, mein Gesicht zu schützen«, fuhr Kolkrabe fort. »Und irgendwie zu überleben …« Er sah kurz zur Seite. »Da fällt mir ein – einer der Typen hatte ein Tattoo auf dem Unterarm, das mir irgendwie bekannt vorkam.« Er zuckte mit den Schultern. »Keine Ahnung, woher.«

Ruth beugte sich vor. »Geht das vielleicht doch etwas genauer?«

»Im Moment nicht«, Kolkrabe schüttelte den Kopf. »Ich bin selbst erstaunt, dass mir dieses Detail plötzlich in den Sinn gekommen ist.«

»Vielleicht fällt Ihnen später noch mehr dazu ein.«

»Ja, vielleicht.«

Ruth suchte seinen Blick. Sie war unschlüssig, ob es klug oder gar umsichtig war, das Gespräch auf Klasen zu bringen. Andererseits war sie gespannt auf seine Reaktion. »Gregor Klasen war in der Greifswalder Redaktion ein Kollege von Ihnen.«

»Stimmt.« Kolkrabe zog eine Braue hoch. »Wie kommen Sie plötzlich auf ihn?«

»Können Sie mir etwas zu ihm sagen?«

»Er war nicht lange bei uns.«

»Sie waren nicht ganz unschuldig daran, oder?«

»Er passte nicht ins Team.«

»Dafür passte seine Partnerin besser zu Ihnen?«

Kolkrabe blickte sie verdutzt an und atmete scharf ein. »Sie sind gut informiert. Ja – stimmt, seine Freundin hat sich damals von ihm getrennt. Es hat sofort zwischen uns gefunkt. Was soll ich sagen? So was passiert. Das Rad dreht sich weiter.«

Ruth wartete. »Können Sie sich vorstellen, dass er verletzt war?«

»Na klar. Wäre ich auch.«

»Es wurde gemunkelt, dass seine Partnerin bereits schwanger war, als sie Klasen verlassen hat, um eine neue Beziehung mit Ihnen einzugehen.«

Kolkrabes Augen weiteten sich. »Das ist Quatsch«, stieß er dann hervor. »Wer redet denn so einen Mist?«

»Gerüchteküche.«

»Sie ermitteln in Gerüchteküchen?«

Ruth lächelte. »Ich habe jemanden gefragt, der sich mit Tratsch und Klatsch in Journalistenkreisen auskennt.«

»Sie sagen es – Tratsch und Klatsch. Und nun verraten Sie mir mal, warum Sie Klasen erwähnen? Ich sehe keinerlei Zusammenhang mit den Geschehnissen.«

Das glaube ich dir gerne, dachte Ruth – du weißt allerdings auch nicht, dass dein ehemaliger Kollege einen Job bei Kayser hatte. »Wir suchen nach anderen Motiven und Verbindungen – der Vollständigkeit halber«, erklärte sie ausweichend.

Wenig später trank Ruth ihren Kaffee aus und machte sich auf den Heimweg. Kolkrabe blickte ihr einigermaßen verblüfft nach. Das sind mehr als seltsame Fälle, dachte sie, als sie den Wagen auf dem Hof abstellte. Zerfahren und brüchig, scheinbar in Sackgassen führend, plötzlich mit einem Paukenschlag endend, um später erneut an anderer Stelle aufzuflammen und abrupt in gänzlich neue Richtungen zu führen – mit neuen Motiven und Querverbindungen, Fragezeichen und Mutmaßungen. Was sie einte, war die Tatsache, dass bei jedem einzelnen Fall der letzte entscheidende Beweis fehlte. Die Toten der Familie Koller. Wie nah war der Großvater ihnen gewesen? Ruth schüttelte den Kopf. Sie stieg aus, als ihr Handy klingelte – es war Kolkrabe.

»Sie werden es kaum glauben, aber mir ist tatsächlich doch noch etwas zu dem Tattoo eingefallen – es war eine Art Drachenkopf«, erklärte er, und seine Stimme klang verblüfft. »Und ich habe das schon mal gesehen – in einem Club, in dem ich mal recherchiert habe, hing so ein Bild.«

»Ein Club?«

»Ja. Ein schillernd bunter Laden in Stralsund.«

Ruth wartete.

»Das ist irgendwie merkwürdig.«

»Was genau?«

»Ich hatte eine Weile zuvor mal etwas zu denen recherchiert – Verbindungen ins Rotlichtmilieu, Drogen und so weiter. Und es wurde ziemlich unangenehm für die.«

Ruth warf einen Blick in ihren Garten, der friedlich in der späten Nachmittagssonne ruhte. Ein Vogel flog über sie hinweg.

»Sind Sie noch dran?«, fragte Kolkrabe.

»Das bin ich.«

»Klingt seltsam, oder?«

»Da stimme ich Ihnen zu.«

»Aber ich verstehe trotzdem nicht …«

Aber ich, dachte Ruth. Zumindest ahne ich, worauf das Ganze hinauslaufen könnte. Du bist Opfer einer durchtriebenen Racheaktion geworden. Die Frage lautete nur noch, was Gerd Koller damit zu tun hatte.

»Das ist doch absurd!«, ergriff Kolkrabe erneut das Wort. »Die haben mich eindeutig bedroht …«

»Wirklich? Es ist doch in Ihrem Job immer das Gleiche – Sie wühlen Dreck auf, und das gefällt den Leuten nicht, die das zu verantworten haben und zur Rechenschaft gezogen werden könnten. Und aus welcher Branche der betroffene Geschäftsmann kommt, ist doch fast zweitrangig.«

»Aber die Unterlagen aus der Firma …«

»Hat Ihnen jemand zugespielt – wer auch immer. Sie wirken einleuchtend – das sollten sie auch –, und womöglich gibt es sogar etliche Schnittpunkte, an denen es für Kayser und seine Partner durchaus brenzlig hätte werden können. Das wirkt dann erst recht authentisch. Doch der Rest war Fake. Und damit hatte es sich dann auch schon – diese Hinweise reichen nicht für ein Verfahren, höchstens für einen Anfangsverdacht.«

Stille.

»Ich sollte denken, dass Kayser dahintersteckt«, meinte Kolkrabe schließlich in rauem Flüsterton. »Ich war ein paar Jahre auf der Flucht, habe alles verloren, weil ich dachte, dass mich einflussreiche Wirtschaftskriminelle mit weitreichenden Verbindungen auf dem Schirm haben.«

Dabei hat dich ein Clubbesitzer verprügeln lassen, dem du mal auf die Füße getreten bist und der sich nicht lange bitten ließ, als er einen Tipp erhielt. So könnte es gewesen sein. Gregor Klasen. Er dürfte sich bitter gerächt haben. Ruth wollte gerade auflegen, als Kolkrabe noch einmal das Wort ergriff. »Und wie passt das mit Koller zusammen? Was hat der Zollfahnder damit zu tun?«

»Das ist womöglich eine ganz andere Geschichte, die wir in einen Topf geworfen haben – weil der zeitliche Rahmen stimmte und der Zusammenhang auf der Hand zu liegen schien«, entgegnete Ruth. »Ist Ihnen irgendwas an dem Mann aufgefallen, was uns weiterhelfen könnte?«

»Ich habe ihn nur zweimal getroffen. Ein ernster engagierter Mann, der davon überzeugt war … Ach, lassen wir das.« Leises

Räuspern. »Beim letzten Mal hatte er seinen Enkel dabei. Ein aufgeweckter Junge mit klugen sanften Augen.«

»Jakob?«

»Ich kannte den Namen nicht. Ein Teenager, zwölf, vielleicht dreizehn Jahre alt. Dem entging nichts, das war mein Eindruck.«

»Wie meinen Sie das?«

»Er saß im Wagen und hatte den Blick auf Koller und mich gerichtet. Er wirkte konzentriert. Es war übrigens Winter. Keine Ahnung, warum ich da gerade jetzt draufkomme. Ein kalter klarer Tag unter stahlblauem Himmel. Ich war etwas verblüfft, dass Koller den Jungen mitgebracht hatte. Ein Kind hatte bei solchen Treffen eigentlich nichts verloren.«

»Haben Sie ihn darauf angesprochen?«, fragte Ruth.

»Ja. Und er hatte eine seltsame Antwort. Er meinte, es sei besser, ein Auge auf ihn zu haben.«

Ruth stutzte. »Wie könnte er das gemeint haben?«

»Ich weiß es nicht. Als ich Koller danach fragte, hat er nur abgewinkt. Es hat mich zugegebenermaßen auch nicht sonderlich interessiert – Familienkram, denke ich. Wie gesagt – ich fand es nur etwas merkwürdig, dass er ihn zu einem solchen Termin mitgebracht hatte.«

Ja, das ist sehr seltsam, dachte Ruth. Sie beendete das Telefonat und schickte wenig später ein Memo in die Runde. Sie war gespannt, ob die Stralsunder die Sache mit dem Club aufgreifen würden.

Der Club mit dem Drachenkopf. Jan war einigermaßen verblüfft über diesen denkbaren Zusammenhang, während er am nächsten Morgen die Einzelheiten von Ruths Bericht durchging. Bei einem Telefonat mit einem Kollegen von der Drogenabteilung erfuhr er, dass zurzeit ein Verfahren gegen den zweiten Geschäftsführer lief. Noch befand sich der Mann auf freiem Fuß. »Aber das könnte sich bald ändern«, erläuterte der Kollege. »Uns liegen weitere Hinweise vor. Wenn er nicht vorher abtaucht …«

»Wann wollt ihr ihn befragen?«

»Sobald die Akte vollständig ist. Da fehlt noch …«

»Das wäre wann?«

»Ähm …«

»Heute zum Beispiel?«

»Warum hast du es so eilig?«

»Ich möchte ihm in anderer Sache eine Aussage entlocken. Und ich denke, er wird gesprächiger, wenn ihm gleich von zwei Seiten Ärger droht.«

Der Kollege seufzte. »Um es auf den Punkt zu bringen: Du willst ihn unter Druck setzen und ihm einen Deal anbieten, bei dem unser Fall herhalten soll?«

»Im Prinzip schon, und zwar möglichst schnell, wenn du einverstanden bist. Das könnte auch die Abwicklung eures Falls deutlich beschleunigen. Letztlich ist es doch so: Geschlossene Akten sind immer noch die besten, oder?«

»Da kann ich dir nur zustimmen – dennoch, du weißt doch, wie eng hier gerade die Personaldecke ist. Selbst wenn ich alle Hebel in Bewegung setze …«

»Ich könnte dich begleiten, und wir machen noch heute Nägel mit Köpfen.«

Der Kollege legte eine Pause ein. »Scheint ja richtig dringend zu sein. Hängt das mit euren Ermittlungen auf Rügen zusammen?«

»Vielleicht.«

»Na schön. Ich hätte nichts dagegen, wenn die Akte endlich von meinem Stapel verschwindet. Treffen wir uns gegen Mittag vor dem Club und besprechen die Vorgehensweise. Um die Zeit machen sie immer Kasse und führen wichtige Gespräche. Vielleicht erwischen wir den Knaben. Unser Mann hält sich übrigens für den kommenden Al Capone. Du kannst gerne die Regie übernehmen.«

»Klingt gut.«

Al Capone war Mitte vierzig, hieß Rolf Poschnik und wirkte auf den ersten Blick wie ein erfolgreicher und überaus smarter Geschäftsmann, der gerade allerbester Stimmung war – Kurzhaarfrisur, gepflegter Vollbart, teurer Anzug, markantes Eau de Toilette, womöglich eine Spur zu dick aufgetragen. Das breite Lächeln verflog auch nicht, als Jan sich und den Kollegen vorstellte und um ein Gespräch unter vier beziehungsweise sechs Augen bat. Poschnik nickte dem Barmann zu, und sie nahmen in einer Sitzecke hinter der Theke Platz. »Kann ich Ihnen etwas anbieten?«

Jan schüttelte den Kopf. »Ein anderes Mal vielleicht.«

»Geht es immer noch um diese Drogengeschichte?«, ergriff Poschnik die Initiative und öffnete den Knopf seines Sakkos. »Mein Anwalt hat längst …«

»Ein paar Eingaben gemacht – ja, wie üblich«, warf Jan ein. »Ich denke, Ihnen ist längst klar, dass der Fall sich durchaus für Sie zuspitzen könnte – falls nicht heute, dann morgen oder spätestens übermorgen. Und solche Geschichten sind nicht gut fürs Image – Ihr ganz persönliches Image.«

Poschnik lächelte nonchalant und schüttelte den Kopf. »Ich denke, Sie wissen, dass Sie nicht besonders weit kommen mit Aussagen von Zeugen, die selbst genügend Probleme haben«, gab er gleichmütig zurück.

Und in diesem Ton ging es eine ganze Weile hin und her. Der Kollege aus dem Drogendezernat hatte Jan darauf vorbereitet, dass Poschnik den Gelassenen spielen würde. Dass ihn darüber hinaus DNA-Beweise und Handygespräche belasteten, in denen es um detaillierte Übergabemodalitäten und konkrete Preisverhandlungen ging, quittierte er mit einem Schulterzucken und einem lapidaren »Wir werden sehen, wie weit Sie damit kommen«.

»Ziemlich weit«, behauptete Jan.

»Im Moment reicht es ja offenbar noch nicht mal zu einer

Festnahme, sondern nur für ein weiteres Gespräch unter sechs Augen«, entgegnete er amüsiert.

»Nicht jeder Zeuge lässt sich von Ihnen kaufen oder einschüchtern. Und uns fehlen nur noch ein paar Formalitäten«, entgegnete Jan und lächelte ebenso breit.

An diesem Punkt verdunkelte sich Poschniks Blick zum ersten Mal. »Was wollen Sie dann hier?«

»Ein bisschen plaudern und das Prozedere für alle Beteiligten abkürzen. Das dürfte auch in Ihrem Sinne sein.« Jan legte ein Foto von Robin Kolkrabe alias Piet Weber auf den Tisch. »Kennen Sie den Mann?«

Poschnik kniff die Augen zusammen, musterte das Bild kurz und hob dann kopfschüttelnd den Blick. »Ich denke nicht. Ist das einer Ihrer Zeugen?«

»Das ist ein Journalist.«

»Aha.«

»Vor etlichen Jahren hat er mal etwas über den Club veröffentlicht, was Ihnen und Ihrem Chef gar nicht gefiel.«

»Er ist nicht mein Chef. Wir sind Partner.«

»Sie sind der zweite Geschäftsführer.«

»Reine Formalie – wir sind gleichgestellt.«

»Auch gut, und wenn Ihnen das so wichtig ist, lasse ich den Chef selbstverständlich gerne weg.«

Poschnik runzelte die Stirn.

»Also? Entsinnen Sie sich an die Geschichte?«

Poschnik nickte plötzlich. »Ja, was soll's? Er hat was über den Club veröffentlicht, was vorne und hinten …«

»Auf den Einwand können wir gut verzichten«, warf Jan ein. »Lassen Sie uns zusammenfassen, dass Ihnen die Story nicht gefallen hat.«

»Und weiter? Wird er etwa gegen mich aussagen?« Poschnik lächelte plötzlich süffisant. »Wie lange ist das her? Fünf oder sechs Jahre?«

Jan hob das Kinn. »Nachdem Sie ihm mal so richtig eingeheizt haben, wird er sich das wohl sehr genau überlegen.«

Poschnik lehnte sich zurück. »Worum geht es hier eigentlich, Kommissar Riechter? Was genau werfen Sie mir vor? Diese Story ist Schnee von vorgestern.«

»Der Journalist ist von zwei Typen aus Ihrem Club verdroschen worden, sein Wohnmobil ging in Flammen auf, und ich will von Ihnen wissen, woher der Hinweis auf ihn kam, auch wenn die Geschichte zugegebenermaßen schon etwas länger zurückliegt.«

»Keine Ahnung, was Sie meinen, und woher wollen Sie eigentlich wissen …«

»Ach, kommen Sie! Das Unschuldslamm steht Ihnen gar nicht. Einer Ihrer Jungs konnte identifiziert werden.« Das war verdammt dick aufgetragen, klang aber gut. Jan beugte sich vor und hielt seinen Blick fest. »Sie wissen, dass Sie in der aktuellen Sache ganz schön in der Klemme sitzen. Wir könnten versuchen, den Richter oder die Richterin milde zu stimmen und das Verfahren abzukürzen, wenn Sie uns in einem anderen Fall einen Tipp geben, der lediglich der Aufklärung dient. Denken Sie mal über diesen Vorschlag nach.«

»Sie bluffen doch!«

Jans Kollege griff nach seinem Handy. »Soll ich Ihnen die Aufnahmen vorspielen, in denen ein gewisser Joe einen Treffpunkt für die Übergabe vorschlägt? Ihre Stimme ist sehr gut zu erkennen. Das dürfte reichen …«

»Das wird nie vor Gericht zugelassen! So was kann sehr leicht gefälscht werden.«

»Da wäre ich nicht so sicher.«

Poschnik kniff die Lippen zusammen. Jan nickte in Richtung seines Kollegen. »Solche Aufnahmen werden manchmal aus Versehen gelöscht«, sagte er leise. Jan war klar, dass das ein gewagter Schachzug war. Andererseits gab es zu Poschnik und seinen Drogenleuten genügend anderes Beweismaterial – eine einzelne Datei, die im digitalen Chaos verschwand, würde das Verfahren nicht entscheidend schwächen. Und im Tausch gegen einen Hinweis zu Kolkrabe würden sie an dem Punkt Eindeutigkeit gewinnen. Das klang ein bisschen nach Schachern um jeden Preis, doch manchmal ging es nicht anders.

Poschnik atmete tief ein. »Das kann ich nicht allein entscheiden. Ich muss telefonieren«, sagte er schließlich, stand auf und ging in Richtung Theke.

Jan blickte ihm nach. Und wenn er jetzt einfach verschwindet? Sein Kollege sah ihn mit gerunzelter Stirn von der Seite an – ihm schien der gleiche Gedanke durch den Kopf zu geistern. Dann haben wir Pech gehabt, dachte Jan.

Poschnik tauchte nach gut fünf Minuten wieder auf und nahm Platz. »Wir haben einen Tipp bekommen«, erklärte er unumwunden und warf einen Blick auf das Handy von Jans Kollegen. »Nun machen Sie schon.«

Jan schüttelte den Kopf. »Nicht so voreilig. Das reicht noch nicht. Von wem stammte der Hinweis?«

»Keine Ahnung. Wir haben den Anrufer nicht identifizieren können.«

»Ein Unbekannter ruft an, und ihr geht dem Hinweis sofort nach?«, fragte Jan.

»Wir wollten uns die Gelegenheit nicht entgehen lassen.«

»Er hat euch den Aufenthaltsort genannt, und Sie haben zwei Ihrer Leute losgeschickt?«

Poschnik zögerte, dann zuckte er mit den Achseln. »Möglich, dass es zu einer Auseinandersetzung mit dem Typen kam, aber zu Einzelheiten kann ich nicht viel sagen.«

»Natürlich nicht. Und Sie wissen auch nicht mehr, wen Sie losgeschickt haben?«

»Sagen wir so – ich bin unsicher, und mein Namensgedächtnis ist nicht so ausgeprägt.«

»Verstehe.« Jan wartete noch einen Moment, dann nickte er dem Kollegen zu, der die Datei löschte. »Ist Ihnen noch irgendwas aufgefallen?«

»Zu dem Anrufer? Nein. Verstellte Stimme, die Verbindung war verschlüsselt. Der wollte nicht erkannt werden, aber seine Angaben stimmten.«

Das war nachvollziehbar und für Poschnik bekanntes Terrain, dachte Jan. Dann zog er ein Foto von Gerd Koller aus der Tasche. »Hattet ihr zu dem auch einen Auftrag?«

Poschnik warf nur einen kurzen Blick und schüttelte den Kopf. »Wer ist das?«

»Er verschwand damals spurlos. Inzwischen ist seine Leiche entdeckt worden.«

»Und das wollt ihr uns anhängen? Ernsthaft?« Poschnik starrte Jan entrüstet an.

»Keineswegs. Ich stelle nur Fragen. Vielleicht ist euch was aufgefallen, als ihr dem Journalisten auf die Pelle gerückt seid. Die beiden haben damals zusammengearbeitet, und wir halten es für möglich, dass der Mann sich ebenfalls unbeliebt gemacht hat. Und dabei ist es dann nicht bei einer Schlägerei geblieben.«

»Nichts dergleichen«, betonte Poschnik und winkte ab. »Wir haben dem Journalisten klargemacht, dass er sich nicht in Dinge einmischen sollte, die ihn nichts angehen.«

»Und zur Sicherheit habt ihr dann auch noch sein Wohnmobil abgefackelt.«

Poschnik sah ihn stumm an.

»War das wirklich nötig?« Jan wusste selbst, wie unsinnig seine Frage klang.

Als sie den Club verließen, war kaum eine halbe Stunde vergangen. Der Hintergrund zum Angriff auf den Journalisten hatte sich vollständig aufgeklärt. Die Vorstellung, dass Kolkrabe sich seit mehreren Jahren versteckte, nur noch unter Pseudonym arbeitete und völlig isoliert lebte – ohne Familie, Freunde, Kollegen –, weil er auf die Finte eines gekränkten Mannes und seines angekratzten Egos hereingefallen war, nahm Jan für einen Moment gefangen. Was für ein niederträchtiger Racheakt, und es gab keine Chance, Klasen zur Rechenschaft zu ziehen. Zudem standen sie nun mit ihren Ermittlungen zum Mord an Gerd Koller wieder ganz am Anfang. Es konnte zwar nicht ausgeschlossen werden, dass der Zollfahnder dennoch Kaysers Missfallen erregt und in ein Wespennest gestochen hatte – das schätzten Romy und Ruth ähnlich ein –, doch die Wahrscheinlichkeit, einen Zusammenhang mit wirtschaftskriminellen Aktivitäten des Unternehmens herzustellen und auch beweisen zu können, war nach den aktuellen Erkenntnissen deutlich gesunken. Staatsanwalt Schwedtner würde nicht begeistert reagieren. Sie hatten eine Menge Ressourcen in Anspruch genommen – für nichts. Wir können Finn wieder abziehen, überlegte Jan weiter. Die vorliegenden Ergebnisse rechtfertigten keinen verdeckten Einsatz mit dem Fokus auf Kayser und Partner.

Jan bedankte sich beim Kollegen und fuhr zurück in die Dienststelle.

18

Romy war entnervt. Das Hin und Her, das im Grunde alle Koller-Fälle zumindest über einen längeren Zeitraum begleitet hatte, endete auch beim Zollfahnder in einer Sackgasse. Die neue, angeblich so heiße Spur war komplett ins Leere gelaufen. Schwedtner hatte vergleichsweise übellaunig auf die Ressourcenverschwendung reagiert und einen »zeitnahen und endlich präzise geführten Ermittlungsansatz« gefordert, wie Jan ihn zitiert hatte – ähnlich missmutig.

Romy spürte große Lust, Klasen zur Rechenschaft zu ziehen, aber Jan meldete sofort Bedenken an. »Vergiss es. Nichts davon hat eine Chance vor Gericht. Wir haben den Al-Capone-Typen überreden können, ein bisschen aus dem Nähkästchen zu plaudern. Er wird sich hüten, an der Stelle Details zu Protokoll zu geben. Und was Klasen angeht – der streitet einfach alles ab. Damit kommt er durch. Und das war es dann auch schon.«

»Ja, ich weiß.« Romy presste die Kiefer aufeinander. »Und jetzt? Wir sind doch nur auf Gerd Kollers Leiche gestoßen, weil uns Kolkrabes Hinweise alarmiert haben und die Rechercheergebnisse ganz klar in eine ganz bestimmte Richtung wiesen.«

»Stimmt. Und trotzdem liegen wir mit den Schlussfolgerungen falsch«, betonte Jan. »Nichts spricht aktuell noch dafür, dass es um einen Mord im Umkreis der Wirtschaftskriminalität ging. Also fangen wir noch mal von vorne an. Schwedtner gibt uns nicht mehr viel Zeit. Wenn wir Pech haben, versandet das Ganze und …«

»Diese Familie wird mir immer unheimlicher«, warf Romy ein. »Ein Teenager, der ein kleines Kind und seine Eltern tötet, weil er fürchtet, dass er des Kindesmissbrauchs überführt werden könnte, und schließlich im Streit mit dem eigenen Bruder den Kürzeren zieht und sein Leben verliert, und schlussendlich noch der Großvater, der vor Jahren Opfer eines Überfalls wurde – womöglich steckte auch Benjamin dahinter?« Sie schüttelte den Kopf. »Ich mache drei Kreuze, wenn das alles vorbei ist und ich nie wieder etwas von den Kollers hören muss.«

»Ich auch, Romy. Wir fangen einfach ganz von vorne an. Lass uns heute Abend noch einmal ausführlich reden. Ich muss in die nächste Besprechung.«

Romy legte das Telefon beiseite. Ein seltsames Gefühl durchströmte sie plötzlich. Der Tod des Zollfahnders steht nicht für sich allein, dachte sie. Vielleicht lag Jakob mit seiner Vermutung doch richtig – so gespenstisch sie sich auch anhören mochte. Benjamin hatte womöglich allen Grund zu der Annahme gehabt, dass ihm sein Großvater auf die Schliche gekommen war. Ich bin schon wieder mitten im Spekulieren, dachte Romy, und dennoch … Im Zeitraum vor fünf, sechs Jahren fielen zwei Ereignisse zusammen: das Verschwinden der kleinen Sira – und einige Monate darauf die Entdeckung ihrer Leiche – sowie das Abtauchen von Gerd Koller, der zunächst nicht mehr erreichbar war, ohne damit allerdings großartiges Aufsehen erregt zu haben. Im Kollegen- und auch Familienkreis hatte man es für möglich gehalten, dass er sich sang- und klanglos auf den Weg gemacht hatte, um seine Pension zu genießen, doch inzwischen war klar, dass er getötet wurde. Gab es noch mehr Parallelen?

Romy rief die Akte auf und vertiefte sich in den Bericht der Kriminaltechnik. Koller hatte schwere Stiefel getragen und offenbar auch Handschuhe – so weit hatten sich die Kleidungsreste identifizieren lassen. Romy griff zum Telefon.

»Es war auf jeden Fall kalt«, meinte Buhl wenig später. »Der Mann dürfte im Winter seinen letzten Atemzug gemacht haben, vergraben wurde seine Leiche garantiert erst später – verständlicherweise, denn niemand gräbt gerne in vereistem Erdreich.«

Romy ließ den Satz nachklingen.

»Was ist los, Kommissarin?«

»Das bedeutet, dass die Leiche eine Zeitlang in der Scheune lag?«

»Würde ich vermuten. Warum auch nicht? Die alte Bude hat doch niemanden interessiert, und selbst wenn da mal jemand einen Blick reingeworfen hat – eine Plane und ein paar Bretter und fertig, noch dazu bei Minustemperaturen. Wo ist das Problem?«

»Unser Datenexperte hat schon bei den anderen Koller-Fällen festgestellt, dass die Taten in der kalten Jahreszeit geschahen«, erklärte Romy.

»Na und? Dürfte wohl ein Zufall sein – was sonst?«

»Wahrscheinlich. Und doch bin ich sicher, dass Max in der entsprechenden Spalte seiner Datenerfassungstabelle mit süffisantem Lächeln ein Häkchen machen wird.«

»Wenn es so einfach ist, ihm eine Freude zu bereiten.« Buhl lachte leise. »Dann füg gleich noch hinzu, dass Gerd Koller von hinten erschlagen wurde. Die Kopfverletzungen dürften denen von Benjamin ähneln.«

»Der ist mit dem Hinterkopf auf einen Stein gestürzt«, erinnerte sich Romy.

»Oder so. Gibt es noch mehr dazu, oder kann ich mich wieder um meinen Kram kümmern?«

»Kannst du, danke, Buhl.« Romy legte auf und ging hinüber zu Max. »Gerd Koller ist auch eine Winterleiche«, bemerkte sie und brachte den Kollegen auf den neuesten Stand.

Max lächelte. »Manche Details stellen sich erst im Nachhinein als bedeutsam heraus. Da man vorher nicht weiß, um welche es sich handelt, muss man sämtliche Aspekte berücksichtigen. So einfach ist das.«

»Ich verstehe.« Sie blickte einen Moment ins Leere. Plötzlich fiel ihr eine Bemerkung von Ruth ein. »Koller hatte seinen Enkel beim letzten Treffen mit Kolkrabe dabei – übrigens auch in der kalten Jahreszeit. Der Journalist war ein wenig verblüfft, und Ruth zitiert Kollers Erklärung mit den Worten, ›es sei besser, ein Auge auf ihn zu haben‹.«

Max runzelte die Stirn. »Er hat auf ihn aufgepasst?«

Romy nickte langsam. »Denkbar, oder? Jakob erwähnte, dass er mit seinem Großvater über Sira gesprochen hat …« Sie strich eine Locke aus der Stirn. »Ich fürchte, wir landen am Ende doch wieder bei Benjamin.« Sie schüttelte den Kopf. »Es wird mir nichts anderes übrigbleiben, als ein weiteres Mal mit Jakob zu sprechen.«

Sie fuhr nach Dienstschluss über Sassnitz, doch Jakob war nicht zu Hause. Eine Nachbarin meinte, dass er am Morgen mit prallgepacktem Rucksack aufgebrochen sei. »Er war ziemlich guter Dinge«, berichtete die Frau im Plauderton. »Ein paar Tage Urlaub, meinte er.«

»Hat er erwähnt, wohin es gehen soll?«

»Nach Prag – Abifahrt.«

Romy lächelte. Sie war erleichtert. Dann hatten sich die Mitschüler also doch eines Besseren besonnen. Sie ging jede Wette ein, dass Oliver Baum die treibende Kraft für den Meinungsumschwung gewesen war. Das wird Jakob sicher guttun, dachte sie.

Finn war zutiefst enttäuscht. Sein erster verdeckter Einsatz hatte denkbar unspektakulär begonnen und sollte auf dieselbe Weise enden. Es gab keinen Bedarf für weitere Recherchen; seine bisherigen Aufgaben hatten darin bestanden, einen schlecht bezahlten und langweiligen Bürojob zu erledigen. Dabei waren ihm wichtige Geschäftsbereiche verschlossen geblieben, und so nebenbei und im Vorbeilaufen hatte er keinerlei relevante Erkenntnisse gewinnen können. Die Möglichkeiten, auf die IT zuzugreifen, waren zudem begrenzt – wollte er nicht auffallen. Und nun hatte sich das Thema komplett erledigt.

Als ihm Martin Holz, der Chef der Personalabteilung, am frühen Nachmittag den Auftrag erteilte, eingereichte Unterlagen für ein Bewerbungsgespräch zusammenzustellen und auszudrucken, hätte nicht viel gefehlt und Finn hätte Büro und Gebäude kommentarlos verlassen. Wozu sollte er sich noch mit solchen Arbeiten abgeben? Und warum druckst du dir den Mist nicht selbst aus?, war sein zweiter Gedanke gewesen. Dürfte ja nicht so schwer sein. Schließlich hatte sein Pflichtbewusstsein die Oberhand gewonnen. Er loggte sich in die Datenbank ein und rief die Dokumente auf. Kayser und Partner suchten zwei neue Leute, eine Stelle war offenbar bereits besetzt worden.

Finn gab den Auftrag an den Drucker weiter, stellte eine Mappe zusammen, fügte eine Liste mit Fragen von Arbeitgeberseite bei und machte sich auf den Weg ins Personalbüro. Er sah bereits von Weitem, dass die Tür einen Spaltbreit offen stand. Gesprächsfetzen drangen nach draußen. Finn verzögerte seine Schritte, blieb stehen, stellte sich etwas abseits und sah angeblich konzentriert auf sein Handy, während eine junge Frau an ihm vorbeieilte, die ihn keines Blickes würdigte. Finn blickte wieder hoch, lehnte sich an die Wand und linste seitlich in die Türöffnung. Jemand saß dem Personalchef gegenüber, so viel konnte er erkennen – ein Mann, der Stimme nach zu urteilen. Es gab nichts mehr für Finn zu tun, sein Job war eigentlich erledigt, doch er trat noch zwei Schritte näher und spitzte die Ohren, während er den Gang im Blick behielt.

»Der Junge ist wirklich gut«, sagte der Besucher gerade. »Ein kleines Genie mit scharfem Verstand. An dem werden wir noch viel Freude haben. Man muss ihm nur seinen Freiraum lassen, dann entwickelt er prächtige Ideen.«

»Aha. Und woher kennst du ihn so gut, Schmied? Der ist doch gerade mal achtzehn Jahre alt und hat eben erst das Abi gemacht«, fragte Martin Holz und klang erstaunt.

»Nicht weiter wichtig. Er wird jedenfalls in Kürze anfangen, für mich zu arbeiten – als freier Mitarbeiter. Vielen Dank, dass du seine Bewerbung an mich weitergeleitet hast.«

»Aber gerne doch. Aber, sag mal … woher wusste er eigentlich deinen Namen?«

»Er hat sich informiert, denke ich.«

»Aber dann hätte er doch wissen müssen, dass du schon längst deine eigene Firma hast.«

»An der Stelle war er vielleicht ein bisschen oberflächlich.« Der Mann, den Holz mit Schmied angesprochen hatte, schob ein leises Lachen hinterher.

»Auch ein kleines Genie macht mal Fehler?«

»Ja, so ungefähr.«

»Na dann – viel Glück mit dem Knaben.«

Finn wandte sich rasch ab und lief ein paar Schritte, als der Besucher aufstand und sich verabschiedete. Wenige Augenblicke darauf verließ Schmied das Büro, und Finn gab kurz danach die Bewerbungsmappe ab. Einige Minuten später notierte er sich das belauschte Gespräch so präzise wie möglich und loggte sich erneut in die Personaldateien ein. Der junge Bewerber, der sich bei Kayser beworben hatte, hieß Jakob Koller. Finn starrte verblüfft auf den Namen. Und Christoph Schmied war bis vor einigen Jahren als Sicherheitschef bei Kayser beschäftigt gewesen, erinnerte sich Finn an ein Memo von Romy. Er hatte sie auf die Ermittlungen angesprochen und einen Zusammenhang mit Kayser und dem Überfall auf Kolkrabe ausgeschlossen. Mehr noch – er hatte den Verdacht in den Raum gestellt, dass der Journalist auf falsche Informationen hereingefallen sein könnte, was ja inzwischen bestätigt war. Nun hatte Jakob sich bei Schmied beworben – und die beiden waren sich schon einmal über den Weg gelaufen.

Finn starrte eine Weile blicklos zum Fenster hinaus. Das konnte doch unmöglich ein Zufall sein. Eine halbe Stunde später machte er Feierabend. Im Wagen googelte er die Anschrift der

Sicherheitsfirma. Während er losfuhr, wählte er Romys Nummer und erstattete Bericht. Die Chefin schwieg einen Moment.

»Das klingt merkwürdig«, meinte sie dann. »Und ich frage mich, ob und wie viel Jakob damals mitbekommen hat. Wir wissen inzwischen, dass er bei einem Treffen seines Großvaters mit Kolkrabe dabei war – erstaunlicherweise.«

»Ich weiß, darauf hat Ruth hingewiesen. Aber was kann das bedeuten?«

»Das wüsste ich auch nur allzu gerne. Leider können wir ihn nicht sofort persönlich fragen. Er ist heute zur Abifahrt Richtung Prag aufgebrochen, wie ich gerade erfahren habe.«

»Ich dachte, die haben ihn ...«

»Offenbar hatte die Gruppe ein Einsehen«, führte Romy aus. »Ich denke, das dürfte ihn freuen.«

Einen Moment herrschte Schweigen.

»Vielleicht sollte ich doch noch ein paar Tage im Unternehmen bleiben«, schlug Finn einen Moment später vor.

»Das sehe ich auch so. Ich kläre das. Noch was, Finn – du unternimmst nichts ohne Rücksprache.«

»Na ja, ich dachte, ich könnte zumindest ...«

»Nein, Finn! Lass es. Keine eigenmächtigen Aktionen. Wir kommen beide in Teufels Küche.«

»Okay, du bist die Chefin.«

»So ist es. Wir lassen die neuesten Informationen sacken und besprechen morgen die weitere Vorgehensweise.«

Finn beendete das Gespräch und schlug schweren Herzens den Rückweg ein. Die Frage, wie der Sicherheitschef zu seiner Einschätzung über Jakob gelangt war, ließ ihn nicht los

Ein kleines Genie mit scharfem Verstand. An dem werden wir noch viel Freude haben. Man muss ihm nur seinen Freiraum lassen, dann entwickelt er prächtige Ideen. Finn wiederholte den Satz mehrfach stumm. Unbehagen stieg in ihm auf. Irgendetwas stimmte hier nicht. Jakob hatte sich nicht bei einem beliebigen Unternehmen beworben, sondern Kayser – beziehungsweise Schmied – bewusst ausgewählt. Und es existierte seit den damaligen Recherchen von Kolkrabe und dem Zollfahnder eine Verbindung. Nur welche? Jakob war seinerzeit dreizehn Jahre alt gewesen, sein Bruder fünfzehn. Die kleine Sira wurde vermisst, etliche Zeit später fand sich ihre Leiche. Kolkrabe erhielt angeblich brisantes Material, und nicht lange danach eskalierte die Situation. Der Journalist geriet in eine brenzlige Lage, Gerd Koller verschwand. Ein weiteres Mordopfer in dieser Familie.

Finn schüttelte den Kopf. Wir sollten nicht alle Fälle in einen Topf werfen. Nein? Was stimmte hier nicht?

Finn besorgte sich unterwegs einen Burger mit einer doppelten Portion Pommes und verschlang sein Essen heißhungrig vor dem PC, während er das Netz nach Christoph Schmied durchforstete – der Mann, der den Betrieb seines Stiefvaters übernommen hatte, nachdem er jahrelang bei Kayser angestellt gewesen war. Sein eigenes Unternehmen bot einen umfangreichen Service zu IT-Sicherheit, Objekt- sowie Personenschutz an. Auf den üblichen Seiten kam Finn nicht weit. Dort fand sich wenig Aufregendes – Schmied war zwar in den sozialen Netzwerken aktiv, doch die Beiträge bestanden in der Hauptsache aus gezielter Werbung und pointierter Selbstdarstellung ohne besondere Tiefe. Seine Vita verriet nichts Auffälliges. Finn vermutete, dass Schmied neben den üblichen Aufgaben sowohl für Kayser als auch für andere Auftraggeber riskantere Jobs erledigte. Ein unauffälliger Hackerangriff dürfte zum üblichen Handwerkszeug gehören, das Gleiche galt für Schnüffeleien.

Finn verteilte eine weitere üppige Portion Ketchup über den Pommes, eigentlich ertränkte er sie quasi unter der Soße, während er seine Gedanken kreisen ließ.

Wie könnte das damals abgelaufen sein?, überlegte er weiter. Schmied hatte seinerzeit mitbekommen, dass ein Zollfahnder unterwegs war. Er selbst hatte zunächst im Verdacht gestanden,

Informationen durchgesteckt zu haben – so jedenfalls hatte er sich Romy gegenüber geäußert. Und dann? Er hatte Gerd Koller ins Visier genommen und war dabei auch auf die Aktivitäten des Journalisten gestoßen. Und weiter? Es dürfte ihm höchstwahrscheinlich wenig Mühe bereitet haben, den Hintergründen auf die Spur zu kommen. Schmied wurde klar, dass Kolkrabe auf Fake News hereingefallen war – zumindest an diesem Punkt – und auch der Überfall nichts mit Kayser zu tun hatte, was er Jahre später Romy gegenüber mehr oder weniger klar andeutete und den Verdacht damit in eine andere Richtung lenkte. Darüber hinaus hatte es sicher grundsätzlich zu seinen Aufgaben gehört, Kayser aus welcher Schusslinie auch immer zu nehmen, weil der Unternehmer Wert darauf legte, dass seine Geschäfte nicht durchleuchtet wurden. So weit, so gut. Doch wo verbarg sich die Schnittstelle zu Jakob Koller? Womöglich gab es sie gar nicht, weil Jakob sich doch einfach nur beworben hatte?

Finn schüttelte den Kopf. Dazu passte Schmieds detaillierte Einschätzung gegenüber dem Personalchef nicht – sie hatte fast nach Schwärmerei geklungen. Kolkrabe hatte den Jungen seinerzeit bemerkt, also dürfte auch Schmied in diesem Zusammenhang auf ihn aufmerksam geworden sein.

Finn schob den Teller beiseite. Zurück an den Anfang: Warum hatte Gerd Koller seinen Enkel zu einem beruflichen Treffen mitgenommen? Um ein Auge auf ihn zu haben. Was genau steckte hinter dieser seltsamen Antwort? Die Befürchtung, dass Benjamin seinem Bruder etwas antun könnte? Und darum passte er auf den Jungen auf? Das klang schräg. Wir suchen an der falschen Stelle, dachte Finn plötzlich. Er spürte ein heftiges Kribbeln im Nacken. Er ging in die Küche und kochte sich einen starken Kaffee. Dann rief er Max an. Der Kollege ließ sich Zeit und nahm den Anruf erst nach dem fünften Klingeln an. »Was gibt's? Mach es kurz, ich bin gerade auf dem Weg ins Bett.«

»Warte noch einen Moment damit.«

Max gähnte.

Finn überlegte kurz. »Du bist der Experte im Team, wenn es darum geht, Schnittpunkte zu entdecken.«

»Bin ich«, erwiderte Max und gähnte erneut lautstark. »Danke für das Kompliment, doch um mir das zu sagen, hättest du dir auch noch bis morgen Zeit lassen können.«

»Hat Romy dich auf den neuesten Stand gebracht?«

»Was für eine Frage – das hat sie selbstverständlich. Dein Lauschergebnis ist ein weiterer merkwürdiger Aspekt in diesen Fällen, ich weiß. Komm auf den Punkt, Finn.«

»Wir suchen an der falschen Stelle.«

Seufzen. »Aha. Und wo würdest du suchen?«

»Ich würde noch mal ganz von vorne anfangen …«

»Das tun wir seit Monaten ein ums andere Mal. Ich kann den Satz schon nicht mehr hören.«

»Und wir landen dann früher oder später immer wieder beim großen Bruder.«

»Du hast es erfasst. Darauf dürfte es auch diesmal hinauslaufen. Und weißt du was? Da ist was dran. Der Bursche hat seine gesamte Familie auf dem Gewissen, warum nicht auch den Opa, der womöglich ebenfalls …«

»Und warum genau landen wir ein ums andere Mal bei diesem Ergebnis?«

»Weil der Knabe ein überzeugendes Motiv hat.«

»Sagt wer?« Finn hörte, wie der Kollege langsam den Atem entweichen ließ. »Es ist immer das Gleiche«, fuhr er eilig fort. »In dem Moment, in dem wir uns den Hintergründen nähern, präsentiert uns Jakob seinen Bruder – den Bösewicht, der alle ausschalten musste. Und er ist so überzeugend damit, dass vier Fälle auf dieser Grundlage gerichtlich geklärt und abgeschlossen wurden: der Tod der Eltern, Siras Sturz über die Klippen und schließlich Benjamins …«

»Erzähl mir was Neues, Finn.«

»Und nun wird es darauf hinauslaufen, dass auch der Großvater Opfer seines älteren Enkels geworden ist – weil die Geschichte mit Sira bereits seinerzeit Kreise zu ziehen drohte. Das wird Jakob uns anbieten – er hat es bereits angedeutet.«

»Sag ich doch.«

»Viele Details scheinen zu passen, doch letztlich …«

»Worauf willst du hinaus?«

»Es geht nicht um Benjamin«, schob Finn mit unsicherer Stimme nach. »Es ist nie um ihn gegangen.«

»Aber warum sollte Jakob seinen Bruder belasten?«

»Benjamin ist nicht der Täter, sondern der Sündenbock.«

Schweigen.

»Und er musste sterben, weil alles aufzufliegen drohte – weil er seinen kleinen Bruder durchschaut hatte.«

»Du willst doch nicht ernsthaft …«

»Jakob und Schmied sind sich damals begegnet«, fiel Finn ihm eilig ins Wort, seine Stimme bebte. »Und genau an diesem Punkt zeigt sich, dass an dem Konstrukt richtig was faul ist. Gib dem Gedanken nur einen Moment eine Chance, auch wenn er völlig bizarr klingt. Ich jedenfalls werde mir die Nacht um die Ohren schlagen und alle Akten noch einmal durchgehen – unter einem völlig neuen Gesichtspunkt. Wenn sich herausstellt, dass ich falschliege – okay, dann ist das so, und ich erwähne das Thema nie wieder. Aber ich bin meinem unguten Gefühl nachgegangen.« Finn atmete tief durch. Nun war es heraus. Er wusste, wie absurd das klang. »Danke, dass du mir zugehört hast.«

Max war schlagartig wach, und er wusste, dass er in dieser Nacht nicht mehr zur Ruhe kommen würde. Finns Verdacht klang zugleich völlig grotesk und aufwühlend. Ein Junge, der im zarten Alter von dreizehn anfing, seine Familie auszulöschen? Das schien kaum vorstellbar. Andererseits war Benjamin auch gerade fünfzehn gewesen, als sie bereit gewesen waren, ihn als Täter ins

Visier zu nehmen. Er hatte – angeblich – Sira in den Tod gestürzt. Vermeintliche Nacktfotos hatten ihn entlarvt und einen schwerwiegenden Beweggrund geliefert, der zunehmend plausibler schien. Und alle nachfolgenden Taten waren der Angst vor Entdeckung geschuldet gewesen – mit genau dieser abschließenden Einsicht hatte auch die gerichtliche Untersuchung schließlich geendet, basierend zum wesentlichen Teil auf den Aussagen seines jüngeren Bruders, der sich während einer Auseinandersetzung in Notwehr gegen Benjamin behaupten konnte. Anschließend hatte Jakob alle Spuren verwischt – angeblich hatte er die grausame Wahrheit über die Geschehnisse in seiner Familie nicht ertragen und war unfähig gewesen, dazu auszusagen.

Es gab nie einen anderen ernsthaften Zeugen als Jakob, überlegte Max weiter. Und niemand hat je Beweise für Kindesmissbrauch gefunden. Diese Aspekte hatte das Team bereits mehrfach beschäftigt und nachdenklich gestimmt – aber der jüngere Bruder war zu keinem Zeitpunkt ernsthaft in Zweifel gezogen worden, schon gar im Hinblick auf die Möglichkeit, dass er selbst als Täter infrage kommen könnte. Natürlich nicht. Wie sollte ein Achtzehnjähriger, der sich immerhin dann doch der Polizei gestellt und ein umfassendes Geständnis abgelegt hatte, in diesen Fokus geraten? Und wer verdächtigte einen Dreizehnjährigen, ein kleines Kind in den Abgrund gestürzt, seinen Großvater erschlagen, Jahre später die Eltern auf perfide Art beseitigt und schließlich den Bruder getötet zu haben?

Finn wagte nach langwierigen Ermittlungsbemühungen nun genau diesen Vorstoß – und der Anlass stimmte in der Tat nachdenklich, überlegte Max. Christoph Schmied selbst hatte die Initiative ergriffen und Romy mit seiner Überzeugung konfrontiert, dass ein Zusammenhang mit kriminellen Geschäften bei Kayser und Partner ein Irrläufer war. Nun stellte sich heraus, dass der Mann offenbar einiges mehr wusste – falls die Deutung des belauschten Gesprächsausschnittes zutraf, wie Finn sie dargelegt hatte.

Vielleicht hat es das Motiv des Kindesmissbrauchs nie gegeben, dachte Max weiter. Aber worum ging es dann? Er rieb sich mit beiden Händen übers Gesicht, dann trank er einen Espresso und fuhr ins Kommissariat.

Verknüpfungen – womit? Wonach suchte er? Jakob Koller und sein Umfeld. Auffälligkeiten. Brüche. Hintergründe, die bislang im Schatten geblieben waren, weil der Fokus zu keinem Zeitpunkt auf ihm gelegen hatte. Der Trauerblog. Die Fotos während der Feierlichkeiten, in deren Zentrum stets der schmerzerfüllte Jakob stand. Die Aufnahmen, die am Unfallort entstanden waren. Max kniff die Augen zusammen und sammelte weitere Stichpunkte, während sein PC erwachte. Die Gruppe der Mitschüler und Schülerinnen, die ihn ursprünglich von der Abifahrt ausschließen wollten, weil sich nicht immer alles um ihn und sein Familiendrama drehen sollte. So hatte Romy Oliver Baum zitiert. Ein Junge, der immer im Mittelpunkt stehen wollte. Ein überaus kluger junger Mann mit scharfem Verstand, der sich umfassende IT-Grundlagen so ganz nebenbei angeeignet hatte und mit offenen Armen in einem Sicherheitsunternehmen erwartet wurde, wo man ihm bereitwillig Freiraum gewährte, damit er prächtige Ideen entwickelte. Ein kleines Genie, das ständig um Aufmerksamkeit buhlte.

Benjamin war in Sorge um seinen kleinen Bruder gewesen, griff Max einen anderen Aspekt auf – Kommilitonen und Arbeitskollegen hatten unabhängig davon berichtet. Jakob hatte dieses Verhalten umgedeutet – Benjamin habe befürchtet, der jüngere Bruder könnte etwas ahnen, und das klang sehr überzeugend. Vielleicht war es genau andersherum gewesen: Den Älteren hatte ein schwerwiegender Verdacht belastet. Eine kaum aussprechbare Vermutung nach dem Tod der Eltern? So ähnlich könnte auch Gerd Kollers Haltung gedeutet werden, allerdings schon Jahre zuvor. Doch wie hatte alles begonnen? Und warum weigerte sich die Großmutter, Stellung zu beziehen? Aus Scham und Angst?

Max stellte sämtliche Aussagen zu Sira zusammen, ohne weiterzukommen. Beide Brüder hatten das Mädchen gekannt, Benjamin war ihr Babysitter gewesen. Ende. Keinerlei Auffälligkeiten. Und falls es sich bei dem Geschehen doch bloß um einen tragischen Unfall gehandelt hatte, den Jakob lediglich genutzt hatte, um Benjamin zu belasten und ein Tatkonstrukt aufzubauen? Oder war etwas geschehen, das gar nicht mit Sira begonnen hatte?

Max zögerte nur einen Moment, dann rief er Jakobs Trauerblog auf und überprüfte die Angaben zu seiner Vita. Jakob hatte sie ausführlich gestaltet und kaum etwas ausgelassen, angefangen von der Grundschule, Hobbys, Ausflüge, gewonnene Preisausschreiben, Schüler-Schachturniere, bei denen er fast durchgängig hervorragend abgeschnitten hatte, Bilder und kurze Videosequenzen, in denen er immer gut wegkam, die schließlich in die tragischen Ereignisse mündeten. Ein Selbstdarsteller der gehobenen Klasse, so oder so, dachte Max. Ich hätte auch keine Lust gehabt, mit ihm auf Abifahrt zu gehen. *Als ich meinen Bruder töten musste, um überleben zu können. Er hatte meine Liebe nie verdient.* Täter-Opfer-Umkehr.

Max sammelte Namen und Daten, Jahreszahlen und Querverbindungen und ließ unzählige Suchanfragen durchlaufen. Nach zwei Stunden machte er eine explosive Entdeckung.

19

Romy blickte verblüfft in die Runde, als sie im Kommissariat eintraf. Max und Finn blickten ihr mit übernächtigten Gesichtern entgegen, und Ruth kochte Kaffee und Tee. »Habe ich was verpasst?«

Ruth sah ihr mit hochgezogenen Brauen entgegen. »Ich schätze, es gibt Neuigkeiten.«

Romy nahm sich eine Tasse und wartete, bis der Kaffee durchgelaufen war. Sie fasste die beiden jungen Kommissare ins Auge, dann wandte sie sich an Finn. »Ist es so wichtig, dass du heute deinen Bürojob schwänzt?«

»Ich habe mich krankgemeldet. Und: Ja, es ist wichtig.«

Romy setzte sich an den Besprechungstisch. Die Spannung lag mit Händen greifbar in der Luft. »Spannt mich nicht so auf die Folter. Was habt ihr entdeckt, während ich friedlich geschlummert habe?«

Max aktivierte den großen Wandbildschirm. »Machen wir es kurz: Ausgehend von dem Gespräch, das Finn belauscht hat, haben wir uns ein völlig anderes Szenario vorgenommen und …« Er schloss kurz die Augen, schüttelte dann den Kopf und blickte schließlich abwechselnd Ruth und Romy an. »Ihr werdet überrascht sein.«

»Nun sprich es schon aus!«

»Es gab nie einen Täter Benjamin. Finn ist diesem Verdacht gestern als Erster nachgegangen, und schließlich haben wir gemeinsam einen neuen Ansatz entdeckt.«

Einen Augenblick blieb es still. »Von welchen Fällen sprechen wir?«, fragte Romy.

»Von allen. Es gehört alles zusammen. Es gibt ihn – den einen großen Topf.«

Wir suchen lediglich den Mörder von Gerd Koller, wandte Romy stumm ein, behielt die Bemerkung jedoch für sich. »Ich bin gespannt.« Sie sah Ruth an, die konzentriert nach vorne blickte. »Was haben wir bislang übersehen?«

»Eigentlich haben wir nur wenig übersehen«, entgegnete Max. »Wir haben lediglich falsch ausgewertet.«

»Dann bin ich ja beruhigt«, meinte Romy in ironischem Ton.

»Wir sind auf das nahezu perfekte Konstrukt eines gewieften und manipulativen Täters hereingefallen.«

Romy stellte ihre Tasse ab. Es klirrte leise. Sie runzelte die Stirn.

»Die Geschichte ist erst jetzt brüchig geworden – und zwar ausgehend von der Bemerkung von Christoph Schmied. Sie verändert alles, weil sie darauf hinweist, dass die beiden sich längst kennen. Und es gibt nur eine Möglichkeit, bei der sie aufeinander aufmerksam geworden sein können – nämlich während Gerd Koller und Kolkrabe zu Kayser und Partner recherchierten …«

»Tatsächlich?«, fasste Ruth nach.

Max blickte sie an.

»Versteht mich nicht falsch«, fuhr Ruth fort. »Die belauschte Sequenz hat mich auch irritiert, und der intensive Austausch im Team ist eine gute Idee. Doch wenn es darum geht, eine falsche Bewertung oder Einordnung zu erkennen, muss auch hierbei die Frage erlaubt sein, warum ihr an dem Punkt so konkret ableiten wollt, dass diese Bekanntschaft seinerzeit ausschlaggebend für das weitere Geschehen war und womöglich hinsichtlich des Mordes an Koller bedeutsam sein könnte. Vielleicht gibt es eine ganz harmlose Erklärung – Jakob hatte sich schon mal als IT-Experte beworben, und Schmied ist begeistert von seinem Talent. Wir wissen doch, dass in dem Bereich gerade sehr junge Menschen bereits Herausragendes leisten können. Alles andere ist Zufall. Könnt ihr das ausschließen?«

»Guter Einwand«, meinte Romy.

Finn nickte nachdenklich. »Das hat mich auch beschäftigt, zugegeben. Doch warum hat Schmied dem Personalchef nicht genau so auf dessen Frage geantwortet, woher er den Abiturienten kennt? Tut er aber nicht, er weicht aus – nicht weiter wichtig, meint er abwiegelnd. Und glaubt mir, ich erinnere mich präzise an diese Entgegnung. Sie irritiert. Er will nicht auf den Hintergrund eingehen, weil viel mehr dahintersteckt. Außerdem wird klar, dass die Bewerbung weitergeleitet worden war. Jakob hatte sich demnach bei Kayser beworben und dabei Schmied erwähnt, weil ihm nicht bewusst war, dass der damalige Sicherheitschef längst ausgeschieden war. Haltet ihr das wirklich für einen Zufall?«

»Wofür hältst du es?«

Finn tauschte einen schnellen Blick mit Max, der ihm zunickte. »Für die Fortschreibung einer Zusammenarbeit oder Bekanntschaft, die sich schon mal bewährt hat«, antwortete Finn dann.

Romy runzelte die Stirn. »Geht es vielleicht eine Spur weniger kryptisch?«

»Dazu müssten wir ganz von vorne beginnen, denn all das hat eine Vorgeschichte, die wir erst jetzt entdeckt haben.«

»Verratet uns doch erst mal, auf wen ihr euch eingeschossen habt«, drängte Romy und musterte Finn, der sich an seiner Tasse festhielt. »Auf wen läuft das hinaus? Wen haben wir übersehen? Einen Mitarbeiter von Kayser? Ich bin wirklich sehr gespannt.«

Leises Räuspern. »Das kleine Genie«, sagte Finn dann. »Jakob.«

Einen Moment lang war Romy fest davon überzeugt, sich verhört zu haben. Sie öffnete den Mund, doch Max kam ihr zuvor.

»Es ging nie um Kindesmissbrauch«, warf er rasch ein. »Das war nur ein Szenario, das Jakob entwickelt hat, um ein schwerwiegendes Motiv zu kreieren, mit dem diese Taten begründet werden können«, fuhr er hastig fort. »Haben wir uns nicht die ganze Zeit immer wieder gewundert, dass es keinerlei digitale Spuren gab und die Fotos lediglich als Ausdrucke vorlagen, die sonst niemand gesehen hat? Jakob ist der Täter. Und er ist mehr als ein kleines Genie. Er ist der geborene Manipulator – seit frühester Kindheit nie um eine Ausrede, Deutung oder Erklärung verlegen. Er hat uns alle vorgeführt und am Nasenring durch die Manege gezogen.«

Romy war selten sprachlos, jetzt jedoch fehlten ihr die Worte, und Ruth ging es ähnlich. Die Kollegin wirkte wie erstarrt.

Max beugte sich über sein Tablet und aktivierte eine Fotodatei, die auf dem Wandbildschirm aufleuchtete. »Ich bin in der letzten Nacht meinem seit vielen Ermittlungen besonders geschätzten Recherche-Ansatz nachgegangen – der Suche nach Verbindungen und Anknüpfungspunkten. Hier ist der erste, den ich entdeckt habe – ein Zeitungsartikel aus dem Jahr 2010.«

2010. Romy zuckte zusammen, als sie die Überschrift entziffert hatte: *Tragisches Unglück bei Schachturnier*.

»Bei einem Schachturnier der Acht- bis Zehnjährigen in Stralsund gewinnt der neunjährige Florian Becker«, erläuterte Max. »Es war eine knappe Entscheidung gegen …«

»Lass mich raten: Jakob Koller?«, warf Ruth murmelnd ein.

»Ganz genau. Doch dem Jungen blieb nicht viel Zeit, sich über den Sieg zu freuen. Bei dem abschließenden Fest in dem alten Schulgebäude kam es zu einem tragischen Unglück. Florian stürzte das Treppengeländer hinab und war auf der Stelle tot. Was genau passierte, konnte nie geklärt werden. Es gab keine zuverlässigen Augenzeugenberichte. Fest steht, dass die Kinder ausgelassen durch die Gänge getobt waren. Fest steht auch, dass Jakob mit dem zweiten Platz alles andere als zufrieden war.«

Max klickte eine weitere Datei an. Auf dem Foto war die Gruppe der Kinder aus den letzten beiden Endrunden des Schachturniers versammelt. Jakob stand etwas abseits. Sein Blick war dunkel, starr und feindselig. »Es gab und gibt keinen einzigen Beweis für einen Verdacht gegen den damals zehnjährigen Jakob, das ist mir klar, und Finn hat mich mit seinem Ansatz zunächst auch kalt erwischt, aber wenn sich im Umkreis einer Person – egal, wie alt sie ist – Todesfälle häufen, dürfen wir stutzig werden, oder?«

Stimmt, dachte Romy. Ihr war elend. Der Gedanke an einen jugendlichen Täter war ihnen schon bei Benjamin ungeheuerlich vorgekommen, doch sie hatten sich überzeugen lassen, weil so vieles zwar erschütternd war, aber dennoch zusammenpasste. Dass ein jedoch gerade einmal zehnjähriger Schüler womöglich einen Konkurrenten aus Neid und Wut die Treppe hinabgestoßen haben könnte, war ein schrecklicher Gedanke. »Sag nicht, dass es noch mehr Fälle gibt«, sagte sie leise und wusste zugleich, dass sich diese Hoffnung nicht erfüllen würde.

»Anderthalb Jahre später stirbt eine Klassenkameradin von Jakob bei einem Ausflug. Sie war schwere Asthmatikerin und hat ihr Spray nicht gefunden.«

Ruth stand plötzlich auf und trat ans Fenster.

»Wir haben auf Jakobs Blog Fotos zu dem Ausflug gefunden – aber kein einziges Wort zu dem tragischen Tod des Kindes«, fuhr Max fort. »Ich halte jede Wette, dass Jakob und die Mitschülerin an irgendeinem Punkt aneinandergeraten sind oder Konkurrenten waren, und Jakob hat den Kürzeren gezogen. Vielleicht können wir mehr dazu erfahren, indem wir Mitschüler und Schülerinnen sowie das Lehrpersonal ansprechen. Es ist lange her – dennoch …«

Ruth drehte sich um und blickte in die Runde. »Ein hochintelligenter und komplett empathieloser Junge, der aus Missgunst, Neid, Frustration mordet? Läuft es darauf hinaus?«

Finn nickte. »Solche Fälle sind äußerst selten, aber es gibt sie. Und manchmal dauert es Jahre, bis sie entdeckt werden – weil die Vorstellung völlig absurd scheint.«

Er muss immer im Mittelpunkt stehen, erinnerte Romy sich an die Bemerkung von Oliver Baum.

»Und welchen Hintergrund könnte es bei Sira gegeben haben?«

Finn hob die Hände. »Jakob könnte sich zurückgesetzt gefühlt haben, nachdem Benjamin als Babysitter aktiv wurde.«

»Ich erinnere mich an eine Bemerkung von Siras Mutter«, ergriff Romy das Wort. »Sie beschrieb Jakob als begabt, still und melancholisch und erwähnte, dass Sira ihn sehr mochte. Vielleicht hat sie sich abgewandt und auf einmal Benjamin bevorzugt. Ablehnung könnte der Auslöser gewesen sein – wenn wir die Geschichte so weiterspinnen wollen. Es klingt furchtbar, aber ...«

»Wir könnten auch an der Stelle noch mal nachfassen«, schlug Ruth vor. »Doch zunächst will ich wissen, wie es weiterging.« Sie sah Max und Finn an und setzte sich wieder.

Max zuckte mit den Achseln. »Eltern und Bruder dürften inzwischen bemerkt haben, dass etwas nicht stimmte – sie wurden stutzig, und zwar im Zusammenhang mit Sira. Daraufhin dürfte sich der Großvater eingeschaltet haben.« Er sah Ruth an.

Sie nickte. »Koller wollte ein Auge auf seinen Enkel haben, das hat Kolkrabe berichtet«, sagte sie. »Und so klingt es schlüssig.«

»Jakob geriet unter Druck – und zwar auf eine Weise, wie er uns Benjamin ein paar Jahre später beschrieb und präsentierte, lediglich ohne den Hintergrund des Kindesmissbrauchs«, fuhr Finn fort. »Die Vorstellung ist bestürzend, aber wir sind ihr gefolgt, weil sie an mehreren Schnittpunkten authentisch und nachvollziehbar ist und ...«

»Woran denkst du konkret?«, warf Ruth ein.

»Der Unfall der Mutter im Zusammenhang mit einem Telefonat kurze Zeit vorher, das die Freundin bestätigen kann«, antwortete Finn ohne Zögern. »Das haben wir ja bereits recherchiert, nur anders ausgelegt, nämlich als Indiz für Benjamins Schuld gewertet. Das Gleiche gilt für die Tabletten, die beim Vater nachgewiesen und tatsächlich Benjamin verschrieben worden waren. Das kleine Genie hat sich diese Inszenierung Jahre später so zurechtgelegt. Alle Achtung, das ist schon ziemlich beeindruckend, wenn ich das mal so sagen darf.«

»Er war dreizehn, als Sira die Klippen hinabstürzte«, murmelte Romy nach kurzer Pause. »Es will mir immer noch nicht in den Kopf, dass ein Teenager derart kaltblütig und geplant vorgegangen sein soll, auch wenn die Indizienlage aus der neuen Sicht erschreckend ist.«

»Der Großvater spielte zunächst überhaupt keine Rolle«, meinte Ruth nachdenklich. »Warum nicht?«

»Wie meinst du das?«, fragte Romy.

»Jakob hat ihn anfangs mit keiner Silbe erwähnt.«

»Es gab keine Leiche – nur einen Großvater, der sich abgesetzt hatte, wie viele annahmen«, erklärte Max. »Es war aus Jakobs Sicht unnötig, darauf die Aufmerksamkeit zu richten.«

»Außerdem spielt Christoph Schmied in diesem Zusammenhang eine Rolle«, fügte Finn hinzu. »Und ich wüsste zu gerne, welche. Der Mann weiß etwas, da bin ich ganz sicher.«

Eine Weile blieb es still. Romy hatte Mühe, die Neuigkeiten zu verdauen. Sie war nach wie vor fassungslos. »Noch einmal in aller Deutlichkeit: Der Dreizehnjährige hat seinen Großvater erschlagen, als dem klarwurde, dass er einen teuflischen Enkel hat?«

»Können wir das ausschließen?«, entgegnete Max. »Nein, können wir nicht.«

»Und er ist so schlau und abgebrüht, dass er die Leiche zunächst versteckt und erst vergräbt, als der Boden eisfrei ist?«

»Halte ich auch für denkbar. Im Übrigen erfordert das keine sonderliche Intelligenz, nur etwas Planung und Kaltblütigkeit.«

Ruth nickte langsam. »Grausamkeit und Gewaltbereitschaft

ist nicht an eine Altersgruppe gebunden. Wer wüsste das nicht besser als ich? Und dass Jakob planvoll vorgehen kann, halten wir hier nicht zum ersten Mal fest. Er wird kein Problem gehabt haben, ein Loch zu graben, als es wärmer wurde – auch wenn es ziemlich anstrengend gewesen sein dürfte.«

»Vielleicht hatte er einen Helfer.«

Romy winkte ab. »Bloß keine Spekulation an der Stelle, solange wir keine Hinweise haben.«

»Ich bin davon überzeugt, dass es in der nachfolgenden Zeit insgesamt zunehmend enger für Jakob wurde, zumindest innerhalb der Familie«, fuhr Max fort.

»Und wodurch genau?«, fragte Romy. »Womit könnte er aufgefallen sein?«

»Gefühlskälte«, antwortete Ruth. »Bösartigkeiten, die zufällig jemand beobachtet hat. Eifersucht. Hass, der sich nicht verbergen ließ – nicht im Familienkreis –, eine Lehrerin, die womöglich einen Vorstoß wagte.«

»Der Plan, seine Familie zum Schweigen zu bringen, dürfte allmählich in ihm gereift sein«, führte Finn weiter aus. »Stichwort: das kleine Genie. Und letztlich macht es dann auch keinen eklatant großen Unterschied mehr, ob wir dem seinerzeit Siebzehnjährigen den planvoll inszenierten Elternmord zutrauen oder dem zwei Jahre älteren Bruder.«

»Ich wage kaum zu fragen, aber gibt es eigentlich noch andere Verknüpfungen im Umfeld von Jakob, die auf einen gewalttätigen Zusammenhang hinweisen könnten?«, fragte Ruth.

Max nickte. »Ungefähr ein Jahr vor dem Tod der Eltern, 2015, verschwand ein Junge aus Jakobs Parallelklasse spurlos. Die beiden Klassen waren mit der Fähre nach Schweden unterwegs gewesen. Zu den näheren Umständen habe ich noch nichts herausgefunden, da ein Unfall als die wahrscheinlichste Variante angenommen wurde. Aber ich bin sicher, dass wir auch dort Anhaltspunkte entdecken werden, sobald wir die Sache vertiefen.«

Nun sprang Romy auf, lief ein paar Schritte auf und ab und blieb dann abrupt stehen. »Jakob selbst hat mit seinem Geständnis alles ins Rollen gebracht – warum hat er das getan, statt einfach zu schweigen?«

»Wir sind ihm wahrscheinlich bei der Neuauflage der Ermittlungen zu nahe gekommen«, meinte Ruth und warf Finn einen Blick zu. »Du hast Sira entdeckt, als du im Archiv alte Fälle digitalisiert hast.«

Finn setzte ein schräges Lächeln auf. »Ich erinnere mich düster.«

»Er wollte verhindern, dass wir Fragen stellen, die in die falsche Richtung gehen und sich womöglich ausweiten«, überlegte Romy halblaut.

»Demnach brauchte er eine überzeugende Geschichte, seine Familie endgültig zu begraben.« Ruth nickte langsam. »Und die ist ihm ja auch gelungen, obwohl etliche Fragen offen und manche Aspekte etwas vage blieben.«

»Er hat sämtliche Opfer in seiner Inszenierung untergebracht, ist selbst freigesprochen worden und kann nie wieder wegen dieser Taten juristisch belangt werden – sofern er kein Geständnis ablegt oder eine neue erdrückende Beweislage entsteht«, führte Romy den Gedanken weiter.

»Und davon ist nicht auszugehen«, bemerkte Finn. »Die Geschichte – so viele Lücken sie auch aufweist – hat alle überzeugt, woran er sehr wahrscheinlich nie gezweifelt hat. Eine ebenso gewagte wie kluge und endgültige Lösung. Außerdem hatte er Monate Zeit, eventuelle Spuren zu beseitigen und etwas geradezurücken, wo es ihm noch nötig schien.«

»Niemand wird einem Wiederaufnahmeverfahren zustimmen, auch wenn es lediglich eine interne Verhandlung gab. Sämtliche Akten wurden geschlossen, und zwar einvernehmlich«, meinte Ruth. »Davon müssen wir ausgehen, sofern wir nichts wirklich Überzeugendes vorlegen können oder Jakob tatsächlich ein Geständnis ablegt, was völlig unwahrscheinlich sein dürfte.«

»Wir haben also nichts gegen ihn in der Hand?«

»Noch nicht. Wir müssen uns auf Gerd Koller konzentrieren und sollten uns mit den angeblichen Unfällen der Kinder befassen«, meinte Max. »Dort könnte man erst mal ansetzen. Jakob traut uns garantiert nicht zu, dass wir uns mit den Fällen beschäftigen.«

Romy schloss die Augen. Sie wagte gar nicht darüber nachzudenken, wie der Staatsanwalt auf diese Neueinschätzung reagieren würde. Er wird mich fassungslos anstarren, dachte sie. Dann fiel ihr ein weiterer Aspekt ein. Sie blickte hoch. »Noch was – selbst wenn wir ihm bezüglich seines Großvaters etwas nachweisen könnten: Jakob war damals noch nicht strafmündig. Erst ab dem vierzehnten bis achtzehnten Lebensjahr gilt er als bedingt strafmündig. Wenn wir Pech haben …«

»Falls der Knabe für so viele Tote verantwortlich ist, wie es sich gerade abzeichnet, gehört er in die Psychiatrie«, warf Ruth ein.

Romy atmete tief aus. »Wir brauchen sofort eine klare Strategie. Lasst uns die Hintergründe zu den Schülerfällen vertiefen, wie Max bereits vorgeschlagen hat, und zwar möglichst schnell, damit ich für mein Gespräch in Stralsund etwas in der Hand habe.«

»Was ist mit Schmied?«, fragte Ruth.

»Gute Frage. Auch zu ihm sollten wir allerdings deutlich mehr wissen, bevor wir ihn aufsuchen und womöglich warnen.«

»Und was ist mit Jakob?«, schaltete Finn sich ein.

»Gute Frage. Er wird davon ausgehen, dass wir seinem Konstrukt nach wie vor vertrauen und beim Mord an seinem Großvater komplett im Dunklen tappen beziehungsweise seinen Andeutungen auf Benjamin bereits auf den Leim gegangen sind. Aber natürlich müssen wir mit ihm reden, sobald er aus Prag zurück ist und erste Ergebnisse vorliegen …« Romy stutzte plötzlich.

»Was ist?«, fragte Max.

»Such mir mal die Nummer von Oliver Baum raus – bitte«, sagte sie in drängendem Ton.

»Alles klar.«

Doch Baum ging nicht an sein Handy. »Ich muss wissen, wer mitgefahren ist und wo sich die Gruppe aufhält. Sie wollten Jakob ursprünglich ausschließen, und ich habe gerade ein ziemlich ungutes Gefühl.«

Max' Augen weiteten sich. »Verstehe.« Er eilte in sein Büro.

Zehn Minuten später erreichte Romy eine junge Frau aus dem Jahrgang. Sie stellte sich kurz vor. »Können Sie mir Oliver ans Telefon holen?«, bat sie nach einer knappen Einleitung.

»Nö. Der ist schon zurückgefahren.«

Romy hielt kurz den Atem an. »Wissen Sie, warum?«

»Nö. Der hatte keinen Bock mehr. Oder Stress mit der Freundin«, erwiderte die junge Frau. »Irgendwas in der Preisklasse. Warum wollen Sie das …«

»Ist Jakob in der Nähe?«

»Jakob?«

»Jakob Koller.«

»Wie kommen Sie denn auf den? Der ist doch gar nicht mitgefahren.«

Romy spürte, wie ein Schauer über ihren Rücken lief. Sie ließ das Handy sinken und aktivierte die Lautsprecherfunktion. »Wann genau ist Oliver abgefahren?«, fuhr sie fort.

»Warum wollen Sie das denn so genau wissen? Wir sind doch hier im Urlaub und …«

»Ich habe triftige Gründe, glauben Sie mir.« Romy tauschte einen raschen Blick mit Ruth.

»Das klingt ja völlig uncool, aber gut … Wir haben Prag bereits vor zwei Tagen verlassen und spontan beschlossen, noch einen Abstecher nach Ueckermünde zu machen – zu Freunden von … ist ja auch egal«, fuhr die junge Frau in deutlich genervtem Tonfall fort. »Oliver ist heute Morgen nicht zum Frühstück gekommen. Er hat uns eine Nachricht geschickt, dass er keinen Bock mehr hat und nach Hause fährt. Ich denke, er ist am späten Abend oder in der Nacht aufgebrochen und längst zu Hause. Wahrscheinlich pennt er. Der ist übrigens volljährig und darf das.«

»Gut, dass Sie es erwähnen. Können Sie sich erklären, warum er nicht an sein Handy geht?«

»Vielleicht will er seine Ruhe haben – oder er ...«

»Wo genau sind Sie jetzt?«

»Ist das nicht völlig ...«

»Ist es nicht!«, entfuhr es Romy scharf. »Ich benötige Ihren genauen Standort und die Kontaktdaten sämtlicher Mitglieder Ihrer Gruppe – und zwar unverzüglich.«

»Häh? Was geht denn hier ab?«

»Es handelt sich um einen Notfall, das geht ab. Also ersparen Sie mir weitere lapidare Antworten, auch wenn es Ihnen schwerfällt – bitte.«

Die junge Frau schwieg einen Moment verdattert. »Sie sind ganz schön uncool, aber ja, schon gut.« Dann gab sie die Adresse und ein halbes Dutzend Namen samt Mobilfunknummern durch.

»Danke. Sie hören von uns.«

Romy beendete die Verbindung. Einen Augenblick war sie wie gelähmt. Diese Fälle sind mir komplett über den Kopf gewachsen, dachte sie, und das ist ein äußerst mieses Gefühl. Ein Achtzehnjähriger hält uns seit Monaten komplett zum Narren, und sein Schulkamerad dürfte sich in allergrößter Gefahr befinden.

»Romy?« Ruth hielt ihren Blick fest. »Wir sind alle auf ihn hereingefallen, okay?«

Romy schüttelte die Erstarrung ab und nickte schließlich. »So ist es. Lasst uns sofort anfangen: Wir müssen umgehend in Erfahrung bringen, wo sich Oliver und Jakob aufhalten. Ich habe ein verdammt schlechtes Gefühl.«

Sie sah Max und Finn an. »Versucht so schnell wie möglich eine Handyverfolgung durchzukriegen und nehmt Kontakt zur Reisegruppe auf. Sprecht mit jedem Einzelnen, sammelt die Aussagen als Audioaufnahmen, damit wir bald auf demselben Stand sind. Ich telefoniere erst mal mit Jan, dann sehen wir weiter.« Sie sah Ruth an. »Kannst du die Kollegen in Ueckermünde ins Bild setzen?«

»Mach ich.«

20

Oliver Baum war nach wie vor nicht erreichbar. Mehrere Mitreisende aus der Schülergruppe bestätigten, dass er frühzeitig aufgebrochen war – in seinem eigenen Wagen und ohne detaillierte Angabe von Gründen. Mit eigenen Augen gesehen hatte den Aufbruch nur ein Mitschüler, der vom Fenster aus beobachtet hatte, wie Oliver vom Parkplatz gefahren war. Wenig später hatte er eine SMS in den Gruppen-Chat geschickt. *Keinen Bock mehr. Man sieht sich.* Von Streit oder Konflikten wusste niemand etwas. Eine aktuelle Freundin gab es nicht. Die Entscheidung hatte niemanden nachhaltig verwundert, sondern war achselzuckend zur Kenntnis genommen worden. Die Eltern befanden sich zurzeit selbst im Urlaub und waren nicht erreichbar. Eine Handynachverfolgung war nicht möglich. Das Gleiche galt für Jakobs Nummer.

Romy war nach einem langen und zähen Telefonat mit Stralsund gemeinsam mit Finn zu Jacobs Adresse nach Sassnitz aufgebrochen, während Ruth und Max in Zusammenarbeit mit dem Stralsunder Team weitere Nachforschungen anstellten und sie ständig auf dem Laufenden hielten. Das Haus war – wie nicht anders erwartet – verlassen und still. Einem Durchsuchungsbeschluss hatte das Gericht nicht zugestimmt. Die neuen Verdachtsmomente klangen erschreckend und bizarr, doch die Beweislage war juristisch zu dünn für eine solche Maßnahme – das hatte Romy bereits im Vorfeld befürchtet, dennoch reagierte sie aufgebracht. »Worauf sollen wir warten? Dass der nächste Jugendliche verschwindet?«

Staatsanwalt Schwedtner hatte erschüttert reagiert. Immerhin setzte er sich dafür ein, dass sie die Verkehrsüberwachung an der entsprechenden Route nutzen konnten – bislang ohne Ergebnis. Nirgendwo tauchten die Fahrzeuge der beiden Schüler auf, und es gehörte nicht allzu viel Fantasie dazu, sich eine Szenerie auszumalen, bei der Oliver in einen Hinterhalt gelockt worden war.

Romy entschied sich, die Nachbarin anzusprechen, die Jakobs Aufbruch beobachtet hatte. Die Frau bestätigte, dass er mit dem Wagen gefahren war. »Ist dem Jungen was passiert?«, fragte sie in besorgtem Ton.

»Wir können ihn nicht erreichen«, entgegnete Romy.

Die Frau sah sie fragend an.

»Es gibt im Rahmen der polizeilichen Ermittlungen noch einige Fragen zu klären«, schob Romy betont beiläufig hinterher. »Ist Ihnen in letzter Zeit etwas Ungewöhnliches an Jakob aufgefallen?«

Erstaunter Blick. »Nein … Wobei ich schon etwas verblüfft bin, wie gut der Junge klarkommt – nach allem, was er durchmachen musste. Das schaffen die wenigsten in so einer Situation.« Sie nickte. »Er hat Rückgrat, und er bleibt immer höflich und freundlich. Ein sanfter umgänglicher junger Mann, wie es sie nur noch selten gibt.«

»Ja, so haben wir ihn auch erlebt«, erwiderte Romy. Und inzwischen halten wir ihn für einen eiskalten und durchtriebenen Serienmörder, fügte sie lautlos hinzu. Und ich wünschte, es wäre anders und wir hätten uns geirrt.

»Der war als Kind schon so, meinte mein Mann erst letztens. Selbständig, geradlinig, ja, ein bisschen still. Ein leiser Beobachter, der immer wusste, was er wollte. Die Beschreibung trifft es ganz gut, finde ich. Erstaunlich, wenn man bedenkt, dass der eigene Bruder …« Sie schüttelte den Kopf. »Wie furchtbar!«

»Können Sie sich an den Großvater erinnern?«, fragte Romy.

»Sie meinen den ermordeten Gerd Koller?«

»Genau den.«

Leise fragender Blick.

»Jakob erzählte uns, dass sein Großvater ihn ab und zu mitgenommen hat, wenn er mit seinem Boot rausfuhr – auch als die Großeltern sich längst getrennt hatten«, erzählte Romy im Plauderton. »Das fiel mir gerade so ein. Das Unglück hat diese Familie ja erschreckend oft heimgesucht. Das lässt auch mich als Polizistin nicht kalt. Wahrscheinlich hat sich mir deshalb diese schöne Familiensequenz eingeprägt.«

Die Nachbarsfrau zögerte deutlich. »Der Gerd war zackig drauf«, meinte sie schließlich.

»Jakob schien sich aber bei ihm wohlgefühlt zu haben«, wandte Romy ein. »Den Eindruck habe ich zumindest gewonnen, als er davon erzählte.«

»Na, ich weiß nicht.«

»Sind Sie anderer Meinung?«

»Man soll nichts Schlechtes über Tote sagen ... Das hat Jakob wohl auch so gesehen.«

Was für eine seltsame Ansicht! Romy hatte ihr noch nie etwas abgewinnen können, insbesondere wenn »nichts Schlechtes sagen« verhinderte, Geschehnisse oder Persönlichkeitsmerkmale offen und ehrlich zu beschreiben. Der Verstorbene konnte keine Einwände mehr erheben, doch warum sollten die Zurückgebliebenen ihre Einsichten verschleiern und nur noch Geschöntes zum Verstorbenen äußern? Sie hielt den Blick der Frau fest. »Auch nicht, wenn es um die Wahrheit geht?«

Achselzucken.

»Sie wissen, dass wir immer noch an der Mordaufklärung arbeiten, oder?«

Die Nachbarin verzog den Mund. »Was hat das denn damit zu tun?«

»Das weiß ich nicht. Da wir insgesamt wenig über den Mann wissen, könnte jeder Hinweis weiterhelfen.« Romys Ton klang eine Spur zu ungeduldig, das hörte sie selbst.

»Jakob wollte vielleicht nichts Schlechtes über seinen Großvater sagen – schon gar nicht zu Lebzeiten –, weil er Angst hatte, dass er Ärger kriegt. Und später spielte es wohl keine Rolle mehr.«

Romy runzelte die Stirn. »Was spielte keine Rolle mehr?«

Tiefes Durchatmen. »Ich habe mal mitgekriegt, wie er den Jungen verprügelt hat.«

Romy atmete tief ein.

»Er hat ihn heimgefahren, niemand sonst war zu Hause«, fuhr die Nachbarsfrau fort. »Ich krieg die Wahrheit schon aus dir raus, hat er gesagt und auf ihn eingedroschen. Dann hat er gemerkt, dass ich am offenen Fenster stand – von dort konnte ich auf die Garageneinfahrt blicken –, und hat aufgehört. Aber von Jakob selbst kam kein einziges Wort des Vorwurfs. Wer weiß, wie oft der Großvater den Lütten verprügelt hat. Und wer weiß, warum seine Frau auf und davon ist.«

Interessanter Aspekt, dachte Romy. Doch warum hatte die Familie zugelassen, dass es Kontakt zu einem prügelnden Großvater gab?

»Der Junge hat eine Größe, von der der Alte nur geträumt haben dürfte.«

Damit liegst du mit allergrößter Wahrscheinlichkeit völlig daneben, dachte Romy. Sie ließ die Szene vor ihrem inneren Auge ablaufen. »Können Sie sich daran erinnern, wann das ungefähr war?«

»Nein, aber es ist lange her. Der Jakob war noch deutlich jünger … Und danach habe ich den Koller nicht mehr hier gesehen.«

Danach ist er verschwunden, dachte Romy. Das passte. Sie bedankte sich für die Auskünfte. Kurz darauf saß sie wieder mit Finn im Wagen. Der Kollege blickte sie von der Seite an. Sie schwiegen einen Moment.

»Ich denke, es ist klar, warum er ihn verprügelt hat, oder?«, fragte er schließlich leise.

Romy nickte. »Nicht schwer zu erraten, um welche Wahrheit

es ging. Koller sollte oder wollte den Enkel zum Reden bringen. Die Familie ahnte, was geschehen war.«

»Aber er hat geschwiegen.«

»Und den Großvater getötet.«

»Wofür wir bislang nicht den leisesten Beweis haben.«

»Das kleine Genie.«

Der Kollege telefonierte kurz darauf mit Stralsund. »Keine Hinweise auf die Fahrzeuge. Was machen wir jetzt?«

»Wir behalten das Haus im Blick.« Romy trommelte mit den Fingern auf dem Lenkrad. Die Warterei zermürbte sie bereits jetzt. Als ihr Handy klingelte, zuckte sie zusammen. »Max, hast du was für uns?«, fragte sie nach einem kurzen Blick aufs Display.

»Vielleicht. Wir haben eine Lehrerin erreicht, die seinerzeit als Betreuerin bei der Überfahrt nach Schweden dabei war, als ein fünfzehnjähriger Schüler von der Fähre verschwand. Bettina Hagen, sie ist inzwischen pensioniert und macht auf mich den Eindruck, als hätte sie einiges zu erzählen. Ein Versuch kann nicht schaden. Sie wohnt in Sassnitz.«

»Die Befragung könnte ich übernehmen. Was ist mit den anderen …«

»Ruth ist gerade zu den Eltern aufgebrochen, deren Tochter aufgrund eines Asthmaanfalls gestorben ist«, warf Max ein. »Und Jan wird persönlich mit dem Schachlehrer von Florian und Jakob sprechen. Der Mann sitzt übrigens eine Haftstrafe ab.«

»Okay.« Romy spürte, dass ihr das hohe Aktivitätslevel guttat. Es passierte etwas. Nichts war schlimmer als lähmender Stillstand. »Schick mir die …«

»Kontaktdaten. Schon unterwegs.«

Romy blickte Finn an. »Ich möchte, dass du hierbleibst. Sicher ist sicher.« Sie wies auf die gegenüberliegende Straßenseite, wo kürzlich ein kleines Bistro eröffnet hatte. »Von dort hast du einen guten Überblick.«

»Und wenn er tatsächlich in Kürze auftaucht?«

»Informierst du uns umgehend und wartest. Unternimm nichts allein.«

Finn seufzte leise.

»Wir dürfen ihn nicht unterschätzen«, betonte Romy.

»Er ahnt doch gar nicht, dass wir inzwischen …«

»Das ist zu hoffen. Doch können wir sicher sein? Außerdem hat er schon mehrfach bewiesen, dass er in der Lage ist, sich spontan auf neue Herausforderungen einzustellen. Behalt die Straße im Blick und mach so viele Bilder wie möglich, wenn er vorbeifährt. Vielleicht erkennt man etwas im Wagen.«

»Alles klar.« Finn stieg aus. »Bis später.«

Romy fuhr in Richtung östliches Sassnitz. Die Lehrerin wohnte in der Wissower Straße in einem kleinen Apartment im dritten Stock. Der Türsummer ertönte, kaum dass Romy die Klingel betätigt hatte; die pensionierte Lehrerin wartete bereits in der offenen Tür.

Bettina Hagen war Ende sechzig, höchstens eins fünfzig groß und zart wie eine Balletttänzerin. Ihre Augen sprühten vor Lebendigkeit. »Ihr Kollege hat Sie bereits angekündigt«, erklärte sie, noch bevor Romy sie begrüßen und sich vorstellen konnte. »Kommen Sie herein.«

Bettina Hagen führte sie in ein kleines Wohnzimmer. Die Balkontür war weit geöffnet. Romy blickte hinaus – die Ostsee breitete sich in prächtigem Blaugrün vor ihr aus.

»Unbezahlbar der Blick, oder?«, fragte Hagen. »Würde ich niemals eintauschen. Mein Sohn erzählt mir immer wieder, ich soll mal darüber nachdenken, ins Erdgeschoss umzuziehen – schließlich würde ich nicht jünger.« Sie verzog das Gesicht. »Er scheint ein Blitzmerker zu sein. Abgesehen davon: Ich bin immer noch schneller auf den Beinen als er, und nichts hält so fit wie das tägliche Treppensteigen.«

Romy lächelte. »Da haben Sie höchstwahrscheinlich recht.«

»Was machen Sie, um in Schwung zu bleiben?«

»Ich boxe.«

Einen Moment schien Bettina Hagen beeindruckt. »Na ja, als Polizistin schlagen Sie da ja gleich zwei Fliegen mit einer Klappe.« Sie grinste und wies auf die Sitzecke. »Nehmen Sie doch Platz.«

»Danke.« Romy schlug ein Bein über das andere. Sie hoffte, dass Bettina Hagen so munter und zugewandt bleiben würde, sobald sie ihre ersten Fragen stellte.

»Was kann ich für Sie tun?«, fragte Hagen. »Ihr Kollege meinte, es ginge um einen alten Vermisstenfall aus meiner Zeit als Lehrerin. Das liegt ja noch nicht so lange zurück.« Sie setzte sich ebenfalls und legte die Hände in den Schoß, allerdings nur für einen Moment. »Ach – möchten Sie etwas trinken?«

»Nein, vielen Dank ...«

»Auch kein Wasser? Oder einen kalten Zitronentee? Sehr zu empfehlen. Ich habe ihn nach einem alten Familienrezept selbst verfeinert.«

Romy stimmte schließlich zu – und sie musste zugeben, dass der Tee köstlich war. »Vielen Dank, wirklich sehr gut«, lobte sie.

»Na, sehen Sie. So viel Zeit muss sein.«

Romy schob das Glas beiseite. »Ich möchte mit Ihnen über den Ausflug auf der Fähre nach Schweden sprechen, das war ...«

»2015«, fiel Bettina Hagen ihr sofort ins Wort. »Der Junge ...«

»Lukas Brand.«

»Richtig.« Hagen sah sie verblüfft an. »Wollen Sie mir etwa erzählen, Sie hätten Hinweise auf ihn entdeckt?«

Wir haben ein Muster erkannt, dachte Romy, wenn auch etwas spät, um ehrlich zu sein. »Es verhält sich ein wenig anders«, erwiderte sie. »Wir überprüfen im Umfeld mehrerer Unglücke in den letzten Jahren Übereinstimmungen.«

Hagen hob das Kinn. »Das klingt ziemlich allgemein, wenn die Bemerkung gestattet ist.«

»Das soll es auch«, erwiderte Romy. »Ich darf nicht ins Detail gehen.«

Hagen verzog den Mund. »Na schön.« Sie zuckte mit den Achseln. »Aber ich kann Ihnen nicht mehr dazu sagen als vor drei Jahren. Lukas war plötzlich verschwunden und tauchte nie wieder auf. Alle sind davon ausgegangen, dass er über Bord gegangen ist – ein Sturz in die Tiefe, ein Unglück, ja.«

Romy nickte. »Wenn Sie an den Ausflug zurückdenken – ist Ihnen etwas Besonderes im Gedächtnis geblieben?«

Bettina Hagen lächelte. »Wir hatten zwei Schulklassen zu bändigen – Teenager, die einzeln schon schwer zu ertragen sind, in der Gruppe zu beaufsichtigen, ist ein äußerst anspruchsvolles Unterfangen. Also, es war alles dabei: gackernde Schülerinnen und Schüler, die heimlich die Schnapsflasche kreisen ließen, zwei Liebespaare, die wir beim Knutschen erwischten, Streithähne …«

»Bleiben wir bei Streit und Konflikten in der Gruppe«, warf Romy ein.

Hagen lehnte sich zurück. »Interessant«, sagte sie.

»Wie meinen Sie das?«

»Nun, Sie würden wohl kaum nach Konfliktpotential fragen, wenn Sie an der Stelle keinen Zusammenhang vermuteten.«

Romy seufzte leise.

Die Lehrerin beugte sich vor. »Es gibt ständig Streit in dem Alter, ebenso schnell verfliegt er auch wieder. Sie müssen also schon etwas präziser werden. Um wen geht es?«

Sie hat recht, dachte Romy. Allgemeinplätze halfen nicht weiter. »Ich stimme Ihnen zu. Was fällt Ihnen ein, wenn ich Sie nach Jakob Koller frage?«

Hagens Blick weitete sich. »Sie sprechen von dem Jungen, der seine ganze Familie verloren hat?«

»Genau von dem.«

»Jakob war sehr still und alles andere als ein Streithahn.« Das klang nachdenklich.

»Ist Ihnen an dem Tag irgendetwas an ihm aufgefallen?«

»Nein ...« Bettina Hagen zögerte.

»Vielleicht doch?«

»Na ja, Jakob war eher ein Außenseiter. Ein kluger Schüler, nicht sonderlich beliebt in seiner Klasse. Das ist häufig so, auch heute ist Streber noch ein Schimpfwort. Soweit ich mich erinnere, nahmen er und Lukas an einer Arbeitsgemeinschaft teil – Fotografieren. Und ich entsinne mich tatsächlich, dass es Sticheleien gab ...« Sie überlegte angestrengt. »Aber worum es genau ging, kann ich Ihnen nicht sagen. Jakob war während der gesamten Überfahrt ausschließlich mit dem Fotoappart beschäftigt. Ich halte es für möglich, dass Lukas sich darüber lustig gemacht hat.«

Romy ließ die Szene vor ihrem inneren Auge lebendig werden. »Apropos – haben Sie vielleicht noch Aufnahmen von der Überfahrt?«

»Die habe ich tatsächlich. Ich habe mir seinerzeit ein sündhaft teures Smartphone mit bester Kamera-Ausstattung zugelegt und die Fotos tatsächlich sortiert. Dass die Dinger nach wenigen Jahren schon wieder als veraltet gelten, ist schon bemerkenswert, finden Sie nicht?« Die pensionierte Lehrerin stand auf und holte ein Notebook vom Regal, ohne eine Antwort abzuwarten.

Wenig später vertiefte Romy sich in die Bilderserie – gut zwei Dutzend Fotos auf hoher See, junge lachende, feixende Gesichter, einige Lehrkräfte dazwischen, Bilder von der Weite der See und einem beeindruckend wolkenumtosten Himmel, herabschießende Möwen. Sie erkannte Jakob beim zweiten Durchsehen auf mehreren Aufnahmen. Er hatte entweder eine Kamera vor der Brust oder hielt sie vor sein Gesicht, und stets stand er etwas abseits. Ein Beobachter. Wenn Romy nicht alles täuschte, war der Apparat alles andere als ein Billigmodell.

»Junge Leute, insbesondere junge Männer streiten oftmals aus den absurdesten Anlässen. Da hat einer dem anderen zu lange in die Augen geblickt, und schon fahren sie die Fäuste aus. Die Aggressionen liegen gefährlich dicht unter der glatten Oberfläche und schießen dann urplötzlich hervor – die Kombination aus Testosteron und einer Erziehung, die den Namen nicht verdient, ist dabei wenig hilfreich. Jakob war allerdings niemand, der offensichtlich aggressiv wurde. So habe ich ihn zumindest nicht kennengelernt«, erklärte Bettina Hagen.

Still, freundlich, sanft, höflich. Klug. So wurde er immer wieder beschrieben, aber auch als jemand, der es verstand, sich in den Mittelpunkt zu schieben, und diesen Platz ungern verließ und der über eine erstaunliche Kombinationsgabe verfügte. Ein egozentrischer Manipulator, der klügste Schachzüge einfädelte, bevor sein Gegenüber – ein Konkurrent oder auch Kontrahent, Gegner, Feind, abtrünniger Freund – es auch nur bemerkte.

Eine Viertelstunde später verabschiedete sich Romy. Sie war tief in Gedanken versunken. Jakob, der Fotograf. Die vielen Bilder, mit denen er sein tragisches Leben in Szene gesetzt hatte. Ein Familiendrama, das er so oft beschrieben und bis in kleinste Details ausgeschmückt hatte, dass er womöglich inzwischen sogar selbst an diese Version seines Daseins glaubte. Die Interviews, die er gegeben hatte, seine Darlegungen bei den Behörden hatten kaum Zweifel daran aufkommen lassen, dass ein junger Mensch mit großer Verve Herausforderungen bewältigt hatte, die nur die wenigsten Menschen meisterten, und zwar völlig unabhängig vom Lebensalter und auch unbeeindruckt davon, dass es Lücken in der Darstellung gab oder Irritationen. Auch Romy hatte diesen Eindruck gewonnen – mehr noch: Jakobs Haltung hatte ihr imponiert, und es war ihr schwergefallen, Distanz zu wahren. Umso erschütternder war die Wende in diesen Ermittlungen auch für sie ganz persönlich.

Sobald das Bild, das er für sich selbst inszeniert hatte, auch nur an einer Stelle Risse bekam oder seine Rolle infrage gestellt wurde, reagierte Jakob mit Aggressivität und Gewalt, und die gesamte Komposition verlor ihre Balance. So war es womöglich beim Schachturnier geschehen oder beim Buhlen um Siras Sympathien. Die Situation vor der Schule, erinnerte sich Romy – als ihm klargeworden war, dass ihn niemand bei der Abifahrt dabeihaben wollte. Er war wutentbrannt, nahezu außer sich gewesen. Zurückweisung konnte er genauso wenig stehen lassen wie einen handfesten Verdacht gegen sich. Und in diesem Moment begann das kleine Genie, einen ebenso kaltblütigen wie durchtriebenen Plan auszuhecken – so geschehen womöglich bereits im Alter von zehn Jahren, als ihm ein Zufall in die Hände gespielt haben mochte.

Romy stieg in den Wagen, wählte die Nummer der Wirtschaftsförderung und ließ sich mit Patricia Bartel verbinden. »Lassen Sie uns bitte nicht lange darüber diskutieren, ob Ihnen meine Fragen sinnvoll erscheinen«, leitete Romy das Gespräch ein, kaum dass sie sich mit ihrem Namen gemeldet hatte und Bartels Seufzen deutlich zu hören war. »Nur ganz kurz: Sira mochte beide Koller-Brüder, nicht wahr? Oder hat sie einen bevorzugt?«

»Sie mochte beide«, erwiderte Bartel vergleichsweise zügig.

»Aber Benjamin war ihr Babysitter.«

»Ja, weil er der Ältere war.«

»Halten Sie es für möglich, dass Jakob enttäuscht war über diese Entscheidung?«

»Ja, das ist denkbar«, lautete Bartels erstaunlich prompte Antwort. »Die beiden waren sich sehr sympathisch, auf den ersten Blick. Sira hat von ihm geschwärmt, könnte man fast sagen. Aber in der Folge wurde dann Benjamin ihr großer Held – so spielt das Leben manchmal. Eben ist man noch erste Geige, und wenig später ... Verraten Sie mir doch bitte mal, worum es geht.«

»Das kann ich nicht, noch nicht«, entgegnete Romy. »Danke für die schnelle Auskunft.« Sie unterbrach die Verbindung, bevor Patricia Bartel sich äußern konnte, ließ das Handy sinken und blickte einen Moment ins Leere. Er hat versucht, Siras Zuneigung zurückzugewinnen – und das ist ihm nicht gelungen. Den Kampf um ihre Aufmerksamkeit hat er verloren, gegen den eigenen Bruder. Romy zuckte zusammen, als ihr Smartphone klingelte – Ruth.

»Möglicherweise besteht hier keinerlei Zusammenhang«, begann Ruth zu berichten, nachdem Romy sie auf den neuesten Stand gebracht hatte. »Elena Melchor benötigte seit früher Kindheit ein Asthmaspray, und sie hat es immer wieder mal verlegt. Hinweise auf einen Streit mit Jakob – Fehlanzeige. Zumindest konnten die Eltern nichts dazu beitragen. Ein Lehrer, den ich noch dazu befragt habe, weiß dazu ebenfalls nichts, nichts Konkretes, was den Blick in eine andere Richtung lenken könnte. Dieser Fall ist also entweder keiner, mit dem Jakob etwas zu tun hatte, oder das Ganze ist derart unterschwellig und unbemerkt abgelaufen, dass niemandem etwas aufgefallen ist. Da kommen wir nicht weiter.«

»Ich bin sicher, dass wir Beweise bei ihm sichern könnten«, meinte Romy plötzlich.

»Was für Beweise?«

»Seine Taten. Er hat fotografiert und gefilmt und ein Kaleidoskop seiner Taten angefertigt – wie ein Schachspieler, der seine Partien protokolliert und immer wieder durchgeht, um andere, vielleicht bessere Winkelzüge zu entdecken. Außerdem will er sich ständig selbst vergewissern und sein Tun spiegeln.«

»Interessanter Aspekt«, murmelte Ruth.

»Dazu gibt es irgendwo eine Festplatte in einem Versteck, auf das niemand kommt, oder den Zugang zu einer Cloud – natürlich auch bestens gesichert.«

»Aber das nützt uns nichts, solange wir keine weiteren Beweise finden …«

»Ruth! Wenn wir diesmal richtigliegen – und daran zweifelt wohl inzwischen niemand mehr aus dem Team –, hat ein brandgefährlicher junger Mensch bereits ein halbes Dutzend Menschen auf dem Gewissen, vielleicht mehr.«

»Ich weiß. Auch das ändert für den Moment nichts. Wir behalten ihn im Auge und arbeiten unter Hochdruck. Mehr ist wohl zurzeit nicht drin.«

»Vielleicht sollten wir ihm eine Falle stellen.« Romy hörte, wie Ruth seufzte. »Früher oder später«, fügte sie rasch hinzu. »Nur so ein Gedanke.«

»Verstehe. Treffen wir uns demnächst in Bergen?«

»Ich schaue erst mal bei Finn vorbei und frage nach, was Jan erreicht hat. Ich melde mich später wieder.« Romy legte auf und wendete den Wagen.

Finn saß immer noch in dem Bistro und blickte ihr entgegen. Auf seinem Tisch stapelten sich inzwischen mehrere Tassen und Teller. Sein aufgeschlagenes Tablet ließ die Vermutung zu, dass er nicht nur auf die Straße gestarrt hatte.

Romy setzte sich zu ihm. »Hältst du es für möglich, einen schlauen Kopf wie Jakob zu überlisten?«

»Irgendeine Schwäche hat jeder.«

»Er ist ein versierter IT-Profi, wie uns inzwischen von mehreren Seiten bestätigt wurde.«

»Du meinst, dass er mehr draufhat als ich«, meinte Finn und lächelte leise. »Sprich es ruhig aus.«

»Er hat wahrscheinlich mehr drauf als die meisten von uns.«

»Anzunehmen – und doch möchte ich mich wiederholen: Eine Schwäche hat jeder. Ob ich seinen Account hacken könnte, bezweifle ich allerdings. Das dürfte der falsche Weg sein.«

»Worüber könnte er sonst stolpern?«, fragte Romy weiter.

»Er hält uns für ziemlich blöde und ist davon überzeugt, dass wir nicht den blassesten Schimmer haben, wie geschickt er uns in die Irre geführt hat. Und für den Fall, dass wir ihn doch eines Tages im Verdacht haben, hat er längst Vorsorge getroffen.«

Romy nickte. »Das ist eine realistische Einschätzung. Deshalb sollten wir ihn hinhalten und so viel wie möglich zusammentragen, bevor er auch nur ahnt, dass wir ihn verdächtigen. Allerdings vergessen wir dabei Oliver Baum. Die Suche nach ihm muss beschleunigt werden, und das wird ihn natürlich alarmieren.«

»Oder auch nicht«, wandte Finn ein. »Wir fahnden nach einem Schulfreund und befragen alle, die ihn kannten, also selbstverständlich auch ihn.«

Romy blickte den jungen Kollegen unsicher an. »Ist das nicht ein bisschen dick aufgetragen?«

Finn zuckte mit den Achseln »Er ist total von sich überzeugt. Solange uns niemand dazwischenfunkt …«

»Woran denkst du dabei?«

»Dass er gewarnt wird von Leuten, die wir befragen. Ansonsten müssen wir strategisch vorgehen und auf unserer Linie bleiben – die der Ahnungslosen.«

Romy lächelte. »Na schön. Der Ansatz klingt gut. Wir sollten ihn eingehend im Team besprechen.« Sie blickte auf ihr Smartphone. »Noch keine Nachricht von Jan. Er wird noch mit dem Schachtrainer zusammensitzen. Ich bin ziemlich gespannt, was dabei herauskommt.«

Sie blickte auf, als ein Kellner an den Tisch trat, und bestellte einen Espresso. Es konnte nicht schaden, einen Moment zur Ruhe zu kommen.

21

Jan nahm im Verhörraum Platz und hatte sich gerade einen Überblick über die Akte verschafft, als der ehemalige Schachlehrer Frank Schäfer hereingebracht wurde. Jan sah auf und gab sich Mühe, sein Erschrecken zu verbergen. Schäfer hatte nach einigen Jahren in der JVA nur noch wenig Ähnlichkeit mit dem Mann, der 2010 eine Jugendgruppe geleitet und zumindest national erfolgreiche Schachspieler ausgebildet hatte. Der Absturz hatte ihn völlig verändert.

Schäfer setzte sich und starrte Jan an. Sein Haar war strähnig und fiel ihm in die Stirn; das Gesicht war aufgedunsen und pickelig. »Ja, ich weiß, die Jahre sind nicht spurlos an mir vorübergegangen«, ergriff er plötzlich das Wort. »Und die Knastluft ist auch nicht gut für den Teint.« Das sollte flapsig klingen. »Aber immerhin – ich habe viel Zeit und kann mich Tag und Nacht dem Schachspiel widmen.«

Jan sparte sich die Frage, was passiert war. Schäfer hatte mehrfach unter dem Verdacht der sexuellen Nötigung Minderjähriger gestanden und musste schließlich eine mehrjährige Haftstrafe antreten. Inwiefern seiner Aussage überhaupt Bedeutung beigemessen werden konnte, musste sich erst noch herausstellen. Mein Mitgefühl hält sich in Grenzen, dachte Jan. »Lassen Sie uns über Schach sprechen«, ergriff er dann das Wort.

Schäfer blinzelte. »Ihr Ernst?«

»Ja, es geht um ein Turnier vor etwa acht Jahren …«

»Florian Becker«, warf Schäfer ein. »Ein hochbegabter Schüler, der es hätte weit bringen können.«

»Er hat im Endspiel Jakob Koller geschlagen.«

»Richtig – es war knapp, aber verdient.«

»Warum verdient?«, fragte Jan.

Schäfer streckte kurz die Hände aus und zog sie wieder an die Tischkante. »Was interessiert Sie an dem Schülerturnier? Gibt es weitere Anklagen? Dann möchte ich mit meinem Anwalt …«

Jan winkte ab. »Ich habe lediglich ein paar Fragen zu den beiden Jungen, die das Endspiel bestritten.«

Schäfer verschränkte die Arme vor der Brust und zog die Nase hoch. »Flo ist damals verunglückt. Wollt ihr mir das anhängen?«

»Wir wollen Ihnen gar nichts anhängen.«

»Gut. Wenigstens etwas. Worum geht es dann?«

Jan beugte sich vor. »Erzählen Sie mal ein bisschen was zu Jakob.«

»Warum sollte ich?«

»Weil ich Sie höflich bitte.«

»Davon kann ich mir nichts kaufen.«

»Was würden Sie sich denn kaufen, wenn Sie könnten.«

»Das wollen Sie gar nicht wissen.«

Jan nickte, dann stand er abrupt auf. »Tja, dann hatte mein Kollege wohl recht mit der Einschätzung zu Ihnen, und ich hätte besser auf ihn hören sollen.«

Schäfer blinzelte irritiert. »Welche Einschätzung?«

»Wortwörtlich?«

Schäfer zuckte mit den Achseln.

»Ich zitiere: Schäfer ist ein krankes Arschloch, und er bleibt ein krankes Arschloch«, gab Jan die Worte wieder, und sie kamen ihm ausgesprochen leicht über die Lippen. »Und dann hat er noch die Hoffnung ausgesprochen, dass Sie im Knast regelmäßig unerwarteten Zellenbesuch erhalten.« Jan setzte eine gespielt nachdenkliche Miene auf. »Was könnte er damit wohl gemeint haben?«

Schäfer sah ihn konsterniert an. »Sehr witzig«, meinte er schließlich.

»Sie kriegen hier häufiger Prügel, oder?«

Schäfer blickte ihn nur kurz stumm an.

»Es bleibt nicht bei Prügel?«

Keine Antwort.

»Na schön. Ich hätte ja einen Vorschlag für Sie, aber offensichtlich sind Sie nicht interessiert. Eine gute Zeit noch, Herr Schäfer.« Jan zog die Akte vom Tisch und wandte sich ab.

»Nicht so eilig«, knurrte Schäfer. »Was für einen Vorschlag?«

Jan drehte sich um. »Ich könnte mich für eine Verlegung stark machen, sofern Sie kooperieren.«

»Wobei soll ich denn kooperieren?«

»Erzählen Sie mir was über Jakob.«

Schäfer lehnte sich zurück. Er hatte eine nachdenkliche Miene aufgesetzt.

Jan nahm wieder Platz. »Wie hat er sich verhalten, als die Partie entschieden war?«

»Interessante Frage«, murmelte Schäfer. »Auch wenn ich nicht verstehe, was Sie nach all den Jahren an diesem Kinderturnier interessiert.«

»Das müssen Sie auch nicht verstehen.«

»Okay.« Schäfer hob kurz die fleischigen Hände und ließ sie wieder sinken. »Verstehen Sie was von Schach?«

»Nein.«

»Na gut, dann erkläre ich es so, dass es auch ein Laie versteht.«

»Gute Idee.«

»Jakob war völlig sicher, dass er mit seiner Strategie durchkommen würde«, erklärte Schäfer. »Und nach den ersten Zügen sah es auch ganz danach aus. Florian ist ihm auf den Leim gegangen … womit genau, würde jetzt allerdings zu weit führen.« Er lächelte selbstsicher. »Aber plötzlich wendete sich das Blatt. Florian hatte eine zweite Verteidigungslinie aufgebaut, die Jakob übersehen hat, weil er komplett fokussiert war, seinem Gegner eine Niederlage zu verpassen – und zwar spektakulär und voller Schadenfreude. Tja, zu früh gefreut. Als es schließlich eng wurde für Jakob, verlor er die Übersicht – und zack oder auch …«

»Schachmatt?«

»Genau. Die beiden haben sich übrigens einen beeindruckenden Fight geliefert, erst recht, wenn man ihr Alter berücksichtigt.«

»Verstehe.« Jan nickte. »Kluge Köpfe. Wie ging es weiter – insbesondere mit Jakob?«

»Er wollte es kaum glauben.«

»Wut?«

Schäfer zögerte einen Moment. »Er hat irgendwas zerschlagen …« Schulterzucken. »Mit Niederlagen konnte er nicht umgehen, der Junge.«

»Ist er mit Florian aneinandergeraten?«

Zögern.

»Herr Schäfer?«

»Möglich.«

»Geht es etwas genauer?«

Schäfer blickte auf seine Hände, rieb sie aneinander und sah langsam wieder auf. »Der Junge hatte etwas Angsteinflößendes in seinen Augen. Das konnte ich an dem Tag ziemlich gut erkennen. Ich weiß, wie das klingt, aber …« Kopfschütteln.

»Florian Becker ist unter nie geklärten Umständen über die Treppenbrüstung gestürzt«, meinte Jan schließlich. »Halten Sie es für denkbar, dass …«

»Ja«, warf Schäfer ein.

Jan kniff die Augen zusammen. »Haben Sie etwas beobachtet?«

»Die beiden waren ziemlich weit weg, aber ich konnte erkennen, dass sie Streit hatten. Das war eine Weile, bevor Florian nach dem Sturz übers Treppengeländer entdeckt wurde.«

Jan holte tief Luft. »Warum um Gottes willen haben Sie seinerzeit nichts gesagt?«

»Weil …«

»Ja?«

»Sie glauben mir ja doch nicht.«

»Lassen Sie es darauf ankommen.«

»Kurz bevor die Polizei eintraf, gesellte Jakob sich zu mir. Er sah mich mit leisem, vertrauensseligem Lächeln von der Seite an, griff nach meiner Hand und zog mich zu sich herunter. Dann meinte er im Flüsterton, dass ich still sein soll, wenn die Polizei Fragen stellt. Dann würde er auch still sein. Sie wissen schon, was ich meine, hat er noch hinzugefügt. Sie haben mich letztens berührt, und das war sehr unangenehm …« Schäfer biss sich auf die Unterlippe.

Jan rieb sich mit beiden Händen über die Wangen. »Und? Haben Sie sich ihm genähert? Soweit ich weiß, gab es seinerzeit die ersten Ermittlungen und …«

»Nein!«, warf Schäfer ein. »Nichts dergleichen.«

»Dann hat er sie beobachtet, oder es gab Gerede.«

»Dazu will ich nichts sagen. Das müssen Sie verstehen.«

Die Aussage ist juristisch nicht verwertbar, dachte Jan.

»Ein böser kleiner Junge, voller Grausamkeit und teuflischer Schläue«, flüsterte Schäfer. »Was hat er inzwischen noch ausgefressen?«

Offenbar hatte Schäfer in den letzten Monaten weder Zeitung gelesen noch sich über andere Medien informiert.

»Das wird sich noch herausstellen«, erwiderte Jan und stand auf.

Schäfers Blick folgte ihm zur Tür. »Halten Sie Ihren Teil der Abmachung ein?«

»Das werde ich«, versprach Jan, bevor er die Tür öffnete. Ob die Verlegung tatsächlich zustande kommen würde, war jedoch alles andere als sicher. Das schlechte Gewissen über diese eher vage Zusage hielt sich in Grenzen. Frank Schäfer war kein Typ, für den man sich unbedingt stark machen wollte. Doch unabhängig von dem Teil der Aussage, der Schäfer selbst belasten könnte – die Schilderung von Jakobs Verhalten klang überzeugend. Warum sollte der ehemalige Schachlehrer sich ein derartiges Gebaren ausdenken, zumal er offenbar gar nicht wusste, worum es ging?

Ruth nahm sich nach dem Austausch mit Romy einen Moment Zeit und vertrat sich die Beine. Ihr Kopf schwirrte – alte und neue Opfer, viele Namen, Verstrickungen, die sich aufgelöst hatten, weil es einen anderen Täter gab, der in den Mittelpunkt gerückt war und doch bislang kaum einen juristisch greifbaren Ansatzpunkt bot. Noch bewegten sie sich ausschließlich im Bereich von Verdachtsmomenten und Schlussfolgerungen. Es existierten keine harten Beweise – das hatte Ruth gerade selbst Romy gegenüber ausdrücklich betont –, nur eine tiefschwarze Wolke, die bedrohlich über ihnen schwebte, ein kaum vorstellbares Schreckensszenario. Niemanden im Team ließ die Entwicklung kalt, aber noch waren ihnen die Hände gebunden. Das war nach den letzten Monaten, in denen diese verzwickten Fälle sie immer wieder auf besondere Weise herausgefordert hatten, besonders schwer auszuhalten.

Ruth hatte darüber hinaus Mühe zu verdauen, dass der vermutete Zusammenhang mit einem erfolgreichen Unternehmen, das sicherlich auch wirtschaftsrechtliche Grauzonen ausnutzte, nie bestanden hatte – oder lediglich am Rande und unabhängig vom eigentlichen Tatgeschehen. Ein Journalist war auf die Fehde eines Mannes hereingefallen, der ihn nach allen Regeln der Kunst in die Irre geführt und grausam bestraft hatte, und zwar auf eine Weise, dass er selbst erst auf den zweiten oder gar dritten Blick die Aufmerksamkeit auf sich gezogen hatte. Und doch bestand eine Verbindung zu Kayser – über Christoph Schmied –, dessen war Ruth sich längst sicher.

Jakob, der seinerzeit dreizehnjährige Teenager, in dessen Familie es offenbar sehr unruhig geworden war und böse Verdächtigungen aufgekommen waren, musste sich unter die Aufsicht seines Großvaters begeben. Der hatte wahrscheinlich angenommen, dass engmaschige Kontrolle und eine strenge Hand – besser gesagt: Prügel – den erwünschten Erfolg nach sich ziehen würden. »Ich krieg die Wahrheit schon aus dir heraus«, hatte die Nachbarin Romy gegenüber Gerd Koller zitiert. Um wenig später in einer abgelegenen Scheune zu sterben – mit eingeschlagenem Schädel. Und Jahre später äußerte sich ein Sicherheitsspezialist in bewunderndem Tonfall über einen Jungen, den er mit großer Wahrscheinlichkeit zu diesem Zeitpunkt kennengelernt hatte.

Ruth blickte auf ihr Handy – Jan hatte nach seiner Befragung in der JVA ein Update in die Runde geschickt. Bereits der Zehnjährige hatte es verstanden, eine Situation zu analysieren und für sich auszunutzen. Das war kaum vorstellbar und doch genau so geschehen. Sie sah wieder hoch. Der Schachspieler, der einen Hinterhalt vorbereitet, ohne dass sein Opfer etwas ahnt. Sie schüttelte den Kopf. Es war nicht hilfreich, den Jungen zu einem größenwahnsinnigen Genie aufzubauschen – wir müssen ihn auf sein Motiv herunterbrechen, überlegte sie weiter. Seine Befürchtung, entdeckt, entlarvt zu werden, treibt ihn seit Jahren vor sich her und fordert immer neue Hinterhaltsszenarien und Opfer. Doch das war nur eine Seite der Medaille.

Mit dem Tod der Eltern und des Bruders war ihm eine Aufmerksamkeit zuteilgeworden, die ihn zutiefst erfüllte. Jakob hatte das Ganze so in Szene gesetzt, dass er in den Mittelpunkt schrecklicher Taten im Umfeld eines mörderischen Bruders gerückt war. Und ihm allein war es nicht nur gelungen zu überleben, sondern den Täter auszuschalten. Der wehrhafte Held. Jakob würde das Podest, auf dem er nun stand, nie wieder freiwillig verlassen. Und Oliver Baum – der es gemeinsam mit einigen ehemaligen Schulkollegen gewagt hatte, Jakobs Position infrage zu stellen und ihn auszuschließen – dürfte sich in allergrößter Gefahr befinden.

Der Staatsanwalt hatte inzwischen verschärften Suchmaßnahmen zugestimmt, doch Ruth bezweifelte, dass sie rechtzeitig greifen würden. Wer könnte den Jungen aufhalten? Und was hatte Romy gemeint, als sie davon sprach, ihm eine Falle zu stellen. Sie griff erneut zu ihrem Handy und rief die Kollegin an.

»Wir sitzen immer noch in dem zauberhaften Bistro«, erklärte Romy kurz darauf. »Finn dreht gerade eine Runde ums Haus, während ich zunehmend nervöser werde.«

»Was würdest du am liebsten tun?«

»Ins Haus einsteigen und mich gründlich umsehen«, entgegnete Romy prompt. »Aber das tun wir natürlich nicht«, betonte sie eilig.

»Du hast vorhin erwähnt, dass wir ihm eine Falle stellen müssten. War das nur so dahingesagt oder …«

»Ja, eine spontane Idee – ohne greifbaren Ansatz. Es macht mich wahnsinnig, dass wir offenbar nicht in der Lage sind, diesen Jungen zu stellen.«

»Noch nicht«, betonte Ruth. »Wissen wir eigentlich inzwischen mehr über diesen Schmied?«

»Die Stralsunder haben sich vorhin kurz gemeldet. Eine hundertprozentig saubere Weste hat der Mann nicht«, berichtete Romy. »Es gab mal Ärger mit einem Kunden, der seine Rechnung nicht bezahlen wollte. Später haben sie sich dann wohl doch geeinigt. Ob so eine Geschichte ausreicht, ihn zum Reden zu bringen, bezweifle ich allerdings stark.«

»Das ist in der Tat ein bisschen dünn. Hoffen wir also, dass Max noch etwas mehr ausgräbt.«

»Das hoffe ich auch. Wir bleiben in Kontakt.«

Ruth beendete das Gespräch und kehrte zurück ins Kommissariat. Sie hörte sich noch einmal das Gespräch zwischen Christoph Schmied und Romy an, das die Kollegin nach dem plötzlichen Auftauchen des Sicherheitsmannes heimlich mit dem Handy aufgezeichnet hatte. Der Mann war höchst selbstsicher aufgetreten und hatte sowohl die Möglichkeit, dass Kolkrabe benutzt worden war, als auch die These eines gänzlich anderen Motivs ins Spiel gebracht. Einen Zusammenhang des Materials mit tatsächlichen Vorgängen bei Kayser widersprach er ausdrücklich. Eine geschickte Fälschung mit täuschend echt wirkenden Unterlagen. Er selbst war sogar in Verdacht geraten, als Whistleblower aktiv geworden zu sein. Warum eigentlich? Weil er zu denen im Unternehmen gehörte, die tiefen Einblick in viele Geschäftsvorgänge gewannen und selbstredend über präzise Kenntnisse der Sicherheitsvorkehrungen verfügten. Und im Rahmen seiner Aufgaben hatte er natürlich bemerkt, dass ein Zollfahnder verdeckt unterwegs war. Ein Beamter, der wenig später niemandem mehr gefährlich werden konnte.

Ruth hob plötzlich den Kopf und kniff die Augen zusammen. Vielleicht hatte Koller etwas anderes entdeckt, etwas, das weniger mit Kayser als vielmehr mit Schmied zusammenhing. Sie griff erneut zum Handy und rief Romy an. »Ich möchte Schmied im Blick behalten. Hinter dieser Geschichte könnte noch deutlich mehr stecken. Er kennt mich nicht – das dürfte es leichter machen.«

»Gute Idee«, stimmte Romy zu. »Halt uns auf dem Laufenden.«

»Natürlich.«

Eine Viertelstunde später brach Ruth auf – Richtung Adresse der Sicherheitsfirma am Wostevitzer Weg in Sassnitz. Es war inzwischen später Nachmittag. Schmieds Wagen stand auf dem Parkplatz, das Gebäude befand sich in direkter Nähe zum Rügen-Helikopter, und Ruth stellte sich auf eine längere Wartezeit ein. Doch keine Stunde später verließ der Geschäftsführer das Firmengelände. Sie folgte ihm mit großem Abstand. Schmied fuhr Richtung Lietzow und dann weiter über Ralswiek nach Patzig. Schließlich verlangsamte er das Tempo und bog einige hundert Meter außerhalb des Ortes auf einen Parkplatz ab. Ruth fuhr weiter. Im Rückspiegel konnte sie erkennen, dass Schmied im Wagen saß und aus dem Fenster blickte. Vielleicht hatte er ein Treffen mit einem Kunden vereinbart. Ruth wendete an einem Feldweg und blieb einen Moment stehen, bevor sie zurückfuhr und erneut den Parkplatz passierte. Schmied hatte inzwischen den Wagen verlassen und war ein paar Schritte gegangen. Er blickte über eine Weide hinüber zu einem Hof.

Ruth suchte sich die nächstgelegene Haltemöglichkeit, stieg aus dem Wagen und ging ein paar Schritte zurück in Richtung des Parkplatzes. Aus einiger Entfernung konnte sie erkennen, dass Christoph Schmied immer noch zu dem Hof hinübersah. Sie zückte ihr Handy und schoss einige Fotos, die aus dieser Entfernung kaum Details bieten würden. Doch womöglich konnte Max etwas damit anfangen. Keine zwei Minuten später saß sie wieder im Wagen, lud die Dateien hoch und startete den Motor. Als sie erneut am Parkplatz vorbeifuhr, war Schmied verschwunden.

Max rief an, als sie hinter Parchtitz auf die B 96 abbog, um nach Bergen zurückzukehren. Sie stellte die Verbindung her. »Falls du mit mir über die Qualität der Fotos diskutieren möchtest – ich weiß, dass sie mies sind«, erklärte sie sofort in reumütigem Ton. »Und du kannst mir gleich noch viel mehr persönlich dazu sagen, denn ich bin quasi fast im Kommissariat.«

Max räusperte sich. »Die Bilder geben nicht viel her, das ist richtig. Aber sie sind trotzdem erstaunlich.«

Ruth stoppte an der nächsten Ampel. »Inwiefern?«

»Der Typ, der da Richtung Hof starrt …«

»Das ist Christoph Schmied!«

»Schon klar – ich nehme dich ein bisschen auf den Arm.« Max lachte leise. »Also, dieser Hof – kommt der dir nicht bekannt vor?«

»Sollte er?«

»Das heißt wohl: nein. Na gut – ich schätze, du hattest zu dem Zeitpunkt der Ermittlungen nicht unmittelbar mit der Nebengeschichte zu tun und hast die Details in den Akten …«

»Ich verstehe kein Wort, Max! Komm zum Punkt, bitte.«

»Bei diesem Autounfall – oder auch bei diesem inszenierten Unfall –, bei dem Karin Koller ums Leben gekommen ist, gab es eine zweite Beteiligte und einen Zusammenstoß. Die Frau wurde schwer verletzt. Sie heißt Tanja Preisler, und sie betreibt gemeinsam mit ihrem Mann einen Pferdehof nördlich von Bergen.«

Ruth ließ das Handy sinken. Sie erinnerte sich plötzlich an die Akte. Die Frau hatte sich gut erholt, aber immer noch erhebliche Probleme mit ihrem Gedächtnis gehabt. Jemand mit dem Namen Chris hatte sie mehrfach angerufen, ohne dass sie den Mann zuordnen konnte.

22

Tanja Preisler sah Romy und Ruth mit verdutztem Gesichtsausdruck entgegen. Dann stellte sie die Mistgabel beiseite und trat aus der Pferdebox. »Diesmal kommen Sie sogar zu zweit. Gibt es nach all der Zeit Neuigkeiten zu dem Unfallgeschehen? Ich dachte, das sei inzwischen alles längst geklärt.«

»Das ist es wohl auch – bis auf einige Details«, erwiderte Romy. »Haben Sie ein paar Minuten Zeit für uns?«

Preisler nickte. »Kommen Sie – ich wollte ohnehin eine Pause machen. Ich bin seit zwei Stunden im Stall und könnte einen Kaffee gebrauchen.«

Romy blickte auf die Uhr. Es war noch früh am Morgen, kurz nach acht, aber für Menschen, die mit Tieren und in der Landwirtschaft arbeiteten, war der Tag längst fortgeschritten. Sie hatte wenig geschlafen. Während sie neben Ruth und Preisler über den Hof Richtung Haus ging, ließ sie die letzten Ereignisse ein weiteres Mal passieren. Die neueste Entwicklung hatte alle im Team verblüfft – sofern sich der erste Verdacht bestätigen würde, könnte Christoph Schmied der geheimnisvolle Anrufer gewesen sein, mit dem Preisler seinerzeit nicht das Geringste anzufangen wusste – und darüber hinaus der Mann, mit dem sie möglicherweise einiges mehr verband. Ob und was das bedeuten könnte, abgesehen von einem bizarren Zufall, war zurzeit schwer einzuschätzen, und Romy hatte sich vorgenommen, keinerlei Spekulationen zu befeuern, solange sie nicht sicher waren.

Zudem hatte sich am Abend zuvor Jakob Koller bei ihr gemeldet. »Sie haben versucht, mich zu erreichen, Kommissarin«, hatte er in leutseligem Ton bemerkt. »Gibt es Neuigkeiten zu meinem Großvater?«

Romy war einen Moment völlig perplex gewesen – und froh, dass er ihr Gesicht nicht sehen konnte. »Noch nicht«, hatte sie schließlich so locker wie möglich erwidert, während sie nach den richtigen Worten suchte. »Es geht um etwas anderes«, fuhr sie schließlich fort und aktivierte die Gesprächsaufzeichnung. »Ihr ehemaliger Schulkollege Oliver Baum ist verschwunden.« Sie war höchst gespannt auf Jakobs Reaktion. Womöglich war die Bemerkung, die er gegenüber seiner Nachbarin zu seinen Reiseplänen hatte fallen lassen, ein Flüchtigkeitsfehler gewesen, den er nun bereuen würde.

»Ach?«, fragte er nach kurzer Pause.

»Wann haben Sie ihn zuletzt gesehen?«

»Das liegt schon eine Weile zurück.«

»Wir befragen auch sämtliche Schülerinnen und Schüler, die in Prag waren.«

»Dazu kann ich nichts sagen«, meinte er.

»Sie waren nicht dabei?«

»Nein.«

Romy kniff die Augen zusammen.

»Ich bin zwar aufgebrochen, habe mich aber dann doch anders entschieden und ein paar Tage ausgespannt. Handy aus und so weiter. Sie verstehen?«

Das klang eher nach einem vierzigjährigen Manager, der dringend eine Auszeit benötigt – und keineswegs nach einem Achtzehnjährigen, dachte Romy. »So ungefähr.«

»Ich bin gerade auf der Rückfahrt und dürfte in etwa einer Stunde zu Hause sein.«

Das war eine ziemlich kluge Antwort gewesen, die ihm alle Möglichkeiten offenließ. »Ach so.« Romy hatte die Frage heruntergeschluckt, wo er sich aufgehalten hatte. Es war zu früh, ihn zu warnen. »Falls Sie etwas hören …«

»Melde ich mich bei Ihnen, natürlich.«

Romy war froh, dass Jan einer weiteren Observierung längst

zugestimmt hatte. Finn dürfte seinen Posten nach seiner nächtlichen Ablösung inzwischen wieder eingenommen haben, überlegte sie, während Tanja Preisler sie in ein kleines Büro führte. Ihr Mann war bereits mit einigen Feriengästen unterwegs. Sie goss Kaffee ein – Romy und Ruth lehnten dankend ab. Dann setzte Preisler sich und sah die Kommissarinnen gespannt an.

»Ich hoffe, dass es Ihnen gut geht«, ergriff Romy schließlich das Wort.

»Ja, alles bestens.« Preisler trank einen Schluck.

»Auch, was Ihr Gedächtnis angeht?«

»Wie man es nimmt – die Lücken sind geblieben, und womöglich wird sich das auch nicht mehr ändern. Inzwischen habe ich mich damit abgefunden. Es spielt keine Rolle mehr.«

Romy dachte an ihr Gespräch mit Georg Preisler zurück, der sich längst seinen Teil gedacht hatte, als es um einen unbekannten Mann ging, der seine Frau mehrfach kontaktiert hatte. Sein Interesse, in dem Punkt für Aufklärung zu sorgen, dürfte nicht gestiegen sein.

»Zunächst möchte ich noch mal auf Ihre Beobachtung zurückkommen, dass jemand am Unfallort war, der nach Ihnen gesehen hat«, änderte Romy spontan ihre ursprünglich geplante Vorgehensweise. »Wie ordnen Sie heute diese Beobachtung ein?«

Tanja Preisler zuckte mit den Achseln. »Wie zuvor auch: Ich denke, ich war verwirrt und stand unter Schock.«

»Darf ich Ihnen trotzdem ein Foto zeigen?« Romy spürte den fragenden Seitenblick von Ruth, während sie eine Porträtaufnahme von Jakob Koller aufrief. »Sagt Ihnen dieser Mann etwas?«

Preisler stutzte. »Das ist ja eher ein Junge …« Sie schüttelte nachdenklich den Kopf. »Keine Ahnung – nein, ich kann das wirklich nicht konkretisieren. Das ist viel zu vage. Vielleicht spielte sich das Ganze auch nur in meiner Fantasie ab. Es war dunkel und eiskalt. Im Grunde habe ich nur einen Schatten gesehen. Ein bleiches Gesicht unter einer Mütze. Das ist viel zu beliebig.«

Möglich. Oder auch nicht, dachte Romy. Die Mütze hatte Tanja Preisler bislang noch nicht erwähnt. Manchmal stellten sich zurückkehrende Erinnerungen erst nach und nach ein – oder auch schlagartig, weil mehrere Aspekte zusammenkamen, die einen Impuls auslösten. Dass sie für immer verborgen blieben, konnte natürlich auch nicht ausgeschlossen werden. »Was ist mit dem Anrufer?«, fragte sie weiter.

»Das Gleiche.«

»Das heißt, Sie können sich nach wie vor auch nicht an den Mann erinnern, der Sie mehrfach anrief und sich Chris nannte?«

»So ist es.« Preisler zuckte mit den Achseln und setzte ein unsicheres Lächeln auf. »Ich beschäftige mich nicht mehr damit.« Sie runzelte plötzlich die Brauen. »Oder sind Sie seinetwegen da?«

»Wir sind auf jemanden gestoßen, der uns auch in einem anderen Zusammenhang beschäftigt und bei dem es sich möglicherweise um den Anrufer handelt. Eine Überschneidung, auf die wir zufällig gestoßen sind und der wir nachgehen.«

Tanja Preisler ließ sich in die Lehne zurückfallen. Sie war verblüfft. »Ich habe mich bisher nicht erinnert. Warum sollte es jetzt anders sein?«

»Weil wir einen vollständigen Namen sowie ein aussagekräftiges Foto haben – und eine Stimme.«

Preisler atmete tief ein. Das gefiel ihr nicht. »Na und? Ich habe die Stimme auch vorher nicht erkannt.«

»Seinerzeit hat er nur seinen Namen genannt, und Sie haben kaum geredet, oder? Vielleicht müssen Sie lediglich über einen längeren Zeitraum konzentriert zuhören.«

»Wissen Sie, das Ganze ist doch inzwischen Vergangenheit. Warum …«

»… weil Fragen offengeblieben sind – und zwar in mehrfacher Hinsicht«, fiel Romy ihr ins Wort. »Wir wissen nach wie vor nicht, ob dieser Fremde Sie persönlich kannte oder aber etwas mit dem Unfallgeschehen zu tun hatte.«

»Das haben Sie doch längst aufgeklärt!«, wehrte Tanja Preisler ab.

»Vielleicht noch nicht vollständig. Das Gesamtbild weist noch Lücken auf, was ich als sehr unbefriedigend empfinde.«

»Manches lässt sich nicht hundertprozentig klären.«

Ruth beugte sich plötzlich vor. »Er heißt Christoph – Christoph Schmied«, sagte sie leise.

»Und so sieht er aus«, ergänzte Romy, zog ein Foto aus der Tasche und legte es auf den Tisch.

Preisler sah auf das Profilbild, ihr Blick erstarrte in derselben Sekunde. Romy ließ sie nicht einen Moment aus den Augen. Es passiert etwas, sie erkennt ihn oder hat zumindest eine Vermutung, dachte sie und hoffte inständig, dass ihr Mann nicht ausgerechnet jetzt zurückkehren würde. Preisler atmete tief durch und fuhr sich mit einer Hand über den Mund.

»Er ist kein Unbekannter, nicht wahr?«, fragte Romy.

»Unsinn.« Preisler wandte den Blick zum Fenster. »Ich möchte nicht mehr darüber reden. Und mein Privatleben geht Sie nichts an.«

Romy nickte. »Ich verstehe. Wir müssen ihn lediglich identifizieren – nicht mehr, aber auch nicht weniger.« Sie öffnete ihre Audioapp und spielte eine Sequenz aus einer Datei ab, in der Max ein paar eher nichtssagende Sätze von Schmied zusammengestellt hatte, die Romy seinerzeit bei der Parkplatzbegegnung aufgenommen hatte.

Preisler zuckte zusammen und erbleichte. »Ich möchte, dass Sie jetzt gehen. Sie haben kein Recht, mich derart unter Druck zu setzen.«

»Wir arbeiten an der Aufklärung mehrerer schwerer Gewaltdelikte«, erklärte Romy. »Wir haben jedes Recht, Fragen zu stellen.«

»Und ich habe jedes Recht, eine Antwort zu verweigern, egal aus welchen Gründen.«

Stimmt, dachte Romy. Sie stand auf, doch Ruth blieb sitzen und suchte den Blick der Frau. »Wie gut kannten Sie ihn?«, fragte die Kollegin. »Was macht er beruflich?«

»Sie sollen gehen«, betonte Preisler. »Das spielt alles keine Rolle mehr. Der Unfall liegt ewig zurück und ...«

»Es geht nur noch am Rande um diesen Unfall«, erklärte Ruth, während Romy sich langsam wieder setzte. »Und auch nicht um Ihr Privatleben. Das geht uns tatsächlich nichts an, sofern es sich nicht mit Begebenheiten überschneidet, die wir strafrechtlich untersuchen müssen. Was wissen Sie über Chris? Je schneller Sie uns offen antworten, desto schneller sind wir auch wieder verschwunden.«

Preisler starrte Ruth eine Weile feindselig an, dann senkte sie den Blick und sah zur Seite. »Ich will nicht darüber reden«, flüsterte sie. »Das liegt ewig zurück. Ich dachte, wir beide ... Ja, wir hatten eine Beziehung.« Sie schüttelte den Kopf. »Aber das ist längst vorbei.«

»Hat er je über seine Arbeit gesprochen?«, schaltete Romy sich wieder ein.

»Nein«, presste sie hervor. »Er war Sicherheitsberater mit einer eigenen Firma, soviel weiß ich, aber sein Job spielte keine Rolle. Und nun gehen Sie endlich.« Sie sah auf. »Ich hätte gerne auf diese Erinnerung verzichtet«, flüsterte sie mit zitternder Stimme. »Sie bricht ungefragt in mein Leben ein.«

»Und wir hätten Ihnen das gerne erspart, aber ...«

»Was aber?«

Ruth beugte sich über den Tisch vor. »Wir ermitteln zurzeit in mehreren Mordfällen«, sagte sie in ruhigem Ton. »Und Schmied weiß etwas, das jedenfalls ist unsere Vermutung.«

Preisler schüttelte den Kopf. »Ich habe keine Ahnung, wovon Sie reden. Und ich sage kein einziges Wort mehr, egal, wie oft Sie mir noch weismachen wollen, dass ich Rede und Antwort stehen muss. Das muss ich nicht.« Sie blieb starr sitzen und rührte sich auch nicht, als die Kommissarinnen schließlich das Haus verließen.

Romy war mulmig zumute. »Ob das wirklich nötig war?«, fragte sie leise, als sie im Wagen saßen. »Hier ging es doch ganz offensichtlich lediglich um eine Affäre, eine Liebesgeschichte, die ein abruptes Ende fand – ohne Erinnerung, womit die Beteiligten durchaus gut zurechtkamen.«

»Bis auf Schmied«, wandte Ruth ein. »Der seiner Geliebten immer noch nachtrauert, sofern ich die Szene richtig deute.«

Romy nickte. »Womöglich haben wir eine Wunde geöffnet, die sich nicht mehr schließt, und das wird nicht ohne Konsequenzen bleiben.«

»Oder es steckt mehr dahinter.«

Romy warf ihr einen fragenden Blick zu.

»Dieser Unfall liegt mittlerweile über anderthalb Jahre zurück. Schmied hatte es richtig erwischt, und er kann Tanja nicht vergessen – warum sonst blickt er auf heimlichem Posten mit sehnsüchtigen Blicken zum Hof hinüber?«

Romy schüttelte den Kopf. »Ich kann mich täuschen, aber die Rolle des verzweifelten Liebhabers traue ich ihm irgendwie nicht zu.«

Ruth lächelte. »Ich fürchte, du bist voreingenommen – auch ein knallharter Geschäftsmann und Sicherheitsexperte kann seine romantische Ader entdecken. Wer weiß, was die beiden geplant hatten.«

»Ich denke, du liegst richtig. Darüber hinaus …« Romy kniff die Augen zusammen. »Ich wüsste zu gerne, inwieweit Schmied eigentlich klar ist, wer für diesen Unfall verantwortlich war.«

Ruth starrte sie plötzlich verdutzt von der Seite an.

»Falls er sich näher damit befasst hat – und davon ist wohl auszugehen –, dürfte er die Berichterstattung dazu verfolgt oder zumindest wesentliche Teile mitbekommen haben. Und dann wird ihm wohl kaum entgangen sein, dass es um Familie Koller und Benjamin ging – den großen Bruder des kleinen Genies –, der quasi posthum verurteilt wurde, auch wenn das nie hundertprozentig bewiesen wurde. Allerdings«, gab Romy nach kurzem Überlegen zu bedenken, »sind viele Details, über die Jakob mit uns und den Behörden gesprochen hat, nicht veröffentlicht worden – aus seinerzeit gutem Grund.«

»Und unsere neuesten Verdachtsmomente kann er natürlich nicht kennen«, führte Ruth weiter aus.

Romy nickte nachdenklich. »Stell dir mal vor, Schmied wüsste, dass Jakob für den Unfall verantwortlich war, bei dem seine Geliebte schwer verletzt wurde, so schwer, dass sie sich nicht mehr an ihn erinnern konnte – bis jetzt«, überlegte sie halblaut.

»Jakobs Beteiligung können wir noch nicht, vielleicht nie beweisen«, wandte Ruth ein.

»Das habe ich natürlich nicht vergessen. Aber ich bin wirklich gespannt, aufgrund welcher Erfahrung oder Beobachtung Schmied zu der Einschätzung gelangt ist, dass Jakob ein genialer Kopf ist. Und die entscheidende Frage lautet an der Stelle, ob sie ausschließlich aufgrund seiner IT-Expertise zustande kam oder die beiden womöglich doch noch etwas anderes verbindet, was direkt mit unseren Fällen zu tun hat.« Romy schüttelte plötzlich den Kopf. »Ich weiß – das ist alles mal wieder sehr spekulativ, nicht zum ersten Mal in diesen Ermittlungen. Aber noch ein anderer Punkt geht mir gerade durch den Kopf: Wie würdest du dich verhalten, wenn dein Liebster einen Unfall hatte und sich nicht an dich erinnern könnte? Würdest du dich nach zwei, drei Versuchen einfach abweisen lassen und aufgeben? Um dann hin und wieder aus der Ferne einen sehnsüchtigen Blick zu werfen?«

»Das kommt auf die Ausgangsbedingungen an. Tanja hatte eine Affäre mit ihm. Ich kann verstehen, dass er da nicht allzu forsch aufgetreten ist.«

»Na schön.« Romy startete den Motor. »Fahren wir zurück ins Kommissariat. Das ist alles immer noch viel zu vage! Hoffentlich findet Max mehr dazu.«

Tanja Preisler wusste nicht, wie lange sie wie festgefroren auf ihrem Stuhl gesessen hatte. Die Erinnerung war über sie hereingebrochen wie eine plötzlich überschwappende Welle. Das Gesicht direkt vor ihren Augen hatte sie sofort gefangen genommen, die Stimme zu diesem Gesicht ihr Innerstes berührt, und auf einmal waren sie aufgetaucht: die Monate mit ihm und die Entscheidung in dieser Nacht. Wir fangen ein neues Leben an, so hatten sie sich voneinander verabschiedet. Tanja war wild entschlossen gewesen, reinen Tisch zu machen und Georg zu verlassen. Die Aufbruchsstimmung, die sie damals durchströmt und völlig ausgefüllt hatte, stieg in ihr auf wie feiner Nebel. Und dann war auf eisglatter Straße ein entgegenkommendes Fahrzeug ins Schleudern geraten und hatte sie mit ins Unglück gerissen. Sie lebte weiter – aber ohne diese Erinnerung, manchmal lediglich begleitet von einer unterschwelligen Unruhe. Die andere Fahrerin war sofort tot. Erst viel später hatte sich herausgestellt, dass der Unfall die Folge eines Streits gewesen war – eine hässliche Familiengeschichte, die in irgendeiner Weise eskaliert war. Das Gesicht, das sich über sie gebeugt hatte in der eisigen Kälte, hatte sie längst als Folge des Schocks abgetan. Aber was genau in jener Nacht geschehen war, hatte sich wohl nicht endgültig klären lassen. Spielte das noch eine Rolle? Warum die Kommissarinnen nicht lockerließen, wollte sie gar nicht so genau wissen.

Inzwischen waren mehrere Jahreszeiten vergangen, die alles zugedeckt hatten, was in dieser Nacht und den Wochen davor wichtig gewesen war. Sie hatte ihr Leben, von dem sie annahm, es sei eine Fortführung all dessen, was ihr je wichtig gewesen war, weitergelebt. Georg, der Hof, ein gutes und harmonisches Miteinander. Und nun war alles aufgebrochen. Christoph Schmied. Seine Augen, seine Hände, ein Lachen wie ein Versprechen, das Knistern ihrer Bluse, als er sie abgestreift hatte, sein schlanker Körper, der sich an sie presste; Lust und Gier, die sprühende Lebendigkeit des Augenblicks, die sie nie zuvor so gespürt hatte.

Warum hat er so schnell aufgegeben? Tanja erhob sich langsam, räumte ihre Tasse ab und verließ das Gebäude durch den Hinterausgang. Vielleicht war er hier gewesen, und Georg hatte ihn rausgeschmissen. Das war durchaus denkbar. Sie lief ein paar Schritte zur Weide, wo drei Jungtiere grasten. Georg würde sie nicht einfach gehen lassen, nicht kampflos. Sie rieb sich über die Augen. Doch Chris hatte bemerkenswert schnell aufgegeben. Noch wenige Tage, bevor all das geschehen war, hatte er ihr das kleine Haus gezeigt, das fast bezugsfertig war.

»Ich habe es für uns herrichten lassen«, hatte er gesagt. »Ein Liebesnest am schönsten Ort der Welt.« Am Pappelwald in Alt-Glowe, wo es noch einige wenige Häuser gab, die nicht an Touristen vermietet wurden – etwas abseits gelegen hinter dichten Büschen und einer Felssteinmauer, in der prächtig bunte Wildmalven blühten.

Die Erinnerungen – einmal losgelassen – fluteten sie mit drangvoller Intensität. Sie kehrte ins Haus zurück, holte Papiere und Schlüssel und machte sich auf den Weg nach Glowe. Gab es inzwischen eine andere Frau, mit der er dieses Nest teilen würde oder längst teilte? Je länger Tanja unterwegs war, umso drängender brannte die Frage in ihr, warum er nicht um sie gekämpft hatte, selbst wenn es zutraf, dass ein energisch auftretender Georg versucht hatte, ihn auszubremsen. Hättest du doch einmal direkt vor mir gestanden, statt aus der Ferne in der offenen Krankenhaustür einen kurzen schmerzvollen Blick zu werfen, besser, noch neben mir gesessen und meine Hand gehalten – mit diesem

Lächeln in den Mundwinkeln oder auch mit diesem lauten, leidenschaftlichen Lachen, das direkt aus deinem Innersten zu strömen schien und immer mein Herz erreichte.

Als sie in die Straße zu dem Häuschen einbog, klopfte ihr Herz so heftig, als sei sie minutenlang eine steile Treppe hinaufgerannt. Sie bremste, fuhr dann ein Stück weiter, parkte am Straßenrand und stellte den Motor aus. Sie benötigte fast zwei Minuten, bis sie in der Lage war auszusteigen. Dann ging sie langsam am Grundstück entlang. Die Bäume standen in voller Blüte, die Terrasse war von großen Pflanzkübeln eingefasst. Die Markise war zur Hälfte ausgefahren. Vor den Fenstern hingen dunkelblaue halblange Vorhänge. Tanjas Augen brannten. Er war hier eingezogen.

Sie erinnerte sich an das weitläufige Wohnzimmer mit dem gusseisernen Ofen, als hätte sie den Raum gestern besichtigt. Es hatte nach Rosen geduftet. Über eine kleine Wendeltreppe gelangte man auf eine Empore. »Mein Arbeitsbereich«, hatte er gesagt. Oben war mehr Platz gewesen, als man von unten vermutete – ein langgestreckter Schreibtisch, auf dem mehrere Monitore aufgereiht waren, wie Tanja sich plötzlich mit bemerkenswerter Klarheit erinnerte. Nachdem all das so lange nahezu komplett verschüttet gewesen war, entsann sie sich nun an derart unwichtige Details. Ein Essen am Feuer, keine Woche vor dem Unfall. Es hatte feinstes Filet gegeben. »Welche Aufgaben übernimmt eigentlich deine Firma?«, hatte sie gefragt.

»Ich passe auf, dass nichts nach außen dringt, das da nicht hingehört. Das ist die Aufgabe, die meine Auftraggeber mir in der Regel erteilen. Ich schütze Informationen und Kunden, ihr Vermögen, ihre Ideen und ihre Unversehrtheit – so könnte man zusammenfassend sagen.« Ein selbstsicheres Lächeln war über sein Gesicht geflogen. »Und manchmal muss ich auch mich schützen.«

»Wie meinst du das?«

»Es gibt Wissen, das gefährlich werden kann – für den, der darüber verfügt, genauso wie für den, der zufällig einen Einblick erhascht oder danach sucht oder aber es schützen soll. Und manchmal kommt alles zusammen.«

»Ich verstehe kein Wort.«

»Das macht nichts.« Er hatte laut gelacht und war plötzlich wieder verstummt. »Ich muss mich absichern. Jeder muss das, aber in meiner Branche ist es besonders wichtig.«

»Das klingt ...«

»Um Gottes willen, mach dir keine Sorgen!« Er hatte ihr über die Wange gestrichen, sie plötzlich an sich gezogen und geküsst. »Ich beschütze dich. Alles ist gut.«

An ihrem letzten Abend hatte er sie gebeten, einen USB-Stick für ihn aufzubewahren. Eine Szene, an die sie anderthalb Jahre nicht mehr gedacht hatte, tauchte zu ihrer grenzenlosen Verblüffung abrupt vor ihrem inneren Auge auf. »Das ist eine Sicherheitskopie zu wichtigen Unterlagen – falls meine Festplatte mal den Geist aufgibt«, hatte er in beiläufigem Ton erklärt.

Sie war für einen Moment verwundert gewesen. Tanja verstand nicht allzu viel von seiner Branche, doch ein Mann mit einem Sicherheitsunternehmen dürfte doch über andere Möglichkeiten verfügen, seine Daten zu schützen.

»Ein Zeichen meines Vertrauens«, hatte er dann hinzugefügt und ihre Bedenken beiseitegeschoben. »Damit hast du mich in der Hand.« Das hatte wie ein Scherz geklungen. Lautes Lachen. »Mach dir um Gottes willen keine Sorgen«, hatte er wiederholt.

»Das tue ich nicht. Bei mir ist er sicher.«

»Darum gebe ich ihn dir.«

Tanja starrte ins Leere. Alles war plötzlich zurückgekehrt, ungefragt, ungefiltert und nun zig Fragen auslösend. Die erste lautete: Wo war dieser Datenstick? Sie hatte ihn damals in einem Seitenfach ihrer Handtasche verstaut, nachdem sie sich einen Moment über seine Form amüsiert hatte – er hatte die Gestalt eines kleines Bootes, einer Jolle. Ihre persönlichen Sachen waren nach dem Unfall Georg übergeben worden. Oder verloren gegangen. Sie entsann sich, dass die Tasche in ihrem Zimmer auf dem Bett gelegen hatte, als sie aus dem Krankenhaus nach Hause gekommen war. Sie hatte sämtliche Utensilien ausgeräumt – auf der hektischen Suche nach ihrem Ehering. Den hatte sie gefunden, ebenso Papiere, Schlüssel, Taschentücher, Kaugummi und anderen Kleinkram. Aber keinen Datenstick. Nichts sonst hatte gefehlt.

Sie blieb stehen und ließ die Gedanken rotieren. Die Erklärung lag auf der Hand – und sie war so einleuchtend, dass sie keinen einzigen Moment daran zweifelte. Zwei Minuten später schlug sie den Rückweg ein. Ihre Wangen brannten. Als sie zu Hause eintraf, lag Stille über dem Hof. Die Gäste waren unterwegs oder gönnten sich eine Mittagspause. Die Pferde vom Morgenausflug waren versorgt. Es duftete nach der Fülle des Sommers.

Georg trat aus dem Stall, als sie den Wagen abgestellt hatte. Er sah ihr entgegen, während sie ausstieg. »Wo warst …«, setzte er an und brach ab.

Tanja wusste, dass ihr Gesichtsausdruck Bände sprach. Einen winzigen Moment zögerte sie noch, doch sie wusste, dass es zu spät war und kein Zurück mehr gab. Sie blieb vor ihm stehen und hielt seinen Blick fest. »Kein Versteckspiel mehr«, sagte sie leise. »Keine Ausflüchte und Lügen.«

Er kniff die Augen zusammen. Sein Mund wurde schmal.

»Die Zeit des Vergessens ist vorbei. Es ist alles wieder da. Und nichts und niemand kann sie zurückdrehen«, fuhr sie leise fort. »Er war hier, nicht wahr?«

Georg atmete scharf ein und blickte kurz zu Boden.

»Er war hier und wollte mich sehen, da bin ich ganz sicher. Du hast ihn abgewiesen, stimmt's?«

Georg starrte sie an.

»Aber er hat nicht lockergelassen – bis du ihm klargemacht hast, dass du über den Datenstick verfügst. Der Fund in meiner Tasche hat dich in eine verlockende Position gebracht. Ich – meiner letzten Erinnerungen beraubt – und du mit einem Faustpfand ausgestattet, das ihm keine andere Wahl ließ. Damit wolltest du unsere Ehe retten.« Ihre Stimme klang bitter und fremd. »Du hast alles zerstört.«

Georg wurde blass. »Ich? Ich habe alles zerstört? Ist das dein Ernst? Du hast mich hintergangen, belogen, betrogen und den Absprung geplant, ohne zuvor ein einziges Wort darüber verloren zu haben. Ich hatte keine Chance mehr, schon gar nicht gegen diesen Typen – mit allen Wassern gewaschen und …«

»Er ist ein erfolgreicher Geschäftsmann!«, warf Tanja erbost ein. »Du bezeichnest ihn als mit allen Wassern gewaschen, weil ich mich für ihn entscheiden wollte – wie billig!«

»Darum geht es nicht.«

»Worum geht es dann?«

»Um das, was auf diesem Stick ist.«

Sie hielt inne. »Wie …«

»Er war mit einem Passwort gesichert, das unser jüngstes Fohlen herausgefunden hätte«, fuhr Georg in ätzendem Tonfall fort. »Ich verstehe ja nicht viel davon, aber so viel kann auch ich mir zusammenreimen: Dein sauberer Geschäftsmann verfügt über Unterlagen, die …«

»Ich will es gar nicht wissen!«, warf sie ein. »Gib ihn mir!«

Er verschränkte die Arme vor der Brust und starrte sie an. »Ich denke nicht daran«, flüsterte er in einem Ton, den sie noch nie bei ihm gehört hatte.

Tanja hatte das Gefühl, innerhalb von Sekundenbruchteilen zu vereisen.

»Und du überlegst dir besser gut, wie es für dich, für uns weitergeht«, fuhr Georg fort. »Wenn ich deinen Ex hochgehen lasse, dürftest du nicht mehr viel von ihm haben. Und er hat das längst verstanden.« Er ließ die Arme wieder sinken. »Am besten tun wir beide so, als hätte es dieses Gespräch nie gegeben. Vergiss, was da plötzlich wieder in dir hochgekommen ist. Vergiss diesen Mann, der dich nur ins Unglück gestürzt hätte. Kümmere dich um mich und uns, unser gemeinsames Leben, unsere Ehe. Nur das sollte dir noch wichtig sein. Nichts war mir je wichtiger.« Damit ließ er die Arme sinken, drehte sich um und ging zurück in den Stall.

Tanja hörte leises Hufgetrappel, der junge Hengst in der letzten Box wieherte aufgeregt. Georgs Stimme klang sanft, während er ihn zu beruhigen versuchte. Die Mittagssonne stand direkt über Tanja, Fliegen summten. Sie hörte ihren Atem, der Puls flackerte schnell und unregelmäßig. Die Zeit war in einer dunklen Winternacht eingefroren. Nun hatte sie sich befreit. Und wenn Tanja sich noch so viel Mühe zu geben bereit gewesen wäre – nichts würde je wieder so sein, wie Georg es ersehnte oder auch wie sie es sich wünschte. Und was hatte all das mit den Fragen der Polizei zu tun?

23

Finn hatte sich gerade eine gefüllte Teigtasche bestellt, als Jakob das Haus verließ und mit seinem kleinen Flitzer losfuhr. »War ja klar«, schimpfte er leise und lief eilig zu seinem Wagen. Er würgte den Motor zweimal ab, bis er endlich aufheulte, und einen langen eisigen Moment später war Finn davon überzeugt, dass Jakob längst entkommen war, dann entdeckte er ihn an einer roten Ampel. Finn atmete tief aus, informierte das Team und folgte Jakob. Kurz darauf war klar, dass er auf dem Weg in die Firma von Christoph Schmied war.

Finn beobachtete von der gegenüberliegenden Straßenseite, wie der junge Koller ausstieg und das Gebäude betrat. Er fuhr auf das weitläufige Gelände und suchte sich einen unauffälligen Parkplatz hinter einer Baumgruppe, bevor er zum Handy griff. »Ich schätze, er hat einen Termin zum Vorstellungsgespräch«, sagte er, kaum dass Romy sich gemeldet hatte.

»Anzunehmen. Bleib einfach dran. Vielleicht nimmt er noch andere Termine wahr.«

»Alles klar.« Finn legte auf und trauerte seiner Teigtasche nach. Sein Magen knurrte. Er nahm einen Schluck aus seiner Wasserflasche und angelte einen Müsliriegel aus dem Handschuhfach, dann drehte er das Seitenfenster herunter. Es war stickig. Er lehnte sich zurück, vertilgte den Riegel mit drei Bissen und schloss kurz die Augen. Als er sie wieder aufschlug, waren höchstens Sekunden vergangen – nun gut: ein paar Minuten –, und er registrierte, dass ein anderer Wagen aufs Gelände gefahren war und am Hinterausgang hielt. Finn erkannte an der Fahrertür eine Zeichnung mit Aufschrift. Er zog sein kleines Fernglas vom Beifahrersitz, zoomte den Wagen heran und ließ das Glas einen Moment später wieder sinken, um erneut Romy zu kontaktieren. »Schmied bekommt Besuch vom Pferdehof«, berichtete er. »Tanja Preisler höchstpersönlich ist gerade eingetroffen.«

»Das allerdings ist ziemlich interessant«, murmelte Romy. »Sie hat ja alles andere als begeistert auf uns reagiert – offensichtlich will sie es nun genauer wissen.«

»Im Moment wartet sie einfach ab.«

»Na, mal sehen, welche Dynamik sich daraus entwickelt.«

»Ich halte euch auf dem Laufenden. Gibt es eigentlich inzwischen Neuigkeiten zu Oliver Baum?«, fragte Finn, bevor Romy auflegen konnte.

»Ja, tatsächlich – er hat in der Nähe von Ueckermünde getankt. Das liegt aber schon zwei Tage zurück. Die Aufnahmen sind erst jetzt aktualisiert worden, was nicht gerade hilfreich ist, wenn es darum geht, Zeit zu gewinnen.« Ihr Ton klang genervt.

»Somit sind wir also nicht wesentlich klüger als vorher. Er ist auf dem Rückweg verschwunden.«

»Genau – und ein Zusammenhang mit Jakob ist bislang nicht nachweisbar.«

Daran wird sich auch nichts ändern, dachte Finn, nachdem er sich verabschiedet hatte. Er wird sein Handy ausgeschaltet oder manipuliert haben, so dass kein Bewegungsprofil abgefragt werden konnte, und hier und da noch für zusätzliche falsche Spuren gesorgt haben. So etwas dürfte zu seinen leichtesten Übungen gehören.

Er legte das Handy beiseite und nahm erneut Tanja Preisler ins Visier. Die Frau saß bewegungslos hinterm Steuer. Ihr Gesichtsausdruck war leider nicht deutlich zu erkennen. Ich wüsste zu gerne, was in ihr vorgeht, dachte Finn. Er trank einen Schluck Wasser und wollte gerade seine Mails checken, als die Hintertür des Firmengebäudes aufsprang. Jakob trat ins Freie, blieb kurz stehen und setzte ein Cap auf, das er weit in die Stirn zog. Finn rutschte tief in den Sitz. Koller lief beschwingten Schrittes zu seinem Flitzer und warf nur einen kurzen Blick zu Preislers Wagen. Und jetzt? Finn zögerte einen Moment, dann folgte er ihm und informierte das Team, dass er wieder unterwegs war. Kurze Zeit später war klar, dass Jakob nach Hause fuhr.

Tanja hatte nur einen einzigen Blick auf das Gesicht erhaschen können, bevor der junge Mann weitergeeilt war. Das ist er, durchfuhr es sie mit eisiger Gewissheit, während er aus dem Schatten heraustrat und zum Parkplatz weiterging. Das Foto von dem Jungen, das die Kommissarin ihr am Morgen gezeigt hatte, hatte kaum etwas in ihr ausgelöst – schon gar kein klares Wiedererkennen, allenfalls eine leise Feststellung, dass es Ähnlichkeiten gab. Die Porträtaufnahme hatte einen Teenager gezeigt, der freundlich in die Kamera blickte. Ein apartes glattes Gesicht mit weichen Zügen und klugen Augen.

Doch das schmale Gesicht unter dem Cap, das ihr im Vorbeieilen mit ernstem Blick für einen Moment zugewandt war, hatte sie sofort berührt. Und das war längst nicht alles, wie ihr plötzlich auch schlagartig klarwurde. Dieser Junge war kein Unbekannter, sondern der Sohn der Frau, die in der Nacht ihr Leben verloren hatte. Ihm galten die erneuten Nachforschungen, von denen die Kommissarinnen gesprochen hatten. Er war derjenige gewesen, der seinen älteren toten Bruder der Verbrechen in seiner Familie überführt hatte, entsann sie sich. Wochenlang waren die Ermittlungen und die dramatischen Umstände durch die Presse gegangen – ohne dass die Öffentlichkeit etwas zu den Einzelheiten erfuhr. Fest stand, dass … Jakob Koller, nun fiel ihr auch der Name ein – zahlreiche Interviews gegeben hatte und sogar in Talkshows aufgetreten war.

Tanja spürte, dass ihre Finger zitterten. Sie streckte ihre Hände aus und rieb sie hektisch aneinander. Jakob Koller war in der Nacht am Unfallort gewesen. Und das änderte alles. Was aber hatte er in der Firma von Chris zu tun? Sie lehnte die Stirn für einen Moment aufs Lenkrad. Dann hob sie den Kopf und zog ihr Smartphone aus der Tasche. Ihre Finger zitterten immer noch, aber sie kannte seine Nummer auswendig – auch diese Erinnerung war plötzlich zurückgekehrt – und tippte in hektischer Eile eine Nachricht. *In einer Stunde am Liebesnest. Tanja.* Sie schickte die Nachricht erst ab, als sie vom Betriebsgelände heruntergefahren war. Auf halber Strecke begann ihr Handy zu vibrieren, sie achtete nicht darauf und fuhr weiter. Ihr Herz hämmerte. Es gab kein Zurück mehr. Sie war schweißdurchnässt, als sie in Glowe eintraf. Immer wieder summte das Handy. Sie vergewisserte sich lediglich, dass Chris der Anrufer war. Sie parkte im Schatten seitlich vom Haus und wartete.

Max hatte sein Suchprogramm die ganze Nacht laufen lassen. Sie suchten nicht zum ersten Mal nach Übereinstimmungen bezüglich Kayser und Partner sowie Christoph Schmied. Doch diesmal ging es darum, auf Ansatzpunkte zu stoßen, die geeignet waren, Konfliktstoff aufzudecken. In der ersten Abfrage hatte Max jegliche Überstimmungen herausgefiltert, und zwar sowohl im Rahmen der Firma als auch privat. Da die Trefferliste zu lang war, erfolgte dann ein zweiter Durchlauf in Abstimmung mit weiteren Stichwörtern – Strafverfahren und juristische Zusammenhänge jeder Art, Mitarbeiter, Kontakte aus dem Umfeld, kritische und sonstige Berichterstattung und einiges mehr. Bislang war kein neues Ergebnis dabei gewesen, das das Verhältnis zwischen Christoph Schmied und seinem ehemaligen Arbeitgeber beleuchten könnte.

Der Sicherheitsexperte hatte viele Jahre für Kayser gearbeitet, der spätere Wechsel ins eigene Familienunternehmen war nachvollziehbar und ließ keinen Raum für Skepsis – bis auf eine Bemerkung. Im Gespräch mit Romy hatte Schmied erwähnt, dass er seinerzeit als Whistleblower für den Journalisten in Verdacht geraten war, weil nur er die Möglichkeit gehabt habe, unbemerkt sensible Daten abzugreifen.

Max griff sich einen Stift und malte Kreise auf einen Zettel. Die Geschichte mit Kolkrabe war nicht mehr aktuell – das ihm zugespielte Material war ein mieser Trick gewesen, den Journalisten auf eine falsche Fährte zu locken. Eine üble Falle, die zu weitreichenden Konsequenzen geführt und auch die Ermittlungen beeinflusst hatte. Und doch ... Max legte den Stift beiseite und nickte nachdenklich. Die Dokumente waren aufgebauscht, gefälscht, verzerrt, mit zusätzlichen scheinbar eindeutigen Angaben versehen worden, aber sie hatten dennoch so viel Potential offenbart, dass verdeckte Ermittlungen angeschoben wurden. Und niemand zweifelte, dass die Firma schillernde Kontakte pflegte und auch Geschäfte abwickelte, die sich zumindest in einer Grauzone bewegten – darauf hatte Schmied selbst indirekt hingewiesen. Seine eigenen Nachforschungen belegten ohnehin, dass das Material eine gewisse Brisanz aufwies. Niemand konnte darüber hinaus einschätzen, was Gerd Koller entdeckt hatte. Ebenso wenig ließ sich ausschließen, dass Namen und Querverbindungen aufgelistet waren, die wen auch immer in Unruhe versetzt hatten.

Diese Gedanken tauchten nicht zum ersten Mal auf, hatten jedoch in der aktuellen Phase der Nachforschungen keine vordringliche Rolle mehr gespielt. Nun aber war Schmied wieder verstärkt ins Blickfeld gerückt, und es wurde Zeit, mit Kayser persönlich zu sprechen – der Geschäftsführer war bislang im Hintergrund geblieben und hatte offizielle Anfragen von seinen Mitarbeitern bearbeiten lassen. Eindeutige Verdachtsmomente gegen ihn persönlich bestanden ja nicht, und Befragungen ohne Dringlichkeit musste er sich nicht stellen. Max war klar, dass Romy an der Stelle einen wesentlich größeren Spielraum benötigte, um sowohl Kayser als auch Schmied offiziell zum Gespräch bitten zu können.

Er fütterte sein Programm ein weiteres Mal, diesmal unter Einbeziehung von Christoph Schmied sowie sämtlicher Namen, die in den bisherigen Ermittlungen aufgelistet waren – und es gab erstaunlicherweise einen Treffer. Vor etlichen Jahren war es im Nachgang zu einem Geschäftstreffen von Kayser und Partner in Stralsund zu einem Zwischenfall gekommen, der Eingang in die Polizeiakten gefunden hatte. Kayser hatte seine Gäste sowie hochrangige Mitarbeiter zu einem Geschäftsessen mit anschließender Feier eingeladen. Das festlich fröhliche Beisammensein hatte in der Nacht ein abruptes Ende gefunden, als zahlreiche Gäste plötzlich mit massiven gesundheitlichen Beschwerden zu kämpfen hatten – von verdorbenem Essen war zunächst die Rede gewesen. Polizei und Gesundheitsbehörde hatten sich eingeschaltet, als es darum ging, einem anonymen Hinweis nachzugehen, in dem von Vergiftung die Rede war. Der Verdacht ließ sich nicht erhärten. Alle Gäste erholten sich schnell.

Interessant bewertete Max in dem Zusammenhang, dass der Name eines hochrangigen Mitarbeiters einer ausländischen Waffenfirma auftauchte, der auch in Kolkrabes Unterlagen genannt wurde. Die Vermutung, dass an dem Abend ganz besondere Geschäfte gefeiert oder eingefädelt worden waren, dürfte nicht allzu weit hergeholt sein – und zwar unabhängig davon, ob die Gäste verdorbenen Fisch gegessen, das Norovirus weitergereicht hatten oder Opfer einer tatsächlichen Manipulation geworden waren. Darüber hinaus stellte sich die Frage, ob dieses Treffen auch bei Gerd Kollers Beobachtungen eine Rolle gespielt hatte. Zusammenkünfte mit Waffenhändlern boten zumindest Raum für Spekulationen, erst recht, wenn es in dem Rahmen zu Vergiftungserscheinungen gekommen war.

Max fasste das Rechercheergebnis in einigen Sätzen zusammen und verschickte es an die Ermittlerteams. Romy hatte sich gerade gemeinsam mit Ruth auf den Weg nach Sassnitz gemacht. Es gab noch keinen weiteren Hinweis auf den Verbleib von Oliver Baum, und offenbar wollte Romy nicht länger warten und Jakob persönlich befragen.

Romy tauschte sich kurz mit Finn aus, der seinen Posten wieder eingenommen hatte, dann klingelte sie bei Jakob. Ob es tatsächlich schlau war, die Taktik zu ändern und ihre Zurückhaltung aufzugeben, wagte sie im Moment nicht einzuschätzen. Doch Jan bewertete die Situation ähnlich – falls es gelang, Jakob eine unbedachte Äußerung zu entlocken, könnte es sowohl für die Suche nach Oliver als auch hinsichtlich seiner Verbindung zu Schmied neue Erkenntnisse geben. Sie war darüber hinaus gespannt, wie Jakob auf Ruth reagieren würde.

Im Haus blieb es still. Romy klingelte ein zweites Mal und ließ sich während des Wartens die letzten Ergebnisse von Max noch einmal durch den Kopf gehen. Sie hegte keinerlei Hoffnung, dass es ihnen gelingen könnte, zum geschäftlichen Hintergrund von Kayser und Schmied ausreichend belastendes Material zu sichern – unter welchem Gesichtspunkt auch immer –, doch die spannende Frage blieb, an welchem Punkt Brüche entstanden waren, die den einen oder anderen möglicherweise zu kriminellen Taten veranlasst hatten, in welchem Ausmaß auch immer. Christoph Schmied selbst hatte sie auf Kolkrabes Spur gebracht, doch auch sie hatte sich ja im Mordfall letztlich als Sackgasse erwiesen. Stattdessen war Jakob ins Zentrum gerückt, und niemand im Team zweifelte noch ernsthaft daran, dass der junge Koller für mehrere Tötungsdelikte verantwortlich war. Doch im Hinblick auf seinen Großvater war auch ein anderer Hintergrund denkbar, denn es kristallisierte sich zunehmend heraus, dass mit der Ermordung des Zollfahnders mehrere Fliegen mit einer Klappe geschlagen worden waren. Was wusste Schmied dazu? Diese Fälle rauben mir den letzten Nerv, dachte Romy. Kaum schien es Gewissheit zu geben, tauchte ein neuer Aspekt auf, der die gewonnenen Erkenntnisse wieder infrage stellte. Sie schob die Gedanken beiseite, als sie Schritte hörte.

Jakob Koller zog die Tür auf. Er trug Kopfhörer, die er herunterzog, während er die Kommissarinnen abwechselnd musterte.

Sein Gesichtsausdruck war eine Mischung aus Staunen und verhaltener Skepsis. »Ich kann immer noch nichts zu Oliver sagen«, erklärte er nach knapper Begrüßung. Sein Blick blieb an Ruths weißem Haar hängen. »Keine Ahnung, wo der sich rumtreibt«, fügte er lapidar hinzu. Er hätte auch sagen können: nicht mein Problem.

»Wir müssen das trotzdem etwas präziser wissen«, entgegnete Romy. »Dürfen wir Sie ein paar Minuten stören?«

Jakob zögerte sichtlich. »Na schön, kommen Sie herein.«

Im Flur lehnte sein Rucksack an der Garderobe, Jakob schob ihn mit dem Fuß ein Stück beiseite und öffnete die Tür zum Wohnzimmer. »Bitte, nehmen Sie Platz.«

»Wie geht es eigentlich weiter für Sie?«, ergriff Ruth das Wort, während sie sich setzte. »Beabsichtigen Sie, das Haus Ihrer Eltern zu verkaufen?«

»Warum sollte ich?« Jakob schüttelte verblüfft den Kopf. »Ich fühle mich sehr wohl hier.«

»Keine Lust, mal etwas anderes zu sehen – Studium in einer Großstadt?« Ruth lächelte. »Mit achtzehn hat man doch noch Pläne, Aufbruch, Neuland und so weiter.«

»Die habe ich zweifellos«, erwiderte Jakob und hob das Kinn mit einer energischen Bewegung. »Sie sind aber ganz und gar nicht an einen Ortswechsel gebunden. Das wäre doch sehr klein gedacht.«

»Verstehe.« Ruth lächelte. Der Hochmut in seiner Stimme dürfte ihr kaum entgangen sein. »Sie sind bereits jetzt IT-Experte, nicht wahr? Haben Sie schon einen Job in Aussicht?«

Jakob zuckte mit den Achseln. »Mal sehen, ich hole verschiedene Angebote ein«, erklärte er ausweichend und fasste Romy ins Auge. »Was haben meine beruflichen Pläne und meine Lebensweise mit Oliver zu tun?«

Romy lächelte. »Nicht das Geringste. Meine Kollegin fällt nicht so gerne mit der Tür ins Haus. Und manchmal ist sie eine richtige Plaudertasche.« Das war schlichtweg gelogen. Sie fand es durchaus spannend, dass Jakob auf den unerwarteten Besuch mit deutlicher Ablehnung reagierte, statt wie bislang zugewandt zu bleiben und Kooperation zu signalisieren. »Nehmen Sie es ihr nicht übel. Und darüber hinaus verdichten sich mittlerweile die Hinweise darauf, dass Oliver Baum unter ungeklärten Umständen verschwunden ist.«

»Wie gesagt ...«

»Sie sind viele Jahre mit ihm zur Schule gegangen«, warf Romy ein. »Ist Ihnen in der letzten Zeit irgendetwas an ihm aufgefallen?«

»Wir haben uns nicht so häufig gesehen in den vergangenen Wochen – nach dem Abi, meine ich.«

»Nun, die gemeinsame Fahrt wurde geplant. Dazu gab es doch sicher mal ein Treffen.«

»Ich gehörte nicht zur Orgagruppe. Und wir waren keine engen Freunde.«

Romy hielt seinen Blick fest und spürte plötzlich das intensive Bedürfnis, das Versteckspielen mit einem Schlag zu beenden, auch wenn die Beweislage nach wie vor als bedenklich dünn eingestuft werden musste. Wie lange wollen wir noch um den heißen Brei herumreden? Wird sich in zwei Tagen oder in einer Woche etwas geändert haben? Vielleicht. Vielleicht auch nicht. Könnte ein Überraschungsangriff Jakob in Bedrängnis bringen?

Ruth räusperte sich leise neben ihr. »Wie standen Sie überhaupt zu ihm?«, ergriff sie das Wort.

»Wie gesagt: Wir waren keine engen Freunde. Ich bin nicht unbedingt der soziale Typ.«

Ruth lächelte höflich. »Wussten Sie, dass Oliver auch mal Schach gespielt hat?«

Romys Blick weitete sich. Das war entweder die Wahrheit oder eine hübsche Finte.

Jakob fuhr sich mit der Zungenspitze über die Unterlippe. »Was tut das zur Sache?«

»Nun, Sie haben doch selbst Schach gespielt – tun es vielleicht immer noch. Verbindet so ein Hobby nicht?«

Jakob blickte Ruth einen Moment starr an. »Was soll das alles? Ich weiß nicht …«

»Oliver hat die Orgagruppe geleitet«, fiel Romy ihm ins Wort. »Und dort war kaum jemand dafür, dass Sie an der Abifahrt teilnehmen.« Sie beugte sich vor. »Um es auf den Punkt zu bringen – man hat sie auf ziemlich unfreundliche Weise ausgeladen, was Ihnen nicht verborgen geblieben ist. Dass Sie dennoch Richtung Prag aufgebrochen sind, lässt tief blicken.«

Sein Gesichtsausdruck blieb glatt, aber in seinen Augen begann die Wut zu kochen. Es war der gleiche Ausdruck, der den Zehnjährigen nach der verlorenen Schachpartie beherrscht hatte. Romy hatte Mühe, dem Blick standzuhalten, und das machte sie einen Moment fassungslos.

»Sie verdächtigen mich?«, fragte er leise. Plötzlich lächelte er kühl. »Unfassbar. Nach allem, was ich durchgemacht habe, und trotz meiner Unterstützung, die Fälle in Kooperation mit den Behörden aufzuklären, Licht ins Dunkel zu bringen, besitzen Sie jetzt tatsächlich die Dreistigkeit …«

»Nun halten Sie mal die Luft an und kommen von Ihrem hohen Ross herunter«, fuhr Ruth beherzt dazwischen. »Wir befragen alle Schülerinnen und Schüler aus Ihrem Jahrgang, und Sie sind der Einzige, der sich im Umkreis der Fahrt ungewöhnlich verhalten hat. Und Sie sind auch der Einzige, der auf unsere Nachfragen pikiert reagiert. Das kann schon mal stutzig machen.« Ruth hob den Blick. Sie wirkte gleichmütig, entspannt, allenfalls dezent verärgert, und sie war überzeugend und hatte sich sehr gut im Griff, wie Romy nicht zum ersten Mal bewundernd feststellte. »Noch einmal: Gab es Ärger zwischen Ihnen, nachdem klargeworden war, dass ihre Mitschülerinnen und Mitschüler mit großer Mehrheit für Ihren Ausschluss votiert hatten?«, setzte Ruth nach.

Jakob verzog den Mund. »Die sind mir doch so was von scheißegal!«, erklärte er in schneidendem Ton. »Und ich brauche niemanden, um nach Prag zu fahren.«

»So lautete aber nicht die Frage.«

»Die einzige Frage lautet im Moment, ob Sie mich verdächtigen oder als Zeugen vernehmen«, erklärte er in herablassendem Ton. »Dazu dürfen Sie mich jeweils gerne zum Gespräch laden. Ich überlege dann, wie ich darauf reagiere. Ansonsten schlage ich vor, dass Sie jetzt …«

»Sie waren völlig von der Rolle, als Sie erfuhren, dass Oliver Sie angelogen hat«, fiel Romy ihm plötzlich ins Wort. »Die kalte Wut hat Sie gepackt, als Sie mitkriegten, dass sie ausgebootet wurden. Niemand wollte mit Ihnen verreisen. Bitter, oder?«

Er sah sie an.

»Die Frage ist, was dann passierte.«

Schweigen.

»Wo waren Sie in den letzten Tagen?«

Jakob verzog das Gesicht. »Unterwegs. Und ich hatte mein Handy ausgestellt.«

»Wie praktisch. Allerdings bin ich davon überzeugt, dass wir Hinweise zu Ihrem Aufenthaltsort entdecken werden, sobald wir intensiv danach suchen.«

»Dazu benötigen Sie aber so was wie einen Ermittlungsbeschluss, nicht wahr?«

»Richtig.« Romy nickte. »Und den werden wir uns beschaffen.« Sie spürte, wie sie zunehmend wütender wurde. Ein Achtzehnjähriger gab sich große Mühe, sie vorzuführen. Und sie selbst machte es ihm verdammt leicht, wenn sie ihre Gefühle nicht in den Griff bekam.

»Sie verhalten sich übrigens gerade wie ein Zehnjähriger, der einsehen muss, dass er den Kürzeren gezogen hat«, stellte Ruth in ruhigem Ton fest. »Welche Hinweise werden wir entdecken, wenn wir uns Ihren Rucksack genauer ansehen?«

Jakob sprang abrupt auf und war mit zwei Schritten an der Tür. Romy reagierte schnell. Bevor er die Klinke erreichte, war sie auf den Beinen, packte seinen Arm und verdrehte ihn auf den Rücken. Jakobs Verstand mochte außergewöhnlich gut arbeiten, körperlich bot er in diesem überraschenden Moment wenig Gegenwehr. Er dürfte in Kürze völlig entsetzt sein, dass er sich zu dieser Reaktion verleiten ließ. Romy beugte sich zu ihm herunter. »Das war der falsche Zug, Jakob«, flüsterte sie. »Damit haben Sie uns gerade eine Steilvorlage geboten.«

»Freuen Sie sich bloß nicht zu früh!«

Ruth telefonierte bereits mit den Kollegen. Romy tauschte einen langen Blick mit ihr. Wenige Minuten später war Jakob auf dem Weg zum Verhör in Bergen.

Romy entleerte den Inhalt des Rucksacks auf den Tisch, und sie begannen Wäsche und Utensilien zu durchsuchen. Sie betete, dass Jakob nicht doch erneut zwei Züge im Voraus agiert hatte und sie zumindest Hinweise entdeckten, die eine gründliche Durchsuchung des Hauses rechtfertigen würden. Die Minuten verrannen, während sie schweigend jedes einzelne Wäschestück durchsuchten, die Toilettenartikel inspizierten, Schuhe von allen Seiten begutachteten, Wertsachen durchgingen – ohne Erfolg. »Dieses kleine Miststück hat schon wieder die Nase vorn«, flüsterte Romy und schloss kurz die Augen. »Das kann doch gar nicht sein!«

»Kann es auch nicht«, entgegnete Ruth. »Er hat völlig spontan reagiert. Ich bin sicher, dass er …«

»Und falls das schon wieder eine Finte war?«

Ruth schüttelte den Kopf. »Diesmal nicht.« Sie packte den leeren Rucksack und schüttelte ihn aus. Die Verschlussschnalle klapperte. Ruth stellte ihn wieder aufrecht und sah sich die Schnalle genauer an. Dann lächelte sie.

»Ist es das, was ich denke?«, fragte Romy.

»Ein USB-Stick.« Ruth lächelte. »Er wollte auf jeden Fall verhindern, dass wir den in die Finger bekommen.«

»Damit verfügen wir ab jetzt über viele Optionen. Buhl kann sich hier so richtig austoben.« Romy war grenzenlos erleichtert.

Das Gefühl behielt auch die Oberhand, als die Daten wenig später ausgelesen waren und zunächst wenig Spektakuläres zutage förderten – Fotos aus Prag und Ueckermünde. Doch bei der zweiten gründlichen Durchsicht entdeckte Max Übereinstimmungen zur Reise der Abigruppe und einen versteckten Unterordner mit einem Dutzend Fotos ausschließlich von Oliver Baum. Nun haben wir dich, dachte Romy, auch wenn sie längst ahnte, dass es bis dahin noch ein weiter Weg war.

Bis zum späten Abend verweigerte Jakob jegliche Aussage. Auf einen Anwalt wollte er bislang verzichten. Für die Anordnung einer Untersuchungshaft war die Beweislage trotzdem nicht überzeugend, wie der Staatsanwalt dem Team mitteilte. »Sie müssen sehr schnell sehr viel mehr liefern.«

Da Fluchtgefahr bestand, stimmte Schwedtner allerdings zu, dass Jakob zunächst in Gewahrsam blieb. »Sie haben also noch den kommenden Tag, um endlich Nägel mit Köpfen zu machen. Falls das nicht gelingt, müssen Sie ihn gehen lassen.«

Romy kam erst jetzt dazu, sich mit den weiteren Recherchen von Max zu befassen. Sie überflog die aktuellen Hinweise zu Kayser und Schmied und spürte zugleich, dass sie nicht mehr aufnahmebereit war. Eine mehrere Jahre zurückliegende Feier in Stralsund, Geschäftstreffen mit illustren Partnern, erkrankte Gäste, unter ihnen ein Waffenhändler, den auch Kolkrabe schon auf dem Zettel gehabt hatte. Und wer weiß, wer noch. Sie schloss für einen Moment die Augen. Darum sollte Jan sich kümmern, dachte sie. Ich muss abschalten.

24

Die Stunde war längst vergangen. Schließlich zog sie ihr Handy aus der Tasche. Neben zahlreichen Anrufversuchen von Chris gab es nun auch eine Nachricht von ihm. Sie öffnete den Chat mit zitternden Händen. *Bist du es wirklich? Bitte antworte!*

Ja, tippte sie, *ich bin es wirklich. Meine Erinnerungen waren komplett verschüttet. Bis jetzt. Und mir ist einiges klargeworden. Wir müssen uns sehen.*

Ich kann erst heute Abend, bitte warte auf mich.

Grenzenlose Enttäuschung durchströmte sie. Das kann doch nicht sein Ernst sein, dachte sie. Ich habe anderthalb Jahre nicht einmal mit seinem Kurznamen etwas anfangen können, nun ist alles wieder da, und er …

Es geht nicht anders, bitte glaub mir. Ich sitze in einer Besprechung, die seit Monaten vorbereitet wurde und die ich nicht einfach verlassen kann, aber ich komme, so schnell ich kann!

Das klang beschwörend und ehrlich. Ihre Bitterkeit ebbte ein wenig ab, der Schmerz blieb, die Aufregung loderte hell.

Weiß dein Mann, wo du bist?

Nein.

Pause. *Er darf nicht erfahren, dass du dich erinnerst.*

Zu spät.

Lange Pause. *Ich beeile mich.*

Damit war der Dialog beendet. Nach kurzem Überlegen schrieb sie Georg eine Nachricht, dass sie nach den aufwühlenden Ereignissen ein paar Stunden Zeit für sich benötigte. Er möge Verständnis dafür aufbringen. Keine Antwort. Anschließend verließ sie den Wagen und machte sich auf den Weg zum Strand. Glowe verfügte über einen der schönsten Strände der Insel, womöglich den schönsten – feinster Sandstrand entlang der Schaabe, der sich in einer leicht geschwungenen Bucht bis nach Juliusruh hinzog; bei freier Sicht war der Blick über die Klippen bis hoch nach Kap Arkona möglich. Das tiefe Sommerblau vereinte sich mit der See, einige wenige windzerzauste Wolken behaupteten sich unter ansonsten blankgeputztem Himmel. Grellweiße Segel hoben sich vom Horizont ab.

Tanja schirmte die Augen gegen die Sonne ab und suchte sich einen ruhigen Schattenplatz. Ihr aufgewühltes Herz brauchte ein paar Minuten, bis es sich halbwegs beruhigte. Irgendwann ließ die Spannung nach, sie spürte plötzlich Hunger und Durst und besorgte sich einen Imbiss. Buntes Sommertreiben auf der Strandpromenade. Es roch nach Fisch und Grillgut, herumtobende Kinder, Lachen.

Sie stillte ihren Hunger, kaufte noch eine Flasche Wasser und kehrte in den Schatten zurück. Als sich der Strand zu leeren begann, brach sie auf und fuhr wieder zum Haus. Chris' Wagen bog um die Ecke, als sie kurz davor war, hinter dem Steuer einzunicken. Ihr Herz machte einen gewaltigen Satz, ein Zittern durchfuhr sie, als er den Wagen verließ. Sie öffnete die Tür und stieg aus, als er ihr entgegentrat. Sein Blick war ernst und aufgewühlt, er streckte die Hände aus, ergriff ihre Schultern und zog sie an sich. »Ich weiß nicht, was ich sagen soll«, flüsterte er. »Es ist alles so unwirklich, wie ein Fiebertraum.«

Sie lehnte den Kopf an seine Schulter. Er roch wie damals, wenn sie sich heimlich getroffen hatten.

»Lass uns reingehen«, flüsterte er und fasste nach ihrer Hand.

Tanja wusste nicht, was sie erwartet hatte nach diesen aufreibenden Stunden, in denen ihr Leben einmal komplett auf den Kopf gestellt worden war und nichts mehr war, wie es schien. Die Vergangenheit hatte sich auf spektakuläre Weise geklärt, die Gegenwart fühlte sich an, als hätte sie sich in einem viel zu kleinen Boot in einem Strudel aus unberechenbaren Stromschnellen verfangen, die ihr alles abverlangten. Die Zukunft war nicht einmal in Sichtweite. Als sich die Tür hinter ihnen schloss, atmete sie die Kühle des Hauses ein. Sie gingen ins Wohnzimmer, das links neben der Küche lag, wie sie sich sehr genau erinnerte. Er ließ ihre Hand los und wies auf die Sitzecke am Kamin.

»Setz dich«, sagte er. »Möchtest du einen Kaffee trinken? Oder etwas anderes?«

Sie sah ihn irritiert an.

»Wir müssen reden«, erklärte er rasch und strich sich eine Strähne aus der Stirn. »Es ist viel geschehen.«

Das jedenfalls hatte sie nicht erwartet. Es geht um diesen verdammten Stick, dachte sie. Tanja atmete tief durch. Er wandte sich um und ging in die Küche. Sie hörte, wie er hantierte, kurz darauf erklang das Fauchen der Kaffeemaschine. Sie setzte sich auf die Couch, und wenig später kehrte er zurück – mit zwei Tassen Espresso. Er reichte ihr eine und setzte sich gegenüber in den breiten Ledersessel. »Was ist passiert?«

»Das wüsste ich auch gerne.«

Er atmete tief durch und schloss kurz die Augen. »Tanja, dein Mann hat …«

»Ich weiß – diesen verdammten Stick! Und er weiß sogar, was drauf ist. Ist das tatsächlich so wichtig, dass alles andere …«

Er beugte sich vor. »Und ob! Wenn das Teil in die falschen Hände gerät, bin ich geliefert. Also: Ich muss wissen, was geschehen ist. Und wie kommt es, dass du dich plötzlich erinnern kannst?«

Tanja starrte ihn gefühlt eine Minute an, dann atmete sie tief durch. Irgendwo hatte sie mal gelesen, dass man nur enttäuscht werden konnte, wenn man Erwartungen hegte. Na gut – Kalenderspruch, und doch war da was dran. »Na schön. Das scheint ja tatsächlich ungemein wichtig zu sein, wichtiger als alles andere.« Sie schüttelte den Kopf und überlegte einen Moment. »Die Polizei war da, mehrfach, heute ein weiteres Mal. Sie haben mir Fotos gezeigt – unter anderem von dir – und eine Sprachaufzeichnung vorgespielt. Ich habe dich erkannt, und plötzlich war alles wieder da, von einem Moment zum nächsten fluteten mich die Erinnerungen.«

»Eine Sprachaufzeichnung?«, fragte er verblüfft.

»Nur ein paar Sätze – ich kann die nicht wiedergeben, weil sie inhaltlich unwichtig waren. Das drang gar nicht vor zu mir. Doch das Zusammenspiel deiner Stimme mit dem Foto löste plötzlich etwas in mir aus.«

Er lehnte sich zurück. »Aus welchem Grund befragen sie dich nach mir?«

»Woher soll ich das wissen?«, erwiderte sie in angespanntem Ton. »Sie ermitteln in irgendwelchen Fällen, und plötzlich ging es auch um dich. Warum ist das neu für dich?«

Er schüttelte den Kopf. Die Frage schien ihn nicht loszulassen. »Seltsam«, murmelte er.

Sie betrachtete ihn. Der Zauber, an den sie sich erinnert hatte, war verflogen. Es war die letzte intensive Empfindung gewesen, bevor der Unfall geschah, dann war sie wieder aufgewacht, und das Leben war mit unvollständigen Bildern zurückgekehrt. Und nun, nachdem die Erinnerungen alles neu zusammengesetzt hatten, blieb kaum mehr als Schalheit, begleitet von dem eigentümlichen Gefühl, von der eigenen Wahrnehmung getäuscht worden zu sein – vergleichbar mit der Rückkehr an einen Ort, der in der Kindheit eine bedeutsame Rolle gespielt hatte und Jahrzehnte später in der nüchternen Betrachtung keine einzige Erwartung mehr erfüllte. Da war sie wieder – die Erwartung.

Er hob den Blick. Für einen Moment schien er verlegen zu sein. »Es tut mir leid …«

»Dass sich alles verändert hat?«

»Ja. Das ist …«

»Das ist noch nicht alles«, fiel sie ihm erneut ins Wort. »Vorher haben sie mir ein anderes Foto gezeigt. Jemand war in der

Nacht am Unfallort und hat nach mir gesehen. Ich erinnerte mich an ein Gesicht, das sich kurz über mich beugte. Doch es war nie klar gewesen, ob ich mir das nur eingebildet habe oder tatsächlich jemand da war – jemand, der womöglich mit diesem Unfall zu tun hatte. Das war die Vermutung der Polizei.«

Chris nickte. »Inzwischen hat sich ja herausgestellt, dass Benjamin Koller, der Sohn der Frau, die beim Unfalls verstarb, für das Geschehen verantwortlich war, sehr wahrscheinlich jedenfalls. Du wirst ihn gesehen haben.«

»Die Berichterstattung dazu habe ich natürlich auch mitbekommen. Nur: Es stimmt nicht. Das ist mir auch klargeworden.«

Chris runzelte die Stirn.

»Der junge Mann, der in der Nacht nach mir gesehen hat, war derselbe, der heute bei dir in der Firma war, und er ist auch ein Koller.«

Chris erstarrte. »Wie bitte? Du irrst dich …«

Sie schüttelte den Kopf. »Ich bin ganz sicher«, entgegnete sie. »Ich habe vorhin eine ganze Weile vor der Firma auf dich gewartet – da trat er ins Freie und sah mich kurz an, nachdem er sich eine Mütze in die Stirn gezogen hatte. Ich habe ihn erkannt: Das war der junge Mann, der in der Nacht nach mir gesehen hat – Jakob Koller. Also stimmt an seiner Geschichte wohl etwas nicht. Das ist eine Schlussfolgerung, die man ziehen muss. Außerdem frage ich mich, was du mit ihm zu tun hast.«

Chris schüttelte die Lähmung mit sichtlicher Mühe ab. »Er hat sich bei mir beworben – als IT-Experte«, sagte er leise und mit abwesendem Blick.

Tanja hatte den Eindruck, dass das noch längst nicht die ganze Geschichte war. »Ich muss der Polizei sagen, dass …«

»Vergiss das ganz schnell«, warf er rasch ein. »Wo hat dein Mann den Stick versteckt?«

»Das weiß ich nicht. Aber er hält den Inhalt für so brisant, dass er meint, dich und auch mich damit unter Druck setzen zu können«, entgegnete sie und gab den kurzen Dialog mit Georg wieder. »Und so was hast du mir zur Aufbewahrung gegeben? Wieso? In was für eine Geschichte hast du mich reingezogen?«

»Ich hielt es für sicher.«

»Das hast du damals auch schon gesagt. Aber was ist auf diesem Stick? Worüber reden wir hier?«

»Du solltest nicht mehr dazu wissen als unbedingt nötig …«

»Mein Mann erpresst uns damit, du hast mir den Mist eingebrockt, ich soll aber nicht erfahren, worum es geht?«, begehrte Tanja auf. »Das ist komplett daneben!« Was ist nur aus uns geworden?, fuhr es ihr durch den Kopf. Eine ebenso hitzige wie romantische Affäre, der sie bereit gewesen war, eine Zukunftschance zu geben, und anderthalb Jahre später stritten sie über Dinge, die hinter ihrem Rücken geschehen waren – mehr noch: Sie war offenbar benutzt worden. »Das lasse ich auf keinen Fall so stehen.«

Chris biss sich auf die Unterlippe, schließlich nickte er. »Es geht um längst vergangene Geschichten. Mein ehemaliger Chef hat Dreck am Stecken, dazu habe ich ein paar Belege gesammelt. Und das war es auch schon.«

»Warum?«

»Warum was?«

»Warum hast du Belege gesammelt?«

»Um ein Pfand zu haben.«

»Wozu brauchst du ein Pfand?«

»Es kann nie schaden, sich abzusichern, wenn es um solche Geschäfte geht – knifflig, brisant, schmutzig.«

Tanja kniff die Augen zusammen. »Du hast damals von einer Sicherheitskopie zu wichtigen Unterlagen gesprochen«, entgegnete sie. »Und betont, dass du mir vertraust.«

»Ja, so war es ja auch.«

»Ein Pfand ist etwas anderes. Es klingt nach …«

»Ich musste mich absichern! In dieser Branche geht es beinhart zu.«

Tanja schüttelte den Kopf. »Ich meine etwas anderes: Mein Mann ließ durchblicken, dass du in Bedrängnis geraten könntest und nicht etwa dein ehemaliger Chef.«

»Das kommt ganz darauf an, wie man die Belege auswertet«, erwiderte Chris. »Ich war damals noch in dieser Firma beschäftigt, als mein Chef Geschäfte besonderer Art einfädeln wollte. Und es war mein Job, die Verhandlungen abzusichern. Also habe ich da mit dringesteckt, was durchaus gefährlich war. Ich habe mich entschieden, einige Beweise zu sammeln. Dazu habe ich heimlich ein paar Sachen fotografiert und gefilmt. Das Projekt ist übrigens gescheitert, wenigstens seinerzeit. Irgendwann schnüffelte mal ein Journalist herum, der aber auf das falsche Pferd gesetzt hatte und das wirklich heiße Eisen gar nicht entdeckt hat. Doch einem Zollfahnder ist es bei verdeckten Ermittlungen nur wenig später gelungen, näher heranzurücken.«

»Und das bedeutet was – im Hinblick auf dich?«

»Es bedeutet, dass diese Aufzeichnungen auch mich in ein schlechtes Licht rücken könnten«, erklärte er ausweichend. »Selbst wenn das Ganze bereits viele Jahre zurückliegt.«

Das ist doch nur die halbe Wahrheit, dachte Tanja. »Und warum hast du mir den Stick ausgerechnet zu diesem Zeitpunkt ausgehändigt?«

»Es gab einen Hackerangriff – wir konnten ihn zwar abwehren, aber sensible Daten habe ich dann schleunigst anderweitig gesichert. Das ist der Hintergrund.« Chris beugte sich vor und verschränkte seine Hände. »Ich brauche diesen Stick zurück.« Seine Stimme klang drängend, beschwörend.

Ist das tatsächlich alles, was du noch von mir willst?, dachte sie.

»Und dann sehen wir weiter.«

Das war Antwort genug. Der Satz schmerzte. Du bist nicht besser als mein Mann, dachte sie. Er verwendet alte schmutzige Deals, die ihm zufällig in die Hände gefallen waren, um seine

Frau davon abzuhalten, ihre eigenen Entscheidungen zu treffen, und du benutzt dieselbe Geschichte, was unsere Zukunft angeht, die es eigentlich noch nie gab. Damit war im Grunde alles gesagt. Sie stand langsam auf und blickte ihn an. »Und an welchem Punkt genau ist das für dich persönlich gefährlich? Ich will es ganz genau wissen.«

Sein Brustkorb hob sich, als er tief einatmete. »Es gibt ein Video in einem Lokal, auf dem ich auch zu sehen bin. Eine versteckte Kamera hat es aufgezeichnet. Mehrere Gäste haben nach dem Essen unter Unwohlsein gelitten. Man könnte die Sequenz falsch deuten.«

Das ist doch albern, dachte Tanja. »Wie meinst du das?«

»Und es gibt Fotos von dem Zollfahnder, die ich sichern konnte«, fuhr er fort, ohne auf ihre Nachfrage einzugehen. »Sie stammen nicht von mir. Ich habe sie lediglich gesichert. Auch das kann falsch gedeutet werden.«

Alles kann offenbar falsch gedeutet werden. Sie schüttelte den Kopf. »Na und?«

»Er war tot.«

»Wie bitte?« Sie runzelte die Stirn. »Du hast Fotos von dem toten Zollfahnder?« Ihr Blick weitete sich plötzlich.

»Es handelte sich um den Großvater von Jakob und Benjamin Koller. Und an der Stelle kann ich nicht mehr sagen, tut mir leid. Du musst mir den Stick besorgen. Nur dann gibt es noch …«

Ich muss gar nichts mehr, dachte Tanja, bevor er den Satz beenden konnte. Sie wandte sich ab. Ihr könnt mich alle mal. Sie verließ ohne ein weiteres Wort mit schnellen Schritten das Haus und stieg in ihren Wagen. Als sie den Motor mit fahrigen Fingern startete, sah sie, dass Chris zur Tür hinaustrat. Wie konnte ich mich so täuschen – sowohl in dem einen als auch in dem anderen Mann? Ihr Hals war eng, das Herz flatterte. Sie presste die Kiefer aufeinander und gab Gas. Einer spontanen Eingebung folgend fuhr sie hoch zum Kap Arkona.

Die Abenddämmerung senkte sich herab, als sie zum Siebenschneiderstein hinunterwanderte – der viertgrößte Findling der Insel, der seinen Namen einer schlichten Schätzung verdankte, nach der etwa sieben Schneider auf ihm sitzen konnten. Manchmal überprüften Touristen die Angabe und kletterten zu mehreren auf den Stein. Dann wurde gejohlt und gezählt und fotografiert oder gefilmt. Tanja stellte sich neben den glatt polierten Findling und blickte über die dunkle See. Beweise zu gefährlichen geschäftlichen Aktivitäten, ein Hackerangriff, kranke Gäste, ein toter Zollfahnder, Aspekte, die so oder so gedeutet werden konnten. Jakob Koller – der Junge in der eisigen Nacht. Was bedeutete diese Erkenntnis? Dass der Junge gelogen hatte – nichts daran konnte so oder anders gedeutet werden. Jakob war in der Unfallnacht unterwegs gewesen, aber er hatte seinen Bruder beschuldigt und war viele Monate nach den Todesfällen in seiner Familie zu einem sanften Helden aufgestiegen. Und darüber mochte sie keinen Augenblick länger nachdenken. Diese Aufgabe mussten andere übernehmen.

Als sie zum Parkplatz zurückkehrte, stand ihr Entschluss fest. Sie zückte ihr Handy und rief die Kommissarin an. Romy Beccare meldete sich nach dem dritten Klingeln mit unverkennbar verschlafener Stimme. »Habe ich Sie geweckt?«, fragte Tanja überflüssigerweise.

»Ja, aber das macht nichts. Sie würden kaum anrufen, wenn es nicht wichtig wäre.« Es war zu hören, dass die Kommissarin ihre Schläfrigkeit schnell abstreifte und aufstand. Ein Rascheln erklang, dann knarzte eine Tür.

»Stimmt. Es ist sehr wichtig.« Sie unterbrach kurz, dann gab sie sich einen Ruck. »Ich habe ihn erkannt.«

»Wen?«

»Den Jungen am Unfallort. Es war Jakob Koller.«

Stille.

»Ich bin sicher.«

»Sie haben ihn auf dem Foto, das wir Ihnen gezeigt haben, zunächst nicht identifizieren können.«

»Stimmt. Aber ich bin ihm wenig später begegnet – besser gesagt: Er ist mir auf dem Gelände der Firma von Christoph Schmied über den Weg gelaufen. Ich bin spontan dort hingefahren. Ich war durcheinander und … Wie auch immer – er trug ein Cap und wandte mir kurz das Gesicht zu, und plötzlich ist mir klargeworden, dass er derjenige war, der sich zu mir hinabgebeugt hatte. In der Nacht trug er eine Mütze, das Gesicht lag im Schatten. Vielleicht war das ein entscheidendes Detail, das die Erinnerung ausgelöst hat.«

»Das klingt plausibel«, meinte die Kommissarin. Sie wirkte verblüfft. »Würden Sie diese Aussage auch in offiziellem Rahmen wiederholen?«, schob sie dann nach.

»Ja.«

»Das hilft uns weiter.« Romy Beccare atmete hörbar tief durch. »Gibt es noch mehr, das Sie mit mir besprechen möchten?«

Tanja zögerte nur einen Augenblick. Dann gab sie sich einen Ruck. Minutenlang redete sie ohne Punkt und Komma, ohne dass die Kommissarin sie unterbrach. Schließlich schwieg sie und fühlte sich grenzenlos erschöpft. »Das war ein langer harter Tag«, flüsterte sie. »Ich muss jetzt dringend zur Ruhe kommen.«

»Das kann ich verstehen. Danke für Ihre Offenheit. Dürfen wir Sie morgen kontaktieren?«

»Ja …«

»Frau Preisler – wo werden Sie heute schlafen?«

Gute Frage, dachte Tanja. »Ich kann bei einer Freundin unterkommen«, antwortete sie schließlich. Die Freundin war vor einigen Jahren verstorben, aber das spielte keine Rolle.

Eine Viertelstunde später fuhr sie Richtung Mönchgut mit dem Ziel Alt Reddevitz. Dort hatte die Freundin gelebt – mit einem wunderbaren Mann, zwei kleinen Kindern und zahlreichen Tieren auf einem kleinen Hof. Ein schönes Paar, das noch viele Pläne gehabt hatte – bis der Krebs in ihr entdeckt wurde. Da war er bereits zu einem großen und mächtigen Vielfraß angewachsen. Sie hatte nicht die geringste Chance gehabt, nur die Hoffnung auf einen würdevollen Tod.

Tanja steuerte den Parkplatz Störtebeker Brennerei an und stellte den Wagen zwischen dichtem Buschwerk ab. Dann legte sie sich mit einer Decke auf die ausgeklappte Rückbank. Nie im Leben kann ich hier schlafen, dachte sie – nicht nach diesem Tag, nicht in dieser Nacht. Der Schlaf kam mit sanften Händen, während sie den Mond betrachtete und an ihre tapfere Freundin dachte.

25

Georg Preisler hatte höchstens eine Sekunde gezögert und den Stick dann kommentarlos herausgerückt, als Jan mit zwei Beamten am frühen Morgen auf dem Pferdehof aufgetaucht war. Wenig später konnte Max sich bereits mit den gespeicherten Dateien beschäftigen. Bei einem ersten ebenso schnellen wie oberflächlichen Check bestätigten sich die Angaben von Tanja Preisler, und Romy entschied, mit Jakobs Vernehmung zu beginnen, sobald Ruth eingetroffen war und noch bevor tiefergehende Details zu den Fotos und Videos ausgewertet waren.

Sie war seit den frühen Morgenstunden im Kommissariat, gemeinsam mit Finn und Max, und vibrierte vor Unruhe – wie immer sobald die Lösung und endgültige Aufklärung einer weitreichenden Ermittlung in greifbare Nähe gerückt waren. Die bisher vorliegenden Erkenntnisse und Rechercheergebnisse reichten aus, Jakob Koller endlich mit einer Vielzahl von Verdachtsmomenten zu konfrontieren und auch die Nebenschauplätze offensiv zu durchleuchten – in erster Linie in Bezug auf Schmied und Kayser.

»Gut«, stimmte Jan zu. »Dann konferiere ich jetzt mit dem Staatsanwalt und statte Kayser anschließend höchstpersönlich einen Besuch ab – dazu sollten wir jedoch die präzisen Auswertungen von Max abwarten. Dann wissen wir womöglich sehr viel genauer, worum es bei diesem Geschäft ging und wer da wem etwas Böses wollte. Mit oberflächlichen Andeutungen kommen wir nicht weit. Wie verfahren wir mit Schmied?«

Romy überlegte nur kurz. »Den sollte Finn übernehmen.« Sie warf dem Kollegen, der am Besprechungstisch saß und mit seinem Tablet beschäftigt war, einen freundlichen Blick zu. »Der junge Kollege hat hier viel angestoßen. Ohne ihn hätten wir so manche Erkenntnis gar nicht erst gewonnen. Ich bin dafür, ihn mit zwei Beamten loszuschicken, um Schmied abzuholen.«

Finn blickte hoch, während Jan nach nebenan eilte, um in Ruhe zu telefonieren.

»Es sei denn, Max hat mal wieder Lust auf eine Runde Außendienst«, fuhr Romy mit erhobener Stimme fort.

Dazu äußerte sich Max nicht, er warf nicht mal einen müden Blick in die Runde, sondern zog sich mit gelassener Miene in sein Büro zurück. Er wusste, dass er für andere Aufgaben deutlich dringender gebraucht wurde. Der Datenexperte war für jeden Job zu haben – innerhalb der vier Wände des Kommissariats. Beim letzten Fall hatte er spontan eine Observation übernehmen müssen und sogar erstaunlich gut gemeistert. Auf eine Vertiefung dieser Erfahrung war er jedoch keineswegs scharf, wie er später bemerkt hatte.

Finn packte sein Tablet ein und orderte einen Dienstwagen der uniformierten Kollegen. Minuten später war er auf dem Weg. Romy war sicher, dass er um mindestens fünf Zentimeter gewachsen war. Sie sah auf die Uhr. Aus den Augenwinkeln bekam sie mit, dass Jakob Koller in den Vernehmungsraum gebracht wurde. Romy hoffte, dass Ruth nicht im Stau stand und sie bald loslegen konnten. Wenn sie es richtig einschätzte, reagierte Jakob angespannt auf die ältere Kollegin. Das würden sie sich zunutze machen.

Romy holte sich gerade einen weiteren Kaffee, als Max zu ihr trat. »Bislang ist es mir nicht gelungen, aufsehenerregende Fotos auf Jakobs Stick zu entdecken – abgesehen davon, dass Oliver Baum zigmal abgelichtet wurde und wir davon ausgehen können, dass Koller ihm gefolgt ist. Genauere Hinweise zu den Orten konnte ich noch nicht entschlüsseln. Da ich jetzt mit den Schmied-Dateien beschäftigt bin, muss ich diese Aufgabe erst mal liegenlassen. Oder soll ich den Job den Stralsundern überlassen?«

Romy nickte. »Hol dir dort in dem Bereich Unterstützung. Wir müssen wissen, welche Route Jakob genommen hat«, entschied sie nach kurzem Überlegen. »Wie weit bist du mit den anderen Dateien?«

»Die Aufnahmen von Gerd Koller sind … seltsam«, meinte Max. »Der Ort ist klar«, fuhr er fort, während er eine Fotodatei öffnete.

Die Scheune mit der Jolle, wie unschwer zu erkennen war. Der tote – oder schwer verletzte – Zollfahnder, der langgestreckt auf dem Boden lag. Eine große Kopfwunde war zu erkennen, ansonsten: nichts. Ein zweites Bild zeigte jedoch Jakob Koller – zweifellos viele Jahre jünger. Er saß neben der Leiche und starrte in die Kamera. Die Augen des Jungen glänzten fiebrig. Romy überzog ein Frösteln. »Er wurde fotografiert?«

»So sieht es aus. Oder er hat sich selbst porträtiert.« Max räusperte sich. »Vielleicht gehört er zu Tätern, die solche Trophäen sichern.«

Romy blickte einen Moment ins Leere. »Demnach könnte Oliver noch leben.«

»Oder wir haben die Bilddatei noch nicht entdeckt.«

Romy stutzte. »Buhl soll sich den Fotoapparat gründlich ansehen.«

»Ich rufe ihn sofort an. Die Speicherkarte könnte sich noch im Apparat befinden – oder gut versteckt sein, vielleicht auch im Rucksack.«

Eine Viertelstunde später traf Ruth im Kommissariat ein. Romy brachte sie auf den neuesten Stand, und sie gingen gemeinsam in den Verhörraum. Jakob Koller blickte hoch. Sein Gesicht spiegelte Desinteresse. »Sie können sich die Mühe sparen«, bemerkte er. »Ich werde nichts sagen, und Sie müssen mich demnächst ohnehin gehen lassen.«

»Es ist Ihr gutes Recht zu schweigen, aber im zweiten Punkt irren Sie sich«, entgegnete Romy in lapidarem Ton. »Der

Staatsanwalt kümmert sich gerade um weitreichende Maßnahmen.«

Jakob starrte sie perplex an. »Wegen irgendwelcher Fotos von einem Typen, der gerade nicht auffindbar ist? Sie sind doch nicht …«

»Doch, doch, sind wir«, warf Romy ein. »Wir haben inzwischen weitere Belege entdeckt, die wir eingehend untersuchen müssen. Möchten Sie vielleicht doch einen Anwalt hinzuziehen?«

»Für diesen Quatsch brauche ich keinen Anwalt! Sie haben überhaupt keine Beweise.« Er verschränkte die Arme vor der Brust.

»Sagt Ihnen der Name Tanja Preisler etwas?«, fragte Romy weiter.

Er verzog den Mund.

»Sie kam auch zu Schaden, als Ihre Mutter den Unfall hatte. Sie war schwer verletzt und hatte große Erinnerungslücken.«

»Ach ja. Richtig.« Er nickte. »Was wollen Sie jetzt noch mit der alten Geschichte? Ist doch längst abgehakt. Mein Bruder hat den Unfall inszeniert.«

»Ja, davon sind wir ausgegangen, nachdem die Todesfälle in Ihrer Familie noch einmal eingehend untersucht worden waren.«

»Na sehen Sie, also …«

»Frau Preisler hat sich inzwischen erinnert«, warf Romy ein. »An den Unfall und vieles andere auch. Sie hat darüber hinaus die Person identifiziert, die in jener Nacht nach ihr gesehen hat, als sie schwer verletzt wurde.« Romy öffnete die Fotoapp. »Wir haben ihr dieses Foto von Ihnen gezeigt, und wenig später ist sie Ihnen persönlich begegnet – auf dem Firmengelände von Christoph Schmied. Sie ist ganz sicher, dass Sie in der Unfallnacht vor Ort waren und keineswegs Ihr Bruder.«

Einen Augenblick wirkte Jakob verdutzt. Damit hatte er nicht gerechnet. »Was wollen Sie denn damit sagen? Das ist doch alles längst abgeschlossen. Es war Benjamin …«

»Sie glauben inzwischen Ihrer eigenen Geschichte, nicht wahr?«, schaltete Ruth sich ein. »So etwas hört man immer wieder.« Sie neigte den Kopf zur Seite. »Sie haben sich eine nahezu perfekte Inszenierung ausgedacht – so logisch und aufeinander aufbauend, dass sie völlig hingerissen sind. Hingerissen von sich selbst. Als könnte man sich die Wahrheit zurechtstutzen und dafür auch noch Bewunderung einheimsen.«

Er starrte sie feindselig an.

»Die Sache hat nur einen Haken. Die Wahrheit ist nicht verrückbar oder bestechlich. Benjamin hat zwar mit Ihrer Mutter telefoniert, aber er saß weder im Wagen, noch war er an der Strecke unterwegs. Das waren Sie.« Ruth nickte nachdenklich. »Was sagen Sie dazu?«

Jakob kniff die Augen zusammen. »Das werden Sie nie beweisen können«, flüsterte er. »Und die einzelne Aussage einer Frau, die beim Unfall schwer verletzt wurde und sich nun plötzlich wieder an ein Gesicht oder auch einen Namen zu erinnern meint, reicht nicht aus, das Ganze neu aufzurollen.«

»Damit liegen Sie sehr wahrscheinlich richtig. Diese Akten sind geschlossen. Aber hier geht es noch um viel mehr, Jakob«, entgegnete Ruth. »Wir sind davon überzeugt, dass Sie ein Serienmörder sind. Sie haben Ihre Eltern und Ihren Bruder auf dem Gewissen, und es gibt weitere Opfer. Menschen, die es gewagt haben, Sie infrage zu stellen oder im Verdacht hatten, verloren ihr Leben. Sie ertragen weder Zurückweisung, noch akzeptieren Sie einen zweiten Platz oder können tolerieren, dass man nichts mit Ihnen zu tun haben möchte.«

Sein Blick hatte sich geweitet. Der blanke Hass stand in seinen Augen. Nun hat er verstanden, worum es geht, dachte Romy.

Ruth lächelte. »Sie sind ein brillanter Kopf, ein kleines Genie, wie Christoph Schmied angemerkt hat.«

Jakob zuckte zusammen.

»Was verbindet Sie mit ihm?«, fuhr Ruth in weiterhin gelassenem Ton fort. »Über Ihre Bewerbung hinaus meine ich? Sie kennen sich seit mehr als fünf Jahren, nicht wahr? Haben Sie schon mal für ihn gejobbt?«

Jakob blieb stumm.

»Wir haben Fotos gefunden, die dafürsprechen, dass Sie beide etwas mit dem Tod Ihres Großvaters zu tun haben«, schaltete Romy sich wieder ein und zog die Dateien aus der Scheune auf den Monitor. »Schauen Sie mal – kommt Ihnen das bekannt vor?«

Jakob senkte den Blick.

»Wer hat welches Foto geschossen?«

Jakob schüttelte die Erstarrung ab und hob den Kopf. Er sah Romy an. »Der Alte hat mich halbtot geprügelt.«

Das entsprach wohl sogar ausnahmsweise der Wahrheit, dachte Romy.

»Ich musste mich gegen ihn wehren.«

Ein erneut kluger Schachzug, das musste Romy zugeben.

»Und warum sichert Schmied diese Fotos?«, fragte sie weiter.

»Keine Ahnung, wo er die herhat.«

»Woher kennen Sie ihn?«

»Finden Sie es selbst heraus. Ich muss nicht Ihren Job machen. Einen Mord hängen Sie mir jedenfalls nicht an.«

Seine Selbstsicherheit war zurückgekehrt. Romy hätte am liebsten mit der Faust auf den Tisch geschlagen. Sie zügelte ihre Empörung.

»Möchten Sie einen Kaffee trinken?«, fragte Ruth.

»Gerne.«

»Ich lasse Ihnen eine Tasse bringen, und wir unterbrechen kurz.«

Im Gang lehnte Romy sich für einen Moment an die Wand. »Hat er wieder ein Schlupfloch, durch das er uns entkommt?« Bitterkeit war in ihr aufgestiegen.

»Wir haben ihn empfindlich getroffen«, meinte Ruth. »Er wirkt angeschlagen. Wer weiß, was Buhl noch alles im Haus entdeckt. Wir sind noch lange nicht am Ende mit unserer Weisheit. Es hat gerade erst angefangen.«

»Das hoffe ich sehr.« Sie dachte an die Bemerkung von Max bezüglich der Trophäen zurück.

»Vorschlag«, warf Ruth ein. »Ich unterstütze Buhl bei der Haus- und Grundstücksdurchsuchung.«

Romy sah sie verblüfft an.

»Ich habe manchmal einen ganz guten Riecher, wo ich suchen muss, gerade wenn es sich um sehr junge Verdächtige handelt.«

»Stimmt. Gute Idee. Und Buhl hat sicher auch nichts dagegen.« Sie blickte auf ihr Handy. »Finn schreibt gerade, dass er demnächst mit Schmied eintrifft. Dann kümmern wir uns um die nächste Befragung.«

Von dem selbstsicheren Mann, der Romy mit seinem Auftritt auf dem Parkplatz überrascht hatte, war nichts übriggeblieben. Christoph Schmied wirkte erschüttert. Romy nickte Finn zu und setzte sich Schmied gegenüber. »Ich war sehr überrascht, dass es eine Verbindung zu Tanja Preisler gibt«, hob sie an. »Und ich bin ausgesprochen dankbar, dass Frau Preisler uns kontaktiert hat.«

Schmied hatte dazu wohl eine andere Meinung.

»Sie wissen inzwischen, dass es um die Aufklärung mehrerer schwerer Gewaltdelikte geht – um Mord, um genau zu sein«, fuhr Romy fort. »Unterstützen Sie bitte unsere Ermittlungen und erklären Sie uns, woher Sie Jakob und Gerd Koller kennen.«

Sie schob ihm ihr Tablet zu, auf dem die Fotos aus dem Schuppen zu erkennen waren.

Schmied fuhr sich mit einer Hand über den Mund. »Ich wusste, dass Gerd Koller herumschnüffelte.«

»Woher wussten Sie das?«

»Es ist mein Job, so etwas mitzubekommen. Ich wusste ja auch, dass der Journalist an uns dran gewesen war. Darüber sprachen wir schon.«

»Stimmt. Dann erklären Sie mir doch mal, wie Sie an diese Fotos gekommen sind und warum Sie es für nötig befanden, sie zu sichern.«

Schmied stützte die Ellenbogen auf den Tisch.

»Fotos von dem kleinen Genie«, mischte sich Finn ein.

Schmied warf ihm einen verdutzten Blick zu. »Na schön, aber Sie werden mir wahrscheinlich nicht glauben. Der Junge hat Kontakt zu uns aufgenommen.«

»Jakob hat Sie informiert?«

»Ja. Er hat seinen Großvater häufiger begleitet … begleiten müssen. Er hat mitbekommen, worum es ging, das ist offensichtlich. Der Alte war ein Schläger, und der Junge wollte ihn wohl hochgehen lassen.«

Romy wechselte einen schnellen Blick mit Finn.

»Er hat sich sehr geschickt angestellt.«

»Daran zweifle ich nicht eine Sekunde. Er wollte eine Spur legen, und zwar in Ihre Richtung. Es ist nur die Frage, was das im Zusammenhang mit einem Mordfall bedeutet. Es dürfte Ihnen klar sein, dass Sie ein Motiv haben«, erwiderte Romy.

»Natürlich. Als ich an dieser Scheune eintraf, war der Alte tot. Er lag so da, wie es auf dem Foto zu erkennen ist. Was genau geschehen ist, ließ sich nicht nachvollziehen. Der Junge meinte, er habe sich wehren müssen, und dabei sei es passiert, er habe das gar nicht beabsichtigt. Dann habe ich gemerkt, dass er versucht hat, mich zu fotografieren.« Schmied hob eine Braue. »Ein durchtriebener junger Bursche, das muss ich schon sagen.«

»Er hat sich geschickt angestellt, ein durchtriebener junger Bursche, ein kluger Kopf, mit dem Sie zusammenarbeiten wollen«, wiederholte Romy seine Einschätzungen. »Das scheint Ihnen vorrangig wichtig zu sein.«

»Ich habe selten mit einem schärferen Verstand zu tun gehabt, schon gar nicht bei einem so jungen Menschen.«

Diese Bewunderung könnte ihm vor die Füße fallen, dachte Romy und atmete tief durch. »Erzählen Sie weiter.«

»Ich habe ihm die Kamera abgenommen und die Fotos gesichert beziehungsweise die Bilder gelöscht, auf denen ich zu erkennen war«, berichtete er. »Dann bin ich gegangen. Aber mir war klar, dass wir uns nicht das letzte Mal begegnet waren. Er war genauso neugierig auf mich geworden wie ich auf ihn. Ich bin da ganz ehrlich.«

»Sie haben geholfen, eine Straftat zu vertuschen. Haben Sie darüber nicht mal einen Augenblick nachgedacht?«

»Das müssen Sie mir erst mal nachweisen«, gab Christoph Schmied zurück. »In meiner Branche hat man mit den skurrilsten Anschuldigungen zu tun.« Er zuckte mit den Achseln, aber Romy nahm ihm die Lässigkeit nicht ab. Schmied wusste, dass es an der Stelle eng für ihn werden konnte, und die Ereignisse der letzten beiden Tage waren keineswegs spurlos an ihm vorübergegangen. Es war zu viel passiert, was sich seiner Kontrolle entzogen hatte. »Es war Notwehr«, fügte er hinzu. »Eine Mordanklage kriegen Sie doch ohnehin nicht durch, schon gar nicht …«

»Falls es eng wird, könnte das kleine Genie trotzdem einfach Sie beschuldigen. Auch ohne Beweisfoto. Schon mal darüber nachgedacht?«, warf Finn ein.

Schmied öffnete kurz den Mund.

»Jakob Koller ist verdammt schlau und durchtrieben, das werden Sie ja nicht müde zu betonen – er kann Ihnen daraus einen mächtigen Strick drehen und zum Beispiel behaupten, er hätte sich in der Scheune versteckt und den Mord beobachtet, den Sie begangen haben. Dann hätten Sie ihn zufällig entdeckt und die Fotos geschossen, um sich abzusichern. So würde ich es an seiner Stelle machen.« Finn zuckte lässig mit den Achseln. »Wem würde man wohl glauben – dem damals Dreizehnjährigen, der seinen Großvater begleitete, oder einem Sicherheitstypen, der durchaus einiges zu verbergen hat?«

»So ein Quatsch!«, entgegnete Schmied plötzlich aufgebracht. »Warum sollte er das tun?«

»Er hat Sie in eine Falle gelockt und versucht, Fotos von Ihnen zu machen! Warum wohl? Durchtrieben oder gar bösartig?«

»Ja, aber das war doch eher ... Der Kleine hat in der Zwischenzeit schon mehrfach für mich gearbeitet, und wir planen ...«

»Dieser Hackerangriff vor einiger Zeit – aus welcher Ecke kam der eigentlich?«, fiel Finn ihm ins Wort, während Romy sich zusehends über den jungen Kollegen freute. Sein Ansatz war ziemlich gut. Außerdem hatte er den Nagel auf den Kopf getroffen und agierte ausgesprochen geschickt.

»Keine Ahnung! Wir konnten ihn abwehren und ...«

»Ich wette, dass das kleine Genie dahintersteckte.«

Schmied beugte sich vor. »Aus welchem Grund sollte ausgerechnet er das tun? Er hat sich übrigens zunächst bei Kayser beworben, und die haben seine Unterlagen an mich weitergeleitet ...«

»Eine Finte, die er womöglich irgendwann mal gebrauchen kann. Und falls nicht – schadet sie niemandem. Oder er wollte Sie hintenherum daran erinnern, dass Sie eine Vergangenheit bei Kayser haben.«

»Was um Gottes willen wollen Sie ihm denn noch alles unterstellen?«, entfuhr es Schmied. »Der Junge ist in einer Familie aufgewachsen, in der Gewalt eine große Rolle spielte, wie Sie doch selbst aufgeklärt haben. Schon vergessen – der eigene Bruder hat die Familie ...« Er brach plötzlich ab.

Finn nickte. »So langsam kommen Ihnen auch Zweifel, nicht wahr? Oder Sie ahnen zumindest, dass das Ganze auch einen anderen Hintergrund haben könnte. Ein prügelnder Großvater – was im Übrigen stimmt, der Mann hat tatsächlich gerne und häufig zugeschlagen –, ein großer Bruder, der seine Familie auslöschte, weil er angeblich befürchtete, mit einem Kindesmord sowie Missbrauch aufzufliegen, und erst gestoppt wurde, als Jakob in der Lage war, sich zu wehren. Nun, es war anders, auch wenn Jakob die große Kunst beherrscht, tatsächlich nachweisbare Aspekte auf perfekte Weise für seine Argumentation zu nutzen. An dem Punkt ringt er einem tatsächlich so etwas wie Bewunderung ab – bis man begreift, welch bösartiges Motiv dahintersteckt.«

Schmied schwieg einen langen Moment, dann blickte er Romy an. »Ist das Ihr Ernst?«

»Wir gehen davon aus, dass Jakob für die Taten verantwortlich ist – und weitere Morde«, erklärte Romy. »Er ist der geborene Manipulator. Denken Sie an den Unfall – er war vor Ort, nicht Benjamin. Aktuell wird übrigens ein ehemaliger Mitschüler vermisst. Und wir befürchten das Schlimmste.«

Schmied legte die Hände aneinander. Er war sichtlich betroffen.

»Wenn Ihnen also noch irgendetwas zu Jakob einfällt, das unsere Arbeit, sprich unsere Beweisführung erleichtern könnte – lassen Sie es uns unbedingt wissen.«

Gefühlte zwei Minuten blieb es still. Dann wechselte Romy das Thema. »Und nun erklären Sie uns mal diese Aufnahmen in dem Lokal. Was war da los?«

Schmied schüttelte den Kopf. »Es gab Ärger mit einigen Geschäftspartnern. Absprachen wurden nicht eingehalten. Kayser befürchtete, dass die uns über den Tisch ziehen wollten und längst andere Partner gefunden hatten …«

»Worum genau ging es dabei?«

»Weiß ich nicht mehr. Das liegt schon länger zurück.«

»Natürlich.« Romy lächelte ironisch. »Wenn ich raten sollte: Deals bezüglich Schwarzgeld, Geschäfte mit einem Waffenhändler und Ähnliches.«

Schmied zuckte mit den Achseln. »Es sollte eine Aussprache geben an dem Abend oder auch einen letzten Versuch, die Wogen zu glätten, Geschäftsfelder abzustecken. Aber es hatte sich bereits im Vorfeld gezeigt, dass das nur Show war. Kayser schlug dann vor, dafür zu sorgen, dass den Gästen das Essen ein bisschen im Hals stecken bleiben sollte.«

Romy runzelte die Stirn. »Also doch eine Vergiftung?«

»Ein Brechmittel.«

»Reizende Geschäftspraktik«, meinte Romy. »Und weiter? Warum die Videos?«

»Sie zeigen Kayser, wie er das Zeug auf den Tisch legt, aber auch ich bin im Hintergrund zu erkennen – zumindest auf der Originaldatei. Man kann so was gut bearbeiten, falls nötig.«

»Sie wollten sich da rausschneiden und Kayser erpressen.«

»Ich wollte mich absichern.«

»Sollte das kleine Genie diese Aufgabe übernehmen?«

Darauf antwortete Schmied nicht. »Ich habe immer noch einen hervorragend bezahlten Auftrag bei Kayser, ein guter Job«, erwiderte er schließlich. »Aber in unserer Branche …«

Romy winkte ab. »Sie haben, wenn nötig, etwas in der Hand gegen ihn, wofür auch immer – besser gesagt: Sie hatten. Ich kann mir vorstellen, dass es keine Kopien dieser Dateien gibt. Damit hätte sich dieser Vorteil dann ja wohl erledigt.«

Schmied kniff die Lippen zusammen. »Ich würde jetzt gerne gehen. Oder haben Sie irgendeine Möglichkeit, mich hier festzuhalten?«

Die hatten sie in der Tat nicht.

»Unter Umständen müssen wir Sie noch einmal befragen«, erklärte Romy abschließend.

Dazu sagte Christoph Schmied nichts. Er verließ den Raum ohne Gruß, und die Tür klappte ins Schloss. Romy sah Finn an. »Du wirst immer besser, Kollege, alle Achtung.«

»Danke. Aber nenn mich bitte nicht …«

»Auf keinen Fall!«

Eine knappe Stunde später bestätigte Jan per Telefon, dass

Kayser etwas Vergleichbares ausgesagt hätte. »Die Aufnahmen im Lokal haben ihm schon zu denken gegeben – er war ziemlich überrascht, dass sie existierten –, aber er hat sich schnell gefangen und das Ganze als harmlosen Streich heruntergespielt. Eine kleine Retourkutsche gegen Vertragspartner, die es nicht besser verdient hatten. So drückte er sich aus – und fügte höchstens partiell eine Art Bedauern hinzu. Würde er heute nicht mehr machen. Dazu ein aufgesetzt verlegenes Lächeln.«

»Miese Nummer«, erklärte Romy.

»Kann man wohl sagen, denn einer der Gäste litt unter heftigen Beschwerden. Er musste für längere Zeit ins Krankenhaus«, führte Jan aus. »Aber ich glaube nicht, dass wir an der Stelle weiterkommen.«

»Ist Kayser darüber hinaus gesprächiger geworden?«

»Nein. Da verhält er sich ganz ähnlich wie Schmied. Doch ich denke, die Zusammenarbeit der beiden dürfte sich über kurz oder lang erledigt haben«, erläuterte Jan weiter. »Oder aber sie halten sich gegenseitig mit weiterem Belastungsmaterial so in Schach, dass es besser ist, wenn sie nah genug am anderen dranbleiben. Das würde ich zumindest nicht ausschließen. Das ist aber wenigstens im Moment nicht unser Problem. Ich schätze, die Kollegen vom OK-Dezernat Wirtschaftskriminalität werden sich dort noch mal gründlicher umsehen. Wie geht es jetzt bei euch weiter?«

»Wir kümmern uns gleich ein weiteres Mal um Jakob Koller«, entgegnete Romy. »Ich hoffe allerdings, dass es vorher oder zwischendurch auch noch Ergebnisse von Buhl gibt, mit denen wir punkten können. Im Moment kann Jakob sich noch rauswinden. Allein der Gedanke, dass wir ihn womöglich doch gehen lassen müssen, macht mich fassungslos. Der Junge ist verdammt gefährlich.«

»So weit ist es noch nicht«, beschwichtigte Jan.

Nein, aber das Risiko besteht, dachte Romy und steckte kurz darauf das Handy ein. Von ihrer frühmorgendlichen Aufbruchsstimmung war nicht mehr viel übriggeblieben. Jakob lag richtig – die Tatsache, dass Tanja Preisler ihn identifiziert hatte, würde keine Neubetrachtung des Unfalls und der Hintergründe nach sich ziehen. Und die Fotos mit dem toten Großvater taugten kaum als Beweis für seine Schuld – mal ganz abgesehen davon, dass er damals gerade einmal dreizehn und nicht schuldfähig war.

26

Diesmal nahm Finn neben Romy Platz. Jakob musterte ihn einen Moment und lächelte dann süffisant. »Braucht die Weißhaarige eine Auszeit? Und jetzt ist das Team Jugend am Start?«

Viel hätte nicht gefehlt, und die Provokation wäre ihm gelungen. Romy blickte ihn an und unterdrückte eine wütende Entgegnung. Er lächelte mit erhobenem Kinn. Sie zuckte betont lässig mit den Achseln. »Die Kollegin sieht sich gerade in Ihrem Haus um. Sie hat die eine oder andere Idee, wo sie suchen muss. Und bei ihrer Erfahrung dürften wir bald mit Ergebnissen rechnen.«

Breites Grinsen. »Wirklich?«

»Ja, wirklich. Sie sind ein Fotofreak, nicht wahr? Die Frage ist, wo Sie Ihren Kram sichern: in einer Cloud oder auf einem Datenspeicher, oder Sie nutzen beides. Wer weiß …«

»Oder auf Papier«, meinte Finn plötzlich. Er sah auf und lächelte fröhlich. »Team Jugend hat eine Idee dazu.«

Jakobs Lächeln verblasste, er musterte den Kollegen abwartend. »Auf Papier? Old school? Seltsame Idee. Wir sind ein paar Jahre in der Entwicklung weiter – dürfte sich auch bei der Polizei herumgesprochen haben.«

»Hat es, und dennoch: old school.« Finn nickte. »Ich erinnere mich an deine Aussage – ich darf doch du sagen, oder? Wir spielen ja altersmäßig etwa in einer Liga, oder?«

»Ist mir recht.«

Romy war sicher, dass Jakob sich, davon abgesehen, in jedem Bereich in einer anderen Liga wähnte. Du wirst über deine Arroganz stolpern, dachte sie.

»Wo war ich stehengeblieben?« Finn überlegte kurz. »Ach ja – deine Aussage zu Benjamins angeblicher Vorliebe für kleine

Mädchen, von der du uns ausführlich berichtet hast. Du hast in dem Zusammenhang behauptet, Fotos bei ihm entdeckt zu haben, eindeutige Darstellungen von Sira – auf Papier, old school. Wie wahrscheinlich ist das? Dein Bruder spielte altersmäßig auch in deiner Liga, wenn ich dich erinnern darf. Er hätte sicherlich sein Handy benutzt, und er besaß keinen Fotoapparat …«

»Das wisst ihr doch gar nicht!«

»Aber du hast schon immer viel fotografiert – womöglich zu Beginn ohne digitale Speichermedien«, fuhr Finn fort, ohne den Einwand zu beachten. Er setzte eine nachdenkliche Miene auf. »Ich denke, da ist dir ein Flüchtigkeitsfehler in der Argumentation unterlaufen, denn dieser Aspekt erweist sich nun beim aktuellen Stand der Ermittlungen als wichtiger Hinweis für uns, wonach wir suchen müssen. Solche Fehler entfalten ihre gesamte Bedeutung oftmals erst zu einem Zeitpunkt, an dem kaum noch jemand an sie denkt – schon gar nicht der, der ihn begangen hat. Fasziniert mich immer wieder bei meiner Arbeit als Ermittler.«

Romy lächelte. Das ausschweifende Gespräch hatte es Finn angetan. Er lief gerade warm, und es war die richtige Strategie, um Jakob zu beschäftigten und herauszufordern.

»Ich bin nicht interessiert an kleinen Mädchen«, erwiderte Jakob. Romy war verblüfft, dass er diesen Punkt überhaupt erwähnte. Die Erwiderung wirkte wie ein Ausweichen.

»Nein, natürlich nicht. Aber Fotos in jeder Form – die faszinieren dich, allerdings keineswegs in künstlerischer Hinsicht. Bei dir läuft es auf eine Art Protokoll hinaus oder auch eine Trophäe, und das Format könnte eine Rolle spielen. Insofern …« Finn lächelte.

»Du laberst Bullshit, Rotschopf. Das Thema ist durch: Mein Bruder hat die Kleine auf dem Gewissen.«

»Nein«, erwiderte Finn betont sachlich. »Hat er nicht. Sein

angebliches Geständnis dir gegenüber ist gelogen, und wenn du es noch hundertmal erwähnst. Die Auseinandersetzungen mit den besorgten Eltern – ja, die gab es, in der Tat. Aber es ging dabei um dich, und dein Bruder hatte dich längst durchschaut. Die Kleine hieß übrigens Sira. Und ich weiß sogar, warum sie sterben musste.« Finn überlegte kurz, warf Romy einen fragenden Blick zu, dann sah er Jakob wieder an. »Es ist ganz einfach – du hast bei ihr den Kürzeren gezogen. Du warst nicht mehr interessant für sie. Und das hast du ihr nicht verziehen.«

In Jakobs Augen blitzte es auf.

»Benjamin war plötzlich ihre Nummer eins«, fuhr Finn fort. »Sie fand ihn cooler, sympathischer, interessanter, und du hast überhaupt keine Rolle mehr gespielt. Bitter, oder? Damit konntest du gar nicht umgehen – Zurückweisung. Du hast sie auf dem Gewissen.«

»Was für ein Blödsinn!« Jakobs Stimme vibrierte.

»Das ist kein Blödsinn. Vielleicht ist das ja auch noch nicht alles, was dich an ihr aufgebracht und in Rage versetzt hat. Womöglich hat Sira dich durchschaut. Kinder sind häufig hervorragende Beobachter, und sie scheuen sich nicht, den Finger in die Wunde zu legen.«

»Ach ja?«

»Sie hat erkannt, dass du nichts weiter als ein hasserfüllter und bösartiger kleiner Tyrann bist.«

Jakob umfasste die Tischkante und sprang auf. Finn reagierte vergleichsweise ruhig und bleib einfach sitzen, doch Romy stand sofort auf. »Setzen Sie sich wieder«, forderte sie Jakob in tiefem Tonfall auf. »Sofort! Sonst lasse ich Ihnen Handschellen anlegen. Das wollen Sie nicht wirklich, oder?«

Jakob ließ sich langsam auf den Stuhl zurückfallen und starrte Romy an. Sie hielt seinen Blick fest. »Sira war nicht die Erste.« Er verschränkte die Arme vor der Brust und atmete tief aus.

»Erinnern Sie sich an das Schachturnier in Stralsund? Sie waren damals zehn Jahre alt. Florian musste sterben, weil Sie die entscheidende Partie gegen ihn verloren haben. Der Sturz über das Treppengeländer …«

Jakob lachte laut und schrill auf. »Das wird ja immer besser. Nie im Leben können Sie das …«

»Beweisen – nein, natürlich nicht«, stimmte Romy ihm zu. »Es sei denn, Sie würden Ihre Taten zugeben. Doch selbst dann hätte das Ganze sehr wahrscheinlich nicht genügend Gewicht, um Sie heute dafür zur Verantwortung zu ziehen. Sie waren ein Kind, und auch die späteren Taten …«

»Die späteren Taten? Ach du liebe Güte! Was meinen Sie denn noch, alles über mich in Erfahrung gebracht zu haben?« Er setzte eine blasierte Miene auf.

»Ihr Großvater hat geahnt, dass Sie etwas mit dem Tod von Sira zu tun hatten. Die Einzelheiten dazu werden wir wahrscheinlich nie erfahren, aber der Zusammenhang ist nachweisbar. Darum hat er Sie im Auge behalten – und das musste er mit dem Leben bezahlen. Sie haben sich gewehrt – ja, das glaube ich Ihnen sogar. Der Mann hat nicht lange gefackelt, nicht wahr? Das wissen wir inzwischen auch. Und doch es ging um mehr. Er sollte sterben, damit endlich …«

»Ich war dreizehn, und der Alte war doppelt so groß …«

»Das Alter spielt bei Ihnen höchstens eine untergeordnete Rolle, und körperliche Vorteile verlieren bei einem Überraschungsangriff ihre Bedeutung. Glauben Sie mir, ich weiß, wovon ich spreche. Ich bin Boxerin, und ein Neunzig-Kilo-Mann oder auch eine Frau in dieser Gewichtsklasse gerät dennoch ins Wanken, wenn ich einen Treffer lande, den sie oder er nicht kommen sieht.«

»Nettes Beispiel aus der Sportwelt. Doch ich habe mit seinem Tod nichts zu tun …«

Ich glaube dir kein Wort. Das Lügen allein wird nicht mehr helfen. Romy rief die beiden Fotos aus dem Schuppen auf.

»Ich sag Ihnen, wer das war«, erwiderte Jakob nach kurzem Blick auf die Bilder.

Romy deutete eine wegwerfende Handbewegung an. »Wir ahnen bereits, wen Sie ins Spiel bringen wollen. Sparen Sie sich die Mühe. Christoph Schmied war es nicht. Lassen Sie uns lieber chronologisch weitermachen.«

»Soll mich das beeindrucken?«

Nein, dachte Romy, du sollst einfach nur das Gleichgewicht verlieren und eine unbedachte Äußerung von dir geben, die uns handfeste Beweise liefert. »Lukas Brand – auf der Fähre in Richtung Schweden. Er hat sich über Sie lustig gemacht, oder? Damals waren Sie fünfzehn.«

»Wer ist gleich noch mal … Ach ja, der Typ. Keine Ahnung, was da passiert ist.« Jakob lachte leise. »Wie ging es weiter?«

»Ihre Mutter, Ihr Vater, Ihr Bruder.«

»Die Fälle sind abgeschlossen«, entgegnete er ruhig. »Das wissen Sie doch.«

»Nun sind wir bei Oliver, und Sie sind inzwischen volljährig.« Und damit kriegen wir dich, dachte Romy – hoffte sie inständig.

»Oliver ist irgendwo unterwegs. Wer weiß, wo der sich rumtreibt. Das hängen Sie mir nicht an.«

»Sie haben ihn gestalkt – das beweisen die Fotos.«

»Ein paar Fotos. Na und? Niemand weiß, wo er ist. Das dürfte aber nicht als Beweis durchgehen, dass ich etwas damit zu tun habe. Und das wissen Sie auch.«

Finn beugte sich plötzlich vor. »Bist du eigentlich ein Tagebuchtyp?«

Jakob wandte den Kopf betont langsam zur Seite und fixierte den jungen Kommissar.

»Also – schreibst du auf, was so Sache war?«

»Wer macht denn so einen altmodischen Kram?« Das klang betont flapsig. »Du vielleicht, Rotschopf? Oder die Weißhaarige? Würde passen.«

»Na ja, angesagt sind ja heutzutage eher so Blog- und Instageschichten, aber wenn es nicht um Öffentlichkeit gehen soll – ganz im Gegenteil sogar –, muss man sich ein anderes Format überlegen«, entgegnete Finn gelassen. »Letztlich ist das Tagebuchschreiben genauso altmodisch wie Abzüge von Fotos. Auf Papier!« Finn verdrehte die Augen. »Es kommt womöglich auch niemand darauf, dass ein IT-Experte wie du sich dafür begeistern könnte.« Er lächelte sanft.

Romy stand plötzlich auf. »Kaffee?«, fragte sie in die Runde und verließ den Raum, als beide nickten. Vor der Tür griff sie sofort nach ihrem Handy und rief Ruth an.

»Ich habe noch nichts entdeckt«, meldete sich die Kollegin nach zweimaligem Klingeln. »Vielleicht müssen wir abwarten, bis die Ergebnisse von der Durchsuchung seines Laptops und aller Speichermedien vorliegen …«

»Die entscheidenden Aufnahmen wird es womöglich nur auf Papier geben«, wandte sie ein und unterrichtete Ruth zum bisherigen Verlauf der Befragung. »Ich denke, Finn hat aufs richtige Pferd gesetzt. Es gibt wahrscheinlich ein Versteck.«

»Das Haus ist nicht riesig, aber ein gut gewähltes Versteck für ein paar Fotos …«

»Verlass dich auf dein Gefühl! Was hat er womöglich in der letzten Zeit im Haus verändert?«

»Das ist ein guter Ansatz«, murmelte Ruth.

»Okay, bis später.«

Romy besorgte drei Tassen Kaffee und ging zurück. Sie starteten mit der Befragung ganz von vorne. Zermürbungstaktik. Das war zumindest die Hoffnung.

Ruth ging zum dritten Mal durchs Haus, und anschließend durchstreifte sie das Grundstück. Es war nicht besonders groß und wohlgeordnet. Ein kleiner Gartenbereich mit etwas Gemüse, dazu Garage und ein Schuppen für Gartengeräte und Werkzeug.

Im hinteren Bereich standen die Mülltonnen – Rest- und Biomüll, Papier und gelbe Tonne. Ruth durchstöberte die Tonnen, ohne etwas Ungewöhnliches zu entdecken. Fotos auf Papier, überlegte sie erneut. Falls die beiden richtiglagen, stellte sich die Frage, wo Jakob seine Bilder entwickeln ließ. Nirgendwo, dachte sie sofort. Das würde eine Spur hinterlassen. Das wiederum bedeutete, dass es ein kleines Labor gab – wo auch immer.

Ruth ließ den Gedanken kreisen. Der kleine Schuppen kam nicht infrage – Buhls Leute hatten sich dort gründlich umgesehen. Auf versteckte Räumlichkeiten im Haus war bislang auch noch niemand gekommen. Ruth kniff die Augen zusammen. Vielleicht buchte er Entwicklerzeiten in einem kleinen, privat betriebenen Fotolabor. Sie nickte nachdenklich und setzte sich mit Max in Verbindung. Dann ging sie erneut ins Haus, nahm die Treppe zu Jakobs Zimmer und blieb mitten im Raum stehen.

Jedes Regal, jedes einzelne Buch hatten die Techniker inzwischen durchsucht, Teppichboden und Dielen angehoben, Wände abgeklopft, Schränke überprüft. Ruth schob den Schreibtischstuhl zurück und setzte sich. Finn könnte richtigliegen, dachte sie. Jakob hatte als Kind mit dem Fotografieren angefangen, womöglich mit einem analogen Apparat. Vielleicht hatte ihn auch später noch die Möglichkeit fasziniert, Bilder in den Händen zu halten, und sie war sicher, dass es irgendwo noch einen alten Apparat gab. Dass er bei der Aussage zu seinem Bruder die Papierfotos selbst ins Spiel gebracht hatte, dürfte ihn inzwischen ärgern. Seinerzeit hatte er wahrscheinlich damit die Frage der Beamten, warum sich bei Benjamin keine digitalen Spuren fanden, die den Kindesmissbrauch erhärtet hätten, entkräften wollen. Nun erwies sich die gelegte Fährte als Fauxpas. Aber womöglich freuten sie sich zu früh. Als Jakob mitbekommen hatte, dass die Polizei im Zusammenhang mit der Suche nach Oliver wieder ermittelte, könnte er rechtzeitig und in weiser Voraussicht Spuren und Beweise vernichtet haben. Das war ihm zumindest zuzutrauen. Er hat die Papierfotos digitalisiert, irgendwo gespeichert, geschickt versteckt und anschließend die Originale vernichtet, überlegte sie weiter. Und die Bilder auf dem Stick am Rucksack? So weit war er noch nicht gekommen, als sie ihn aufsuchten. Die Aufnahmen gingen darüber hinaus als Indizien durch, waren aber nicht entscheidend. Ruth erhob sich und ging nach unten. Einer von Buhls Leuten saß an Jakobs Laptop. Er sah hoch, als Ruth neben ihn trat. »Irgendwas Besonderes?«, fragte sie.

»Auf den ersten Blick nicht. Wir untersuchen das natürlich noch genauer in der IT in Stralsund.«

Ruth sah auf den Monitor, als sich der Bildschirmschoner einschaltete – ein aufwändig gestaltetes Schachbrett bewegte sich von einer Seite zur anderen. Vierundsechzig Quadrate. Sie runzelte die Stirn. Plötzlich nahm ein Gedanke in ihr Gestalt an. »Ich bin keine Expertin, was den IT-Bereich angeht«, sagte sie leise. »Um genau zu sein, ich bin in diesem Team am weitesten davon entfernt. Aber letztens habe ich mal darüber gelesen, dass es die Möglichkeit gibt, Dateien in Bildern zu verstecken – oder auch Bilder in Bildern. Das hat mich nachhaltig beeindruckt.« Sie wies auf das Schachbrett. »Ich wüsste nicht mal ansatzweise, wie das funktioniert, aber dieser Knabe könnte womöglich sogar so ein Programm schreiben.«

Der Kollege blickte sie kurz an, sah auf den Monitor und nickte langsam. »So was gibt es in der Tat. Ist der Verdächtige derart versiert?«

»Und ob.«

»Ich lass das prüfen. Verschlüsselte Daten können auch entschlüsselt werden.«

»Das hoffe ich.«

Wenig später verabschiedete sich Ruth von Buhl. Wir sind auf dem richtigen Weg, dachte sie plötzlich.

27

Die IT-Leute hatten eine ganze Weile gebraucht, um die Verschlüsselung zu knacken, aber nun war alles klar. So hatte Jan das Ergebnis per Telefon angekündigt. Seine Stimme klang gepresst. »Wir schicken euch die Bilder.« Er verstummte.

Romy wartete einen Moment. »So schlimm?«

»Acht mal acht.«

»Wie bitte?«

»Ein Schachbrett hat acht mal acht Felder. Unter den schwarzen Quadraten der oberen beiden Schachbrettreihen verbergen sich die Fotos zu vorbereitenden Maßnahmen im Zusammenhang mit der Tat sowie Hinweise zu den Orten. Die weißen enthalten die Todesopfer.«

Romy ließ kurz das Telefon sinken, bevor sie es langsam wieder ans Ohr hob.

»Es sind acht Opfer«, fuhr Jan fort.

»Wieso acht?«

»Schaut es euch an. Ich schicke gerade ein Team los, um das letzte Todesopfer mit den Kollegen vor Ort zu sichern.«

»Wer?«, fragte Romy, obwohl sie die Antwort längst kannte.

»Oliver.« Es klickte. Jan hatte einfach aufgelegt. Das machte er selten.

Als Romy zu den anderen zurückkehrte, hatte Max die Dateien bereits auf dem Wandmonitor aufgerufen. Sie blickten hoch. Niemand sagte etwas, während sie die einzelnen Fotos betrachteten. Schließlich sagte Romy dem Beamten Bescheid, dass er Jakob in den Verhörraum zurückbringen sollte. »Lasst es uns beenden«, meinte sie leise und nickte Finn und Ruth zu.

Jakob sah ihnen entgegen. Sein Gesicht spiegelte aufmerksame

Anspannung. Ihm war längst klar, dass ihn die Ermittlungslage deutlich mehr in Bedrängnis brachte, als er ursprünglich angenommen hatte. Doch als aussichtslos würde er seine Situation keineswegs betrachten. Verdachtsmomente allein würden ihm nichts ausmachen. Romy hielt allerdings jede Wette, dass ihn die neuesten Ergebnisse schockieren würden. »Diesmal gleich zu dritt.« Er verzog den Mund. Dann lächelte er. »Soll mir das schmeicheln?«

Romy verzichtete auf eine Entgegnung, während Finn nur mit den Schultern zuckte und Ruth den Blick ihrer tiefblauen Augen auf Jakob richtete. Romy wusste aus eigener Erfahrung, dass das ziemlich unangenehm sein konnte.

»Diesmal haben Sie es uns vergleichsweise leicht gemacht«, ergriff sie schließlich das Wort. »Was mal wieder beweist, dass jedes Genie Schwächen hat. Sie werden immer schlechter, je mehr sie davon überzeugt sind, zur Spezies der Hochbegabten zu gehören und quasi unantastbar zu sein. Dabei sind Sie nichts anderes als ein empathieloser Typ, der seinen offensichtlich scharfen Verstand dazu nutzt, Menschen zu ermorden – vorrangig jene, die Sie durchschaut haben oder ablehnen.«

»Sie reden zu viel«, meinte er.

»Koordinaten, die in die Ueckermünder Heide führen«, fuhr Romy unbeirrt fort. »Wirklich? Versteckt unter einem Schachbrettquadrat. Wie albern – und wie riskant. Glauben Sie denn tatsächlich, dass Sie allein mit Verstand gesegnet sind?«

Jetzt hatte sie seine volle Aufmerksamkeit. Jakobs Miene war innerhalb eines Augenblicks vereist.

»Wie haben Sie es angestellt? Ihm auf einem Parkplatz aufgelauert und dann niedergeschlagen?« Romy hob kurz die Hände. »Die Dateien werden gerade im Einzelnen ausgewertet und verraten uns dann sicherlich mehr über Ihre Vorgehensweise. Weihen Sie uns doch schon mal jetzt ein bisschen ein.«

Er lehnte sich zurück.

»Die Kollegen aus Stralsund und Ueckermünde werden in Kürze die Leiche sichern. Und damit haben wir Sie.« Romy nickte langsam. »Mit diesem letzten Mord haben Sie sich Ihr eigenes Grab geschaufelt.«

Abwartender Blick.

»Acht Opfer, Herr Koller. Das Schachbrett als Vorlage für Ihr digitales Versteck hat Sie offenbar fasziniert. Und damit hat es ja mal begonnen, bei einem Turnier, nicht wahr? Sie haben die Papierbilder gesichert, als wir wieder anfingen, Fragen zu stellen. Das Schachbrett als Bildschirmschoner war schon ein bisschen dick aufgetragen, finden Sie nicht?« Romy klickte die ersten beiden Quadrate an. »Fotos vom Schachturnier. Florian Becker, der in die Tiefe stürzt. Dann das Mädchen, das unter Asthma litt. Sie haben ihre letzten quälenden Minuten fotografiert und ...«

»Unter dem weißen Quadrat abgelegt. Ist Ihnen das aufgefallen?«, warf Jakob plötzlich ein. »Die Tat, der Tod liegt immer unter weiß.«

»Stimmt«, warf Finn ein. »Weiß wie Winter.«

»Weiß wie kalt. Das Ende.« Jakob sah Ruth kurz an. »Manchmal passte es gut. Aber Oliver ...«

»Musste bei schönstem Sommerwetter sterben. Weil er es gewagt hatte, Sie auszuschließen«, fiel Romy ihm ins Wort. »Wie verhielt es sich mit dem Mädchen, das sein Spray brauchte?«

»Ich konnte sie nicht ausstehen. Das beruhte auf Gegenseitigkeit. Ich habe mitbekommen, dass sie das Teil suchte.« Er hob die Hände mit einer gespielt hilflosen Geste. »Ich musste nur zusehen und meinen Fotoapparat zücken. Das war es auch schon. Ich habe ihr nichts getan, nur zugesehen.«

Romy spürte, wie das Entsetzen ihr Herz umschloss. »Und Lukas haben Sie auf der Fähre über die Reling bugsiert?«, fragte sie schließlich. »Was hat er getan, was Ihr Missfallen erregte?«

»Er hat sich über mich lustig gemacht. Dreimal habe ich ihm seine dummen Sprüche durchgehen lassen, beim vierten Mal war klar, was passieren würde. Ich musste nur abwarten. Die Chance kommt immer. Das war bei allen so. Zwei Stunden später war es so weit. Er hat sich eine stille Ecke gesucht und eine geraucht. Ich habe ihm von hinten eins übergezogen. Der Rest war auch ein Kinderspiel.«

Der Rest war auch ein Kinderspiel, ließ Romy den Satz nachklingen.

»War es bei Sira tatsächlich auch so einfach?«, schaltete Ruth sich ein. »Immerhin verband Sie und das Mädchen doch etwas. Erklären Sie es uns.«

»Sie hatte alles zwischen uns mit Füßen getreten. So hatte nichts mehr Bedeutung. Ich musste ihr nur einen Stoß geben, und der Rest geschah wie von selbst.«

»So ähnlich wie am Steuer neben Ihrer Mutter?«

Jakob lächelte. »Das war anders. Ich wusste, welche Strecke sie fahren würde. Das Winterwetter war perfekt für einen Unfall. Ich musste sie nur erschrecken. Dass sie nach dem Aufprall sofort tot war, erleichterte das Ganze.«

»Und wenn sie überlebt hätte?«

»Sie hätte nicht überlebt.«

»Was ist eigentlich mit Ihrer Großmutter – Rosalie?«, fragte Romy. »Sie hat geahnt, womöglich als Erste, dass etwas nicht stimmte, oder?«

Jakob lächelte. »Ich denke schon. Sie hatte Angst vor mir, und sie hat versucht, die Eltern zu warnen. Das hat zu dem Zeitpunkt nicht geklappt. Später ist sie dann abgehauen. Besser für sie.«

Einen Moment herrschte Schweigen.

Finn beugte sich vor. »Du weißt schon, dass es vorbei ist, oder? Du gehst in den Knast …«

»Ich glaube nicht.« Jakob schüttelte den Kopf.

»Man wird dir acht Morde nachweisen – auch wenn einige davon juristisch keine einschneidenden Konsequenzen mehr für dich nach sich ziehen könnten, mit dem achten hast du dich selbst ausgeliefert. Einer zu viel, noch dazu der letzte. Das ist doch irgendwie …«

»Ich komme nicht in den Knast. Man wird mich in die Psychiatrie einweisen«, warf Jakob ein. »Zu anderen Straftätern, die man sonst kaum beherrschen kann. Die krank wirken, weil sie so besonders sind – unberechenbar trifft es wohl eher. Aber das erhöht meine Chancen. Ich bin sehr kreativ.«

»Welche Chancen?«

Jakob lächelte. »Ich werde Möglichkeiten finden, mich wieder auf den Weg zu machen. Das kann ein paar Jahre dauern, aber wen stört das? Ich bin jung, gerade mal achtzehn, und herausfordernde Situationen packen mich und wecken meinen Ehrgeiz.«

»So wie mit deinem Großvater?«

»Kann man so sagen, ja. Er hat sich stark gefühlt – ein alter Mann, der mich regelmäßig verdroschen hat, um meinen Willen zu brechen. Was für ein Trottel! Das hat mich nur noch mehr inspiriert.« Jakob sah kurz zur Wand und wirkte auf einmal zutiefst erschöpft.

»Kann ich ein Glas Wasser haben?«, fragte er plötzlich und sah Romy an. »Danach können wir das Protokoll anfertigen. Acht mal acht. Das klingt gut, oder?«

Romy atmete tief ein. »Ich kümmere mich darum.« Sie stand auf und wandte sich zur Tür. Über das Wandtelefon bestellte sie Getränke und setzte sich wieder. Es wurde still im Raum. Er hat aufgegeben, dachte Romy. Es ist vorbei. Sie atmete tief durch.

»Können Sie sich erinnern, wie das alles begonnen hat?«, fragte Ruth. »Wann tauchte es zum ersten Mal auf – dieses mächtige Gefühl?«

Jakob setzte eine nachdenkliche Miene auf. »Als ich in die Schule kam«, erwiderte er schließlich.

»Zu viel Konkurrenz?«

»Zu viele Dummköpfe, die meinten, sie könnten mich herumschubsen, trifft es eher.«

»Sie haben die Dinge schon immer eher durchschaut?«

»Natürlich. Acht mal acht ist vierundsechzig.«

»Wie bitte?«

»Nun, ein Schachbrett ist ein Schachbrett. Reihe für Reihe. Quadrat für Quadrat. Schwarz-weiß, schwarz-weiß in stetigem Wechsel. Aber das verstehen Sie wohl nicht.«

Ruth blickte ihn ruhig an, während Romy Schritte an der Tür hörte. Eine Beamtin betrat den Raum und setzte ein Tablett auf dem Tisch ab.

Und plötzlich ging alles ganz schnell. Jakob griff nach der Waffe der Beamtin, zog sie mit einem Ruck aus dem Holster und sprang auf. Er zielte auf Ruth. »Niemand kommt mir zu nahe!«, schrie er, als Romy sich umwandte. »Ich knalle euch alle ab! Aber dich zuerst.« Er starrte Ruth an. »Dieses wunderbar weiße Haar – wie passend.«

»Passend für den nächsten Mord?«, fragte Ruth. »Dafür musst du früher aufstehen.«

Jakob lächelte. »Es ist vorbei, Weißhaar.«

»Die Waffe ist gesichert«, warf Finn plötzlich ein.

»Halt die Fresse, Klugscheißer.«

»Die Waffe ist gesichert«, wiederholte Finn. »Wenn ich es dir doch sage.«

Jakob zögerte den Bruchteil einer Sekunde und bewegte Augen und Hand in Richtung Sicherungshebel. Im selben Moment sprang Finn auf und stürzte sich auf ihn zu. Gleichzeitig zog Romy Ruth zur Seite. Ein Schuss löste sich. Ein Schrei ertönte, die Tür sprang auf. Im Nu wuselte es von Beamten. Jemand rief den Krankenwagen. Hektik und Durcheinander. Eine Beamtin begann mit Reanimationsmaßnahmen.

Romy wusste nicht, wie viel Zeit vergangen war, bis sie endlich begriff, dass Finn lebte und Jakob getroffen war. Der Kollege lehnte mit bleichem Gesicht an der Wand und zitterte am ganzen Körper. Ruth führte Finn hinaus, Romy folgte den beiden.

»Ich habe ihn erschossen«, flüsterte Finn. Entsetzen beherrschte seine Stimme. »Ist er ...«

»Sie versuchen ihn zu reanimieren«, erklärte Ruth. »Du hast mir das Leben gerettet«, fügte sie leise hinzu. »Rotschopf.«

Jakob Koller konnte auf dem Weg ins Krankenhaus reanimiert werden, doch er fiel ins Koma. Romy war erschüttert wie selten zuvor in einem Fall – was sie am stärksten traf, war die leise Stimme in ihr, die sich ungefragt zu Wort gemeldet hatte: Es wäre besser, er schafft es nicht.

Die internen Ermittlungen zum Geschehen im Verhörraum würden nach den ersten Befragungen bereits am nächsten Tag fortgesetzt werden. Finn war zutiefst traumatisiert. Das Team musste sich in der nächsten Zeit besonders aufmerksam um ihn kümmern.

Als Romy nach Hause fuhr, war die Abenddämmerung bereits angebrochen. Jan hatte noch in Stralsund zu tun. Sie stellte sich zehn Minuten unter die Dusche, setzte sich dann auf die Veranda und blickte über die Salzwiesen. Der Duft wehte zu ihr herüber. Sommerliche Abendgeräusche, Zirpen, ein kühl herabblickender Mond. Romy holte sich ein Glas Wein und nahm ihr Smartphone zur Hand. Sie zögerte nur einen Moment, dann rief sie Rosalie Koller an. Sie wird nicht reagieren, dachte Romy, im nächsten Moment klickte es.

»Ihr Enkel hat in einer polizeilichen Befragung versucht, eine Beamtin zu töten und wurde angeschossen.«

Schweigen.

»Er liegt im Koma.«

Keine Reaktion.

»Sie ahnen gar nicht, wie schrecklich ich Ihr Schweigen finde«, entfuhr es Romy plötzlich.

»Doch«, erwiderte Rosalie Koller in leisem Ton. »Ich weiß, dass Sie mich für feige und verantwortungslos halten.«

Wenigstens etwas, dachte Romy.

»Und was Jakob angeht: Ich hoffe, dass er es nicht schafft.«

Romy hielt kurz den Atem an.

»Er ist ein Teufel. Und mir hat damals keiner geglaubt. So einfach ist das. Und als sich allmählich herausstellte, dass ich so falsch nicht lag, war es zu spät. Wie viele Menschen hat er auf dem Gewissen, von denen Sie erfahren haben?«

»Acht Opfer.«

»Glauben Sie – er hätte nie aufgehört.« Leises Räuspern. »Gut, dass Sie drangeblieben sind.«

»Warum ...«

»Keine Fragen mehr, Frau Kommissarin. Lassen Sie es gut sein.« Damit war die Verbindung unterbrochen.

Romy legte das Handy beiseite. Der Mond war ein Stück weitergewandert. Sie hörte, dass Jans Wagen in die Einfahrt fuhr. Einen Moment später war er bei ihr und zog sie schweigend in seine Arme. Er strich ihr über den Rücken und sah sie plötzlich an. »Ich hatte solche Angst ...«

Sie legte eine Hand über seine Lippen.

»Ich habe einen Wunsch frei, oder?«, fragte sie einen Moment später.

»Jeden!«

»Ich werde niemals Schach lernen!«

Jan zog sie wieder an sich. »Versprochen!«

Sie gingen engumschlungen ins Haus, und nun stand der Mond direkt über ihnen.

Henrik Siebold
Inspektor Takeda und der schöne Schein
Kriminalroman
382 Seiten. Broschur
ISBN 978-3-7466-4068-6
Auch als E-Book lieferbar

Ein kunstvoller Tod

Inspektor Takeda ist zu Besuch in einem Herrenhaus auf dem Land. Gastgeberin ist Ernestine von Remsau, eine vermögende Witwe, die in Hamburg eine Kunsthandlung betreibt. Mit weiteren Gästen soll es ein Wochenende voll interessanter Gespräche über Japan, Kunst und Antiquitäten werden. Am nächsten Morgen ist Ernestine von Remsau tot, offenbar hat sie sich erhängt. Doch Takeda kommen leise Zweifel, und dann stellt sich heraus, dass alle Anwesenden im Haus gute Gründe hatten, die alte Dame zu töten – und dass das berühmteste Bild Japans, »Die große Welle vor Kanagawa«, eine wichtige Rolle in diesem Kriminalfall spielt.
Inspektor Takeda, kunstsinniger Jazzliebhaber, und ein rätselhafter Todesfall

Regelmäßige Informationen erhalten Sie über unseren Newsletter.
Jetzt anmelden unter: www.aufbau-verlage.de/newsletter

atb aufbau taschenbuch